D1727000

Horst Wolfram Geißler
Menuett im Park

Ehrenwirth Souvenir

Horst Wolfram Geißler

Menuett im Park

Roman

Sechsundsechzigstes Tausend

Ehrenwirth

ISBN 3-431-00914-X
Alle Rechte bei Franz Ehrenwirth Verlag KG München
Druck: Pera-Druck, Gräfelfing
Printed in Germany 1972

Erstes Kapitel

Die Wölbung des Herbsthimmels ist erfüllt von mildem Leuchten. Rings von den Hügeln sinken die Wälder zu Tal, Buchenwälder in verklingenden Linien, ihr Grün hat schon jenen Hauch von Goldbraun bekommen, wie man ihn auf altdeutschen Bildern sieht; das Meer von Waldwogen dehnt sich bis an den Himmelsrand, zart und zarter; hier und dort steht ein Ahorn in hellem Gelb, die Fichten aber bleiben dunkel und verschlossen wie ein tiefer Orgelton.

Es ist warm und windstill. Ja, eine solche Stille ruht in dieser Landschaft, daß man aus weiter, weiter Ferne das schwerfällige Knarren und Knirschen eines Holzfuhrwerks hört, und dieses Geräusch macht die Stille nur größer. Von dem Städtchen, dessen Türme drunten im Tal hinter den Bäumen sichtbar sind, dringt kein Laut herauf, es scheint zu schlafen, obwohl die Sonne noch ziemlich hoch steht und die Schatten der Erlen auf den Wiesengründen noch nicht so unwirklich lang sind wie um die Abendstunde. Aber freilich, man darf sich auf den Tag nicht mehr verlassen, auch wenn es hier in der Höhe warm ist wie im Sommer.

Zu dem Spazierweg, der fast waagrecht am oberen Rand eines Holzschlages entlang führt, steigt Harzduft empor, zwei braune Falter spielen vor dem blauen Himmel, und dieser Himmel ist groß wie ein Traum und seltsam leer, weil die Schwalben schon lange fortgezogen sind.

Ja, die Schwalben sind fort. Sie haben sich auf die Reise gemacht. Inzwischen. Ohne besonderen Abschied zu nehmen. Es fällt gar nicht auf, nur eben wenn man einsam ist; merkt man es – plötzlich.

Wenn man einsam ist, merkt man vieles, was einem sonst nicht auffällt, denkt der Offizier, der, auf einen Stock gestützt, oberhalb des Holzschlages dahingeht und in die Welt hinunterschaut. Er geht übrigens tadellos, wie jeder andere, nur recht langsam, und es ist gut, daß ab und zu eine Bank dasteht, auf der er sich ausruhen kann. Das tut wohl, denn er hat das Gefühl, daß er noch nicht so tief atmen kann wie gewöhnlich, und daß er sich damit ein bißchen in acht nehmen muß; aber es wird schon wieder werden, alles wird wieder.

Es ist, als ob die Sonne dieses Oktobernachmittags ihn durchdränge; es ist, als ob sein eigenes Selbst die Erlaubnis habe, willenlos zu werden, nichts zu tun, sondern nur aufzunehmen, irgend etwas in sich einströmen zu lassen hier in dieser herrlichen Höhe – etwas Unnennbares, wundertätig Beglückendes, durch das man ganz gesund wird.

Die Welt ist so weit und schön. Sie ist beinahe fremd vor lauter Schönheit und Güte.

Nach einer Weile, und da die Sonne hinter den Wipfel einer nahen Fichte geglitten ist, wird der junge Offizier inne, daß er schon ziemlich lange dasitzt und ruht, ziemlich lange, ja, und daß er nicht genau angeben könnte, was er während dieser Zeit gedacht hat. Vielerlei jedenfalls, und wahrscheinlich dürfte man es gar nicht Denken nennen. Es ist mehr ein Fühlen gewesen – Einfühlen.

Er schüttelt den Kopf, ohne zu lächeln, und jetzt denkt er wirklich, und zwar: Sonderbar, was in einem Menschen vorgeht, wenn er einsam ist!

Dann aber spürt er in seinem Herzen ein Frösteln, als ob er die Grenze von etwas ganz Fremdartigem erreicht habe und haltmachen müsse, um sich nicht daran zu verlieren.

Er steht auf, sieht, daß die Sonne nun wahrhaftig schon dem Bergwaldrand entgegensinkt, und geht den

sanft absteigenden Weg weiter. Der Ausblick in das spät-
beglänzte Land schließt sich zu, wie ein Vorhang kommt
der Wald heran, nur hoch in den Wipfeln hängt jetzt
noch das Sonnenlicht, zwischen den Stämmen jedoch
quillt schon Dämmerung auf, anfangs dunkelgrün, bald
aber kühler und bläulich verhüllt. Der Abend wartet im Tal.

Wieder versponnen in seine Gedanken geht der ein-
same Wanderer bergab.

Der Wald wird lichter, golden und rosig schaut der
Himmel herein, und nun beginnt der Park, der sich bis
zur Stadt hinunterzieht, mit seinen glatten Wegen, mit
verschlafenen kleinen Springbrunnen, mit Terrassen,
Wiesenflächen, Baumgruppen und mit stillen Pfaden, die
hier zu einer künstlichen Grotte und dort zu einer Flora
aus verwittertem Sandstein hinschleichen; ein paar späte
Herbstblumen blühen da noch, während an den Weg-
rändern schon das Laub in kleinen Haufen zusammen-
gekehrt ist, die schwermütig nach Vergänglichkeit duften.

Niemals in seinem Leben, denkt der Wanderer, hat er
den lähmenden Zauber des Vergehens deutlicher empfun-
den und so süß wie hier in diesem Park, in dessen unaus-
sprechlicher Sanftheit und Stille der Schlafdorn wächst
und das Märchen, das mit den Worten beginnt: Es war
einmal.

Und hier ist nun auch das Haus.

Obgleich die Dämmerung schnell zunimmt, setzt sich
der Offizier auf eine der weißen Holzbänke am Rande
des Kiesplatzes, in dessen Mitte, ganz frei, das Haus
steht, und betrachtet es.

Es ist ein Landhaus der Biedermeierzeit und gar nicht
klein. Er zählt die Fenster, die eng beieinander stehen
und mit zweiflügeligen weißen Jalousieläden geschlossen
sind. Im Erdgeschoß je vier große Fenster rechts und
links der Haustür. Im ersten Stock ein Balkon über der
Haustür, zu beiden Seiten davon ebenfalls je vier Fenster. Dann kommt das Schieferdach, das sich jetzt
schwarz vom verblassenden Himmel abhebt, während

sich das matte Gelb der getünchten Mauern eben noch erkennen läßt.

Nun ja, was ist dabei? Nichts. Wahrhaftig nichts – eigentlich. Es gibt Hunderte von solchen hübschen, harmlosen Häusern.

Und trotzdem ist etwas Sonderbares dabei.

Dieses Haus, die Umgebung, der kleine Balkon erinnert ihn – ja, wenn ihm das einfiele! Es plagt ihn seit Tagen und heute mehr denn je. Ihm ist zumut, als sei er schon einmal hier gewesen, als kenne er dies alles recht genau. Aber er war doch nie hier. Er sucht. Er sucht nach einem Gedicht, nach einem kleinen Gedicht, das diese ganze Stimmung und Lage wiedergibt und das er gut kennt oder doch gekannt hat, indessen vermag er nicht eine Zeile davon in seinem Gedächtnis zu finden, obwohl er weiß, daß es darin war. Es ist wie ein quälender Traum, irgend etwas möchte über die Schwelle, die Tür scheint offen zu sein, aber eine unsichtbare, undurchdringliche Wand steht davor.

Übrigens, wer wohnt in diesem Haus? Wohnt überhaupt jemand darin? Er denkt nach. Jeden Tag war er hier, trotzdem weiß er nicht, ob die Fensterläden jemals offen waren, ob er irgendwen hinter den Scheiben gesehen hat. So schlecht beobachtet man, es ist wirklich zum Verzweifeln. Nein – wenn er es genau überlegt, wenn er den Eindruck zurückruft, den das Haus immer auf ihn gemacht hat: die Läden waren wohl stets geschlossen. Es steht leer. Niemand wohnt darin.

Und eben, als er wenigstens dieses Ergebnis festgestellt zu haben glaubt, geistert ein Lichtschimmer hinter einem der Fensterläden des Erdgeschosses auf, so schwach, daß man ihn beinahe nicht für wirklich nehmen möchte. Jedoch der Schimmer bewegt sich, jetzt wird er matter, nun ist er nebenan, bleibt eine Weile, dann verschwindet er.

Ja, Gott im Himmel, das ist doch nichts Besonderes. Das Haus ist eben bewohnt. Weshalb soll es denn nicht bewohnt sein, wozu sind Häuser da!

Der Mann auf der Bank schüttelt wieder einmal den Kopf. Die Einsamkeit bekommt mir schlecht, denkt er, sehr schlecht, und so kann es nicht bleiben. Er steht auf und versucht munter zu sein, aber es ist etwas Krampfhaftes in diesem Versuch, deshalb muß er natürlich mißglücken. Der Traum ist widerspenstig, ein widerspenstiges Gespenst.

Nun, lassen wir das, morgen ist auch ein Tag, heller Tag, die Sonne wird scheinen. Er wendet sich und geht durch die wachsende Dunkelheit den kurzen Weg zur Stadt hinunter, die schwarz und ungewiß daliegt. Es ist kalt geworden. Ein Oktoberabend.

Während er dahinwandert, hat er das Gefühl, daß ihn jemand mit den Augen verfolgt – nein, das ist doch lächerlich, wer sollte ihm wohl nachblicken, hier in diesem verlassenen, finsteren Park, dessen Wege jetzt gerade noch mit Mühe zu erkennen sind? –

Am nächsten Vormittag aber strahlt die Welt wieder. Überhaupt ist es ein sehr beglückter Morgen! Der Arzt entfernt den letzten kleinen Heftpflasterverband, läßt atmen und husten, klopft und horcht; er nickt zufrieden. „Das geht ja famos!" sagt er. „Der glatteste von allen Lungenschüssen, die ich je gesehen habe! Das Pflaster machen wir gar nicht mehr drauf. Noch zwei Wochen Schonung, und Sie sind wieder richtig gesund – vorausgesetzt allerdings, daß Sie sich vor jeder Erkältung hüten, nicht wahr? In dem Punkt müssen Sie vorsichtig sein. Aber sonst – meinen Glückwunsch!"

Die Schwester wirft dem Patienten einen Blick zu: sie weiß, daß er gestern viel zu spät heimgekommen ist, ziemlich lange nach Sonnenuntergang und ohne Mantel. Über des Doktors Kopf hinweg zwinkert der Hauptmann sie an, und sie wendet sich ab, denn er braucht ja auf keinen Fall zu sehen, daß sie lacht. Ach, diese jungen Menschen!

Da er also für gesund erklärt worden ist und sich jetzt eigentlich als eine Art Kurgast fühlen darf, läßt er heute zum erstenmal den Stock zu Hause. Aber es ist zunächst doch ein etwas unsicheres Gefühl: nach einer Reihe von Wochen wieder so völlig ohne Stütze zu sein; man hatte sich daran gewöhnt, und nun ist es eben ein bißchen komisch; kein Grund, sich deshalb zu schämen, das wird wohl jeder verstehen, der einmal krank war; übrigens braucht man ja nicht so weit zu gehen wie gestern nachmittag. Da ist zum Beispiel der Park, ganz nahe, nur gerade die Straße hinauf, in der schönsten Morgensonne. Bestimmt ist es jetzt nirgends wärmer und freundlicher als dort.

Die Straße steigt, denn der Park zieht sich ja den Berghang hinauf; sie ist von hübschen Gartenvillen eingefaßt, die sich nur halb hinter Bäumen verstecken. Man hört Kinderstimmen, ein Schäferhund bellt durch den Zaun, indessen tut er das ersichtlich mehr aus Pflichtgefühl als aus Feindseligkeit, denn während er vorne bellt, wedelt er hinten mit dem Schwanz, der Hauptmann muß lachen.

Wo die Straße aufhört, führen ein paar Stufen hinan in den Park, enge, steile Stufen. Dort nun bleibt der Hauptmann ein wenig in der Sonne stehen, denn das Treppensteigen ist doch noch nicht so ganz einfach. Die Stadt liegt schon tiefer, er befindet sich bereits in der Höhe der Kirchtürme, die klar und warm im Morgenlichte glänzen, während über den Häusern noch der zarte Goldschleier der Frühe schwebt, durchzogen von bläulichen Rauchfäden, die aus den Schornsteinen senkrecht in die stille Luft steigen. Eine allerliebste Stadt mit ihren alten Dächern, dem Schloß in der Mitte, den barocken Türmen, und mit den herrlichen Wäldern, die aus dem Unabsehbaren herankommen und die natürlichsten Kuranlagen sind, die sich denken lassen.

Der Hauptmann geht weiter; er betrachtet, was noch an Blumen da ist, freut sich über den glitzernden Tau im Gras, bewundert die Herbstfärbung der Bäume, die schönen weißlackierten Bänke – nein, wirklich, er hat sich in diesen Park verliebt, und der Gedanke, daß er bald nicht mehr darin spazieren wird, könnte ihn betrüben. Alles ist so vertraut geworden und scheint zu sagen: Ah, da kommt ja unser Freund, recht guten Morgen!

Ab und zu, natürlich, gibt es auch hier gewisse Dinge, die man lieber nicht sehen möchte, so zum Beispiel ein gußeisernes Brückengeländer, dessen verschossener grüner Anstrich abblättert und Rostflecke sichtbar werden läßt, oder dieses Tempelchen aus ebenfalls gußeiserner Gotik, das mit Brettern verschalt ist und wohl einmal eine Camera obscura war, wo man im Dunkeln das Panorama besser genießen konnte. Aber dergleichen hat man ja wohl in allen Kurorten, es ist offenbar unvermeidlich, und, wenn man's recht überlegt, gehört es vielleicht sogar in gewisser Weise zum Stil, ebenso wie ein muschelförmiger Musikpavillon und die Schwäne, die so Erstaunliches im Vertilgen von Semmelbrocken leisten und deren trautes Familienleben, wie die Kurverwaltung glauben machen möchte, sich auf winzigen Inseln in Schweizerhäuschen abspielt. Seit der Hauptmann jedoch wieder gesund ist, findet er keinen Reiz mehr darin, Schwäne zu füttern, und die Sache mit dem Schweizer Familienleben hat er von jeher für unwahrscheinlich gehalten.

Als er nun aber, kaum bewußt angetrieben von einer unbestimmbaren Erwartung, zu dem Haus gelangt, zu seinem Haus, muß er entdecken, daß auf seiner Bank bereits jemand sitzt. Das hat er nicht erwartet; beinahe verspürt er Ärger darüber, obwohl hier natürlich auch für zwei Leute Platz ist; nur zögernd geht er weiter.

Es ist ein Mann, der da sitzt; er trägt einen dunklen Anzug und liest Zeitung, und da er keinen Hut aufhat, leuchtet sein weißes Haar in der Sonne. Als er die langsamen Schritte auf dem Kies hört, blickt er über die Brille hinweg dem Ankommenden entgegen, faltet die Zeitung zusammen und rückt ein wenig zur Seite, und jetzt muß der Hauptmann wohl höflichkeitshalber vollends hingehen und ebenfalls Platz nehmen. Er grüßt und setzt sich, mit der Absicht übrigens, recht bald wieder aufzubrechen.

Aber der alte Herr nimmt die Brille ab, steckt sie in die Brusttasche und sagt:

„Ich habe nämlich hier auf Sie gewartet."

„Auf mich?"

„Ja."

Der Offizier sieht ihn erstaunt an. „Verzeihen Sie ..., ich kann mich im Augenblick nicht erinnern ..." Er fühlt eine kleine Verlegenheit. „Mein Name ist Harter."

„Von Kirchberg. Nein, ich bin Ihnen durchaus unbekannt. Die Sache liegt einfach so, daß ich Sie täglich hier sah, und es ist ja wunderbar, wie rasch Sie sich erholt haben. Heute gehen Sie sogar ohne Stock!"

„Ja, zum erstenmal, denken Sie!" sagt Harter und atmet tief. „Ich bin gar nicht müde. Noch ein paar Tage, und alles ist wieder in Ordnung. Sie haben recht, es ist wunderbar, und es hätte ja auch anders kommen können, nicht wahr?"

„Nun, Wertenberg ist nicht umsonst als Luftkurort berühmt", sagt Herr von Kirchberg. „Sie sind jung, da hilft der Körper tüchtig mit. Meinen Glückwunsch jedenfalls!"

„Danke."

Nach einer Pause fragt der alte Herr: „Es gefällt Ihnen bei uns?"

„Sehr."

„Und wie lange werden Sie noch bleiben?"

„Eben vorhin erklärte der Doktor: vierzehn Tage."

„Ja, mindestens, sollte man denken."

„Sie sind Arzt?"

„Ach nein, durchaus nicht", antwortet der alte Herr und lächelt. Je länger man ihn betrachtet, desto deutlicher wird es, daß irgend etwas Ungewöhnliches oder Merkwürdiges an ihm zu sein scheint. Er hat ein feines und kluges Gesicht mit lebhaften hellblauen Augen, besonders anziehend aber ist der Mund, der dem eines

12

Pfarrers oder Schauspielers gleicht, so durchgearbeitet sind die Lippen – man fühlt sich an das Bildnis eines Diplomaten aus der Zeit des Wiener Kongresses erinnert, ja, darin liegt wohl das Merkwürdige: dieser Kopf ist altmodisch, wie herausgenommen aus einem alten Bild, unter dem Kinn müßte eine hohe weiße Halsbinde sein, ein goldgestickter Uniformkragen und eine Brust, über die quer ein blaues Ordensband läuft und an der ein Diamantstern funkelt. Aber nichts ist goldgestickt, nichts funkelt, sondern der Mann trägt einen dunklen Anzug, der zwar peinlich sauber, aber keineswegs neu ist, und daraus ergibt sich ein Widerspruch, der geradezu auffallen muß und wohl jenen Eindruck des Merkwürdigen hervorruft.

„Haben Sie", fragt der alte Herr und wendet sich dem Hauptmann zu, „haben Sie einen bestimmten Grund, sich für dieses Haus zu interessieren?"

Harter zögert mit der Antwort.

„Ich sehe Sie seit einer Reihe von Tagen hier, Sie kommen und gehen, aber Sie kommen immer wieder – das ist doch so? Und Sie betrachten dieses Haus mit einer Art von Nachdenklichkeit, als ob für Sie damit eine Erinnerung verbunden sei – ich weiß nicht –"

„Ich weiß es auch nicht!" sagt der Hauptmann mit einer gewissen Heftigkeit. „Das ist es ja, was mich beunruhigt! Um ehrlich zu sein, es beunruhigt mich mehr, als ich mir selber zugestehen mag. Ich habe das Gefühl, daß es in mir eine Beziehung zu diesem Hause gibt, daß es mir nicht fremd ist, obwohl ich niemals hier war."

Der alte Herr betrachtet ihn mit großer Aufmerksamkeit, und plötzlich hat Harter die Empfindung, daß dieses Zusammentreffen kein Zufall ist, ja, daß überhaupt sein Aufenthalt in Wertenberg kein Zufall ist und daß es aus dunklen Gründen so kommen mußte ..., aus dunklen Gründen will etwas zum Licht, etwas lange Vergessenes und Verklungenes. Wie unendlich viel weiter sich doch das Unbekannte, Dunkle erstreckt als das geringe vom Verstand erhellte Fleckchen, das man Bewußtsein nennt! Derlei Gedanken sind ihm bisher fern gewesen, nun kommen sie immer näher herbei, bedrängend nahe. „Ist es Ihnen noch nicht begegnet", fragt er hilfesuchend, „daß Sie einer Landschaft, einem Raum, ja vielleicht sogar nur einem alten Möbelstück gegenüberstanden und plötzlich das Gefühl hatten: Dies habe ich doch schon einmal gesehen?!"

„Freilich", antwortet Herr von Kirchberg. „Sie sprechen da von einem Vorgang, den die Psychologen sehr wohl kennen und über den sie sich die Köpfe von jeher zerbrechen; besonders mystisch Eingestellte glauben sogar, es handle sich um Erinnerungsbilder aus einem früheren Erdendasein – aber dazu muß man freilich Anhänger der Seelenwanderungslehre sein, und das ist nicht jedermanns Sache."

„Allerdings nicht!" erwidert Harter ziemlich kopfscheu.

In den Augenwinkeln des alten Herrn versteckt sich ein Lächeln. „Wenn Sie das Gymnasium besucht haben, ist oder war Ihnen vielleicht die Archytas-Ode des Horaz bekannt, in der dieses eigentümliche Thema des Déjà-vu bereits gestreift wird?"

„O Gott, nein!" sagt der Hauptmann voll Unbehagen.

Nun lächelt Herr von Kirchberg wirklich. „Je älter wir werden, desto rätselhafter blickt uns das Leben an. Dinge, die man früher überhaupt nicht beachtet, ja nicht einmal gesehen hat, zeigen sich plötzlich von einer bedeutenden Seite."

„Allerdings, das tun sie."

„Und dieses Haus also? Es ist Ihnen bekannt?"

„Wenn ich das sagen könnte!"

„Was meinen Sie wohl", fragt Herr von Kirchberg, und seine hellen Augen sind besonders durchdringend, „was meinen Sie: Wie sieht es innen aus?"

Der Hauptmann hebt überrascht den Kopf. „Mir scheint, ich habe mir das noch gar nicht vorzustellen ver-

sucht ..., eigentümlich! Sie machen mich da aufmerksam ..."

„Nun, worauf?"

„Bei mir ist etwas nicht in Ordnung ...", antwortet
der Offizier beklommen. „Der Arzt irrt, wenn er meint,
daß ich gesund bin. Nein, etwas ist doch nicht so wie
früher! Denken Sie nur: Während ich hier sitze, in der
warmen Vormittagssonne, und während ich über Ihre
Frage nachdenke, ja, während ich mich wundere, daß
ich mir noch nie ein Bild vom Inneren des Hauses zu
machen versucht habe – während dieser Augenblicke also
ist mir plötzlich, als wüßte ich, wie es da drinnen ausschaut! Jedenfalls sehe ich das unbekannte Bild vor mir –
und zwar ganz deutlich!"

„Ja?" fragt Herr von Kirchberg und läßt ihn nicht
aus den Augen.

„Durch diese Haustür – würde ich sagen – kommt man
in eine Halle – nein, es ist eigentlich keine Halle, sondern mehr ein Treppenhaus –, nämlich so, daß von einem
großen Mittelraum weiße Türen in die einzelnen Zimmer
führen, aber rechts und links gehen Treppen zum ersten
Stock, oben läuft eine Galerie rundum, die von Säulen
getragen wird und von der ebenfalls Türen, genau wie
unten –"

„Weiter?"

„Aber das Auffallende ist, daß die Wände im Erdgeschoß nicht weiß sind wie die Türen, sondern pastell-
blau, ja, es sieht richtig aus wie Wedgwood-Porzellan,
Weiß auf Mattblau – und an der Wand gegenüber der
Haustür befindet sich vor diesem sanften Hintergrund –"

„Nun?"

„– quer – ein Bildwerk – ein ruhender Akt, schön, oh,
warten Sie –, man kennt das, es ist ein Abguß der Fürstin Pauline Borghese von Canova!"

Eine Weile bleibt es ganz still.

Dann raschelt eine Amsel im Gebüsch, nahe hinter der
Bank.

„Jawohl!" sagt der alte Herr.

Der Hauptmann richtet sich auf, nimmt die Mütze ab und wischt sich den Schweiß von der Stirn. „Ich bin eben doch nicht so gesund . . .", murmelt er und schaut umher wie ein Erwachender.

„Vollständig!" erwidert Herr von Kirchberg. „So gesund wie nur irgend jemand, glauben Sie mir. Übrigens stimmt es."

Er steht auf und geht langsam über den Kiesplatz, durch den hellen Sonnenschein auf das Haus zu. Der Hauptmann folgt ihm.

„Was stimmt, bitte?"

Statt einer Antwort klinkt jener die Tür auf und läßt den Besucher über die Schwelle treten.

Durch die hohen Fenster rechts und links von der Tür flutet das Licht warm und freundlich in das Treppenhaus, alles ist genau so, wie Harter es beschrieben hat, genau so, die Sonnenstrahlen tanzen im goldenen Rahmen, und die Luft ist erfüllt von jenem eigentümlich süßen, trockenen Geruch, der aus Holzwerk und alten Büchern aufsteigt und in dem eine Spur von Moschusduft zu schweben scheint, eine Erinnerung an alte Liebesbriefe, verklungenes leises Lachen, verwelkte Blumen.

„Das ist unglaublich . . . !" sagt der Offizier.

Irgendwo im Hause schlägt ganz dünn und silbern eine Uhr. Zehn.

„Hier wohnt also jemand!" sagt Harter.

„Gewiß!" antwortet der alte Herr. „Ich. Dies ist meine Dienstwohnung und mein Arbeitsplatz. Ich verwalte nämlich das fürstlich wertenbergische Haus- und Staatsarchiv."

Er geht über den gelblichen Fliesenbelag der Halle und öffnet eine zweite Tür. Sie führt in ein freundliches, aber sehr hohes Zimmer, das halb wie ein Arbeitsraum, halb wie eine Wohnstube eingerichtet ist: an zwei Wänden stehen große Aktenregale aus Kirschholz, ein Doppelpult ist da, ein Tisch, auf dem man Aktenbündel und eine Kartei sieht, am Fenster jedoch befinden sich zwei gemütliche Ohrenlehnstühle, sie sind mit altem schwarzem Leder überzogen, das mit weißen Porzellannägeln befestigt ist; ein weißer Kachelofen steht auf dünnen Beinen in der Ecke, er hat die Gestalt einer kannelierten Säule und spiegelt sich in einem Aschenblech aus blankgeputztem Messing und auf dem Fußboden, der aus verschiedenfarbigen Hölzern kunstvoll eingelegt ist.

„Dieses Haus scheint nicht immer als Archiv gedient zu haben", sagt der Hauptmann und bewundert den schönen Fußboden.

Er ist noch so benommen, daß er sich, nur um Haltung zu bewahren, an derartige äußerliche Dinge klammert.

„Nein, allerdings nicht", antwortet Herr von Kirchberg. „Aber seine guten Zeiten sind schon lange vorbei. Seit siebzig bis achtzig Jahren."

Weil die Tür zum folgenden Raum offen steht, kann der Besucher dort hineinblicken: er ist noch größer, an allen Wänden reichen die Aktenschränke und Büchergestelle bis zur Decke, sonst scheint sich nichts darin zu befinden außer einem langen Tisch in der Mitte, auf dem man Papiere ablegen kann, und einem Kristallüster, der über diesem Tisch hängt und nie benutzte Kerzen trägt.

„Hier also wohnen Sie?"

„Ich wohne im oberen Stock, wir schauen später hinauf, wenn es Ihnen recht ist; nur eben jetzt muß ich hier bleiben, denn von zehn bis zwölf Uhr ist das Archiv geöffnet. Ach, deshalb brauchen Sie doch nicht zu gehen!" fügt er lachend hinzu. „Ich denke, der Andrang der Benutzer wird sich in Grenzen halten!"

Auch der Hauptmann lacht. Sie setzen sich in die Lehnstühle am Fenster, einander gegenüber. „Ich kann mir denken", sagt Harter und ist drauf und dran, in dieser Umgebung seine Unruhe zu vergessen, „daß es Wochen dauert, ehe jemand die Notwendigkeit verspürt, das fürstlich wertenbergische Haus- und Staatsarchiv zu benutzen."

„Hm – ganz so, wie Sie sich das vorstellen, ist es nun auch wieder nicht", antwortet Herr von Kirchberg. Er lehnt sich behaglich zurück, schlägt ein Knie über das andere, zieht eine schwarzglänzende Dose aus Karlsbader Sprudelstein hervor, klopft mit der Seite des Daumens auf den Deckel, öffnet sie – und nimmt eine Prise Schnupftabak, mit aller altväterischen Grazie, man sollte nicht glauben, wie geschickt und appetitlich sich so etwas machen läßt, und es paßt ja auch vortrefflich zu ihm und in diese Umgebung. „Wie gesagt, nicht ganz so. In Ihren Augen bin ich offenbar eine Art Gegenstück zu einem Bürgerwehrposten aus der guten alten Zeit, der, von Spitzweg gemalt, mit Tschako und weißem Lederzeug an einem hübschen Aussichtspunkt Wache hält und achtgibt, daß die Kinder seine Kanone nicht wegschleppen. Ich nehme Ihnen diese Meinung nicht übel, dafür sind Sie ein junger Hauptmann und ich bin ein alter Archivar. Vor Ihnen liegt die Welt offen; was mich betrifft, so liegt sie mir nicht weniger offen, nur nach der anderen Seite hin, nämlich nach rückwärts – das ist der Unterschied zwischen uns beiden."

Harter hört ihm nachdenklich und aufmerksam zu. Diese Blickwendung ist etwas ganz Neues für ihn.

„Sie", fährt der Archivar fort, „haben die Pflicht, nach vorwärts zu sehen, ich habe das Recht, die Vergangenheit zu betrachten. Sie glauben, das sei unnütz und entferne wohl gar den Menschen von der allmächtigen Gegenwart? Nun, ich habe im Laufe der Zeit gelernt, daß die jeweilige Gegenwart gar nicht so allmächtig ist, wie man gern annimmt. Finden Sie diese Meinung frivol? Sie ist es keineswegs, lieber Freund. Denn die Gegenwart steht ja auf den Schultern der Vergangenheit, tausend Wurzelfäden reichen aus dem Versunkenen und Abgestorbenen zu dem grünen Baum des Lebens herauf, er nährt sich von dem, was gewesen ist, und das Verwesende wird zur Quelle neuen Lebens. Vielleicht ist das in Ihren jungen Augen nichts weiter als eine pietätvolle und weltfremde

Theorie, aber wenn Sie zu dieser Annahme neigen, irren Sie sehr. Soll ich Ihnen das an einem beliebigen Beispiel deutlich machen? Sie wissen, daß der Dreißigjährige Krieg Anno 1648 durch den Frieden zu Münster beendet wurde, seitdem sind also rund dreihundert Jahre verflossen, eine schöne Spanne Zeit, nicht wahr? Was geht uns heute noch der Westfälische Friede an! Schlagen Sie aber einmal nach, lesen Sie die Friedensbestimmungen – Sie werden sich wundern, wie sehr dadurch auch heute noch das Gesicht Europas festgelegt ist, und wie ganz anders die Welt heute aussehen würde, wenn damals eben andere Abmachungen getroffen worden wären. Nun ist das freilich ein Beispiel aus der großen Weltgeschichte, und Sie werden mir entgegenhalten, daß das kleine deutsche Fürstentum Wertenberg niemals in der Lage war, große Weltgeschichte zu machen. Das ist richtig. Indessen gibt es auch kleine Dinge, die Anspruch auf Bedeutung haben, ebenso wie sich ein riesiger Wald aus vieltausend einzelnen Bäumen zusammensetzt."

Der Hauptmann nickt. Er wird immer nachdenklicher. „Aber die Zeit ebnet doch alles ein", sagt er, und er tut es eigentlich nur, weil er den anderen zum Weitersprechen veranlassen möchte.

„Die Zeit!" erwidert der Archivar fast ironisch und steht auf. „Kommen Sie einmal mit ins Nebenzimmer."

Sie gehen hinüber zu den vielen Aktenschränken. Dort hängt an der Fensterscheibe eine bleigefaßte Glastafel, auf der in bunter, altertümlicher Schrift die Verse zu lesen sind:

Man sagt, die Zeit ist schnell: wer hat sie sehen fliegen?
Sie bleibt ja unverrückt im Weltbegriffe liegen.

„Darüber sollten Sie sich bei guter Gelegenheit ein wenig den Kopf zerbrechen", sagt Herr von Kirchberg lächelnd. „Es ist ein Zweizeiler von Angelus Silesius. Begleiten Sie mich weiter, ich habe für jeden von diesen Räumen, in denen soviel Gewesenes unverwest aufgestapelt liegt, einen solchen Zweizeiler ausgesucht." Sie gehen weiter. „Sehen Sie hier:

Freund, so du etwas bist, so bleib doch ja nicht stehn:
Man muß aus einem Licht fort in das andre gehn."

Und überall an den hohen Wänden reichen die Aktenschränke bis zur Decke, in jedem Zimmer des Erdgeschosses glänzen noch die schönen, schlanken Kachelöfen, die bunten Hölzer des Fußbodens, hier hängt ein halbblinder, schmaler Spiegel in einem braunen Rahmen, dort steht ein zierliches Kommödchen, da hängt am Türpfosten ein Klingelzug aus Perlstickerei. „In diesen Schränken", sagt der Archivar mit einer gewissen Feierlichkeit, „liegt nun die Geschichte eines ganzen Landes und eines Fürstenhauses beschlossen, von Anfang an."

„Die Familie der Fürsten von Wertenberg ist ausgestorben, soviel ich weiß?" fragt Harter.

„Es gibt keinen dieses Namens mehr . . .", antwortet der Archivar, „und das Land ist im neunzehnten Jahrhundert durch Erbgang an den größeren Nachbarn gekommen. Hier liegt alles, vom ersten bis zum letzten."

Im Treppenhaus ist ein kleines Geräusch. Herr von Kirchberg läßt den Besucher für eine kurze Weile allein. Mit ein paar Briefen in der Hand kommt er zurück und sagt: „Da sehen Sie, daß wir keineswegs unnütz sind: Grundbuchamt – Hessische Staatsbibliothek – Bayerisches Staatsarchiv – Historisches Seminar der Universität Bern – und hier sogar das geschätzte Finanzamt, alle möchten irgend etwas wissen, was sie an keiner anderen Stelle erfahren können."

„Sie haben also zu arbeiten, Herr von Kirchberg, ich darf Sie nicht länger stören."

„Niemals hat mich jemand weniger gestört!" sagt der alte Herr. „Sie erinnern sich doch, daß Ihr Besuch nicht unerwartet kam? Nun habe ich Ihnen noch gar nicht die oberen Räume gezeigt, die viel hübscher und reicher sind als das Archiv – und überdies fühlen Sie wohl selbst, daß dieser Besuch und diese Unterhaltung erst ein Anfang waren?"

„Ich bleibe nicht mehr allzu lange in Wertenberg!"

„Eben deshalb! Wollen Sie heute nachmittag zum Tee wiederkommen? Das freut mich! Aber möglichst frühzeitig, wenn ich bitten darf, die Tage sind schon kurz, und ich habe Ihnen noch manches zu zeigen und vielleicht auch zu erzählen. Auf Wiedersehen also!"

In einer geradezu souveränen Haltung steht Herr von Kirchberg in der Tür seines merkwürdigen Hauses und nickt dem Hauptmann zu, wirklich, es fehlt nur noch ein blaues Ordensband über der Brust, und daß er die rechte Hand lässig auf die Hüfte stützt. Harter grüßt respektvoll und macht kehrt. Er geht über den sonnigen Kiesplatz; das helle Licht, die Luft, der blaue Himmel wirken doch wie eine Befreiung, so freundlich das Archiv auch war. Hier aber umfängt ihn die leuchtende Gegenwart, in der es keinerlei Fragezeichen gibt. Und das ist gut, sehr gut. Denn Fragezeichen sind zwar interessant, aber auch beunruhigend, sie bedrohen das Gleichgewicht, und eigentlich kann man das nicht brauchen; das Leben ist bisweilen schon schwierig genug, darf man es auch noch mutwillig mit Unklarheiten belasten?

Trotzdem, ein großer Zauber liegt im Nichtbegreiflichen und Nichtgelösten, ein Reiz des Zwielichts, des heimlichen Herzklopfens; es ist, wie wenn eine frühere Geliebte auf der anderen Straßenseite vorübergeht. Man wird so wunderbar schwermütig dabei.

Der Hauptmann schlendert in die Stadt, betrachtet zum hundertsten Male die Schaufenster, kauft eine Zeitung. Nach dem Essen, das ist Vorschrift, muß er ruhen, auf einer Sonnenterrasse, die große Stille umfängt ihn.

Aber schon um drei Uhr geht er wieder durch den Park, steht vor dem Haus, zieht an dem blanken Messinggriff der Klingel und weckt drinnen ihre dünne, blecherne Stimme auf, die durch die einsamen Räume hallt wie das Bellen eines alten Hündchens.

Herr von Kirchberg erscheint und begrüßt ihn, er führt ihn sogleich die Treppe hinauf in die oberen Zimmer.

Hier ist nun alles viel freundlicher, denn die Stuben sind verhältnismäßig niedrig, und natürlich fehlen an den Wänden die steifen Aktenschränke und Büchergestelle. Gerade die Wände sind hier ganz entzückend, zumal jetzt, da das Nachmittagslicht durch die Tüllgardinen hereinfließt: mattgelb sind sie oder sanftgrün oder bräunlich, abgeteilt durch senkrechte Streifen, die ein Blumenmuster haben. Alte Stahlstiche hängen da, meist Landschaften, aber auch Bildnisse aus der Zeit vor hundert Jahren. Ach, und diese Möbel! Ein helles Goldbraun, die Bezüge dunkelgrün, gehäkelte Deckchen darauf; ein gemütliches Sofa hinter einem runden Tisch; eine hübsche Kommode, auf der Porzellan steht; ein Glasschrank mit vielen goldgeränderten Tassen; auf dem gestrichenen Fußboden ein dunkelgrüner Teppich – man möchte glauben, in einem Heimatmuseum zu sein, Abteilung „Wohnung aus der Biedermeierzeit".

„Entzückend!" sagt Harter; er geht langsam durch die beiden ersten Zimmer, deren Verbindungstüren offen sind. „Man kann sich so gut vorstellen, wie das Leben hier einmal ausgesehen hat: unten waren die Repräsentationsräume für feierliche Empfänge, große Teegesellschaften und ähnliche Veranstaltungen, hier war es gemütlicher, hier lebte man alle Tage, Blumensträuße leuchteten in den Vasen, eine junge Frau saß am Stickrahmen, auf diesem Tafelklavier wurde Schubert gespielt, und –"

Herr von Kirchberg nickt, während sie über die Schwelle des dritten Zimmers treten. „Sie haben eine freundliche und starke Einbildungskraft!" sagt er. „Ja, so war es gewiß. Ich dachte mir doch, daß diese Umgebung Sie aufs lebhafteste und lebendigste berühren würde! Sie wollten etwas fragen?"

Der Hauptmann ist verstummt.

Er steht ganz still in dem dritten Zimmer, und es ist hier ja auch etwas merkwürdig. An einer der mehr breiten als hohen Wände nämlich befindet sich eine Sammlung, eine Sammlung von vielen feingemalten Bildnisminiaturen und ausgeschnittenen Schattenrissen, jedes einzelne Stück in einem schwarzen oder goldenen Rähmchen. Es mögen wenigstens zweihundert sein, gefällig geordnet hängen sie an der Wand, die von ihnen ganz bedeckt wird, und an den Fenstern sind Rollvorhänge herabgelassen, damit die Sonne, die jetzt darauf liegt, die Bilder nicht verdirbt. Das gibt eine zwar helle, aber doch ein wenig geheimnisvolle Dämmerung.

„Vielleicht wünschen Sie —", beginnt der Archivar.

Aber Harter winkt fast heftig ab und legt die Hand an die Stirn.

Man sieht, daß er sich geradezu qualvoll bemüht, irgend etwas aus seinem Gedächtnis heraufzuholen, heranzuzwingen, etwas längst Vergessenes und doch ehemals Vertrautes – daß er im Begriff ist, endlich den Fuß über jene Schwelle zu setzen, über die er bisher nicht vordringen konnte, und daß die unsichtbare Mauer, die ihn daran hinderte, auseinanderzuweichen beginnt.

Der Archivar erkennt es und verstummt.

„Das war doch . . .", sagt Harter endlich, und es ist, als lausche er auf eine Stimme in seinem Inneren, „gleich . . . wenn ich nur wüßte . . . einen Augenblick noch, hören Sie einmal –" Er reibt sich die Stirn und beginnt stockend die Verse zu sprechen:

„Vertraute Bilder sanft im Dämmerlicht,
Die ihr mein Leben mannigfalt umkränzt,
Nicht alle lieb' ich euch, nein, alle nicht,
Doch seid ihr so geheimnisvoll beglänzt,
In dunkelbunte Schleier eingehüllt,
Daß ihr zu leben scheint —"

„Weiter!" sagt Herr von Kirchberg gespannt. „Weiter!"

„Ich weiß es nicht mehr . . ." antwortet Harter, läßt die Hand sinken und blickt den alten Herrn an. „Wahrhaftig, mir will nicht einfallen, wie es weitergeht . . ."

„Sie erinnern sich nicht, von wem diese Verse sind?"

„O doch — das heißt: der Name des Verfassers ist mir freilich unbekannt, aber ich weiß genau, daß ich das Buch besitze."

„Ein Buch mit diesen Versen? Sie besitzen es? Ein gedrucktes Buch?" fragt Herr von Kirchberg. Er ist in einem Maße erregt, wie man es ihm niemals zutrauen würde. „Wirklich? Sind Sie dessen vollkommen sicher?"

„Ganz sicher — es müßte denn während der letzten Jahre verlorengegangen sein, aber das ist kaum anzunehmen – – oh, und jetzt wird mir vieles klar! Endlich! Gott sei Dank! Wahrhaftig: ich bin über die Schwelle!" Er schlägt die Hände zusammen. „Das also war des Pudels Kern! Und ich war drauf und dran, mich vor Gespenstern zu fürchten!" Der Hauptmann lacht, es ist wie eine Befreiung. „Aber jetzt, verzeihen Sie, muß ich mich ein wenig setzen. Sie glauben ja nicht, wie mir dies alles nachgegangen ist."

„Erzählen Sie!" drängt der Archivar. „Übrigens wartet der Tee!"

„Tee – ein herrlicher Gedanke!" Harter ist übermütig wie schon lange nicht mehr. Sie gehen in das erste Zimmer zurück, da steht der Teetisch, zierlich gedeckt. „Erzählen? Nun, das ist schnell getan."

Die beiden setzen sich, Herr von Kirchberg gießt den Tee ein.

„Als Schüler, wissen Sie, in dem Alter, in dem der Mensch beginnt, ästhetische Bedürfnisse zu verspüren, sagen wir also zwischen fünfzehn und sechzehn, hab' ich das Buch bei einem Antiquar gekauft, für Pfennige. Ein Bändchen Gedichte, ziemlich alt – ich sehe es vor mir: in Pappe gebunden, die mit einem verschossenen und an den Rändern abgewetzten hellblauen Glanzpapier bezogen ist. Ich kaufte es eigentlich nur, weil mir dieser Einband so gefiel, denn der Name des Verfassers ist nicht angegeben, nein, weder auf dem Einband noch auf dem Titelblatt. Ganz einfach ‚Gedichte', und darunter befindet sich eine kleine Vignette, eine Harfe wohl, die an einen Säulenstumpf gelehnt ist."

„Name des Verfassers nicht angegeben!" nickt der Archivar. „Das ist sehr wahrscheinlich. Und der Druckort? Das Jahr?"

Harter überlegt, dann schüttelt er den Kopf und lächelt entschuldigend. „Ich kann mich nicht erinnern, möglicherweise fehlen auch diese Angaben, eigentlich hab' ich mich nie darum gekümmert. Nein, was mir viel wichtiger war: Ich ging also mit meiner Neuerwerbung nach Hause – ach, jetzt erlebe ich das alles noch einmal –, es war an einem schulfreien Nachmittag, ich setzte mich an das Fenster meiner Stube, von der aus man in den Nachbargarten und auf ein bemoostes Ziegeldach hinabsah, und begann zu lesen. Es wurde ein ganz besonderer, stiller, tiefer Nachmittag! Die Gedichte sind ja nicht gerade sehr gut, aber sie sind auch nicht schlecht, soweit ich es beurteilen kann – lyrische Gedichte eines vermutlich jungen Menschen, der seine Erlebnisse, Gedanken und Gefühle zu formen versucht. Übrigens sind diese Erlebnisse, Gedanken, Gefühle keineswegs ungewöhnlich – aber gerade darin lag für mich vielleicht der außerordentliche Reiz, den ich noch heute in der Erinnerung verspüre, denn unvermutet fand ich Dinge, die ich selber schon erlebt, gedacht und gefühlt hatte! Mir war, als sähe ich mich im Spiegel, oder als sei ein Unbekannter bei mir, der das auszusprechen vermochte, was ich selber nicht so sagen konnte – kurz: Ein Leser begegnet einem Dichter, oder wie Sie es nennen wollen."

„Gewiß ein guter Ausdruck."

„Nur freilich, der Unbekannte schien nicht in einem Gymnasiastenstübchen zu wohnen und auf ein bemoostes Ziegeldach hinauszublicken. Er sprach von einer Säulenhalle, wo im Dämmerblau ein weißes Frauenbild ruhte; von einem stillen Haus im Park; von einem Balkon, zu dessen Füßen die Stadt liegt; ja, und dann von einem bezaubernden Mädchen und seiner Liebe zu ihm! Mein

Gott, wie oft hab' ich diese Gedichte gelesen – so oft, daß ich alle fast auswendig wußte! Der Unbekannte war mein Freund und stummer Begleiter geworden, oder ich der seine."

„Und?"

„Und? Nun, wie es so geht. Man wird älter, zeitweise ist man weniger verliebt, allmählich schaut man die Welt mit anderen Augen an, glaubt vielleicht auch, über jene Jahre hinausgewachsen zu sein – es geht ja alles so geschwind. Und so vergißt man die stillen Freunde seiner Jugend. Das ist undankbar, aber es ist so. Indessen: plötzlich eines Tages sind diese Dinge doch wieder da, plötzlich stehen sie vor einem – und was gerade in diesem Falle das Verblüffende ist, es zeigt sich, daß sie keine bloße Erfindung waren, sondern einen sehr wirklichen Hintergrund haben. Daher also jenes unheimliche Gefühl des Déjà-vu, das sich jetzt allerdings aufs natürlichste erklärt!"

„Sie haben nie zu erfahren versucht, wer der Verfasser der Gedichte ist?"

„Nein. Damals nicht, und später war ich wohl doch schon etwas davon abgerückt – vor allem hatte ich anderes zu tun. Aber jetzt bin ich freilich sehr neugierig. Er hat hier gewohnt, in diesem Hause, nicht wahr?"

Herr von Kirchberg antwortet nicht unmittelbar, sondern fragt: „Sie wissen nicht genau, ob Sie das Buch noch haben?"

„O doch, wenigstens kann ich es Ihnen mit ziemlicher Bestimmtheit versichern. Ich will noch heute an meine Mutter schreiben und bitten, daß es mir hergeschickt wird."

„Ich wäre Ihnen dafür ganz außerordentlich dankbar!" sagt Herr von Kirchberg. „Vielleicht überlegen Sie sich, ob und zu welchem Preise Sie das Buch mir, das heißt dem Archiv, verkaufen wollen?"

„Hat es denn überhaupt einen Wert?"

„Ja und nein. Damit meine ich, daß es nicht in dem Sinne wertvoll ist wie etwa eine Erstausgabe des ‚Werther' oder der ‚Räuber'. Trotzdem muß ich Ihre Frage bejahen. Aus einem bestimmten Grunde nämlich sind seinerzeit die wenigen Exemplare, die es überhaupt gab, aufgekauft und vernichtet worden. So kommt es, daß ich niemals eines gesehen habe."

„Wie ist es möglich, daß Sie die Gedichte kennen?"

„Die Urschrift befindet sich in unserem Archiv, ebenso die spätere Anordnung, die Bücher einzuziehen."

„Der Verfasser hat also dem Hause Wertenberg angehört?"

„Jawohl!" antwortet Herr von Kirchberg. Er legt ein solches Gewicht in dieses Wort und ist so erregt bei der Aussicht, ein Exemplar des Buches zu bekommen, daß der Hauptmann, dem die Sache ja nicht in gleicher Weise nahesteht, lächelt. Ein altes Buch, du lieber Gott! Man sollte meinen, es gäbe Wichtigeres in der Welt, vollends heutzutage. „Ich werde mir erlauben, Ihnen das Bändchen zu verehren", sagt er.

„Wahrhaftig?"

„Unter der Bedingung freilich, daß Sie mir endlich verraten, was es damit für eine Bewandtnis hat und wie der Name des Verfassers lautet!"

„Das versteht sich wohl von selbst!" erwidert der Archivar. „Zwei Wochen bleiben Sie noch hier?"

„Werden Sie soviel Zeit dazu brauchen?"

Der alte Herr lehnt sich in seinem Stuhl zurück und sagt etwas ironisch: „Soviel Zeit! Was sind zwei Wochen?"

„Für einen Namen —"

„Für die Geschichte eines ganzen Lebens, lieber Freund!"

„Oh, das ist freilich etwas anderes und klingt gut! Schon lange denke ich, wenn ich diese Umgebung betrachte, daß sie für mich wie ein schöner alter Goldrahmen ist, in dem das Bild fehlt."

„Das Bild will ich Ihnen liefern, so gut ich's eben vermag. Der Mann, der diese Gedichte schrieb, und sein Leben waren eigentümlich genug. Seit ich hier wohne, und das ist schon sehr lange, arbeite ich daran, jene Gestalt und jenes Leben zu rekonstruieren — aus Akten, Briefen, Aufzeichnungen, Tagebüchern, wie das so zu unserem Berufe gehört. Manches habe ich aufgeschrieben und werde es Ihnen vorlesen, das meiste habe ich im Gedächtnis, alles aber ist so plastisch, als ob es sich dabei um Gegenwärtiges handle. Wenn man sich mit solchen Studien befaßt, wird der Vorhang, der Vergangenheit und Gegenwart trennt, ja überhaupt durchaus fadenscheinig, und wenn nicht manche Äußerlichkeiten wären, die an die sogenannte Zeit gebunden sind, würde man Vergangenheit und Gegenwart kaum unterscheiden können. Oder glauben Sie, daß die natürlichsten und einfachsten Empfindungen der Menschen sich jemals ändern? Glauben Sie, daß man vor hundert Jahren anders zornig oder hungrig, eifersüchtig oder unglücklich verliebt war? Der Mensch bleibt immer derselbe, die Grundlagen des Daseins ändern sich nicht. Die Farbe mag wechseln, die Form bleibt. Was ist die Zeit, wer hat sie sehen fliegen?"

Der Hauptmann betrachtet nachdenklich das alte Porzellan auf dem Tisch.

„Ja, sehen Sie!" sagt Herr von Kirchberg lebhaft. „Schon vor hundert Jahren stand diese Vase auf diesem Tisch, und vermutlich waren – am gleichen Tag wie heute – violette Astern darin, genau wie heute! Allerdings, es sind nicht mehr dieselben Astern, aber was macht das eigentlich aus? Es macht eigentlich nichts aus, gar nichts. Gerade so verhält es sich mit einer Geschichte, wenn man sie nur richtig versteht. Ach, und vollends die Liebe!"

„Kommt auch Liebe darin vor?" fragt Harter.

„Denken Sie an die Gedichte!" antwortet der Archivar. „Wollen Sie mich täglich um die Teestunde besuchen? Ich werde Ihnen den Roman einer Jugend erzählen. Vielleicht könnte man ihn den Roman einer jeden Jugend nennen, denn die Jugend endet ja stets in dem Augenblick, in dem – – aber das werden Sie hören. Die äußeren Umstände mögen wechseln, die Form bleibt. Was ist die Zeit!"

Zweites Kapitel

Am folgenden Tag ist der Teetisch wieder genau so zierlich und liebevoll gedeckt. Das fällt dem Hauptmann auf, es muß ihm auffallen, und er möchte gern fragen, ob es wirklich Herr von Kirchberg selber ist, der soviel Sorgfalt auf sein Hauswesen verwendet. Aber er kommt nicht dazu, denn der Archivar begrüßt ihn mit derselben scharmanten Lebhaftigkeit wie gestern und zeigt ihm sogleich einen Haufen von Schriftstücken, der sich in der Sofaecke breitmacht. „Ich weiß nicht", sagt er dabei, „ob wir das heute schon brauchen, immerhin habe ich es zusammengesucht für den Fall, daß mich mein Gedächtnis einmal im Stich läßt. Wie geht es Ihnen, wie haben Sie den Vormittag verbracht?"

„Ja, denken Sie", antwortet Harter, „es fiel mir ein, daß ich mich auf Ihre Geschichte, wiewohl ich noch nichts Genaues davon weiß, ein wenig vorbereiten könnte, um doch nicht gänzlich ahnungslos dazusitzen. Also wollte ich das Schloß der Fürsten von Wertenberg besichtigen, unten in der Stadt. Aber zu meiner Enttäuschung gibt es dort nichts zu sehen, das ganze Gebäude wird von den Amtsräumen der Verwaltungsbehörden eingenommen."

„Das ist allerdings nicht die Schuld der Gegenwart, sondern früherer Jahrzehnte, die aus Sparsamkeit manchmal unziemlich rücksichtslos gegen alles Historische waren. Übrigens dürfte dabei gerade im Wertenberger Schloß kein allzu großer Schaden angerichtet worden sein, denn die Fürsten pflegten schon seit dem Anfang des neunzehnten Jahrhunderts in Schönau zu residieren, einem großen Jagdschloß, das eine Gehstunde talaufwärts liegt. Ich werde gelegentlich davon zu reden haben. Jedenfalls erkennen Sie aber schon aus diesem Umstand, daß die regierenden Herren eine stille, grüne Waldeinsamkeit dem Leben in der Stadt vorzogen. – Brauchen Sie noch irgend etwas? Darf ich anfangen?"

Der Archivar lehnt sich behaglich zurück und beginnt, erst ein wenig stockend, dann immer lebhafter zu erzählen.

Im Hafen von Genua stand ein junger Mann, der Europa so gründlich satt hatte, daß er übers Meer zu fahren gedachte, und zwar möglichst weit weg. Dies war um das Jahr achtzehnhundertvierzig.

Dem jungen Manne schien es mit der Ausführung seiner Absicht zu eilen, denn er fing ungeduldig und mit einer recht düsteren Miene an, auf der Hafenmauer hin und her zu gehen; die Lastträger freilich, welche die daliegenden Schiffe beluden und entluden, und die Nichtstuer, die hier, wie in allen Häfen, herumlungerten, lachten über ihn und seine Ungeduld, denn er lief schon seit einer Woche in dieser Weise auf und ab: so lange bereits machte ein heftiger Südwind den Segelschiffen das Auslaufen unmöglich.

Dieser Wind, der von den afrikanischen Wüsten über das Meer kam, war heiß und hatte etwas Ungesundes, Entnervendes, er ließ das Licht zu grell und die Schatten zu dunkel erscheinen, es war, als ob die Natur fieberkrank geworden sei – gewiß keine günstige Stimmung für jemanden, der, ebenfalls fiebernd, auf das Auslaufen seines Schiffes wartete. Übrigens mußte der junge Mann auch noch durch anderes als seine Unrast auffallen. Er trug sich wie ein Matrose jener Zeit, das heißt, er hatte weite, schlappende Hosen und eine kurze Schifferjacke an, und auf seinem Kopfe saß ein rundes Strohhütchen, dessen schwarze Bandschleife, da es wie üblich weit ins Genick geschoben war, zwischen den Schulterblättern herunterhing; zudem hatte er sich seit längerer Zeit von den Ohren bis weit in die Wangen hinab nicht mehr rasiert, so daß ihm an diesen Stellen ein krauses Backenbärtchen gewachsen war. Alle diese Bemühungen um eine möglichst seemännische Erscheinung jedoch ließen es keineswegs glaubhaft werden, daß er wirklich ein Matrose sei. Das feine Gesicht, die Art, wie er sich bewegte und ging, und vollends die Hände, die bestimmt niemals schwere Arbeit verrichtet hatten, sondern viel eher an die eines Musikers erinnerten, alles das verriet einen Menschen von bester Herkunft. Übrigens wußten die Lastträger genau, woher der Fremde morgens kam, aus einem sehr guten Gasthofe nämlich, in dem nur vornehme Reisende abzusteigen pflegten, und wo gewiß niemals ein Matrose gewohnt haben würde. Um so unbegreiflicher war es ihnen deshalb, aus welchen Gründen der junge Mann diese merkwürdige und unbeholfene Maskerade aufführte; schließlich einigten sie sich im stillen darauf, daß er wohl ein bißchen verrückt sei, wie das bei reichen Leuten, die keine Sorgen haben, nicht selten vorkommt, wenigstens nach Meinung der Lastträger.

Eines Morgens jedoch hatte sich der widrige Wind gelegt, und zwar so vollständig, daß sich kein Lüftchen regte und das Meer wie Blei dalag, grau wie Blei, denn eine trübe Wolkenschicht war über den Himmel gezogen, und es begann zu regnen. Nun war allerdings auch diese Windstille nicht zur Ausfahrt geeignet, verschiedene Anzeichen ließen jedoch darauf schließen, daß sie demnächst vorüber sein würde, und der Kapitän des Amerikafahrers, auf dem der junge Mann einen Platz belegt hatte, gab bekannt, daß man vermutlich am Nachmittag die Anker lichten werde. Wenn also die Ungeduld des Fremden noch wachsen konnte, so tat sie es jetzt. Er ging und stand wie gewöhnlich auf der Hafenmauer herum, diesmal jedoch im Schutz eines Regenschirmes, der schon deshalb Aufsehen erregte, weil Regenschirme in der damaligen Zeit noch nicht allgemein benutzt wurden, vollends nicht von Männern. Zudem war dieser neumodische Gebrauchsgegenstand an und für sich eine Sehenswürdigkeit. Sein schwerfälliges Fischbeingestell war mit schwarzem Wachstuch bespannt und von ungeheurer Größe, und es wurde nicht leichter durch den Umstand, daß im Griff ein Taschenfernrohr untergebracht war. Die Lastträger also hatten neuerdings etwas zu lachen und taten dies um so lieber, als sie heute hinter dem riesigen Regendach bis dicht an den Fremden herankommen und seine würdevolle Unrast ungesehen nachahmen konnten.

Vielleicht bemerkte er es wirklich nicht, vielleicht wollte er es nicht bemerken – jedenfalls aber kümmerte er sich nicht darum, was hinter seinem Rücken vorging. So kam es, daß er heftig überrascht war, als plötzlich jemand dicht neben ihm stand und sogar in den Schutz des Schirmes trat.

„Also doch!" sagte der Neuaufgetauchte und nahm den dunkelgrauen Zylinderhut ab.

Er war ein älterer Mann und trug, wie ein Reisender, Stiefel und einen schwarzen Mantel mit mehreren Schulterkragen, unter denen die Ärmel fast verschwanden. Er setzte den Hut nicht wieder auf, sondern behielt ihn in der Hand und sah dem jungen Matrosen mit einem Blick in die Augen, in dem Genugtuung, Vorwurf und kummervoller Ernst gemischt lagen.

„Sie!" sagte der Jüngere, das Blut stieg ihm ins Gesicht, er war nahe daran, seine Haltung zu verlieren, faßte sich aber. „Bitte sich doch zu bedecken. Kein Aufsehen!"

Der Mann setzte den Zylinderhut wieder auf, zu welchem Ende er allerdings einen Schritt zurück und aus dem Schutzkreis des Schirmes heraustreten mußte. Höflichkeitshalber blieb dem Matrosen infolgedessen nichts weiter übrig, als seinen Schirm zusammenzuklappen, was mit Geräusch und ziemlichen Umständen bewerkstelligt wurde und in seiner unfreiwilligen Komik nicht ganz zu dem augenscheinlichen Ernst dieser Begegnung paßte.

Nun standen beide im rieselnden Regen.

„Durchlaucht haben sich Ihrer Umgebung vortrefflich angeglichen ...", sagte der Mann und streifte den Matrosenanzug und besonders das runde Strohhütchen mit einem unbestimmten Blick, ohne übrigens im mindesten zu lächeln.

„Es war nicht für Sie bestimmt", erwiderte der andere kurz.

„Sie hatten die Absicht, eine Seereise –?"

„Allerdings."

„Für längere Zeit, vermute ich."

„Für sehr lange Zeit."

„Niemand war davon unterrichtet!"

„Es scheint doch so!" sagte der junge Mann stirnrunzelnd.

„Ich habe Sie in Florenz gesucht und war außer mir, Sie dort nicht zu treffen. Mit unendlicher Mühe ist es mir gelungen, Ihre Spur zu finden, und ich erschrak, als ich sah, daß sie nach Genua führte."

„Wirklich!"

„Genua ist ein Überseehafen –"

„Scharfsinnig bemerkt!"

„Prinz", sagte der Ältere nach einer Sekunde, „ich hoffe, Sie werden in kurzem zu der Erkenntnis kommen, daß ich diesen Ton nicht verdiene." Dann: „Mir scheint, es ist fast ein Wunder, daß ich Sie noch hier erreiche."

„Das Wunder liegt im Südwind, kein Schiff konnte auslaufen. Nennen Sie es mein persönliches Unglück, und Sie sollen ausnahmsweise recht haben, Herr von Klinger. Aber der Kapitän hat bereits bekanntmachen lassen, daß heute nachmittag –"

„Wohin ist das Schiff bestimmt?"

„Zunächst nach Quebec."

Herr von Klinger schüttelte den Kopf. „Sie waren also entschlossen –"

„Ich bin es noch, und ich möchte den sehen, der mich daran hindert!"

„Sie logieren im Gasthof Andrea Doria –"

„Auch das wissen Sie?"

„Es war das erste, was ich erfuhr, man hat mich von dort aus hierher gewiesen. Darf ich Sie in den Gasthof begleiten, Prinz? Ich muß Sie um Gehör bitten."

„Ich habe nicht die Absicht, mir von Europa noch Vorschriften machen zu lassen."

„Möglich . . .", erwiderte Herr von Klinger und sah dem jungen Mann mit einem eigentümlichen und ernsten Blick in die Augen. „Werden Sie aber auch mir persönlich die Bitte um eine Unterredung abschlagen?"

Dem Prinzen stieg das Blut abermals zu Kopfe. Er überlegte ein paar Sekunden. Dann sagte er: „Gehen wir also. – Es fällt mir nicht leicht."

„Auch ich habe schon Angenehmeres erlebt", sagte Klinger.

Ohne daß ein weiteres Wort gewechselt wurde, stiegen die beiden durch den rieselnden Regen und über das holprige, glitschige Pflaster die Gassen empor, die zu dem höhergelegenen Teil der Stadt führten. Das schlechte Wetter drückte den Rauch aus den Kaminen zwischen die Häuser, Geruch von Teer und säuerlicher Dunst aus den Weinkellern mischte sich dazu, aus den Dachtraufen platschte das Wasser in die Rinnsteine – alles war überaus unerfreulich und wie von Mißmut erfüllt.

Nach einigen Minuten erreichten sie den Gasthof.

Der Prinz hatte sich mittlerweile einigermaßen gefaßt. Er führte Herrn von Klinger in seine Stube und sagte: „Es tut mir aufrichtig leid, daß Sie meinetwegen eine so unbequeme und nutzlose Reise gemacht haben. Ihren Mantel! Bitte, setzen Sie sich, nein, wahrhaftig, ich bitte sehr darum. Mir werden Sie erlauben, ein wenig hin und her zu gehen. Sie sehen angestrengt aus –"

„Ich habe seit mehr als vierundzwanzig Stunden keine Minute Ruhe gehabt."

„Also sind Sie hungrig und müde."

„Wenn ich nur um ein Glas Wein bitten dürfte –"

Der Prinz klingelte und bestellte ein Frühstück.

„Nun also, Sie wollten mir etwas mitteilen?"

„Es ist meine Pflicht, Durchlaucht!"

„Eine Frage zuvor: Wie kommt es, daß gerade Sie –
ich meine, wenn man schon in Wertenberg von meinen
Absichten erfahren hat – der Himmel mag wissen, auf
welche Weise! –, so hätte man doch wohl jüngere Leute
gehabt . . .? Verstehen Sie mich bitte nicht falsch, aber –"

„Ich bin Ihnen für diese Frage dankbar, Sie erleich-
tern mir dadurch die Mitteilung, die ich Ihnen zu machen
habe. Ja, zweifellos hätte man jüngere gehabt . . . unter
anderen, das heißt unter weniger traurigen Umständen."

Der Prinz blieb stehen und ließ die Arme sinken, die
er über der Brust gekreuzt hatte.

„Ich bin", sagte Klinger, „zunächst in meinem Amt
als Hofmarschall hier. Alles andere ist unwichtig."

„Sie wollen damit nicht andeuten, daß etwas Unerwartetes –"

„Allerdings." Er stand auf und sprach langsam: „Da,
wie ich während der letzten Tage festgestellt habe, sämt-
liche Briefe an Sie in Florenz liegengeblieben sind, habe
ich die traurige Aufgabe, Ihnen mitzuteilen, daß Seine
Durchlaucht Ihr Herr Vater nicht mehr unter den Leben-
den weilt."

„Nein!!"

„Ich wollte, ich hätte gelogen, Durchlaucht!" sagte
Klinger.

Der Prinz setzte sich.

Der Aufwärter kam und brachte das Frühstück.

„Das ist ja kaum zu glauben", sagte der Prinz, als sie
wieder allein waren, „und ich ahne nichts! Ich unterbreche die Verbindungen mit Wertenberg absichtlich –
kümmere mich um nichts – denke nur an mich – – und
inzwischen geschieht dies! Um Gottes willen, Klinger!
Wie ist das möglich?"

„Eine leichte Erkältung, die sich verschlimmerte, eine
Lungenentzündung – alles ging unbegreiflich schnell."

„Ich bitte, erzählen Sie! Wann –"

„Es sind heute auf den Tag drei Wochen."

„Drei Wochen!"

Herr von Klinger berichtete ausführlich.

Zuletzt, da eine Turmuhr schlug, raffte sich der Prinz auf. „Verzeihen Sie – ich vergesse meine Pflicht als Wirt – nein wirklich, wie auch die Lage sein mag – Sie sehen erbärmlich aus, Herr von Klinger, ich bitte dringend ... dringend! Mich entschuldigen Sie!"

Er trat ans Fenster, starrte eine Weile auf die trübselige Gasse hinaus und lehnte dann die Stirn gegen die kühle Glasscheibe.

Der andere wartete stumm, dann aber, als die Uhr wiederum schlug, brach er behutsam ein Stück Brot ab und schenkte sich ein Glas Wein ein.

Der Prinz hörte das leise Geräusch, blieb aber unbeweglich am Fenster.

Die Turmuhr schlug zum drittenmal.

„Mein Vater war einundfünfzig –!" sagte der Prinz und wandte sich um. „Es ist nicht zu begreifen, einfach nicht zu fassen! Eine Erkältung, sagten Sie?"

„Auf einem Pirschgang – niemand konnte ahnen –"

„Allerdings, niemand konnte ahnen. Und ich –"

Herr von Klinger erhob sich. „Durchlaucht wollen meine innigste –"

„Ach! – Natürlich! – Ja, danke. – Nicht zu fassen, nicht zu fassen. Und ich ... Klinger! Nein, bitte, setzen Sie sich doch nur, um's Himmels willen." Zufällig sah er sein Bild im Spiegel, stutzte über sich selber und schüttelte den Kopf. „Maskerade! Wie meinten Sie? Nein, selbstverständlich haben Sie nichts gesagt, auch vorhin nicht, als wir uns auf der Hafenmauer begegneten. Ja – so geht es. So töricht ist man." Er zog das Matrosenjäckchen aus und blickte sich ein wenig hilflos um. Dann öffnete er den bereits verschlossenen Koffer. „Sie entschuldigen mich, Herr von Klinger, aber die beengten Verhältnisse hier ... ich muß mich von Kopf bis Fuß umziehen."

„Sollte man nicht inzwischen den Kapitän des Schiffes –"

„Er mag fahren, wohin er will."

Klinger begann nach dieser Bemerkung mit deutlich verstärktem Appetit zu essen. „Alles ist grotesk", sagte er entschuldigend, „dieser Gasthof, Ihre Toilette, mein unvermutetes und unerwünschtes Auftauchen, der schauderhafte Umstand, daß ich mich ernähren muß, um nicht krank zu werden ... dabei im Hintergrund die wahrhaft tragische Tatsache ... Sie haben durchaus recht, Prinz: Es ist nicht zu fassen."

„Grotesk, ja. Besonders was mich angeht. Denken Sie: Ich kann nicht weinen. Noch nicht. Es ist schrecklich. – Mein Bruder?"

„Ihr Herr Bruder hat bereits die Regierung angetreten, wie dies nicht anders zu erwarten war."

„Nicht anders zu erwarten ..." Der Prinz knüpfte sich die Halsbinde. „Jawohl, das ist vollkommen in Ordnung. Wie geht es ihm?"

„Wie uns allen, wenn ich so sagen darf. Ich sehe, daß Sie die Rückkehr nach Wertenberg vorbereiten?"

„Ohne Frage, es gibt Dinge, die alle Absichten zunichte machen."

„Ich darf also vermuten, daß Sie sich über die weiteren Folgen dieser ... dieser traurigen Veränderung klar sind, Prinz?"

„Würde ich sonst auf alles verzichten, was ich mir vorgenommen hatte? Ich muß es tun. Leider! Wenn mein Bruder nicht noch heiratet – was wir freilich sehr hoffen wollen, zumal jetzt –"

„Hoffen wollen ...", wiederholte Klinger. „Gewiß! Ich fürchte freilich –"

Der Prinz stand vor ihm. „Allerdings. Ja. Wir haben kein Glück in der Liebe. Das wollten Sie doch sagen?"

„Ich habe nicht einmal daran gedacht, Durchlaucht", erwiderte der Hofmarschall und sah ihn an.

„Und damit", fuhr der Prinz fort, als habe er Klingers

Entgegnung nicht gehört, „wären wir wohl bei dem zweiten Punkt angelangt, dessentwegen Sie hier sind."

In den folgenden Augenblicken ging mit Herrn von Klinger eine gewisse Veränderung vor. Er hatte bisher, soweit es unter den sonderbaren Umständen möglich war, stets darauf geachtet, jene Haltung zu bewahren, zu der ihn seine Eigenschaft als wertenbergischer Hofbeamter verpflichtete. Diese Haltung lockerte sich jetzt. „Sie würden mich zu großem Dank verpflichten", sagte er und fuhr sich mit den Fingerspitzen über die Stirn, „wenn Sie sich setzen wollten. Es ist friedlicher so."

Der Prinz tat es schweigend.

„Sie haben recht; da Sie entschlossen sind, nach Wertenberg zurückzukehren, so müssen wir wohl auch über jenen zweiten Punkt sprechen, obgleich ich nicht dessentwegen hier bin, wie Sie annehmen." Er wartete auf eine Bemerkung, aber sie kam nicht. „Man ist in Ihren Jahren leichter verletzbar als später, Durchlaucht, das Blut vollendet seinen Kreislauf wohl schneller ... Sie wollten also tatsächlich nach Amerika? Um dort zu bleiben?"

„Um dort für immer zu verschwinden, ja."

„Mir scheint", sagte Klinger, „Sie haben der Alten Welt verschiedenes übelgenommen. Sind Sie sich aber klar darüber, daß Sie mit einem solchen Verschwinden nichts besser, wohl aber vieles schlechter gemacht haben würden? Ach, glauben Sie mir, es ist der Welt überaus gleichgültig, ob man ihr etwas übelnimmt oder nicht! Sie hat dafür nicht einmal ein Lächeln übrig, denn sie bemerkt es überhaupt nicht. So sehen die Dinge in Wirklichkeit aus, nur – solange man jung ist, glaubt man das nicht. Aber ich merke Ihnen an, daß Sie es für höchst überflüssig halten, Belehrungen von mir entgegenzunehmen, und ich begreife das."

Sehr peinliche Stille.

Herr von Klinger wartete; da der Prinz jedoch weiter schwieg, fuhr er fort: „Sie sprachen vorhin von unglücklicher Liebe. Soweit ich, hm, unterrichtet bin, war die Liebe nicht gar so unglücklich. Jedenfalls wäre es – verzeihen Sie den Ausdruck! – sehr unklug gewesen, deshalb Ihr Leben so zu zerstören, wie Sie es wollten. Ganz abgesehen von allem anderen."

„M e i n Leben?" fragte der Prinz mit halb ersticker Stimme. „Hab' ich denn nicht das Ihre zerstört?"

Der andere blickte zu Boden. „Sie meinen, da es sich um meine Frau handelte?" sagte er vollkommen ruhig. „Ja, sehen Sie, so geht es, wenn ein alter Mann eine junge Frau heiratet."

„Sie behandeln diese Dinge mit erstaunlicher Gelassenheit, Herr von Klinger!"

„Wundert Sie das? Wären Sie mir in Wertenberg nicht so beharrlich ausgewichen, so hätten Sie diese Gelassenheit schon früher bemerken können. Aber Sie hatten ein erbärmlich schlechtes Gewissen, um es beim rechten Namen zu nennen, und nichts verleitet den Menschen zu größeren Unbesonnenheiten als ein schlechtes Gewissen, die Liebe vielleicht ausgenommen. Wenn vollends beides zusammenkommt – – indessen kann man einen Fehler niemals wieder gutmachen dadurch, daß man einen zweiten begeht. Das gilt nicht nur für Sie, sondern auch für mich."

„Sie haben jedes Recht auf Genugtuung."

In Klingers verschleierter Stimme war jetzt wirklich fast etwas wie ein Lächeln. „Wie stellen Sie sich das vor, Prinz? – Ich glaube, so ziemlich jeder Mann – ich übrigens nicht ausgenommen! – war einmal in der fatalen Lage, in der Sie heute mir gegenüber sind. Man pflegt in diesem Falle den Kavaliermut aufzubringen, alle Folgen zu tragen. Dabei würde in unserem Falle leider nichts herauskommen als eine dritte Dummheit. Lassen wir also die hergebrachte Pose." Er machte eine Handbewegung. „Jeder muß mit dem fertig werden, was er sich eingebrockt hat – auch ich möchte Ihnen und mir jede weitere Peinlichkeit ersparen und verzichte auf Erklärungen. Ich bitte nur um eines: Nehmen Sie sich – später, in einer ruhigen, einsamen, besonnenen Stunde – einmal die Zeit, sich in meine Lage hineinzudenken; Sie werden dann finden, daß mir weiter gar nichts übrigblieb, als mich so zu verhalten, wie ich mich eben jetzt verhalte. Erinnern Sie sich an diese Bitte, Prinz, das ist alles, was ich fordere. Es ist mir lieb, daß wir diese Aussprache gehabt haben." Er stand auf.

Der Prinz trat auf ihn zu. „Sie behandeln dies alles so knapp ... fremd ... beinahe nebensächlich ... Sie wollen mich beschämen, Herr von Klinger!"

„Das will ich nicht, glauben Sie mir. Nur: ich habe hinlänglich Zeit gehabt, alles zu überdenken."

„Aber Sie verachten mich!" sagte der Prinz, erfüllt von der Bitterkeit des Mannes, der sich als geschlagen erkennen muß, wo er einmal zu siegen geglaubt hatte.

Jetzt lächelte der Hofmarschall wirklich, ein unendlich überlegenes Lächeln des Diplomaten, der auf einen Kampf mit ungleichen Waffen verzichten kann. „Verachten? Nein, Prinz", erwiderte er und schob das Gespräch mit entzückender Eleganz auf eine ihm vertraute Bahn, „schließlich dürfen Sie von mir nicht erwarten, daß ich Sie verachte, weil Sie denselben Geschmack haben wie ich!"

Der junge Mann wurde dunkelrot. „Eine von Ihren gefürchteten Pointen, Klinger", sagte er, „sie trifft mich spitzer, als ein Degen es tun könnte; ich stehe entwaffnet da, und das einzige, was ich vermag, ist, daß ich Ihnen mein Wort gebe –"

Der Hofmarschall unterbrach ihn. „Wir sprachen vom Geschmack, Prinz. In diesem Punkt hab' ich Sie stets hochgeschätzt. Das sollte genügen, denn ein Mann mit gutem Geschmack kann nur gelegentlich irren. Im übrigen vergessen Sie nicht, daß Sie jung sind, beglückwünschenswert jung." Er nahm Hut und Mantel vom Haken. „Sie werden hier vor Ihrer Abreise nach Wertenberg noch dies und das zu regeln haben –"

Der Prinz sah ihn deutlich überrascht an. „So schnell? Sie sollten sich ausruhen, und ich dachte –"

„Ich werde im Wagen Zeit haben, mich auszuruhen", sagte Klinger mit unbewegtem Gesicht. „Haben Euer Durchlaucht sonst noch Befehle für mich?" Er verbeugte sich und übersah dabei die Hand, die ihm der Prinz entgegenstreckte. „Also darf ich in Wertenberg Ihre bevorstehende Rückkehr melden." –

Am nächsten Tage trat der Prinz die Heimreise an. Wie vorausgesagt, hatte sich das Wetter gebessert, schöne Wolken segelten über den blauen Himmel, vom Ostwinde getrieben – vielleicht war der Amerikafahrer jetzt schon auf der Höhe von Marseille, gleichviel, diese Gedanken mußten abgetan sein, man saß in der langsamen, schlechtgefederten Postkutsche, unter deren Rädern lombardischer Staub aufwirbelte, die Reisenden wechselten mit den Stationen, die Luft war heiß, eng und voll Knoblauchgeruch, der hoffnungslose Kampf mit den Fliegen hörte nicht auf.

Jetzt, da die Ereignisse mit harter Hand in seine phantastischen, unklaren, ungereiften Pläne eingegriffen hatten, erkannte er, wie kindisch er gewesen war. Die eintönige Fahrt gab ihm Zeit genug, alles zu überdenken; der plötzliche Tod seines Vaters, den er sehr geliebt hatte, stand so groß und ernst da, daß ihm sein früheres Vorhaben geradezu albern erschien. Er mußte sich eingestehen, daß er in einer nebelhaften Phantasiewelt gelebt hatte, die nicht einmal schön gewesen war. Ein sonderbares, ironievolles Zusammentreffen, daß gerade der Mann, der sich von ihm am unverzeihlichsten beleidigt fühlen durfte, es gewesen war, der ihn im letzten Augenblick von einem Schritt abhielt, den der Prinz schon jetzt als einen grasgrünen Dummejungenstreich erkannte.

Mit dieser Erkenntnis jedoch war noch nicht alles ausgelöscht. Ich werde künftighin mein Dasein in büßerhafter Zurückgezogenheit verbringen, nahm er sich vor, ich werde die Erfahrungen, die ich gemacht habe, in

Weisheit verwandeln, wie man den Rauschsaft einer Pflanze zu Medizin destilliert. Die Einsamkeit wird mir nicht schwerfallen, da ich nun die Welt und ihre Schlechtigkeit kenne. Zugleich aber war er ehrlich genug, sich im geheimsten Winkel seines verwundeten Herzens einzugestehen, daß er mit diesem Beschluß nur die letzte Szene einer Komödie aufführte, an deren Echtheit er selber nicht glauben konnte. Er war, wie Klinger gesagt hatte, beglückwünschenswert jung.

Als der Abend dieses ersten Tages dämmerte, blieb er in Como, entzückt von der Schönheit des Sees, über dessen beseligend friedvollem Spiegel schon die Mondsichel im Veilchenblau des Himmels hing, von den Bergen, deren Größe nach Norden zu immer gewaltiger wurde, von den Lichtern, die am Ufer entlang sanft zu blinken begannen, von der Luft, die kühl am Hang des Gebirges herabsank, fern von der Schwüle lombardischer Felder.

Im Wirtsgarten wählte er einen Tisch nahe dem Wasser, so daß er die herbeizitternden Spiegelbrücken der jenseitigen Lichter recht genießen konnte, und bestellte ein Abendessen und eine Karaffe Rotwein.

Während er, im Schein einer hingestellten Laterne, müde und ruhevoll aß, wurde er auf einen alten Mann aufmerksam, der sich dem Tisch öfters näherte, dann verschwand, um alsbald wieder zu erscheinen und den Prinzen – übrigens ohne Zudringlichkeit – zu betrachten. Er war barhäuptig, die weißen Locken fielen ihm bis auf die Schultern herab und er trug einen Mantel oder vielmehr eine Art von Umhang in malerischen Falten um den Körper geschlungen.

„Suchen Sie jemanden?" fragte endlich der Prinz, den diese Gestalt zu interessieren begann, weil sie ihn an Goethes Harfner erinnerte, nur daß man hier vergeblich nach einer Mignon suchte.

„Nicht geradezu", erwiderte der Alte auf deutsch und blieb stehen; er sprach mit einer weichen und schüchternen Stimme, in seiner Haltung lag etwas Ergebenes.

„Oder wünschen Sie etwas?" fragte der Prinz weiter, einigermaßen stutzig, da der Mann ihn unverwandt anblickte.

„Nicht so, wie der Herr es vielleicht meint", antwortete jener, „nur eben, weil ich Ihr Profil vor dem Laternenlicht sah, würde ich gern einen Schattenriß davon geschnitten haben."

„Das ist Ihr Beruf?"

„Zu dienen, ich bin eigentlich Maler, indessen nimmt man die Gelegenheit, wie sie kommt, und morgen früh wird der Herr gewiß wieder abreisen?"

„Tun Sie, was Ihnen beliebt", sagte der Prinz lächelnd, „wenn die Silhouette ähnlich wird, will ich Sie Ihnen gern abkaufen; richten Sie es aber so ein, daß ich mein Essen nicht kalt werden zu lassen brauche."

Er hieß den Aufwärter ein zweites Glas bringen, schenkte ein und schob es dem Alten hin, der sich inzwischen gesetzt und unter seinem Umhang eine kleine Mappe zum Vorschein gebracht hatte, aus der er ein Stück schwarzes Papier und eine feine Schere nahm; der Prinz bemerkte bei dieser Gelegenheit einige auf Karton geklebte Schattenschnitte, die ihm nicht übel gefielen.

Dies wäre – dachte er – ein hübsches Bild: der Laternenschein, der mich romantisch beleuchtet und in der Karaffe und den Gläsern funkelt, der weißhaarige alte Mann, und als Umgebung und Hintergrund die nächtliche Seelandschaft mit ihrem Mondhimmel ... ein ordentliches Stück für die Wertenberger Galerie!

„Sie wohnen hier?" fragte er, mehr aus Artigkeit als Unterhaltungsbedürfnis, und machte sich daran, weiterzuspeisen.

„Nicht hier und nirgends", erwiderte der Künstler, mit seinen Vorbereitungen beschäftigt. Er lächelte und versuchte dabei offensichtlich, diesem Lächeln etwas Geheimnisvolles zu geben, es wurde jedoch nur unbedeutend. „Ich wandere. Wir wandern alle, mein Herr, und zwar auf den verschiedensten Wegen zu demselben Ziel.

Was bleibt zuletzt? Bestenfalls ein Schatten an der Wand!"

Im allgemeinen hatte der Prinz wie die meisten Menschen Gefallen an Lebensweisheiten in solcher Form. Diese jedoch und hauptsächlich die Art, wie sie vorgetragen wurde, berührten ihn fast unangenehm; er konnte sich des Eindrucks nicht erwehren, daß der Alte sie bereits zum tausendsten Mal an den Mann brachte, weil er aus Erfahrung wußte, daß dergleichen für sein Geschäft günstig sei; es klang nach abgegriffenen Kupfermünzen oder einem rührseligen Theaterstück. Der Hofmarschall, dachte er, weiß seine Pointen geschmackvoller hinzuzusetzen ... und bei dieser Erinnerung vergaß er den Alten samt seiner Scherenarbeit und fühlte wieder jene unerfreuliche Bewölkung in sich aufkommen, die ihn während der Fahrt geplagt und die er hier am See vergessen hatte.

„Ich hoffe, Sie sind zufrieden!" sagte der Silhouettenschneider und hielt ihm mit einer etwas zitternden Hand sein Werk hin.

Der Prinz betrachtete den Schattenriß und fand ihn über alles Erwarten gut. „Das ist ausgezeichnet!" sagte er. „Was verlangen Sie dafür?"

„Nun, wieviel ist Ihnen Ihr Kopf wert?" fragte der Künstler und legte die Stirn in bedeutende Querfalten – auch diese Szene spielte er wahrscheinlich schon zum tausendsten Male. Der Prinz ärgerte sich beinahe über das unausweichlich Automatenhafte im Wesen des Menschen, es reizte ihn zu versuchen, ob nicht doch einmal etwas weniger Schabloniertes aus ihm herauszubekommen sei.

„Mein Kopf? Wenn ich mich danach richten wollte, müßten Sie ohne einen Pfennig weggehen. Ich will Ihnen lieber Ihre Arbeit bezahlen, sie ist gut." Er schob eine Silbermünze über den Tisch, die der andere einsteckte, ohne sie auch nur eines Blickes zu würdigen. „Sie haben Ihren Wein noch nicht angerührt!"

Der Alte nahm das Glas, verbeugte sich und trank.

„Würden Sie so gütig sein, Ihren Namen in dieses Buch zu schreiben? Unter den vielen, die sich hier eingetragen haben, befinden sich die erlauchtesten Personen. Es ist keine Eitelkeit von mir, sondern die Sammlung soll mich weiterempfehlen – ich bitte deshalb, sich nicht Ihres Inkognitos zu bedienen."

„Meines Inkognitos?" Der Prinz nahm den Stift, den jener ihm hinhielt. „Wie kommen Sie zu dieser Vermutung?"

Der Alte lächelte, und diesmal schien das Lächeln echt. „Wenn man die Menschen so scharf ansehen muß wie ich ... zudem erinnert mich Ihr Profil an eines, das ich, wohl vor sehr langer Zeit, nachgeschnitten habe."

„Wer könnte das gewesen sein?" fragte der Prinz und schrieb seinen Namen. Die Frage war ganz nebenbei gestellt, er wartete nicht auf eine Antwort und war deshalb, als er wieder aufblickte, überrascht zu sehen, welche Veränderung mit dem Silhouettenschneider vorging.

Das Schauspielerhafte und Geschäftsmäßig-Gleichgültige im Gesicht des Mannes war plötzlich weggenommen. Er runzelte die Stirn wie in angestrengtem Nachdenken, sein Mund war etwas geöffnet, er sah ratlos ins Ungewisse. Nach einer Weile hob er die Schultern und richtete seine Augen, in denen große Verworrenheit lag, auf den Prinzen wie ein Schüler auf den Lehrer, dem er die Antwort schuldig bleiben muß – ein erbarmungswürdiges Bild.

Der Prinz, um nur etwas zu tun, gab ihm das Buch und sagte freundlich: „Ich hoffe, es wird Ihnen bei Gelegenheit nützlich sein, ich bin sehr zufrieden mit Ihrer Arbeit."

Dies wirkte, der Alte schien in die Gegenwart zurückzukehren und sich gleichsam zu beleben. Er hielt das Buch ins Laternenlicht, las langsam den Namen „Konstantin, Prinz zu Wertenberg", klappte es zu und stand auf. Ohne ein Wort zu sagen, verbeugte er sich, nahm seine Mappe und war in dem Dunkel der Baumschatten verschwunden, noch ehe der über diesen allzu knappen Abschied verblüffte Prinz etwas äußern konnte.

Der Kellner kam heran und überprüfte mit einem raschen Blick den Tisch. „Ich bitte um Verzeihung", sagte er, „aber gelegentlich hat schon eine Kleinigkeit gefehlt..."

„Wie? Sie glauben –"

„Die reine Zerstreutheit", antwortete der Mann gutmütig, „ein Künstler, nicht wahr! Zudem –" Er tippte sich unmißverständlich mit dem Zeigefinger an die Stirn.

„Wirklich?"

„Bekannt dafür! Übrigens vollkommen harmlos. Hat er die Geschichte nicht erzählt?"

„Welche?"

„Wie er..." Abermals die Bewegung nach der Stirn. „Nein!"

„Nun, da haben Sie Glück gehabt, mein Herr. Er pflegte sie sonst regelmäßig zu erzählen, und stets mit denselben Worten, aus denen freilich niemand recht klug wird, da er alles durcheinanderbringt."

„Und wie lautet sie?"

„Die Liebe...!" erwiderte der Aufwärter achselzuckend. „Wahr oder nicht – es ist doch immer die Liebe, die den Menschen verrückt macht..."

„So, so...", sagte der Gast. „Kennen Sie seinen Namen?"

„Niemand kennt ihn, deshalb wird er allgemein il anonimo genannt, man ruft ihn auch so, es ist, als ob er darauf getauft sei."

„Anonimo...", sagte der Prinz mit nachdenklichem Lächeln, „das paßt nicht übel zu dieser Erscheinung, die übrigens gewiß viel weniger geheimnisvoll ist, als es zunächst scheint."

„Noch eine Karaffe?" fragte der Kellner.

„Nein, danke." –

Etwa eine Woche später traf der Prinz in Wertenberg ein. Er hatte sich auf der Rückreise nicht übereilt. Der

Gedanke, den Hof in tiefer Trauer zu finden, Mutter und Bruder wiederzusehen nach einer Abwesenheit, die für ihn so peinlich geendet hatte; die Aussicht, Frau von Klinger zu begegnen; hauptsächlich aber die noch immer kaum faßbare Tatsache, daß er am Grabe seines Vaters stehen würde – dies alles ließ ihm die nächste Zukunft in einer bleigrauen Dämmerung erscheinen. –

Von den Söhnen hatte Konstantin bei weitem die größere Wesensähnlichkeit mit dem Vater, einer von Grund aus lebensfrohen, künstlerisch begabten Natur, empfänglicher für alles, als vielleicht gut war. Sein Bruder Ferdinand glich mehr der Mutter in seiner Scheu vor der Öffentlichkeit, in der Vorliebe für das Formelhafte, dem die eigentliche Lebenskraft zu fehlen schien; man sah ihn selten lachen, und wenn es geschah, so war stets etwas Verlegenes und Verkniffenes darin. Konstantin hatte an dem Vater eine Stütze gehabt. Jetzt würde er innerlich alleinstehen, das Haus Wertenberg würde ihn mit manchem Vorbehalt empfangen, und es kam ihm wie ein bedeutungsvolles Sinnbild vor, als er eines Mittags – der Wagen, den man ihm bis zur Grenze entgegengeschickt hatte, war auf der Höhe der Bergstraße angelangt, die Pferde verschnauften – zu seinen Füßen die Stadt Wertenberg erblickte, überragt von dem Schloß, auf dessen vier Ecken schwarze Flaggen leblos in der schweigenden Luft hingen, während übrigens auf dem Mittelbau die Hausfahne halbmast gehißt war, eine für Wertenberg ganz ungewöhnliche Tatsache, aus der man schließen mußte, daß der regierende Fürst sich im Schlosse befand, was bisher nur bei den seltensten Gelegenheiten der Fall gewesen war.

„Was hat das zu bedeuten?" fragte der Prinz den Lakaien.

„Serenissimus haben höchstdero Wohnsitz aus Schönau in die Stadt verlegt."

Das sah ihm ähnlich. Trotz seiner Abneigung, mit der Öffentlichkeit in Berührung zu kommen, hatte Ferdinand es offenbar für richtig gehalten, das waldumgebene Schönau zu verlassen und in diesem weitläufigen Steinkasten zu wohnen, wahrscheinlich um damit kundzutun, daß er sich seiner Pflichten und seiner Stellung vollauf bewußt sei. Er paßte wohl auch ganz gut zu diesen viereckigen, halb leeren, kalten Sälen, den weiten Treppenhäusern, den Zimmerfluchten, die schon längst ihren Sinn verloren hatten, und den schweren Vorhängen, die stets ein wenig nach Mottenpulver rochen.

Voll Unbehagen betrat Konstantin das Schloß, mußte sich anmelden lassen – er hatte nichts anderes erwartet –, ging durch hallende Räume und ein Dutzend offene Türen und stand endlich im Arbeitszimmer des Fürsten.

Ferdinand, blaß, schwarz, mager, einen Stern auf der Brust, empfing ihn mit der gewohnten Wortkargheit; der Prinz merkte sofort, daß ihm sein Reiseanzug als unpassend angerechnet wurde, brachte es jedoch nicht über sich, deshalb eine entschuldigende Bemerkung zu machen.

„Ich hätte dich früher zurückerwartet", sagte der Bruder und gab ihm eine kühle, empfindungslose Hand. „Aber Klinger hat mir berichtet, daß er dich schlechterdings nicht eher finden konnte."

„Das ist leider wahr", antwortete Konstantin und nahm diejenige Haltung an, die der Fürst offensichtlich erwartete. Da Ferdinand weiterhin keinerlei Bemerkung über dieses Nichtfindenkönnen machte, gewann der Prinz den Eindruck, daß Klinger sich über die näheren Umstände ausgeschwiegen hatte. Er atmete auf.

Sie sprachen über den Todesfall. Der Prinz fand in der Art, wie das geschah, seine Vermutung bestätigt: er war völlig allein, und dieser Gedanke, dieses Gefühl sanken wie eine kalte Last um so schwerer auf ihn, je länger die Unterredung dauerte.

„Und unsere Mutter?"

„Sie hat sich Schönau als Witwensitz erwählt."

„Ich werde sie so bald wie möglich aufsuchen. Morgen. Und du?"

„Der regierende Fürst hat in der Residenz zu wohnen. Das war von jeher meine Ansicht. Ich nehme an, daß auch du –"

„Ich?"

Ferdinand empfand diese Unterbrechung als höchst unangebracht. „Bitte?"

„Verzeihung!"

„Es wäre hier wohl genug Platz für uns beide."

Konstantin schwieg bestürzt. Darauf war er nicht gefaßt gewesen.

„Allerdings", fuhr sein Bruder nach einer kleinen Pause fort, „scheint mir, daß der Gedanke nicht viel Erfreuliches für dich hat. Ich kenne dich gut genug, um das zu verstehen. Es liegt mir fern, unnötige Verstimmung zwischen uns aufkommen zu lassen. Das Landhaus oben im Park, das unser Vater Monrepos nennen wollte, ist inzwischen fertig geworden. Klinger meint, es würde dir zusagen."

„Ich zweifle nicht daran", antwortete der Prinz.

Die Wendung war ihm ebenso unerwartet wie angenehm, aber er hütete sich, sein Vergnügen zu zeigen – Ferdinand war nicht die Natur, die es liebte, anderen ein Vergnügen zu machen.

„Gut also. Es ist noch anderes zu regeln, aber das hat keine Eile, Klinger wird sich mit dir in Verbindung setzen – – ich, ehem, ja. Er ist augenblicklich in Schönau, dort wirst du ihn treffen. – Du hast eine anstrengende Fahrt hinter dir?"

Das klang deutlich genug: die Unterredung – die Audienz, dachte Konstantin – war zu Ende. Er verabschiedete sich, ging durch ein Vorzimmer, durch zwölf offene Türen und hallende Räume und hatte ein Frösteln im Rücken.

Nachdem der Prinz der Gruft einen stillen Besuch abgestattet, fuhr er sofort nach Schönau weiter, dermaßen gründlich war seine Abneigung, auch nur eine Nacht im Wertenberger Schloß zu wohnen.

In Schönau wiederholte sich die Szene, die er mit seinem Bruder erlebt hatte, auf etwas veränderte Art, denn hier gab es mehr Menschen: die Fürstin hatte es von jeher geliebt, sich mit einem Hofstaat zu umgeben, der im Verhältnis zu der Kleinheit und Bedeutungslosigkeit des Landes viel zu groß und pompös erschien, aber sogar ihr Mann, Jäger und Bonvivant, war gegen diese ständigen Haupt- und Staatsaktionen machtlos gewesen und hatte sich in den schlimmsten Fällen in sein von Hirschgeweihen starrendes Kneipzimmer zurückgezogen. Dieser Hofstaat, sonst wenigstens durch seine Farben nicht ganz unerfreulich, wirkte jetzt, in dem stumpfen Schwarz der Trauerkleider, um so drückender, immerhin jedoch in seiner Weise großartig, und Viktoria – das bemerkte der Prinz sofort – hatte sich in ihre Rolle als Fürstinwitwe bereits ebenso großartig eingelebt; als sie ihm entgegentrat, mußte er, respektlos genug, an ein schwarzgetakeltes Kriegsschiff denken, das mit majestätisch vollen Segeln auf ihn zukam, ohne daß er ausweichen konnte. Im übrigen behielt Konstantin das Gefühl, nicht hierher zu passen. Er war daran von früher her gewöhnt, sonst wäre ihm der Verdacht gekommen, daß Klinger sein Teil zu dieser Einstellung beigetragen haben möchte.

Aber Klinger, mit dem er noch am gleichen Abend bei einem Glas Wein zusammensaß, hatte damit wahrscheinlich nichts zu tun. Er war freundlicher, ja sogar offener als jemals, und auf alle Fälle ein geistreicher und unvergleichlich gewandter Mann.

„Ich habe Sie um diesen Tag der Rückkehr nicht beneidet!" sagte er und öffnete im Hin- und Hergehen wie zufällig die Zimmertür, um zu sehen, ob da etwa jemand auf dem Flur stand. „Nicht nur Ihr Temperament, auch Ihre Gaben erfordern Bewegungsfreiheit, und darin liegt ein gewisser Widerspruch zu der Enge der Tatsachen. Es wird sich darum handeln, einen Ausgleich zu schaffen. Was halten Sie von dieser Überlegung?"

„Sie haben mit jedem Worte recht!"

„Es ist schwierig, ja. Wenn ich mir erlauben darf, Ihnen einen Rat zu geben –"

„Ich bitte darum."

„Es ist nur ein einziger, und er ist höchst einfach: Machen Sie die Enge, die nun einmal vorhanden ist, nicht noch empfindlicher dadurch, daß Sie anstoßen – – lernen Sie vielmehr, mit ihr zu rechnen; das klingt, wie gesagt, höchst einfach, aber es wird nicht immer so einfach sein, diese Regel auch wirklich zu befolgen."

„Davon bin ich überzeugt", antwortete der Prinz mit einem deutlichen Seufzer.

„Sie sind gewissermaßen der Wechsel auf die Zukunft, den das Land in der Tasche hat."

Konstantin nickte bedrückt.

„Aber der Wechsel ist noch nicht fällig. Heute nicht und morgen auch nicht."

„Sie meinen –"

„Ich habe", sagte der Hofmarschall und glitt in seiner Weise in angenehmere Bahnen, „ich habe mein Möglichstes getan. Monrepos, denke ich, wird Ihnen gefallen."

„Es war Ihr Gedanke?"

„Ich kann's nicht leugnen", erwiderte Klinger, „Gedanken, ehem, stammen manchmal von mir – apropos, Sie wissen noch nicht, daß ich zum Vorsitzenden des Geheimen Konseils ernannt worden bin?"

„Kein Wort! Staatsminister also? Meinen Glückwunsch! Ich sehe ein wenig ermutigter in die Zukunft, Herr von Klinger!"

„Sie haben keinen Grund zum Gegenteil."

„Ich muß Ihnen um so dankbarer sein, je weniger –"

„Sollten Sie gelegentlich Zweifel haben über irgend etwas, dann wird es am besten sein, wenn Sie mich sofort davon unterrichten – der Weg von Schönau nach Wertenberg ist nicht weit, ich komme fast täglich in die Residenz und stehe Ihnen dort zur Verfügung."

„Sie sind umgezogen? Hierher? Nach Schönau?" fragte der Prinz erstaunt.

„Es war der ausdrückliche Wunsch Ihrer Durchlaucht", antwortete der Minister. „Nicht möglich, dem zu widerstreben. Ich gebe zu, daß für mich gewisse Unbequemlichkeiten damit verbunden sind, indessen, was tut man nicht alles, um Reibungen zu vermeiden!"

Jetzt erst konnte der Prinz begreifen: Klinger hatte bisher in Wertenberg und der Prinz in Schönau gewohnt – nun wohnte Klinger in Schönau, also mußte Konstantin nach Wertenberg ... um Reibungen zu vermeiden. Wieder einmal fühlte Konstantin, daß ihm in der Erkenntnis, überrascht worden zu sein, das Blut in den Kopf stieg. „Ich glaube", sagte er, „daß es mir in Monrepos und seinem Park außerordentlich gefallen wird."

„An nichts anderes habe ich bei meinem Vorschlag gedacht", erwiderte Klinger. „Schönau wäre, wenigstens für mein Empfinden, in mancher Hinsicht zu einsam; Sie sind jung, werden sich beizeiten nach Gesellschaft umsehen, die Ihren Talenten förderlich ist ... ich habe Sie von jeher um Ihr Klavierspiel beneidet, nein, wahrhaftig, beneidet ist der richtige und ehrliche Ausdruck – ein Lichtstrahl, der aus dem Überirdischen in das Halbdunkel dieses Daseins fällt und sogar den Staub schimmern macht! Was hat unsereiner dagegen? Sie werden in einer reineren Höhe wohnen, die Welt liegt Ihnen zu Füßen – und wenn Sie diese Welt wirklich einmal von einem andern Punkt aus sehen wollen, nun, so reisen Sie! Ich habe hier eine genaue Aufstellung der Beträge, die Ihnen zur Verfügung stehen; die Summe ist nicht groß, aber sie sollte zu einer anständigen Lebensführung genügen, um so mehr, als ich weiß, daß Sie nicht zu kostspieligen Passionen neigen. Darf ich Ihnen das Blatt geben? Denken Sie daran, daß es der feste Rahmen Ihres Lebens ist – welches Bild er umschließen wird, bleibt Ihrem Ermessen anheimgestellt."

Konstantin war in dieser Nacht noch lange wach.

Er bewohnte das Zimmer, in dem er schon als Kind geschlafen hatte. Die alte Ulme raunte ihm durch das

Fenster ihr Nachtlied zu, er kannte es wohl, und hinter ihr gingen die ewigen Sterne.

Er würde dieses Lied nur noch selten hören, die Freundin seiner Kindheit nur selten noch sehen. Die Sterne aber waren überall, überall auch war die Traumunruhe der Nacht, das Geheimnis des Undurchschaubaren, tausendfach funkelnd und doch ganz verschlossen. Wie konnte man, in diesem Gefühl, schlafen? Einschlafen an der Schwelle einer Tür, die in ein neues Leben führte?

Auf dem Tisch brannte der doppelarmige Leuchter, aber die Winkel des großen und hohen Raumes blieben voll Dämmerung, nur die nächste Nähe war deutlich, das Porzellantintenzeug neben dem Leuchter spiegelte den Glanz der Kerzen.

In dieser Nacht begann der Prinz ein Tagebuch zu schreiben, nicht, weil er sein Leben für so wichtig hielt, daß es der Nachwelt mitgeteilt werden müßte, sondern weil er sehr allein war und jetzt, während er schrieb, Gesellschaft an sich selber hatte.

Er merkte bald, daß er sich mit ganz anderen Augen betrachtete als bisher. Das Tagebuch fing an mit einer Schilderung seines Aufenthaltes in Genua und einem Rückblick auf das, was dazu geführt hatte, und da er fest entschlossen war, nichts zu beschönigen oder in einem falschen Licht erscheinen zu lassen, mußte er zu wiederholten Malen über sich selber den Kopf schütteln; niemals war ihm das Schreiben saurer geworden als auf diesen ersten Seiten. Eine kleine Pendeluhr, deren geschäftiger Gang die Stille des Raumes belebte, schlug dünn und silbern elf. Wenig später klopfte es an der Tür.

Konstantin öffnete verwundert. Es war der alte Diener Georg, der im Vorübergehen Licht gesehen hatte und fragte, ob der Prinz noch Befehle habe. – Nein. – Ob er mit allem zufrieden sei? – Ja, danke. – Ob, bitte ergebenst um Verzeihung, es wahr sei, daß Durchlaucht nach Monrepos überzusiedeln gedächten? – Allerdings, warum? – „Ich hatte“, sagte der Alte, „die Ehre, bereits dero erste Gehversuche zu unterstützen …" – „Freilich!" antwortete der Prinz. „Und mir scheint, du möchtest mich auch ferner unter deiner Aufsicht behalten? Deshalb also dieser späte Besuch! Gut, abgemacht! Aber vergiß nicht, daß ich inzwischen ein wenig gewachsen bin. Übrigens: Wer schläft sonst noch in diesem Flügel?" – „Niemand."

Der Prinz hatte für heute die Lust verloren, an einem Selbstbildnis weiterzuzeichnen, das ihm, je genauer er sich bemühte, desto mehr Züge einer unfreiwilligen Komik zu haben schien. Er trat wieder ans Fenster, ging durch das Zimmer, setzte sich schließlich, da es niemanden gab, den er stören konnte, an das kleine Tafelklavier, an dem er als Kind die ersten Fingerübungen gemacht hatte, und schlug einen Akkord an, dachte daran, schicklicherweise aufzuhören, fand nicht den Entschluß, und begann halb unbewußt, leise zu phantasieren, es war nichts anderes als eine Antwort auf das Raunen der Ulme, sanfte, schlummersüße Mollarpeggien, die sich um ein Thema voll dunkler Schwermut rankten.

Da klopfte es wieder. Peinlich genug in diesem Hause, das Trauer hatte, Traurigkeit aber womöglich mißverstand.

„Ja?"

Stille.

Ich habe mich geirrt, dachte er, stand aber doch auf, um nachzusehen.

Vor der Tür, im Halbdunkel: große, hastige Augen in einem blassen Gesicht. Ein schwarzes Spitzentuch, flüchtig zusammengehalten.

„Henriette!"

Sie schloß die Tür hinter sich, drehte leise den Schlüssel um, stand mit einem starren und erwartungsvollen Lächeln da.

„Das ist unmöglich!"

„Du siehst, daß es nicht unmöglich ist."

„Du machst dich unglücklich!"

„Ich bin es gewesen, weil wir uns so lange nicht gesehen haben."

„Hier! Dein Mann –"

„Klinger ist noch in die Stadt gefahren, er kommt diese Nacht nicht zurück. – So lange haben wir uns nicht gesehen!"

„Ich bitte dich!"

„Wir haben uns so lange nicht gesehen!" wiederholte sie zitternd.

Konstantin schloß das Fenster. „Verrückter Einfall! Bedenke doch –"

„Ich will aber nichts bedenken, ich kann es nicht, da du hier bist."

„Du weißt nicht –"

„Ich weiß nur, daß ich dich liebe."

Ach, es war eine schauderhafte Lage, nicht das geringste fiel ihm ein, was helfen konnte. Ganz mechanisch wollte er eine Handbewegung machen und sie auffordern, sich zu setzen, aber er bog diese Bewegung noch ab, faßte vielmehr den Stuhl bei der Lehne und stellte ihn weiter weg.

Ein schnelles, geflüstertes Hin und Her: „Du kannst hier nicht bleiben!" – „Doch!" – „Unmöglich, sag' ich. Ich habe mit Klinger gesprochen." – „Um so besser." – „Mehr: ich habe ihm versprochen . . . übrigens versteht sich das doch von selbst!" – „Und wenn!" – „Aber du mußt einsehen!" – „Nichts, ich liebe dich, das ist alles, und alles andere ist mir gleichgültig!" – „Aber mir, Henriette, darf es nicht gleichgültig sein!" – „Früher warst du nicht so."

Er machte sich mit der Lichtschere zu schaffen, nur um aus ihrer unmittelbaren Nähe zu kommen. „Früher!" sagte er. „Ich denke, mittlerweile hat sich einiges ereignet!"

„Nichts, was sich zwischen uns stellen könnte!"

„Unbegreiflich! Aber vielleicht scheint es dir so. Mir scheint es anders, und daraus –"

„Was?" Er wußte nicht, wie er das sagen sollte.

„Du liebst mich nicht mehr!"

„Wer redet davon!" antwortete er verzweifelt. „Ja. Doch. Natürlich. Wir müssen darüber sprechen, später einmal, bei besserer Gelegenheit, in Ruhe ... jetzt handelt es sich nur darum, daß der Skandal endgültig begraben sein muß ... ich bitte dich ... Versteh mich doch, Henriette!"

„So!" sagte sie heiser. „Ich verstehe nur, daß du mich los sein willst!"

„Herrgott, ja denn", erwiderte er laut, „jawohl! Wenigstens für den Augenblick!"

„Sehr einfach!"

„Ich bitte dich zum letztenmal. Wenn du nicht gehst, werde ich es tun!"

Und wahrhaftig, mit ein paar raschen Schritten, in denen mehr Verzweiflung als Entschlossenheit lag, war er an ihr vorüber, stand auf dem Flur, sah weit vorn bei der Treppe ein trübes Nachtlichtchen flimmern, ging darauf zu, die Treppe hinunter, kam in halbdunklen Korridoren um ein paar Ecken, erkannte eine Tür, von der er wußte, daß sie in den Schloßgarten führte, atmete die warme Nachtluft und tauchte in die Baumfinsternis.

Sehr heldenhaft – nein, sehr heldenhaft war diese ganze Szene nicht gewesen, dafür um so peinlicher. Aber schließlich, Frauen gegenüber hatte die Heldenhaftigkeit wohl Grenzen.

Der Prinz, teils beschämt, teils erleichtert, ging langsam weiter in den Garten hinein, er kannte die Wege so gut, daß er auch in der Dunkelheit nicht auf sie zu achten brauchte. „Pfui Teufel!" sagte er und schüttelte sich, wie ein Hund, der aus dem Bach kommt.

Aber es war gewiß am besten so. Alles andere wäre schlimmer und aussichtsloser, endloser gewesen. Einer solchen Frau gegenüber kann man nur siegen oder die Flucht ergreifen, da gibt es keinen Heldentod.

Und nun? Er war überzeugt, daß sie inzwischen bereits das Zimmer verlassen hatte, fest überzeugt ... wirklich? Angenommen aber, sie war so außer sich, daß – Unsinn, höchst unglaublich, schlechte Theatererinnerungen, nichts weiter. So etwas sagt man wohl, aber man tut es nicht. Außerdem hatte sie es nicht einmal gesagt.

Konstantin setzte sich auf eine Bank. Über ihm war Sternlicht, um ihn die schwarzen Mauern der Bäume. Eine süße Nacht, ja, zum Kuckuck, eine allerliebste Nacht, die richtige Frühlingsnacht mit Düften und Lüften! Die erste Nacht in der Heimat – nein, nein, sagen wir lieber: die letzte Nacht einer Zeit, die nun, jetzt erst, wirklich aus und vorbei war.

Als die frühesten Amseln zu singen begannen und der Himmel heller wurde, wachte der Prinz aus einem harten Halbschlummer auf, fröstelnd, ziemlich elend, und ging den Weg zurück. Nichts ereignete sich, niemand begegnete ihm.

Das Zimmer war leer. Was sonst! Auf dem Tisch brannten noch die Kerzen, mit fingerlangen Schnuppen, jedoch das Fenster stand schon als bleiernes Viereck in der schwarzen Wand. Nirgends die Spur einer Katastrophe, ach Gott, natürlich nicht!

Aber die Blätter mit dem Anfang seiner Selbstbekenntnisse fehlten.

Hier neben dem Leuchter hatten sie gelegen, und fort waren sie.

Er dachte nach, dann zuckte er die Achseln. Vielleicht war es ganz gut so.

Drittes Kapitel

Dieses Haus Monrepos verdankte seine Entstehung nicht etwa einer bloßen Laune; für Launen war der Fürst zu sparsam gewesen und das Land zu arm. Die Dinge lagen vielmehr so: Eben damals begann Wertenberg wegen seiner guten Luft und der sanften Gleichmäßigkeit seines Klimas als Kurort beliebt zu werden, die Zahl der Besucher wuchs von Jahr zu Jahr, und das machte sich in der Finanzwirtschaft der Stadt, ja des ganzen Ländchens vorteilhaft bemerkbar. Man erkannte, daß man den Gästen wohl noch etwas mehr bieten müsse als nur die Luft, deshalb war am Berghang – der bisher kaum etwas anderes gewesen war als ein Wald mit wenigen Wegen – schon seit längerem der Park angelegt und fertiggestellt worden.

Der fürstlich wertenbergische Gartendirektor nun, ein Mann mit trefflichem Blick, meinte, daß irgendwohin in diesem Park irgendein Gebäude zu stellen sei, gewissermaßen als Schwerpunkt und um das Ganze sinnvoller erscheinen zu lassen; der Fürst lobte den Einfall um so mehr, als er damit eine Annehmlichkeit für sich selbst zu verbinden hoffte: denn ein solcher Bau, bei aller Bescheidenheit des Planes, würde es ihm erlauben, in den wenigen Fällen seiner Anwesenheit in Wertenberg nicht im Schlosse zu wohnen, gegen das er die gleiche Abneigung hegte wie sein jüngerer Sohn und alle, denen das Leblose zuwider war.

Für den Juni dieses Jahres war die Einweihung geplant gewesen; die Ereignisse hatten den Plan zunichte gemacht. In aller Stille bezog Konstantin das Haus, das in der Hauptsache mit Möbeln aus den Beständen des Schlosses eingerichtet wurde. Freilich war Monrepos für einen alleinstehenden jungen Mann, der weder die Lust noch der Verpflichtung zu offiziellen Empfängen hatte, entschieden zu groß. So begnügte er sich damit, das Erdgeschoß auf eine zwar feierliche, aber elegante Leere abzustimmen, während sich die Einrichtung des oberen Stockwerkes in nichts von der Behaglichkeit eines guten Bürgerhauses jener Zeit unterschied. Der alte Diener Georg, dessen Schwester, die ausgezeichnet kochte, und ein Zimmermädchen besorgten das Hauswesen, welches unter dem Eindruck der Trauer so ruhig war, daß der Prinz alsbald die Einsamkeit sehr zu fühlen begann. Besonders die Abende konnten von einer geradezu beklemmenden Stille sein, und Konstantin mußte denken, wie dies werden sollte, wenn erst der Herbst und vollends der Winter mit ihren kurzen Tagen und langen Nächten kamen.

Das Dasein eines Kunstfreundes, wie er sich's früher gelegentlich ausgemalt hatte, erwies sich doch nicht als erfüllt genug, zumal dem Prinzen die Mittel fehlten, etwa irgendeine nennenswerte Sammlung anzulegen. Noch vor einem halben Jahr hatte er in Rom voll Entzücken vor dem Marmorbild der Fürstin Pauline Borghese gestanden und davon geträumt, sich später einmal mit derlei Werken einer klassischen Schönheit zu umgeben. Jetzt zeigte ihm die einfachste Rechnung, daß dies für immer ein Traum bleiben mußte, und um doch wenigstens ein bescheidenes Stück davon in die karge Wirklichkeit zu retten, ließ er sich aus Rom einen Abguß seines Idols kommen – um sofort einzusehen, daß er schon damit das Gleichgewicht seines Haushalts bedroht hatte: die Reise der gipsernen Fürstin von Rom nach Wertenberg kostete mehr als die Extrapostfahrt eines lebendigen Prinzen, und es dauerte nach diesem Schrekken eine ziemliche Zeit, bis Konstantin das Abbild be-

rückender Weiblichkeit ohne unfreundliche Nebengedanken betrachten konnte, zumal er sich sagen mußte, daß
Gips eben doch Gips und niemals Marmor war. Übrigens rächte er sich an der kostspieligen Pauline durch ein
Gedicht, in welchem er ihre verführerischen Reize über
den Bereich des Gipses hinaus zu beleben trachtete, aber
auch da machte sich die Seelenlosigkeit des Materials
recht hemmend bemerkbar.

Kurz, er konnte sich schon nach wenigen Wochen allen inneren Beschönigungsversuchen zum Trotz der Erkenntnis nicht verschließen, daß diese Art der Lebensführung auf die Dauer unmöglich sei, wenigstens für
einen Menschen, wie er es war. Ein Prinz, der ausgezeichnet Klavier spielte und mittelmäßige Gedichte
machte – hieß das auch etwas, vollends in seinen Jahren?
Ein junger Mann, der morgens, mittags und abends
allein bei Tische saß und infolgedessen kaum darauf
achtete, was ihm hingestellt wurde? Gerade diese einsamen Mahlzeiten brachten ihn je länger desto mehr zur
Verzweiflung. Gewiß, er konnte reiten, ausfahren, Spa-
ziergänge machen und dabei jene muntere Leutseligkeit
zur Schau tragen, von der Anekdoten in den Schullese-
büchern nachwiesen, daß sie echte Volkstümlichkeit be-
gründe; aber selbst wenn Konstantin für diese Art von
vorsätzlicher Leutseligkeit etwas übrig gehabt hätte –
was nicht zutraf –, so hätte er sich sogar dabei mit
Rücksicht auf seinen Bruder, den er in puncto Volkstümlichkeit keinesfalls übertreffen durfte, strenge Be-
schränkungen auferlegen müssen. Er bat Klinger, ihm
eine Arbeit an der Staatsmaschine zuzuteilen. Der Minister lobte diesen Wunsch aufs höchste, schickte ihm
auch wirklich ein paar Akten – zur Kenntnisnahme –,
ließ jedoch sofort durchblicken, daß auch auf diesem Ge-
biet die nötige Rücksicht auf Serenissimus geboten sein
dürfte, der ja ein wenig zur Empfindlichkeit neige und
bereits eine diesbezügliche Bemerkung ... wiewohl er
selbstverständlich anerkenne ...

Zum Glück aber kam eben jetzt der beste, ja vielleicht einzige Freund Konstantins in die Stadt zurück, ein junger Mann namens Werner, der Sohn des wertenbergischen Polizeidirektors.

Die beiden standen im gleichen Alter und hatten gemeinsam die ersten Jahre eines privaten Schulunterrichts genossen, der freilich durchaus auf den Prinzen abgestimmt gewesen war und in dem Werner als Vertreter eines anregenden, wenn auch bürgerlichen Fleißes hatte auftreten sollen. Erstaunlicherweise jedoch vertauschten die Zöglinge ihre Rollen: der Prinz erwies sich nicht nur als der Begabtere – was ja selbstverständlich war –, sondern auch als der Gewissenhaftere und Fleißigere, und wenn Werner ihn überhaupt zu etwas anregte, so waren es Lausbubenstreiche. Aus diesem Grunde schätzte ihn Konstantin schon damals ungemein, die Zusammenarbeit fand jedoch ein Ende, als man die Entdeckung machen mußte, daß die beiden in einem entlegenen Saal des Wertenberger Schlosses einen kostbaren Kristallüster mit zahllosen Prismen zu Schießübungen benutzt und Stück für Stück heruntergeholt hatten; da es Werner gewesen war, der die dazu notwendige Kinderflinte beigebracht hatte, fand man, daß er nunmehr reif genug sei, das Gymnasium zu beziehen.

Aber auch diese Trennung hatte die Freundschaft nicht gelockert.

Werner also, dunkelhaarig und voll inneren Rumors, zu Schwärmereien ebenso geneigt wie zu Spottsucht und Weltschmerz, mit einer ausgeprägten Begabung für ungewöhnliche Einfälle, die er mit großer Überzeugungskraft zu vertreten pflegte – Werner also kam jetzt nach Hause, da die Universitätsferien begonnen hatten. Bei aller Haltung, Bildung und Eleganz hatte er etwas von einem Zigeunerprimas; dieser Vergleich traf übrigens auch insofern zu, als er in der Tat hervorragend Violine spielte, ein Umstand, der ihn dem Prinzen von jeher besonders lieb gemacht hatte.

„Wunderbar!" sagte er, während ihn Konstantin durch das Haus führte. „Ganz herrlich! Welcher Geschmack, welche Vornehmheit! Hier müßte man eine alte Tante sein, die unaufhörlich Tee trinkt und Spitzen häkelt!"

Damit war der Kern der Sache getroffen.

„Wenigstens aber", fuhr er tröstend fort, „ein schönes Musikzimmer! Was macht die Kunst?"

„Ich bin sehr fleißig", antwortete Konstantin in seiner zurückhaltenden Weise.

„Ja, unglückliche Liebe wirkt stets anregend", meinte Werner und betrachtete die Noten auf dem Klavier. „Nichts Besseres kann einem zustoßen."

Der Prinz lehnte am Fenster, den Rücken dem Garten zugewandt. „Unglücklich?" fragte er mit gespieltem Gleichmut. „Nun, wie man's nimmt. Jedenfalls scheint mir, daß Wertenberg diesen Skandal noch immer genießt."

„Das kann ich den Leuten nicht verübeln – was gibt es denn sonst hier? Es hat dich überaus populär gemacht, Konstantin, und soviel ich weiß, würden verschiedene Damen der Gesellschaft, jüngere und ältere, mit Vergnügen bereit sein, dein blutendes Herz –"

„Sie sollten sich um ihre eigenen Angelegenheiten kümmern", sagte der Prinz grämlich. Und dann, unversehens aufgebracht: „Oder sie sollen sich vom Teufel holen lassen, das wäre noch besser. Aber das eine kannst du mir glauben: wenn es so weitergeht, werde ich doch noch nach Amerika auswandern!"

„Oh – wolltest du?"

„Das weißt du also nicht? Ich hätte dir von Kanada geschrieben."

„Treue Seele!" sagte Werner. „Nein, kein Wort. Weshalb übrigens gleich nach Amerika? Auch das alte Europa hat seine Reize, glaub mir!"

„Ziemlich verwelkte Reize, Werner!"

„Du bist nicht in der glücklichsten Stimmung. Ja, es

geht dem Menschen schlecht, wenn es ihm zu gut geht."

Konstantin schüttete ihm sein Herz aus, es war eine Wohltat, sich auszusprechen.

Der Freund hörte aufmerksam zu. Als der Prinz die griesgrämige Schilderung seines Lebens beendet hatte, sagte jener: „Mir scheint dies alles höchst einfach. Der wunde Punkt ist, daß du eben – Gott sei Dank! – nicht die spitzenhäkelnde Tante bist, von der ich vorhin sprach. Was also? Fort von hier, beizeiten fort! Die Grenzen des wertenbergischen Daseins sind zu eng? Nun, man überschreitet sie kurz entschlossen!"

„Wenn einen das Schicksal nicht dazu verurteilt hätte, als Prinz geboren zu werden. Ja!"

Werner hielt es nicht für der Mühe wert, auf den Einwand zu achten. „Du gehst im Herbst mit mir nach Berlin!"

„Doppelter Haushalt!" erwiderte der Prinz nach einer Weile verblüfften Überlegens, nun doch ein wenig tantlich. „Und Berlin! Ja, wenn ich nicht ich wäre! So aber, o Gott: Schriftwechsel zwischen den Hofmarschallämtern, Antrittsbesuche, Tees . . ."

Werner trat auf ihn zu und drehte sein Gesicht nach dem Fenster. „Ein ausgesprochen hübscher Mensch!" sagte er kopfschüttelnd und mit komischem Ernst. „Steckbrief – entschuldige, aber ich bin der Sohn meines Vaters! – Steckbrief also: leichtgewelltes blondes Haar, graublaue Augen mit dem Ausdruck unbezweifelbarer Intelligenz, gut gewachsen, gut angezogen, im übrigen ohne besondere äußere Merkmale. Ist dies der Prinz von Wertenberg? Schade, daß wir kein Theater hier haben! Wahrhaftig, du solltest häufiger ins Schauspiel gehen. Shakespeare! Prinzen pflegen ihre Abenteuer bei ihm grundsätzlich inkognito zu erleben, ohne Antrittsbesuche und dergleichen. Ha, wer also ist dieser Liebling der Götter und Frauen? Claudio, ein florentinischer Graf! – und ich wette, es gibt keinen Lärm um nichts! Wenn Euer Lieben wünschen, trag' ich Euch als Diener in grünen Hosen und mit kreuzweis gebundenen Knie-gürteln den Degen und die Laute nach, bis Berlin und weiter." – Er summte: „Aber in Spanien tausendund-drei, aber in Spanien tausendunddrei!", setzte sich ans Klavier und ringelte die reizendsten Variationen um das Thema.

Konstantin lehnte an dem Instrument, hörte zu, lächelte, träumte. Nichts Besseres hätte dem Freund ein-fallen können, als die Musik zu Hilfe zu rufen.

„Claudio . . . !" sagte der Prinz und lauschte halbver-loren auf den Klang des Wortes. „Claudio! Wahrhaftig! Weshalb hat man nicht Claudio getauft?"

„Getauft? Wasser tut's freilich nicht, sondern ein poli-zeigültiger Paß, der dich ein Wort kostet und in einer halben Stunde beschafft ist: Claudio Graf von Schönau – der herrlichste Name für ein sentimentales Ritter- und Schicksalsdrama, in dem Feindesköpfe und Frauenher-zen abwechselnd und reihenweise auf deine Klinge ge-spießt sind wie die Brathühner beim Schützenfest. Und bequem: dieser unbekannte Herr von Schönau kann in einem möblierten Zimmer wohnen wie jeder andere Student!"

„Es wäre zu überlegen . . .", sagte der Prinz in seiner zurückhaltenden Art; aber er war in den letzten Wochen viel zu einsam gewesen, um nicht jetzt von diesem Plan berührt zu werden. Werner drängte ihn nicht, er wußte, daß Konstantin Zeit brauchte, sich mit überraschenden Dingen innerlich auseinanderzusetzen.

Schon viel freundlicher und hoffnungsvoller sah jetzt das Dasein aus. Werner war täglicher Gast im Hause Monrepos; es gelang ihm bald, den Prinzen von seiner weichlichen, silbergrauen Stimmung zu befreien und ihn durch seine Erzählungen, durch Dispute und Berichte der Welt, wie sie wirklich war, nahezubringen, zum minde-sten wurde der Abstand verringert, die Unternehmungs-lust geweckt. Abends, wenn der Park einsam lag, musi-zierten sie bei geschlossenen Fenstern. „Dein Vater", sagte Werner, „hätte uns dieses Mozart-Konzert gewiß nicht übelgenommen, auch bei offenen Fenstern. Er war klug und liebenswürdig, bei aller gelegentlichen Derbheit."

„Er! Aber man muß Rücksicht auf die anderen nehmen", erwiderte Konstantin.

„Je enger der Raum, desto mehr Rücksicht, das ist immer so."

„Kanada ...", sagte der Prinz, immer noch nicht gänzlich ohne Wehmut.

Werner lächelte. Sie legten die Instrumente beiseite, setzten sich zu einer Flasche Wein auf den Balkon. Sanfter Sternhimmel, mondlos, war über dem Tal. Kein Laut, kein Wind in den schwarzen Bäumen.

„Du lebst hier", sagte Werner, „wie auf einer Insel der Seligen, aber die ewige Seligkeit ist auf die Dauer langweilig und sehr weltfern; in unserem Alter kann man das nicht ertragen, vielleicht soll man's auch nicht. Die Wirklichkeit sieht anders aus, ach, ganz anders."

Eines Tages im beginnenden Herbst legte Werner den Paß auf den Tisch: Claudio Graf von Schönau. Der Prinz lachte, aber schon kamen ihm Bedenken: er würde doch wenigstens den Staatsminister von Klinger –

„Erledigt, längst erledigt!"

Er sah den Freund überrascht und nicht ganz ohne Mißtrauen an. „Wieso?"

Nun, Geheimniskrämerei sei hier wohl sinnlos gewesen; es bestehe kein Grund, die Dinge nicht beim rechten Namen zu nennen. Der Polizeidirektor Werner habe sich selbstverständlich mit dem Minister in Verbindung setzen müssen. Klinger habe ohne weiteres zugestimmt. Übrigens ein durchaus vernünftiger Mann! „Und dann: ich, an seiner Stelle, würde dich auch nicht mit Gewalt in Wertenberg festhalten. Ich bin bei dieser Gelegenheit seiner Frau wiederbegegnet und habe alle deine Unbesonnenheiten verstanden – sie ist schon eine kleine Todsünde wert."

„Daran brauchst du mich nicht zu erinnern!" sagte Konstantin, den die Monate seiner Einsamkeit manches in anderem Lichte sehen ließen. „Vielleicht ist es wirklich besser –"

„Vielleicht? Bestimmt!"

An einem Oktobermorgen reisten sie ab.

Bis zur Grenze des Fürstentums, die freilich nicht in unerreichbarer Ferne lag, fuhren sie in einem offenen Jagdwagen. Frühnebel erfüllte das Tal, braute langsam von den Waldhängen herab. In ihre Reisemäntel gehüllt, saßen sie schweigend nebeneinander, genossen die morgendliche Einsamkeit. Es tropfte von den Bäumen. Auf den Wiesen, am nahen Waldrand, standen Rehe. Das Traben der Pferde, im Gleichmaß bald zusammenklingend, bald auseinandergehend, und das Rollen der Räder machte nachdenklich.

Vor einem Gasthaus jenseits der Grenze, wo der Prinz bereits niemandem bekannt war, stiegen sie in die Postkutsche, zwei Studenten, unterwegs nach Berlin.

Ein dicker Holzhändler, der in der Gegend Geschäfte gemacht hatte, war zunächst der einzige Mitreisende, auf der dritten Station aber stieg eine Dame in Begleitung einer Kammerjungfer ein; sie war erheblich mittleren Alters, duftete mehr als berauschend und entpuppte sich als eine leibhaftige Baronin mit einem umfassenden Unterhaltungsbedürfnis.

„Vor zwei Jahren", sagte sie, „war ich zu Besuch in Braunschweig und ließ mich überreden, dort auf eine ganz neue Art zu reisen. Denken Sie nur, die Wagen laufen auf eisernen Schienen und werden von einer Dampfmaschine gezogen! Sie glauben nicht, wie aufregend das ist."

„Wegen der Geschwindigkeit?" sagte Konstantin verständnisvoll.

„Oh, nicht gerade deshalb, denn man fährt nicht sehr viel schneller als mit der Post. Aber zu denken, was geschehen würde, wenn die Maschine einmal durchgeht!

Wer kann sie denn aufhalten, ich bitte! Zum Glück kam mir der Gedanke erst hinterher. Ich werde das nie mehr tun, man kann nicht vorsichtig genug sein mit diesen neuen Erfindungen. Jenny, das Migränepulver! Reisen ist und bleibt ungesund, wenigstens auf längeren Strecken. Die Herren kommen von Wertenberg, nun, das läßt sich noch aushalten. Nicht von Wertenberg? Aber wieso denn, ah, nur durchgefahren, ich verstehe. Ein sehr hübsches Land. Nur etwas zuviel Bäume, für meinen Geschmack. Sie haben dort nicht übernachtet, kennen niemanden? Schade, ich hätte gerne gehört – die Kusine meiner Schwägerin ist nämlich dort verheiratet, das heißt, es ist mehr eine entfernte Kusine, ich habe sie nie gesehen – aber ich weiß durch sie, daß auch die Wertenberger ihre Sorgen haben."

„Wo in der Welt gäbe es keine Sorgen!" sagte Werner, dem Unheil schwante. „Da erzählte mir zum Beispiel –"

„Sie haben recht, Sie sind ein gesetzter junger Mann, nein, aber hören Sie – nimm endlich die Schachtel zurück, Jenny, ich will schließlich nicht in Migränepulver ersticken –, in Wertenberg muß es ja einen allerliebsten Skandal gegeben haben – brrr, ohne Wasser ist das Pulver abscheulich bitter, aber was tut man nicht für seine Gesundheit, in der Braunschweiger Eisenbahn ging es mir übrigens genau so – dort, ich meine in Wertenberg, ist nämlich der jüngere Prinz –"

„Ja, ja, ich habe davon gehört", sagte Werner, über die Maßen deutlich gelangweilt, und wischte die Fensterscheibe mit dem Vorhang ab. „Dinge, die überall und jederzeit –"

„Himmel, nein, das wollen wir doch nicht hoffen. Eine solche Katastrophe –"

„Katastrophe?" fragte Konstantin, entschlossen, von diesem Augenblick an Claudio zu heißen und zu sein. „Das klingt schlimm!"

„Es klingt schlimm und ist in Wirklichkeit noch schlimmer. Natürlich hat man versucht, die ganze Sache zu vertuschen, und es gibt sogar Leute, die das glauben. Aber tot ist er doch."

„Wer, bitte?"

„Höre, Claudio ...", sagte Werner. „Claudio!"

„Ich weiß, ich weiß."

„Ja, denken Sie!" sagte die Baronin völlig entfesselt. „Stellen Sie sich also vor, der Prinz, ein junger Mensch, verliebt sich rasend in die Frau eines – ach Gott, mein Namengedächtnis war von jeher so schlecht, Sie glauben nicht, wieviel Schwierigkeiten mir das schon gemacht hat – also, jedenfalls, in eine Frau, die älter ist als er, in die Frau eines Hofbeamten, eines Würdenträgers, eines hochangesehenen Mannes – ich sage: rasend! Stellen Sie sich das vor!"

„Ich stelle es mir vor", erwiderte Claudio. „Und jetzt ist er also tot!"

„Tot? Wer? Nein! Sie meinen den Prinzen? Oh, keineswegs! Das Pärchen verschwindet."

„Verschwindet?"

„Bei Nacht und Nebel. Nach Italien, wohin sonst! Der betrogene Ehemann –"

„Fährt hinterdrein!"

„Oh – Sie kennen die Geschichte also doch!"

„Keineswegs, gnädige Frau, aber die Ereignisse pflegen sich in dergleichen Fällen wohl immer so abzuspielen."

„Immer? Ach, da sieht man, Sie sind nicht verheiratet, mein Herr. Aber diesmal haben Sie recht. Der Ehemann fährt also hinterdrein!"

„Ich erblasse!" sagte Claudio.

„Es gibt eine wilde Jagd, hin und zurück durch ganz Italien, Abruzzenräuber werden auf ihn gehetzt –"

„Auf den Prinzen?"

„Nein doch, auf den Mann natürlich, Sie dürfen mich nicht immer unterbrechen, ich bin so aufgeregt, wenn ich daran denke, aber zum Schluß erwischt er die beiden, als sie gerade an Bord eines Seglers gehen wollen, der nach

Amerika oder noch weiter fährt, was weiß ich? Und was geschieht?"

„Ja, darauf bin ich neugierig."

„Der Prinz, ein kaltblütiger Wüstling, und zum Äußersten entschlossen –"

„Verzeihen Sie", sagte Claudio, dem offenbar viel daran lag, die Katastrophe hinauszuzögern, „gar so kalt kann sein Blut nun auch nicht gewesen sein – erzählten Sie denn nicht vorhin, er habe sich rasend verliebt?"

„In diesem Augenblick jedenfalls war er kaltblütig!" erwiderte die Baronin leicht gereizt. „Zieht also ein Pistol – krach! Jenny, das Eau de Cologne!"

„Mir scheint, der Prinz hat geschossen?" fragte Claudio und sah seinen Freund an.

„Wie hätte es sonst krachen können!" versetzte die Baronin, aufgebracht über dieses langsame Begriffsvermögen, und rieb sich die Stirn mit Kölnischem Wasser, denn es ging ihr nahe. „Furchtbar, einfach furchtbar. Was soll ich hinzufügen? Tot!"

„Die Dame?"

„Ach Gott, nein!"

„Der Prinz?"

„Nicht doch!"

„Das ist nicht nur furchtbar, gnädigste Frau, sondern auch sehr geheimnisvoll! Lassen Sie mich raten!"

„Mir scheint", sagte die Baronin erschöpft, „Sie haben das Pulver auch nicht erfunden!"

„Gewiß nicht", antwortete Claudio unschuldig, während sein Freund sonderbar laut niesen mußte, „wozu auch, es ist ja schon längst erfunden. Aber ich verstehe nicht, was das mit Ihrer Geschichte zu tun hat."

„Nun", sagte die Baronin und fächelte sich mit dem Taschentuch, „es bleibt jetzt also nur einer übrig, den die unselige Kugel treffen konnte, nämlich der Ehemann. Er ist tot."

„Tot?" fragte Claudio ratlos. „Aber verzeihen Sie, erklärten Sie nicht eben noch, er sei übriggeblieben?"

Die Baronin beachtete diesen Einwurf nicht. „Mit dem Gesicht nach unten schwamm er im Wasser!"

„Allein daran hätte er sterben müssen!" bemerkte Claudio. „Aber weiter, wenn ich bitten darf. Was geschah mit dem Pärchen?"

„Ja, was? Die Sache wurde einfach vertuscht."

„Natürlich!"

„Das finden Sie natürlich? In unserer Zeit? Leben wir denn im Mittelalter?"

„Oh, hätte man die Wasserleiche etwa in der Öffentlichkeit breittreten sollen?"

„Eine schauderhafte Vorstellung!" sagte Werner, der es an der Zeit fand, sich einzumischen, denn er fürchtete für die Gesundheit der Baronin. Die Arme regte sich über soviel Verständnislosigkeit zu sehr auf. „Sie haben eine lange Reise vor sich, gnädigste Frau?"

„Ich? Gott sei Dank, nein, das würde ich nicht aushalten!" antwortete sie mit einem Blick auf Claudio. „Ich fahre nur bis zur nächsten Station."

Sie stieg wirklich aus, und mit ihr der dicke Holzhändler; andere Fahrgäste erschienen und verschwanden wieder, die Postkutsche rollte durch den Tag, und erst, als die beiden Freunde sich abends in einem hübschen Gasthause ausruhten, fand Werner Gelegenheit, auf den Zwischenfall zurückzukommen. „Ich hätte dir soviel Bosheit niemals zugetraut!" sagte er zu Claudio.

„Ich denke, es war mehr Selbstbeherrschung. Himmel! Wozu sind Wesen wie diese Baronin auf der Welt?"

„Sie spielen die Rolle der Mistkäfer und anderer Insekten: sie zernagen das Abgetane so lange, bis nichts mehr davon übrigbleibt. Die Natur ist über alle Begriffe weise, Claudio. Trotzdem wundert mich die Ruhe, mit der du alles über dich ergehen ließest!"

„Kein Grund zur Bewunderung!" antwortete Claudio. „Es hat mir wohlgetan, nicht gekannt zu sein, ein Glück geradezu, daß unsere Reise so begonnen hat. Jetzt weiß ich doch, daß ich mich wirklich unbeobachtet fühlen darf.

Es ist soviel abgestreift worden dadurch, verstehst du das? Der arme Klinger! Sicherlich sitzt er jetzt beim Lampenschein über Akten und ahnt nicht, daß er totgeschossen im Mittelmeer treibt, das Gesicht nach unten. Merkwürdig, merkwürdig, ich bin der Baronin unendlich dankbar ... wofür? – daß sie mich nicht kannte. Das Leben ist so schön! Trinken wir noch eins?"

„Geh schlafen, kaltblütiger Wüstling!" sagte Werner.

Aber Claudio war trotz der langen Fahrt in zu guter Laune, um diesen Tag schon enden zu lassen. Zwar begleitete er den Freund in das gemeinsame Zimmer, aber er trug eine Flasche unter dem Arm, und als Werner tatsächlich alle Anstalten traf, sich ins Bett zu legen, setzte sich Claudio ans Fenster und begann, den Abend auf seine Weise still zu feiern.

„Ich habe gar nicht gewußt", sagte Werner, der sich wie ein weißer Geist in der Stube zu schaffen machte, „daß du zu dergleichen einsamen Ausschweifungen neigst!"

„Ich wußte es auch nicht", antwortete Claudio, „also wird's wohl nicht so sein. Aber denke doch: seit so langer Zeit wieder einmal niemandem bekannt zu sein, ein reisender Student – ist das nicht herrlich? Wieviel gleitet einem da von der Seele – man fühlt ordentlich, wie ein anderer Mensch zutage kommt. Ich freu' mich, Werner, nein, wahrhaftig, es läßt sich nicht sagen, wie ich mich freue! Und diese Neugier!"

„Neugier? Worauf?"

„Auf die Zukunft! Wie werden wir unser Leben einrichten?"

„Überhaupt nicht!" erwiderte Werner und zog sich die Decke bis ans Kinn. „Wir lassen uns überraschen. Zudem möchte ich Euer Durchlaucht beizeiten darauf hinweisen, daß ich mich letzten Endes studiershalber in Berlin aufzuhalten gedenke."

„Das nebenbei."

„Das in der Hauptsache!" gähnte der andere. „So betrüblich es auch sein mag!"

„Zu denken", sagte Claudio, „daß man ein Tropfen im ungeheuren Meer des Daseins ist, oder Teil eines Windhauches, der nächtlicherweise über die Erde geht, aus dem Dunkel ins Dunkle! Hinstreifend über Wälder und Wiesen, über Hänge, an denen noch der Duft letzter Rosen träumt, oder man ist das leise Wehen, das die Vorhänge am Fenster eines schlummernden Mädchens bewegt – he, Werner! Ich glaube, der Kerl schläft!" –

An einem schönen Herbstnachmittag trafen sie in Berlin ein, das damals bunt war, niedrig und reich an Gärten. Die sandige Landstraße, nicht viel breiter als ein Feldweg, lief durch Weidewiesen bis ans Hallische Tor, und auch von da ab stadteinwärts hatten noch viele Häuser einen hübschen Garten, farbig und freundlich in der warmen Spätsonne. Am folgenden Tage freilich, als Claudio sich von seinem Freunde herumführen ließ, ward er inne, daß dies doch eine größere Stadt sei als Wertenberg. Er wunderte sich, wieviel Militär es hier gab – das Wertenberger Heer bestand aus sechs prächtig verschnürten Leibhusaren –, wieviel Studenten, Kutschen, Reiter, Spaziergänger, wieviel Konditoreien und Tabagien, die stets gut besucht waren, wieviel Vergnügungen, er wunderte sich nahezu über alles, und das meiste fand er recht hübsch; ohne Zweifel lebten die Leute hier schneller als in Wertenberg, sie mußten es, wenn sie nichts versäumen wollten, und nichts schien in den Augen der Berliner ein größerer Fehler zu sein, als etwas zu versäumen.

Aber schon am zweiten Morgen begann für ihn der Ernst des Lebens, allerdings nicht ohne Komik, wie es denn überhaupt schien, als ob der Ernst des Lebens in Claudios Dasein stets bereit sei, sich von einer etwas überraschenden Seite zu zeigen. Sie hatten im „König von Portugal" übernachtet, nun aber erklärte Werner, daß es Claudios nächstes Geschäft sein müsse, ein Unterkommen zu suchen, wie es sich für einen Studenten (wenn auch nicht gerade für einen armen Studenten) gehöre. Was ihn, Werner, betreffe, so könne er ihn dabei leider nicht begleiten, da er sich um seine Einschreibung auf der Universität zu kümmern habe und im übrigen sein früheres Quartier zu beziehen gedenke.

Claudio legte die Stirn in die unbehaglichsten Falten. An derlei Unabweislichkeiten des Lebens hatte er nicht gedacht. „Ich soll also", sagte er, „du meinst also – ja – aber wie –"

Werner reichte ihm die Zeitung über den Tisch und deutete auf die Spalte, in der Wohnungen für anständige junge Herren angeboten wurden.

„Wie aber", fragte Claudio mit einem gewissen inneren Erbleichen, „soll ich den Leuten glaubhaft machen, daß ich anständig bin? Und überhaupt hab' ich mir vorgestellt, daß wir beide zusammen hausen würden!"

„Du wirst dich eines Tages freuen, daß wir's nicht tun!" antwortete Werner augenzwinkernd. „Berlin ist eine so lebenslustige Stadt – muß ich denn unbedingt wissen, wann und ob du allein heimkommst? Ach, du würdest sehr bald die Empfindung haben, daß ich die Rolle einer Gouvernante spielen möchte, und mich zum Teufel wünschen. Nein, nur recht wenig Reibungsmöglichkeiten, bitte!"

Claudio machte sich auf den Weg. Er ließ den Mantel im Gasthaus, obwohl das Wetter unsicher war, und bereute diese Nachlässigkeit bald genug, da die Wolken dunkler wurden und Unheil für seinen hellgrauen Frack drohte. Die Milchwagen rollten noch zur oberen Friedrichstraße zurück, wo die Viehmeister wohnten, von denen der südliche Teil der Stadt mit Morgenmilch versorgt worden war. Frauen mit bauschigen Röcken und Schultertüchern, Häubchen auf dem Kopf und die Markttasche am Arm, gaben um diese Stunde dem Straßenbild den Ton. Claudio bewunderte diese Markttaschen aus Wachstuch, in denen ganze Gemüsegärten Platz zu haben schienen, und wie hübsch sah dies alles aus. Zwischen den prallsten Kohlköpfen leuchteten prachtvolle Asternsträuße, gelegentlich überragt von einem nickenden Aalschwanz, um den sich dunkelgrüne Lauchstengel gruppierten. Die meisten dieser Herrlichkeiten, auf die Claudio bisher nie geachtet hatte, kamen vom Gendarmenmarkt, und es machte ihm unendliches Vergnügen, dort langsam zwischen den Hökerinnen und ihren Körben hindurchzugehen – wobei er außerdem noch das Glück hatte, daß er die Bemerkungen, mit denen gelegentlich auf ihn wie mit nicht mehr ganz frischen Äpfeln gezielt wurde, kaum verstand. Für geraume Zeit vergaß er völlig, weshalb er unterwegs war, aber eben dieser Spaziergang half ihm viel, denn seine Unsicherheit ließ nach, ohne daß er's merkte.

Was er jedoch merkte, war, daß er bei diesem Morgenbummel sonderbar oft an die Stadtgrenze geriet. Wo heute, von der Alten Jakobstraße bis vor dem Schlesischen Tor, immerhin einige Häuser stehen, dehnte sich das Köpenicker Feld, eine unabsehbare Ebene, voll von Kartoffeln und roten Rüben, in denen grasige Wege schier erstickten. Er suchte den Schafgraben – später sollte dort einmal die Königgrätzer Straße laufen – und fand ihn, eben am Rande der Stadt; die Zeitung hatte ihn hierher gewiesen, die Gegend gefiel ihm: kleine einstöckige Häuser standen da in Gärtchen, Wiesen breiteten sich aus, der Schafgraben träumte unter einer patinagrünen Wasserlinsendecke und sah aus, als gäbe es hier in Sommernächten ein wohlgestimmtes Froschkonzert – jetzt hingen rote und blaue Papierdrachen über den Stoppelfeldern im grauen Himmel, an dem der Wind die Regenwolken hintrieb – alles war still, von einer sauberen Ländlichkeit, und trotzdem nicht weit von den Linden, die für Claudio nun einmal den Inbegriff des großstädtischen Lebens bildeten.

Patsch! sagte der erste Regentropfen und fiel schwer auf seinen schönen grauen Filzzylinder. Er blieb für einen Augenblick stehen, zog das Zeitungsblatt aus der Tasche und suchte sich zurechtzufinden. Hier irgendwo mußte es sein, in dieser gartenhaften, bescheidenen Straße, deren

Häuser überaus freundlich ausschauten. Manche von ihnen standen unmittelbar am Wege, zwei oder drei Stufen führten zur Haustür hinan, andere versteckten sich hinter den Bäumen der Vorgärten, in denen bunte Glaskugeln über Rosenstöcken glänzten. Pitsch, patsch! sagte der zweite und dritte Regentropfen, es klang, als ob diese einseitig geführte Unterhaltung geschwinder und ausgiebiger werden wollte. Claudio ging die Straße entlang, zunächst noch durchaus gemessen, wie er's gewohnt war, dann etwas eiliger, sehr eilig, und schließlich begann er zu laufen, wiewohl der Sand des Weges nicht sonderlich geeignet für dergleichen Übungen war. Die fatalen dunklen Tropfen auf dem grauen Frack mehrten sich.

Ha: eine Tür, ein großer messingner Klingelgriff mit dem Namen: Natalie Spillemann, geborene Bollmus.

Da stand er nun, „Claudio, ein florentinischer Graf", wie der spottsüchtige Werner zu sagen pflegte, und riß am Klingelknopf der geborenen Bollmus. Er sah an sich herunter, sah, wie die Tropfen kleine Trichter in den Sand schlugen; nahm den Hut ab und wischte Feuchtigkeit daraus und von seiner Stirn. Die Lage wurde entschieden bedrohlich.

Indessen öffnete sich, eben noch zur rechten Zeit, die Tür.

Claudio hatte schon den Fuß auf der untersten Treppenstufe und war bereit, den letzten Sprung unter das rettende Obdach zu tun. Jetzt aber zauderte er plötzlich noch in der letzten Sekunde. Denn in der Tür stand ein ziemlich verblüffendes Wesen. Dem Rock nach zu schließen, den Claudio dicht vor Augen hatte, war es weiblichen Geschlechts, im übrigen jedoch machte es einen fast gespenstischen Eindruck. Der Rock, weiß mit einem verwaschenen roten Blumenmuster, reichte bis an die Achseln und sank in so schlaffen Falten herab, daß man darunter kaum einen einigermaßen greifbaren Körper vermutete; rechts und links ragten magere Arme aus zu kurzen

Ärmeln einer Nachtjacke, und das übernatürlich lange Ganze wurde gekrönt von einer weißen Haube. Zweifellos befand sich unterhalb dieser Haube ein Gesicht, aber es war so durchaus hager-verschlossen und nichtssagend, daß Claudio in starrer Ratlosigkeit stehenblieb. Wäre das Gesicht freundlich oder böse oder abweisend oder überrascht oder sonst irgendwie gewesen, so hätte er gewußt, wie er ein Gespräch beginnen sollte; dies alles traf jedoch nicht zu, das Gesicht war überhaupt nicht irgendwie, sondern gleichsam gar nicht da, es hatte vielleicht nur den Zweck, der Nachthaube einen Abschluß nach unten zu verschaffen. In der Tat, es war das absonderlichste Nichts, dem er je begegnet war.

Immerhin zog er den Hut.

„Sie is aber nicht da!" sagte das Gespenst.

„Lassen Sie mich wenigstens ins Trockene!"

Das Gespenst gab den Eingang frei, öffnete im Flur eine Stubentür und ließ ihn eintreten.

„Frau Natalie Spillemann?" fragte er aufatmend.

„Wenn se doch nich da is!" erwiderte das Gespenst. „Jerannt, junger Mann?"

„Allerdings, das heißt –"

„Müssen Se eben warten. Ich kannse ooch nich herzaubern." Das Gespenst traf Anstalten zu verschwinden.

„Aber ich möchte doch —"

„Sie muß aber jleich da sind", sagte das Gespenst und entglitt tatsächlich.

Claudio blieb kopfschüttelnd zurück. Er dachte daran, aus dieser Höhle zu entweichen, jetzt aber prasselte draußen der Regen im Laub der Akazien. Übrigens war es keine Höhle, nein, ganz gewiß nicht – es war eine freundliche, blitzsaubere Gute Stube mit blütenweißen Gardinen, blanken Birkenmöbeln, mit einer Porzellanvitrine und hellgescheuerten Dielen. Es roch nach Kernseife und Reinlichkeit. Er wischte sich mit dem Taschentuch die Tropfen von den Schultern, stand noch ein wenig herum und setzte sich schließlich, das Ausruhen tat ihm wohl.

Hoffentlich ließ das Ende des Regengusses oder Frau Natalie Spillemann nicht allzu lange auf sich warten.

Nein. Durch das Wetter draußen sah er etwas heransegeln gleich einem Schiff, unter dem Regenschirm vor dem Winde treibend mit gebauschten Röcken und gegen das Davonfliegen beschwert mit einer gewaltigen Handtasche, die offenbar wie ein Treibanker wirkte. Claudio war überzeugt, dies könne niemand anders sein als die geborene Bollmus.

Sie war es. Die Haustür wurde aufgeschlossen. Schritte, Schütteln, Ächzen, Geflüster.

Das vorige Gespenst erschien im Türspalt und sprach: „Nu is se da. Aber sie is naß und will nich in die Jute Stube, Sie sollen in die Küche kommen."

Claudio, bereits an Kummer gewöhnt, folgte ohne Widerspruch; er fand in der Küche ein zweites, nur viel nasseres Gespenst, welches auf einem Schemel saß und Zeugstiefeletten auszog und dabei stöhnte. Übrigens war auch die Küche ein heller, freundlicher Raum; blankgeputztes Kupfer hing an den Wänden, die beiden Fenster gingen nach dem Garten, und auf dem Herd stand eine große blecherne Kaffeekanne, in der, dem Geruch nach zu schließen, Zichoriekaffee mit Milch und Zucker dauernd warmgehalten wurde; die Atmosphäre wurde dadurch ein wenig säuerlich, das ließ sich nicht leugnen, aber sie paßte zu den beiden Hausbewohnerinnen.

„Naß wie 'ne jebadte Katze!" sagte Frau Spillemann geborene Bollmus, die ihrer Schwester aufs Haar glich, nur daß sie bedeutend redseliger war. „Nu sehn Se ma, wie et schütt'! Ausjeschlossen, det ick jleich wieder losziehe!"

„Ich habe", begann Claudio, „ich möchte –"

„Ick kenne Ihnen jar nich!" sagte die geborene Bollmus, sah ihn nachdenklich an und hielt einen Zeugstiefel in der Hand. „Wo wohnen Se denn?"

Claudio antwortete sanftmütig und beherrscht: „Deshalb komme ich, allerdings sind die Umstände, wie mir scheint –"

„Junger Mann!" unterbrach ihn das Zeugstiefelgespenst. „Det muß jeder mal erleben, ohne dem jeht et nu mal nich."

„Sie haben gewiß recht, aber ich dächte, die Verhandlungen ließen sich wohl abkürzen!" erwiderte Claudio, der allmählich die Geduld verlor.

„Wo wohnen Se also?"

„Vorläufig nirgends, und deshalb –"

„Verstehste das, Jette? Er wohnt nirgends! Na, und Ihre Frau?"

„Meine Frau?" fragte er.

„Wer denn sonst. Ick will doch nicht hoffen –"

„Ich bin unverheiratet!" sagte Claudio.

„Ooch noch unverheiratet, o Jott, die Welt wird immer schlechter. Det arme Wurm! Ei ei ei, und Sie stehen hier und tun, als ob da jar nischt bei wäre. Wissen Se, wie ick det nenne? Jewissenlos nenne ich det! Jette, den Kaffee, ick muß mir stärken!"

„Wenn ich nur verstünde, wovon Sie eigentlich reden!" rief Claudio verzweifelt. „Ich habe bisher wahrhaftig nicht geahnt, daß es gewissenlos ist, wenn ein anständiger junger Mann eine Wohnung mieten will!"

Die beiden Gespenster sahen einander an.

Schließlich sagte das zeugbestiefelte: „Ach so! – Ja denn! – Denn missen Se schon entschuldjen, aber ich dachte, und Jette dachte ooch ... Man bloß von wejen die Wohnung? Ich dachte, Sie brauchten mir in meine Eigenschaft als Hebamme."

Claudio setzte sich mit einem Ruck, irgendwohin, zum Glück war es ein Küchenschemel.

„Lach nich, Jette!" sagte die Gesprächige zu der Stummen, obwohl diese nicht die geringste Spur eines Lächelns auf dem ausdruckslosen Gesicht hatte. „Die Welt is traurig jenug – jar keen Anlaß zur Heiterkeit! – Also sehe ick mir in die anjenehme Lage, die Jewissenlosigkeit zurückzunehmen, Herr – wie war doch jleich Ihr werter Name?"

„Mein – ehem, Schönau", sagte Claudio, noch hinreichend erschüttert, „Graf Schönau."

„Jraf – !" hauchte Jette, und es war das erste Lebenszeichen, das sie seit längerem von sich gab.

Nette stellte die Tasse auf den Tisch. „Es ist uns eine Ehre, Herr Jraf!" sagte sie mit dem deutlichen Bemühen, schriftmäßig zu reden. „Und det Appartemang befindet sich eine Treppe höher, wenn's jefällig is!"

Auf diese nicht ganz ungewöhnliche Weise geriet Claudio in das Hauswesen der beiden Schwestern. Auch wenn er seelisch weniger überanstrengt gewesen wäre, hätte er an diesem Tag unmöglich ahnen können, was der Augenblick für ihn bedeutete. Zunächst wußte er nur, daß ihm die Wohnung ungemein behagte; sie bestand aus einem hübschen Schlafzimmer und einem geräumigen, nicht ohne Geschmack möblierten Wohnzimmer, in dem sich sogar ein recht gutes Piano befand, und da er eine ruheliebende Natur war, so lernte er die Geräuschlosigkeit des Umgangs mit Gespenstern sehr schätzen. Die beiden Schwestern gingen nicht – sie glitten auf eine beinahe rätselhafte Art, und wenn eine von ihnen die Holztreppe heraufkam, vernahm er niemals einen Schritt, sondern nur das leise Knarren der Bretter, aber auch dies kam nicht oft vor, denn die Schwestern befolgten offenbar den Grundsatz aller besseren Gespenster, möglichst selten zu erscheinen. Wenn er selber einmal das Bedürfnis hatte, ein Wort mit ihnen zu reden, mußte er schon in die Küche gehen, dort fand er die beiden – falls Nette nicht gerade in Berufsangelegenheiten unterwegs war –, lang, knochig, hager, gleichsam hingeweht in die Gesellschaft der bauchigen Kaffeekanne; und obwohl Jette beharrlich zu schweigen und Nette ebenso beharrlich zu reden pflegte, saß er manchmal recht gern bei diesen seltsam verschrobenen Geschöpfen. Allerdings mußte er sich an Nettes ewiges Gejammer über die Schlechtigkeit und Trostlosigkeit der Welt erst gewöhnen, an ihre Neigung, alles in den schwärzesten Farben zu sehen, und er dachte oft, daß es doch eigentlich ein Mißklang sei, wenn jemand, der von amtswegen bei allen freudigen Ereignissen der Gegend anwesend sein mußte, diese Ereignisse vorher und nachher mit den erbärmlichsten Klageliedern begleitete. „Was wollen Sie denn!" erwiderte jedoch Nette auf eine diesbezügliche Bemerkung. „Heulen die Kinder etwa nich? Die wissen schon warum! Ich jedenfalls habe noch keins gesehen, das mit einem vergnügten Lächeln auf die Welt gekommen ist."

„Das Lachen lernen sie später!" antwortete Claudio. „Das Leben ist doch schön!"

„Hm! Na!" sagte Nette, und Jette gab einen Grabesseufzer von sich.

In diesem Punkt war mit den beiden Frauenzimmern einfach nichts anzufangen, der Himmel mochte wissen, wie sie zu dem sauren Blute kamen. Als Claudio an einem nebligen, sanften Nachmittag – das Zimmer war zum erstenmal geheizt, und er fühlte sich in einer besonders behaglichen Stimmung – Klavier spielte, und zwar einen wunderbar leichten und beschwingten Mozart, in dem süße kleine Engelchen mit den zierlichsten Blumengewinden nur so durcheinanderpurzelten – erwischte er die beiden geborenen Bollmusen, wie sie auf der Treppe saßen und die bittersten Tränen vergossen: sie hatten seiner Musik zugehört und fanden sie zum Sterben traurig. Es fiel ihm nicht ein, darin eine Kritik seiner pianistischen Fähigkeiten zu erblicken; er kannte die Schwestern bereits recht gut und wußte, daß sie ausnahmslos alles beseufzten und bejammerten – nur vermochte er niemals zu ergründen, woher eigentlich diese schwarzgallige Weltanschauung kam.

In seinem Wohnzimmer hing, hübsch gerahmt, eine allerliebste kleine Bleistiftzeichnung, das Köpfchen eines etwa zehnjährigen Mädchens.

Wenn Claudio am Schreibtisch saß und aufblickte, hatte er diese Zeichnung gerade vor Augen, und je öfter er sie sah, desto bezaubernder erschien sie ihm. In dem feinen Profil lag etwas so Kluges, Reines und Kindliches, daß er immer wieder in Märchengedanken geriet und den Versuch machte, dieses unschuldig-ernste Antlitz im Wesen zu erfassen; seltsamerweise jedoch wollte ihm das nicht gelingen, das Bildchen, so reizend es war, verschloß sich ihm stets dann, wenn er glaubte, ihm nahezukommen.

„Wer ist das?" fragte er Jette.

Sie antwortete mit einem herzbrechenden Seufzer: „Unsere Nichte."

„Oh – ist sie gestorben?"

„Jestorben?" Jette schlug die Hände zusammen. „Wollen wir nich hoffen!"

„Ich dachte nur, weil Sie so seufzen ..."

„Soll ich etwa nich?"

„Aber das Kind ist nicht in Berlin?" fragte er.

„Nee, nee."

Das war alles, was er aus Jette herausbekommen konnte, und auch Nette, die er bei einer späteren Gelegenheit auszuforschen versuchte, schwieg trotz ihrer sonstigen Redseligkeit. Claudio vermutete daher fast, daß er auf einen dunklen Punkt im Leben der Schwestern gestoßen sei und fragte seitdem nicht mehr. Vielleicht lag hier der Grund ihres Kummers? Sie waren und blieben mit Weltschmerz gleichsam in der Wolle gefärbt.

Im übrigen ließ er sich keineswegs darin stören, das Leben schön und überaus merkwürdig zu finden. Anfangs ging er mit Werner des öfteren ins Kolleg, aber die Art von Wissenschaft, mit der er da in Berührung kam, gefiel ihm nicht, er war der Ansicht, daß er dies alles ebensogut und wahrscheinlich besser lesen als hören könne. Genau umgekehrt verhielt sich's freilich mit dem Theater, das für ihn nahezu neu war, und er verfiel alsbald in jene Theaterbesessenheit, die ein Merkmal der Zeit bildete. Es ließ sich dabei nicht vermeiden – und er wollte es auch gar nicht –, daß er immer wieder neue Bekanntschaften machte: mit Offizieren, Studenten, Beamten, Ausländern, mit hübschen Frauen und mit einer Sorte von schöngeistigen Nichtstuern, die ihm nur anfangs gefiel. Noch ehe der erste Schnee fiel, hatte er sich dreimal verliebt – Werner, der ihn zu Hause besuchen mußte, wenn er ihn sehen wollte, nannte dies eine Art von Beschäftigung, die eines kaltblütigen Wüstlings durchaus würdig sei, und wenn Claudio ihm versicherte, daß alles völlig harmlos sei, beschwor jener die gewisse Erscheinung des Ehemanns herauf, der mit dem Gesicht nach unten –

„Es gibt dabei keine Ehemänner!" sagte Claudio lachend.

„Nun, dann wenigstens eifersüchtige Nebenbuhler, die du im Duell umzubringen hast!"

„Ich denke gar nicht daran."

„Oder wird etwa für dich schon der Dolch des Mörders geschliffen?"

„Kaum. Im übrigen ist es polizeilich verboten."

„Du sollst für Blumen ein Vermögen ausgeben!"

„Ja, groschenweise. Blumen sind hier so billig."

„Man hat dich gestern mittag in Begleitung einer Dame in Seegrün Unter den Linden gesehen."

„Nun, und?"

„Und nachmittags in der Konditorei von Spargnapani mit einem jungen Mädchen, und du hast drei Baisers mit Eis gegessen!"

„Wer spioniert mich da aus?" fragte Claudio stirnrunzelnd.

„Ich. Ich saß nämlich unweit von euch, aber der Herr Graf waren dermaßen mit Süßholzraspeln beschäftigt, daß Sie mich nicht zu bemerken geruhten. Und abends warst du bei Kroll – natürlich nur, um die fabelhafte neumodische Gasbeleuchtung anzusehen."

„Wer sagt das? Es ist einfach nicht wahr!" eiferte sich Claudio. „Zu Kroll will ich erst heute, und ich lade dich ein, damit du nicht in dieser unwürdigen Weise hinter mir herzuschleichen brauchst; gestern um die Dämmerstunde war ich bei Stehely auf dem Gendarmenmarkt."

„Ich erbleiche, mein Freund! Um diese Zeit pflegen sich dort die verdächtigsten Elemente zusammenzufinden, sogar Schriftsteller sollen dabei sein!"

„Wahrhaftig!" sagte Claudio und spielte mit dem Lorgnon, das er neuerdings trug, eben um damit spielen zu können. „Wenn du bei Stehely alle vorderen Stuben durchwanderst –"

„Claudio! Du warst im Roten Zimmer!"

„Ich habe dort sogar Zeitung gelesen!"

„Der vollkommene Jakobiner!"

„Wahrscheinlich wirst du mich demnächst auf irgendwelchen Barrikaden sehen."

„Nein, im Ernst! Du kannst eines Tages Unannehmlichkeiten haben. Versprich mir –"

„Ich verspreche es. Und weshalb? Die Leute mögen ja sehr gescheit sein, jedenfalls aber rauchen sie einen miserablen Tabak. Das kann ich nicht vertragen."

„Auch ein Grund, sich von der Revolution fernzuhalten . . .", sagte Werner mit seinem fatalsten Lächeln. „Ja, der Tabak ist für feine Nasen allerdings zu stark. Zu Kroll also? Kein schlechter Gedanke. Ich werde dich mit einer Droschke abholen. Wer ist übrigens das reizende Kind da über dem Schreibtisch?"

„Unsere Nichte!" antwortete Claudio mit Grabesstimme. „Nebenbei das einzige weibliche Wesen, in das ich mich hier in Berlin verliebt habe."

Werner lachte. „Konstantin der Beständige – lucus a non lucendo! Schon wieder eine!"

„Ich finde sie bezaubernd!" sagte Claudio und streichelte das Glas des Bildchens.

„Wann ist dies Bild gezeichnet? Zu denken, daß diese holde Blüte mittlerweile zweihundert Pfund wiegt . . ."

„Du bist ein nüchterner Schurke", erwiderte Claudio, „und hast keinen Sinn für Poesie. Als wir nach Berlin reisten, hoffte ich, du würdest mein Pylades sein, indessen stellt sich heraus, daß du dir in der Rolle des Mephisto gefällst. Aber du irrst dich: meine Seele kriegst du nicht.

Wenn ich dieses Sündenbabel einmal hinter mir habe, werde ich mich auf die Wanderschaft machen und das Mädchen suchen. Ohne dich, natürlich!"

„Genua . . .", sagte Werner, „Quebec . . ."

Claudio, der am Klavier saß, grübelte: „Sonderbar, wie jung ich damals war . . ."

„Es ist ja auch schon so lange her . . ."

„Für mich sind seitdem Jahre vergangen. Ich bin ein weiser alter Mann geworden."

„Was spielst du da?"

Claudio hob die Schultern und sah über das Instrument in die Dämmerung hinaus; Regen, mit Schnee vermischt, trieb durch das Grau. Er phantasierte.

Werner schob leise einen Lehnstuhl an den Ofen und hörte zu. Merkwürdig, dachte er, wirklich merkwürdig, wieviel größer seine Musik geworden ist.

Spätabends kamen sie zum Krollschen Etablissement, das wie eine Riesenburg am Rande des Exerzierplatzes in die Nacht ragte und ihnen, als sie den Saal betraten, ein Feenmärchen öffnete: der große Saal, Säulen, Spiegelwände, tausend offene Gasflammen! Strauß, den Kroll aus Wien hatte kommen lassen, dirigierte ein ausgezeichnetes Orchester . . . aber Strauß war hier eben doch nicht an der Donau, sondern an der Spree; der Funke sprang nicht über. Die Berliner hörten wohlwollend zu, es gefiel ihnen nicht übel. Aber die Straußschen Walzer gingen ihnen nicht ins Blut. Claudio, wie der Mann im Mond an eine Säule gelehnt, fremd, schmal, elegant, unbeteiligt an solcher Art von Öffentlichkeit, hatte die Empfindung, daß er vielleicht der einzige sei, der das wunderbare Schweben dieser Walzer begriff – die tausend anderen um ihn herum, die danach tanzten, hatten zuviel Parademarsch im Blut und bemühten sich vergebens, diese beiden widerstrebenden Elemente wahrhaft im Schweiße ihres Angesichts zu vereinen. Es ging einfach nicht. Auch Strauß schien es zu fühlen, er ließ bald nach. Berlin war kein Erfolg für ihn.

Nach Weihnachten gab es für die Berliner gelegentlich etwas zu sehen: die Auffahrt zu den Hofbällen. Claudio stand auf der Straße unter den Zuschauern. Er wäre, auch ohne Rücksicht auf sein Trauerjahr, niemals auf den Gedanken verfallen, aus bloßer Neugier seine Verborgenheit aufzugeben, um sich unter seinem wahren Namen eine Einladung zu verschaffen. Es gefiel ihm, wie ein Harun al Raschid in Duodezformat mitten im Volke die Bemerkungen anzuhören, die über die prächtigen Kutschen und die schönen Kleider gemacht wurden – übrigens waren sie harmlos und gutmütig genug.

Eines Tages fand er zu Hause einen Brief vor: Klinger war in Berlin und bat, empfangen zu werden. Claudio lachte laut über diese Wendung und antwortete, der Minister sei ihm zu der und der Zeit willkommen, nur bitte er dringend, an der Haustür nach dem Grafen Schönau und nicht etwa „nach jemand anderem" zu fragen.

Klinger war pünktlich zur Stelle – mehr als pünktlich sogar, denn als Claudio zur ausgemachten Zeit heimkam, saß der Besucher bereits bei den Schwestern in der Küche und ließ sich von Nette über die Tatsache unterrichten, daß die Welt ein Jammertal sei. Vor ihm auf dem Tische stand eine Kaffeetasse mit Goldrand, und es schien, daß er wirklich von der Bollmusischen Schmerzensbrühe gekostet hatte.

„Sie haben hier ein sehr gemütliches Unterkommen gefunden", sagte Klinger, als sie einander in Claudios Wohnzimmer gegenübersaßen, „und diese sonderbaren Schwestern sind des Lobes voll über ihren Mieter. Bitte mich nicht mißzuverstehen, wenn ich erwähne, daß man dergleichen mit Befriedigung hört." Auf seinem Gesicht stand das kluge, freundliche, immer ein wenig verdeckte Lächeln, das Claudio von jeher schätzte.

„Oh, dachten Sie, ich würde hier das Dasein eines pfeiferauchenden und gelegentlich randalierenden Studenten führen oder mich allabendlich mit Kümmel betrinken?" fragte er.

„Dies weniger", antwortete Herr von Klinger – Claudio überlegte, ob er jemals ein wirkliches, bestimmtes Nein von ihm gehört hatte –, „und wenn es der Fall sein sollte, so würde ich's Ihnen nicht verübeln, da ich weiß, daß Ihnen derlei kleine Entgleisungen auf die Dauer nicht gefallen könnten. Indessen gibt es, vollends heutzutage, in einer so großen und lebendigen Stadt auch Dinge, die ... wie soll ich mich ausdrücken ... außerhalb Ihrer Teilnahme liegen sollten – oder auch nicht."

„Sollten?" fragte Claudio. „Das klingt etwas merkwürdig und beinahe geheimnisvoll."

Der andere hob die lederne Tasche auf, die er neben seinen Stuhl gestellt hatte, und öffnete sie. „Ich habe mir", sagte er ein wenig zögernd, „von meinem Freund, dem Geheimrat von Tschoppe, einige Notizen geben lassen, die man sich bei der Polizei über den Grafen von Schönau gemacht hat."

Claudio warf einen Blick auf die Notizen, die, in einen blauen Pappdeckel geheftet, schätzungsweise zweihundert Seiten in Aktenformat ausmachten. „Das Tagebuch", sagte er, „das ich privatim über meine Schandtaten führe, ist ein Heftchen für zwei Silbergroschen. Mir scheint also, die königlich preußische Polizei weiß erheblich mehr über mich als ich selbst!"

„Ohne Zweifel", antwortete Klinger mit der heitersten Harmlosigkeit, „denn schließlich kann der Untertan ja wohl verlangen, daß für die Steuern, die er zahlt, auch tüchtige Arbeit geleistet wird. Übrigens reichen die Notizen nur bis Mitte Dezember."

„Großer Gott!"

„Mitte Dezember nämlich kam man auf den geistreichen Einfall, einmal in Wertenberg anzufragen, wer denn eigentlich dieser Graf Schönau sei – und seitdem ist der Akt abgeschlossen."

„Haben Sie ihn gelesen?"

„Bewahre – nur eben im Herfahren rasch durchgeblättert."

„Und?" – „Ach, nichts Besonderes!" sagte Klinger mit einer Handbewegung. „Es war nur aufgefallen, daß Sie einige Male in der Gesellschaft von Zeitungskorrespondenten gesehen worden sind, und zwar von solchen, die sich in keiner Weise eines besonders guten Rufes erfreuen. Dann wurde man stutzig, weil Sie niemals Briefe zur Post gaben."

„Auch das ist bemerkt worden?"

„Man hätte gar zu gern gewußt, was Sie geschrieben haben würden – wenn Sie überhaupt geschrieben hätten. Daß Sie's nicht taten, mußte diese braven Leute beunruhigen."

„Es würde mich interessieren", sagte Claudio, „wieviel Stücke Kuchen ich gegessen habe, seit ich in Berlin bin."

„Darüber habe ich keine Angaben gefunden, wenigstens keine genauen."

„Schade!"

„Ärgern Sie sich nur nicht!" sagte Klinger. „Das ist die Sache nicht wert. Im übrigen können Sie versichert sein, daß man Sie jetzt nicht mehr beachtet."

„Beinahe bin ich darüber gekränkt!"

„Lassen wir's auf sich beruhen. Sie fragen nicht, was es in Wertenberg Neues gibt?"

„Was wird es schon geben!" sagte Claudio verstimmt. „Oder wollten Sie mir gar mitteilen, daß mein Bruder sich entschlossen hat zu heiraten? Dies allerdings –"

Klinger schüttelte den Kopf. „Leider kann ich das nicht. Ich möchte sagen: im Gegenteil! Ich habe den Eindruck, daß es Ihrem Herrn Bruder nicht zum besten geht."

„Er war stets ein eigentümlicher Mensch."

„Darüber etwas zu äußern, würde ich mir niemals erlauben. Ich meinte: gesundheitlich."

„Mein lieber Herr von Klinger!" sagte Claudio erschrocken. „Sie wollen nicht andeuten – ?"

„Keineswegs, keineswegs, niemand weiß, was Serenissimo eigentlich fehlt. Damit, daß die Ärzte ein paar lateinische Namen in die Debatte werfen, ist schließlich nichts getan oder gebessert. Wenn Sie mich nicht mißverstehen wollen: Serenissimus gefällt mir nicht, wie man so sagt."

„Aber mein Bruder ist nicht geradezu krank?"

„Nicht geradezu. Ich glaube nicht. Ich halte es für eine Art von Melancholie. Indessen bin ich Laie."

„Sind Sie gekommen, um mich nach Wertenberg zu holen?" fragte Claudio.

„Wer denkt daran! Ich wüßte nicht, weshalb."

„Nun, das beruhigt mich. Sehr! Aber, verzeihen Sie die Frage – ich habe mich nie recht an die vorsichtigen Formen gewöhnt –: Weshalb sind Sie eigentlich hier?"

„Bei Ihnen?"

„Ja!"

„Wäre es wohl entschuldbar", sagte Klinger, „wenn ich nach Berlin käme, ohne Sie aufzusuchen? Sie mißtrauen mir, Durchlaucht. Hab' ich Ihnen jemals einen Grund dazu gegeben?"

„Gewiß nicht", antwortete Claudio und wurde rot. „Verzeihen Sie!"

„Vielleicht bin ich hierhergekommen, weil ich weiß, daß Sie mir mißtrauen . . ."

„Ich kann mich mit Ihnen nicht messen", sagte Claudio. „Merkwürdig: wenn man weiß, daß man sich einem Menschen gegenüber etwas vorzuwerfen hat, dann neigt man dazu, ihm Unrecht zu tun, sei es auch nur in Gedanken."

„Lassen Sie doch diese alten Geschichten!" erwiderte Herr von Klinger und stand auf. „Sie sind wahrhaftig längst vorbei." Er nahm den blauen Umschlag und steckte ihn in die Mappe zurück. „Wo kämen wir hin, wenn wir nichts zu den Akten legen wollten? Dazu sind die Akten ja da. Es gibt keine segensreichere Erfindung als diesen Friedhof der Geschichte." Er nahm seinen Hut und fuhr sorgfältig mit dem Ärmel darüber hin. „Inzwischen . . . hm . . . soviel ich weiß . . . Sie fühlen sich in Berlin recht wohl?"

„Steht das auch in den Akten?" fragte Claudio.

„Andeutungsweise. Nur andeutungsweise. Man hat amtlicherseits um so weniger Interesse für Beziehungen, je zarter sie sind. Die Berichte müßten dann wohl auch viel umfangreicher sein."

„Ich scheine mich eines allerliebsten Rufes zu erfreuen!"

„Ja", sagte Klinger mit seinem Lächeln, „wir müssen eben lernen, uns damit abzufinden, daß uns die Menschen nach dem Schein beurteilen."

Er verabschiedete sich. Claudio blieb unter der Haustür stehen und sah ihm nach, wie er, die Mappe unter dem Arm, durch den glitzernden Winternachmittag davonwanderte. Dieser Klinger! Sprach man mit ihm, so hatte man den Eindruck, daß es nichts Klareres und Offeneres geben könne; war er aber fort, so glaubte man, dem Ungreifbaren begegnet zu sein.

Was blieb von dem Besuch? Letzten Endes Ärger über die Tatsache, daß man so genau beobachtet worden war. Vielleicht hatte Klinger ihn auf seine vorsichtige Weise warnen wollen? Aber das wäre nicht nötig gewesen, dachte Claudio mit verstimmtem Lachen. Berlin war ihm ein wenig verleidet.

Gegen Abend ging er aus mit dem Gefühl, daß dieser gestörte Tag, unangenehm wie er gewesen war, auch unangenehm enden würde.

Eine Woche später besuchte ihn Werner und fand ihn recht behaglich am Schreibtisch.

„Man muß schon zu dir kommen, um dich wieder einmal zu sehen!" sagte er. „Papiere, Bücher, Tintenfaß – der Weltweise vom Schafgraben! Und welch ein herrlicher geblümter Schlafrock! Es muß ein Vergnügen sein, sich so mit Blumen bestreut in Studien zu versenken. Oder dichtest du gar?"

„Beides", antwortete Claudio, „plötzlich bin ich sehr fleißig geworden."

„Es geht dir also gut. Und die Musik?"

„Schläft."

„Also geht es dir nicht gut!" sagte Werner und wurde aufmerksam. „Jetzt seh' ich auch, daß die angeborene Farbe der Entschließung aus deinem Gesicht verschwunden ist, mein Hamlet. Auf deutsch: Du bist blaß, Luise! Was fehlt dir?"

Claudio schwieg einen Augenblick, dann sagte er lächelnd: „Ein wenig Blut!" und machte eine eigentümlich behinderte Schulterbewegung.

Nun erst fiel es Werner auf, daß er den herrlichen Schlafrock nur übergeworfen hatte, und daß die Ärmel leer waren.

„Was? Hast du wirklich den Arm in der Schlinge?"

„Es ließ sich nicht vermeiden. Du bist ein paar Tage zu früh gekommen. Ende der Woche wird alles wieder in Ordnung sein."

„Gestürzt?"

„Nein."

„Hör einmal . . .", sagte Werner stutzig, „das klingt aber sonderbar! Du hast . . . du wirst doch nicht . . .?"

„Ich sage dir ja, es ließ sich nicht vermeiden. Wie das so geht. Ich hatte ohnehin meinen schlechten Tag. Ein alberner Wortwechsel –"

„Mit wem?"

„Mit einem Linienoffizier."

„Natürlich wegen eines Mädchens!"

„Ach, ganz nebensächlich! Der Knabe trat auf wie der gestiefelte Kater, und das kann ich nun einmal nicht vertragen."

„Ich bin sprachlos!" sagte Werner. „Und davon erfahre ich erst jetzt! Bist du denn verrückt gewesen, Claudio? Stell dir vor –"

„Lassen wir das! Es ist erledigt, wie du siehst."

„Es hätte auch anders enden können!"

„Nun, und?" fragte Claudio mit seinem ungeduldigsten Stirnrunzeln. „Die Welt wäre ohne mich genauso weitergegangen."

90

„Daß man euch Kinder keinen Augenblick allein lassen kann! Ich hätte doch wenigstens erwartet –"

„Es war mir einfach nicht wichtig genug."

„Zu deinen Ehrentiteln, die du im Laufe der Zeit gesammelt hast, kommt also ein neuer: Claudio, ein berüchtigter Raufbold! Großer Gott, was wird aus dir noch werden?"

Viertes Kapitel

„Ich weiß nicht", sagte der Archivar, als Harter sich
anderntags pünktlich wie immer in Monrepos einstellte,
„ich weiß nicht, oder vielmehr, es sind mir gestern abend,
als Sie gegangen waren, Zweifel gekommen, ob Ihnen
meine Erzählung auch wirklich genügt? Wenn man, wie
ich, viele Jahre hindurch mit einem Gegenstand beschäftigt ist, Steinchen um Steinchen zusammenträgt, so verliert man leicht die Perspektive: Dinge, die dem Auge
dessen, der sich darüberbeugt, bedeutend erscheinen,
kommen dem Fernerstehenden gering und unwichtig vor,
und umgekehrt läßt man wohl hier und da etwas uner-
wähnt, weil es einem so selbstverständlich geworden ist,
daß man gar nicht begreifen kann, wie ein anderer es
nicht weiß. Am Ende sind Sie mit der Art meiner Dar-
stellung nicht einverstanden? Hätte ich mich vielleicht
deutlicher auf Briefe, Berichte, Tagebuchblätter stützen
sollen? Es ist wohl möglich, daß dadurch alles unmittelbarer geworden wäre. Hier liegen sie! Wenn Sie es wünschen –"

„Nein, nein!" sagte Harter mit einem etwas zu respekt-
vollen Blick auf den Aktenstoß. „Ich glaube, daß mir die
Figuren Ihrer Erzählung auf keine andere Weise leben-
diger werden könnten."

„Aber ich habe manches weggelassen."

„Im Weglassen besteht sicherlich die Hälfte der Kunst!"

„Keine üble Formulierung", sagte Herr von Kirchberg, „obwohl ich auf Kunst nun wahrhaftig nicht den

geringsten Anspruch erhebe, und obwohl man den von Ihnen aufgestellten Grundsatz auch nicht übertreiben darf, weil sonst schließlich überhaupt nichts übrigbleiben würde. Aber einen Teil dessen, was ich mit meinen kümmerlichen Mitteln nicht zu geben vermag, sehen Sie ja in natura vor sich."

„Und darin liegt der große Reiz!" antwortete Harter. „Zu denken, daß in diesem Haus, in diesen Räumen, ja sogar an diesem Tisch –"

„Und mit diesem selben Porzellan!"

„Wirklich?"

„Ohne Zweifel!"

„Mich plagt schon längst eine Frage, Herr von Kirchberg."

„Nämlich?"

„Sie sind unverheiratet?"

„Ja."

„Wer deckt den Teetisch? Unmöglich, daß ein Mann das in dieser Weise zustandebringt!"

„Sie haben recht", erwiderte der Archivar mit besonderer Heiterkeit, „uns Männern fehlt für diese Dinge zwar nicht der Sinn, wohl aber die Geduld; wir verschwenden unsere Mühe nur ungern an Arbeiten, die gleich wieder gegenstandslos gemacht sind und am nächsten Tage mit derselben Sorgfalt wiederholt werden müssen, und so geht es ins Endlose weiter. Der Haushalt kommt mir vor wie das durchlöcherte Faß der Danaiden – es ist für uns Männer ein wahres Glück, daß das andere Geschlecht, hm, hm –" Er drehte sich um und warf einen vorsichtigen Blick nach der Tür. „Ich hätte fast gesagt: gedankenlos genug ist, aber das wäre natürlich falsch, ich muß sagen: geduldig genug ist, das stumpfsinnige Spiel unermüdlich zu wiederholen; schon unter diesem Gesichtspunkte muß unsereiner die Frau als Krone der Schöpfung preisen – einer Schöpfung nämlich, die für uns Männer so bequem wie möglich ist. Aber mir scheint, daß wir da in heikle Gebiete kommen. Sie wollten wissen, wer den Tisch so hübsch deckt? Ein junges Mädchen, das seit einiger Zeit als lieber Besuch bei mir weilt, die Enkelin meines verstorbenen Bruders, das letzte Zweiglein übrigens unserer Familie, das den Namen Kirchberg trägt."

„Ich hoffe doch", sagte der Hauptmann, „daß die junge Dame nicht etwa meinetwegen so unsichtbar bleibt?"

„O nein, sie macht um diese Zeit stets ihre Besorgungen; aber warten Sie nur, die Tage werden zusehends kürzer, die Dunkelheit fällt früher ein, und dann wird sie uns Gesellschaft leisten."

„Der Anfang von Claudios Geschichte wird ihr fehlen!"

„Sicher nicht, denn sie hat mir früher oft geholfen, diese Geschichte aus den Papieren des Archivs zusammenzutragen. Über manches weiß sie vielleicht besser Bescheid als ich. Um auf unser Thema zu kommen: es beginnt jetzt ein – allerdings kleiner – Abschnitt im Leben Claudios, von dem ich Ihnen nur wenig mitteilen kann."

„Schade! Ist er wichtig?"

„Es gibt nichts Unwichtiges. Man wird als Archivar wohl gewissenhafter, als nach der Meinung des Publikums notwendig ist", sagte Herr von Kirchberg mit vergnügtem Zwinkern. „Aber alles im Leben eines Menschen bildet doch ein Glied in der unzerreißbaren Kette von Ursache und Wirkung, die uns an das Dasein fesselt und vielleicht sogar über den Tod hinausreicht; indessen, wer möchte darüber etwas sagen!" Er lehnte sich in seinen Stuhl zurück. „Ich erwähnte gestern, daß mit Claudio eine Veränderung vorgegangen sei insofern, als ihm das Leben in Berlin nicht mehr so anziehend erschien wie früher. Er war freilich eine sanguinische Natur, aber der eigentliche leichte Sinn fehlte ihm oft. Er hatte geglaubt, das Leben mit beiden Händen zu fassen – plötzlich sah er ein, daß er nicht mehr als die Oberfläche berührt hatte; sie glänzte allerdings bunt, aber die Farben gefielen ihm

bereits nicht mehr; er kam dahinter, daß sie nicht licht-
echt waren und zu verschießen begannen. Eine solche
Entdeckung macht den Menschen notwendig mißge-
stimmt und unzufrieden, und bei ihm mußte das vielleicht ganz besonders der Fall sein, denn ich glaube, daß
ein Mann von seiner Herkunft und Erziehung es schwerer
als andere hat, die richtige Einstellung zum Leben zu
gewinnen – und gerade um diese bemühte er sich ja. Es
scheint, daß er nicht lange danach Berlin verließ. Vermutlich brachte er das zeitige Frühjahr hier in Monrepos
hin – für einen empfindsamen Menschen läßt sich kaum
etwas Lieblicheres denken als ein stiller Frühling in Wertenberg –, sicher aber war er dann wohl ein ganzes Jahr
lang auf Reisen – ein Zeichen der Unrast, seiner romantischen Sehnsucht nach wirklichen Erlebnissen, mit einem
Worte: nach dem Glück. Aber je absichtsvoller wir das
Glück suchen, desto unerreichbarer schwebt es auf seiner
Kugel vor uns her, und da die Erde selber Kugelgestalt
hat, ist dieser Weg endlos. Freilich sehen das die wenigsten ein, und wenn sie es einsehen, sind sie schon zusam-
mengebrochen. Und nun lassen Sie mich weitererzählen."

Müde kam Claudio nach Monrepos zurück, dessen
Name diesmal einen tieferen Sinn für ihn enthielt. Er
hatte ein gutes Stück von Europa gesehen, und erst jetzt,
da er den Trubel wirklich großer Städte, ihre Licht- und
Schattenseiten kannte, da er in das Leben der Menschen
unter vielen Himmelsstrichen hineingeblickt hatte, um zu
bemerken, daß überall sehr selten die Ideale, um so häufiger und heftiger jedoch die beiden großen Triebfedern
Hunger und Liebe eine Rolle spielten – jetzt erst ward
er inne, daß es nirgends ein schöneres, lieblicheres und
seiner Natur nach freundlicheres Land gab als das deutsche. Mochte die Luft noch so zauberhaft über den sonn-
verbrannten Feldern der Provence, noch so silbergrau
über den englischen Weidegründen flimmern, am wunder-

barsten war der deutsche Wald, das glitzernde Geriesel seiner Bäche auf besonntem Grunde, das Aufsteigen des Lerchenliedes über den grünen Fluren, dem man, im kaum entfalteten Schatten der Frühlingsbirke, träumend lauschen konnte; nirgends waren die Linien der Landschaft melodischer, nirgends gab es eine natürlichere Harmonie der Farben.

Claudio empfand dies so innig wie niemals zuvor. Die Einsamkeit, in die er sich versetzt sah, erschien ihm nicht mehr wie etwas leider Unvermeidliches, sondern wie ein erreichtes Ziel. Er hatte von seinen Reisen innerlich so viel mitgebracht, genoß so sehr das Gleichmaß eines stillen Lebens, daß er kaum zu begreifen vermochte, wie diese Ruhe ihn einstmals hatte unruhig machen können.

Seinen Bruder fand er verknöcherter denn je. Ferdinand erschien ihm als eine seelische Mumie. Zweifellos war er ein gewissenhafter Regent – der zopfigste aller Regierungsbeamten – und gab sich große Mühe, ein Ländchen in Ordnung zu halten und zu beglücken, das ohne ihn genauso ordentlich und glücklich gewesen wäre; sein einziges Verdienst war negativ: er verdarb wenigstens nichts. „Und das ist immerhin schon etwas!" dachte Claudio.

Auch in Schönau war alles wie früher. Indessen trat Claudio seiner Mutter doch als ein anderer Mensch gegenüber, er sah in ihr, was er bisher nie hatte beachten wollen: die große Dame, die durch ein privates Schicksal und zähe dynastische Interessen dazu verurteilt worden war, ein Leben im Fürstentum Wertenberg verglimmen zu lassen, das in einer größeren Umgebung und in einem anderen Jahrhundert wahrscheinlich wie ein Brillantfeuerwerk den Sternhimmel glühen gemacht hätte. Zum erstenmal entdeckte er in ihrem Blick und ihren Worten etwas nicht nur äußerlich Überlegenes. Dies überraschte ihn sehr.

„Ich beneide dich um die Leichtigkeit", sagte sie, „mit der du deine Reisen machst."

„Sie wissen", antwortete er, „daß ich dabei als ein Irgendwer aufzutreten oder vielmehr eben nicht aufzutreten pflege."

„Auch dies muß einem gegeben sein. Ich könnte es nicht ... habe es nie gekonnt." Ihre Augen gingen an ihm vorüber in Ferne und Vergangenheit.

„Sind Sie denn viel gereist?"

Viktoria schüttelte den Kopf. „Nein. Als junges Mädchen war ich einmal am Genfer See. Dann mit deinem Vater in Paris, mein Gott, was sieht unsereins schon dabei, man wird eben so durch die Gegend chaperoniert. Du bist natürlich sehr beschäftigt und hast keine Zeit für eine alte Frau – es würde mir soviel Vergnügen machen, ein wenig davon zu hören, wie es in der Welt aussieht."

„Wenn Sie erlauben, so bleibe ich heute abend hier; schade, daß ich die Kupferstiche nicht mitgebracht habe, die ich von den schönsten und bemerkenswertesten Punkten –"

„Das ist hübsch von dir, Konstantin. Du darfst aber nicht denken, daß ich eine Beichte von dir erwarte. Ich glaube, daß junge Leute nicht sehr gern beichten. Oder hast du vielleicht gar nichts –?"

„O doch!" bekannte er lächelnd.

„Nun, das ist recht", sagte sie. „Es gibt nichts Langweiligeres als einen jungen Menschen, der nicht zur rechten Zeit eine Dummheit machen kann; das Dumme an der Dummheit ist freilich, daß man sie meistens zur unrechten Zeit macht. Hast du etwas dagegen, wenn ich weitersticke, oder stört es dich? – Meine liebe Haffingen, wollten Sie nicht heute abend an Ihren Bruder schreiben wegen der bewußten Angelegenheit? Bitte tun Sie's, der Prinz wird Sie entschuldigen. Gute Nacht! – Unter uns, Konstantin: Weißt du auch, daß dir diese Reise sehr gut bekommen ist? Früher warst du so – wertenbergisch. Was macht übrigens deine französische Aussprache?"

Statt einer Antwort begann er, französisch weiterzusprechen. „Denn", sagte er, „ich finde, daß man über jedes Land am besten in seiner eigenen Sprache redet. Weshalb übrigens soll ich gerade diejenigen Dinge weglassen, an die ich die liebenswürdigsten Erinnerungen habe. Vielleicht würde es mir Vergnügen machen, ein wenig zu beichten?"

„Wie du willst", antwortete sie. „Du hast dich so verändert, daß ich glaube, du kannst es mit einer gewissen Eleganz tun – dies freilich wäre notwendig, denn für meinen Geschmack gibt es gar nichts Schamloseres, als seine Sünden ohne jede Grazie zu bekennen ... und nichts Hübscheres als jene Beichtstühle des Rokoko, an denen nicht nur die Engelchen, sondern auch die Sünden in der reizendsten Schnitzerei gebildet sind. Es ist, als ob der liebe Gott aus den weißgoldenen Stuckwolken der Kirchendecke lächelte und sagen möchte: Natürlich seid ihr arge Sünder, aber wir wollen sehen, was sich tun läßt!"

Claudio kam aus einem inneren Kopfschütteln nicht heraus. Plötzlich begann er, sich in seine Mutter zu verlieben. Diese Frau hatte die Fähigkeit, ganz die Form dessen anzunehmen, was sie hörte und wie sie es hörte.

„Ich fürchte", sagte er, „daß unser Hofprediger nicht ganz derselben Meinung ist."

„Natürlich nicht, er würde sonst mißverstanden werden; nur ein großer Geist kann sich erlauben, Humor zu zeigen, kleine Leute müssen unentwegt ernst sein, wenn sie sich in Respekt setzen wollen."

Claudio dachte an seinen Bruder Ferdinand, und als er zufällig aufblickte, sah er, daß Viktoria ihn beobachtet und seine Gedanken recht wohl erkannt hatte. „Ich glaube wirklich", sagte er schnell, „daß ich vor diesem Reisejahr im Begriff war, mein bißchen Humor einzubüßen. Aber das Vielerlei, das ich inzwischen gesehen habe –"

Viktoria nickte. „Zerstreuungen guter Art sind nicht dazu da, daß man sich verliert, sondern daß man sich findet. Aber ich unterbreche dich. Du warst also zunächst in Brüssel?"

Er begann zu erzählen, und es schien ihm, daß er niemals besser erzählt habe; immer, wenn er im Flusse seiner Geschichte an Untiefen geriet und im Flachen hängenzubleiben drohte, brachte Viktoria durch eine ihrer überraschenden Bemerkungen wieder Wind in sein Segel, der Wimpel flatterte aufs neue.

Als es Mitternacht schlug, war er völlig verdutzt über den allzu raschen Lauf der Zeit.

„Ich beneide dich sehr und um vieles", sagte sie und packte ihre Stickarbeit zusammen. „Wirst du mich manchmal besuchen und mir weiterberichten? Man hört so gern, wie sich die Welt in den Augen eines jungen Menschen ausnimmt. Aber es soll dir keine Plage sein!"

„Nun, ich wüßte ein Mittel, wie Sie mir diese Plage – wenn es wirklich eine wäre – ersparen könnten!"

„Ja?"

„Reisen Sie das nächstemal mit mir!"

Viktoria sah ihn an . . . Claudio wunderte sich, daß er noch nie bemerkt hatte, wie schön ihre Augen waren. „Ich bin eine alte Frau", sagte sie, „aber in meinem ganzen Leben ist mir nichts Hübscheres gesagt worden als eben – und das Hübscheste daran ist, daß es mein Sohn gesagt hat!"

„Eine alte Frau!" erwiderte er lachend, um nur geschwind über die sonderbare Rührung hinwegzukommen. „Es gibt wohl niemanden, dem das einfallen würde!"

„Um so notwendiger ist es, daß ich selber es nicht vergesse", antwortete sie und entließ ihn.

In dieser Nacht blieb Claudio noch lange wach, ging in seinem Zimmer hin und her und konnte den Gedanken nicht fassen, daß seine Mutter so völlig anders war, als er stets geglaubt hatte. Er verglich sich mit seinem Bruder, suchte zu begreifen, daß sie beide Söhne derselben Frau waren. Zwei Wesen mußten in Viktoria leben und sich getrennt vererbt haben. „Ein Glück, daß ich nicht der andere bin . . .!" dachte er, merkte sogleich das Groteske dieser Überlegung und fand sie so gespenstisch, daß er vor den Spiegel trat, den Kerzenleuchter in der Hand, und sein Bild betrachtete. Aber Spiegel hatten für ihn von jeher etwas Unheimliches, er wurde das Gefühl nicht los, daß sie den Menschen spalteten, und zwar in Hälften, die einander nicht deckten. Vielleicht war mit Viktoria etwas Ähnliches vorgegangen.

Eine Fledermaus kam durch das offene Fenster herein, schwirrte lautlos ihre wirren Kreise unter der Decke, die Kerzenflammen begannen zu schwanken. Claudio löschte das Licht – das Fenster stand als helleres Viereck in der schwarzen Mauer, und die Fledermaus fand den Rückweg ins Freie.

Als er wieder nach Monrepos kam, fand er Nachricht von Werner. Jener schrieb, daß er vor wenigen Tagen mit seinen Abschlußprüfungen fertig geworden sei und alsbald nach Hause kommen werde. Claudio freute sich herzlich über diese Mitteilung, die ihm jetzt, im zeitigen Frühjahr, einen erfüllten Sommer versprach, und wurde neugierig durch einen etwas geheimnisvollen Satz Werners: daß er eine zwar unbedeutende, aber recht liebenswürdige Nachricht als Gastgeschenk mitbringen werde.

Schon eine Woche darauf besuchte ihn Werner in Monrepos; er trug den Geigenkasten unter dem Arm und war in seiner besten Laune. „Du erblickst in mir ein Pferd", sagte er, „das die hohe Schule durchgemacht hat und nun, endlich wieder auf freier Weide, selbst die übermütigsten Sprünge mit studierter Anmut und nach den Gesetzen der Ästhetik ausführen wird."

„Eine ziemlich schauderhafte Vorstellung!" erwiderte Claudio. „Ein natürliches Pferd wäre mir lieber!"

„Mir auch – nun, so mußt du mir nach Kräften helfen, meine allzu gute Erziehung recht bald zu vergessen! Das wird dir nicht schwerfallen, denn ich möchte wetten, daß du dich auf deinen Reisen aus einem beizeiten gekrümmten Häkchen zu einem knorrigen Ast ausgewachsen hast, wiewohl man äußerlich nichts davon merkt ... laß dich ansehen! Hm, der Dandy, wie er auf der Bühne steht!

Man erkennt den besten Londoner Schneider, den vortrefflichsten Pariser Schuhmacher, und auch der Kopf scheint von einem altrenommierten Hause geliefert worden zu sein. Sollte dir meine bescheidene Gesellschaft auch nur einigermaßen genügen?"

„Gar so bescheiden ist sie nicht", antwortete Claudio, „denn du erwartest offenbar, daß ich dir Artigkeiten über deinen Wert sage. Nun, wir wollen sehen! Wie ich vermute, wirst du Klinger einen Besuch machen – hast es vielleicht schon getan? – und ihn bitten, deine kostbare Arbeitskraft dem Lande Wertenberg zu sichern, ça veut dire: man wird dir eine angenehme Sprosse auf der Leiter des Beamtentums einräumen, und du wirst von da aus brav und vorschriftsmäßig am Paragraphenbaum emporklettern, wie sich das gehört. Meinen Glückwunsch!"

„Deine Bitterkeit tropft einstweilen daneben!" sagte Werner. „Fürs erste nämlich denk' ich nicht ans Klettern. Diesen einen Sommer wenigstens will ich noch Mensch sein!"

„Das hört sich nicht übel an!"

„Es soll auch nicht übel werden. Freiheit zwischen zwei Abschnitten des Lebens! Was tun wir?"

„Zunächst", sagte Claudio vergnügt, „stellen wir diesen Tisch vor das Haus in die Sonne und genießen das Animalische des Daseins, katzengleich voll Behagen in der Wärme schnurrend. Muß denn immer etwas getan werden! Darf man denn nicht auch einmal einfach empfangen?"

Werner streckte die Beine lang von sich und schloß die Augen vor der jungen Härte des Lichts. „Die Arbeit hat mich bisher an jeder menschenwürdigen Regung gehindert. Indessen, was nicht ist, kann noch kommen." Er wurde lebhafter. „Gut, daß ich daran denke, ich hatte dir eine kleine Neuigkeit versprochen."

„Ja!"

„Wenn Euer Gnaden im Leporelloalbum Ihres Herzens, das inzwischen auf mehrere Bände in Folio angewachsen sein dürfte, nachblättern, werden Sie dort vielleicht noch das Bild eines sehr jungen Mädchens finden, eine Bleistiftzeichnung, die in Berlin über einem gewissen Schreibtisch hing. Ich weiß, wer dieses Kind ist."

„Wirklich?"

„Du hattest mich gebeten, dir die vergessenen Noten nachzuschicken. Gut, ich wanderte also zum Schafgraben, und es traf sich, daß nicht die schweigsame Jette, sondern die redselige Nette mich abfertigte. In deinem Zimmer kamen wir ins Schwatzen, und nachdem die wackere Bollmus mir in längeren Darlegungen bewiesen hatte, daß die Welt ein grenzenloses Jammertal sei –"

„Ich höre sie ordentlich!"

„– fragte ich so ganz nebenhin, wen die Zeichnung darstelle."

„Unsere Nichte!" sagte Claudio mit Bollmusischer Grabesstimme. „Das weiß ich doch längst!"

„Was du aber nicht weißt, ist, daß diese Nichte derzeit zwanzig oder meinetwegen auch zweiundzwanzig Jahre alt sein dürfte und in Aldringen lebt."

„Wozu ich ihr alles Gute wünsche!" sagte Claudio, nicht sonderlich interessiert.

„Da sie nun ferner die Tochter des Bruders der beiden Gespensterschwestern ist, so schließe ich mit bemerkenswertem Scharfsinn, daß auch sie auf den Namen Bollmus hört."

Claudio schüttelte sich. „Meine Phantasie wird durch diesen Namen nicht gerade beflügelt."

„Ja – eine Claudine von Villabella hab' ich leider nicht vorrätig und muß allerdings zugeben, daß meines Wissens noch nie ein irrender Ritter etwas mit einer Demoiselle Bollmus zu tun gehabt hat."

„Und weiter?"

„Weiter?" fragte Werner. „Weiter nichts. Das hab' ich nun von meinen treuen Diensten: Unzufriedenheit des gnädigen Herrn! Aber so sind die Großen dieser Erde, und treue Ergebenheit findet selten Anerkennung. Natürlich – wenn man die halbe Welt bereist und seine Studien an allen erdenklichen Temperamenten getrieben hat, verliert eine schlichte Bleistiftzeichnung ihren Reiz. Ich erkläre dir, daß ich gekränkt bin."

„Hättest du wenigstens die Zeichnung gekauft und mitgebracht!"

„Wer sagt dir denn, daß ich's nicht getan habe?"

„Wahrhaftig? Und wo ist sie?"

„Bei mir zu Hause, in meiner Stube, und dort bleibt sie auch", sagte Werner. „Ich wollte ja nur erst hören, wie du dich dazu verhältst; da es dich nun so wenig berührt –"

„Das nennt man niederträchtig!"

„Man nennt es sogar hinterlistig – aber ich bitte dich: soviel Aufsehens wegen einer geborenen Bollmus!"

„Du verkaufst mir das Blatt?"

„Ich denke nicht daran!"

„Aber du zeigst es mir wenigstens?"

„Nicht einmal das, da ich deine wahre Meinung kenne."

„Es gibt keine ehrliche Freundschaft mehr!" klagte Claudio. „Eine so hübsche Erinnerung an meine Berliner Zeit!"

„Daß du mir auch gar nichts gönnst!" antwortete Werner, zufrieden, den anderen ein bißchen aufgestört zu haben. „Das beste wäre, drei Männer mit langen Mänteln und spitzen Hüten zu dingen – ein Beutel mit Dukaten und eine Baßarie, die in ein entsprechendes kleines Mordensemble ausläuft, täten das übrige ... nur schade, daß dergleichen Gestalten in Wertenberg nicht eben häufig sind. Also werden wir uns wohl oder übel wieder vertragen müssen!"

Und das taten sie. Während der nächsten Tage brachte Werner den Freund dazu, ihn auf kleinen Wanderungen zu begleiten; er habe so viele Monate über Büchern gesessen, sagte er, daß er sich recht eingerostet fühle. Gestiefelt, die Mäntel gerollt, Schirmmützen auf dem Kopf und einen Ziegenhainer in der Hand, zogen sie davon.

Nicht ganz zufällig gerieten sie eines Tages nach Schönau. Ehedem war Claudio seiner Mutter gern in respektvollem Bogen ausgewichen, jetzt suchte er sie.

Es gab eine Mittagstafel, an der sich die beiden gestiefelten Wanderburschen einigermaßen merkwürdig und fast revolutionär ausnahmen – „Fehlt nur noch der Samtflaus und das schwarzrotgoldene Band!" dachte Claudio.

Nachher aber, da man auf der sonnigen Terrasse saß und die Hummeln brummen hörte, zerging das allzu Förmliche.

„Ich habe Sie lange nicht mehr gesehen", sagte Viktoria zu Werner. „Wenn ich mich recht erinnere, so vollzog sich unsere letzte Begegnung ein wenig schmerzlich, wenigstens für Sie, denn ich habe noch das Bild vor Augen, wie Ihr Vater Sie wegen irgendeiner Missetat sehr entschlossen übers Knie legte."

„Vermutlich hatte Konstantin damals eine Fensterscheibe eingeworfen", antwortete Werner. „Denn es ist geradezu sonderbar, wie viele Leute in Wertenberg mich in diesem gewissermaßen übers Knie gelegten Zustande in Erinnerung haben – ich halte es für ausgeschlossen, daß ich soviel Sünden ganz allein begangen haben könnte."

„Ich werde dafür sorgen", sagte Claudio, „daß du nachträglich den Orden ‚Für treue Dienste' bekommst – allerdings solltest du ihn dann vielleicht nicht gerade auf der Brust tragen."

Viktoria überhörte diese Bemerkung mit großer Deutlichkeit, Claudio schämte sich deswegen noch tagelang. „Herr von Klinger", sagte sie, „erzählte mir, daß Sie Ihre Studien abgeschlossen haben, er hält große Stücke auf Sie, und das will etwas heißen. Lassen Sie sich aber vom Fürsten nicht in diesem Anzug sehen, er schätzt solche demokratischen Schirmmützen nicht. Sie werden bei uns doch ein Amt übernehmen?"

„Ich hoffe es", sagte Werner, „fürs erste freilich hat es damit wenig Eile."

„Wieder auf Reisen?" fragte Viktoria, zu ihrem Sohn gewandt.

„Nicht daß ich wüßte! Oder willst du mich schon wieder im Stich lassen?"

„Sicher nicht", antwortete Werner in seiner gewohnten Art, mehr anzudeuten als auszusprechen, „allerdings dacht' ich daran, für kurze Zeit unsichtbar zu werden. Aldringen wurde mir aus guten Gründen sehr empfohlen."

Claudio rollte ihm einen Blick zu: Jetzt kam dieser Plan zutage, jetzt, da er sich aus ebenfalls guten Gründen nicht dazu äußern mochte.

„Ein hübscher Ort – und eine etwas melancholische Geschichte", sagte Viktoria.

Der Prinz blickte auf. „Sie kennen die Stadt?"

„Aus meiner Jugend, flüchtig, man kann es übrigens kaum eine Stadt nennen – ein Landstädtchen allenfalls. Die Aldringen sind seit Bonaparte nicht mehr souverän. Das verblüht nun so langsam ... oder vielleicht ist das Bild falsch, gerade zu dieser Jahreszeit: alles steht rundum in der lieblichsten Blüte denn – Aldringen ist berühmt dafür –, aber das Schloß ist ein wirkliches Dornröschenschloß."

„Mit einem Dornröschen?"

Viktoria lächelte. „Ich kenne dort niemanden, wenigstens heute nicht mehr. Auch in Aldringen pflegen die Menschen zu sterben. Gott segne dein romantisches Gemüt! Alles, was ich gehört habe, ist, daß es wohl ein bißchen eigentümlich zugeht – wie meistens, wenn die Männer fehlen."·

„Also kein Dornröschenschloß, sondern eine Drachenburg!" sagte Claudio. „Glückliche Reise, Werner!"

„Es wird ja nicht lauter Drachen geben – und vielleicht sind es nur verzauberte Prinzessinnen, die auf den Ritter mit der blauen Blume warten?"

Die Fürstin sagte: „Beneidenswerte Jugend, die bereit ist, hinter jedem Drachen eine verzauberte Schöne zu ahnen! Aber natürlich, wo bekämen die Frauen sonst ihre Männer her! Die Ahnung vergeht, der Drache besteht."

„Aber die blaue Blume, Durchlaucht, besteht auch!"

„Hat sie schon einmal jemand gefunden?"

„Nein", antwortete Werner, „und das ist das beste an ihr – denn so darf jeder hoffen, daß sie gerade für ihn blüht."

Am zeitigen Nachmittag machten sie sich auf den Rückweg.

„War das dein Ernst oder nur ein Augenblickseinfall – diese Forschungsreise nach Aldringen?" fragte Claudio, halb belustigt, halb vorwurfsvoll.

„Vielleicht ist der Gedanke nicht einmal dumm?"

Claudio überlegte und wollte antworten. Indessen kam um eine Waldecke ein Wagen auf sie zu. Klinger saß darin, erkannte Claudio, ließ halten und stieg aus.

„Auf zwei Worte nur, Verehrtester!" sagte er entschuldigend zu Werner, nahm Claudios Arm und ging ein paar Schritte mit ihm weiter. „Vor einer Stunde war ich in Monrepos und wollte Sie besuchen." Er war deutlich bewölkt. „Sie haben von Serenissimo keine Nachricht erhalten?"

„Nicht die mindeste", antwortete Claudio verwundert, „ich wüßte auch nicht –"

„Auch ich weiß es nicht", erwiderte Klinger und sah bedenklich aus, „das ist es ja, was mir eine gewisse Sorge macht. Ihr Herr Bruder will Sie sprechen, ich habe ihn selten in so schlechter Laune gefunden."

„Aber weshalb?" fragte Claudio. „Ihre unbehagliche Stimmung steckt mich an!"

„Ich kann nicht einmal vermuten, worum es sich handelt. Haben Sie denn, um's Himmelswillen, irgend etwas auf dem Gewissen?"

„Nichts – ich schwöre Ihnen!"

„Meine Anwesenheit ist befohlen!"

„Das klingt wahrhaftig übel", sagte Claudio. „Und wann?"

„Morgen um elf Uhr. Nun, schlafen Sie deshalb nicht schlechter als sonst, es wird wohl den Hals nicht kosten. Auf Wiedersehen also!"

Anderntags war Claudio pünktlich im Schloß.

Wieder einmal ging er durch diese leeren, sinnlos gewordenen Säle und Vorzimmer.

Ferdinand saß am Schreibtisch, Akten lagen vor ihm, er schrieb noch ein dutzendmal seinen Namen, und immer, wenn er den großen Schnörkel von sich gab, knirschte die Gänsefeder, als riefe sie: Wichtig, wie wichtig!

Dann blickte er auf, legte die Stirn in tiefe Querfalten und erhob sich langsam. „Ah –!" sagte er dabei.

Claudio fand in seiner Erinnerung an das wertenbergische Hofzeremoniell keinen Hinweis, was er auf diese erleuchtete Bemerkung zu erwidern hatte.

„Du bist also wieder einmal hier . . .", sagte Ferdinand weiter.

Claudio begnügte sich mit einer stummen Verbeugung.

„Es wäre wohl richtig gewesen, wenn du dich bei mir hättest anmelden lassen!"

„Gewiß, und ich war im Begriffe –"

„Deine Begriffe scheinen sehr dehnbar zu sein."

„Verzeihung –"

„Nebensache, ja. Ich kann verstehen, daß es dir nicht eilte." Der Fürst zog unter einem Briefbeschwerer ein paar Blätter hervor und warf sie mit einer fatalen Handbewegung auf den Tisch. „Wenn jemand diese Ansichten hat!!"

„Welche Ansichten?"

„Bitte!" sagte Ferdinand.

Claudio trat an den Schreibtisch; dabei streifte er Klinger mit einem Blick, aber der hob unmerklich die Schultern.

Dann betrachtete er die Blätter und preßte die Lippen zusammen.

„Deine Handschrift, Konstantin?"

„Allerdings."

„Und was soll das?" fragte der Fürst, so unheilvoll wie es ihm eben möglich war.

„Es ist der Anfang eines Tagebuches, das ich damals ... nach meiner Rückkehr aus Italien ... aber ich habe nicht weiter daran geschrieben, denn, hm, denn – vielleicht darf ich wissen, wie die Blätter hierherkommen?"

„Wenn jemand etwas zu fragen hat, dann bin wohl ich es!" sagte Ferdinand. „In diesen Zeilen stehen Bemerkungen über meine Person –"

„– die für niemanden als mich selber bestimmt waren! Ich war damals in der unglücklichsten Gemütsverfassung; bei ruhiger Vernunft würde ich sie nie zu Papier gebracht haben. Übrigens sind sie, soweit ich mich erinnere, harmlos genug."

„Das ist Auffassungssache, und in unrechten Händen würden sie nicht harmlos sein!"

„Es scheint so!" erwiderte Claudio ziemlich sarkastisch, aber innerlich zitterte er vor Ärger.

„Es ist mir aus gewissen Berliner Akten bekanntgeworden, daß du wenig später mit Journalisten und ähnlichen Subjekten verkehrt hast –"

Claudio sah ihn an. „Das ist ja lächerlich!" sagte er. Dann: „Aber auch recht interessant! Außerordentlich! Trotzdem muß ich es für Unsinn erklären." Klinger machte eine erschrockene Bewegung. „Wenn es Ihnen peinlich ist, Herr Minister, diesen ... diese Meinungsverschiedenheit mitanzuhören, so wird Seine Durchlaucht gewiß die Güte haben, Sie zu entlassen."

„Herr von Klinger bleibt!" sagte Ferdinand mit aller Schärfe.

Der Prinz zuckte die Achseln. „Jedenfalls muß ich mir derartige Anmutungen verbitten."

Ferdinand, durch diesen Ton verblüfft und für den

Augenblick beinahe fassungslos, starrte ihn eine Weile an. Schließlich besann er sich und fragte mit einer Wendung ins Boshafte: „Und wie kommen diese Blätter wohl hierher?"

„Das weiß ich nicht."

„Wahrhaftig! Angenommen aber, wir wären allein, würde es dir dann einfallen?"

Claudio schwieg.

„Herr von Klinger", sagte Serenissimus mit dem Versuch, alles Gewicht in seine Worte zu legen, „ich bedaure, an Dinge erinnern zu müssen, von denen jeder erwartete und hoffte, daß sie vergangen seien; aus diesem Grunde war mir Ihre Anwesenheit erwünscht; Sie haben dem Prinzen gegenüber zu einer gewissen Zeit eine so vornehme und nachsichtige Haltung eingenommen – –" Seine Erregung war zu groß, der Satz offenbar zu lang – er geriet plötzlich ins Stottern und blieb stecken.

Klinger sprang schleunigst ein. „Wenn ich mir eine Bitte erlauben darf, so ist es die, auf jene Dinge doch nicht zurückzukommen. Ich wüßte nicht –"

„Ich kann aber keinen Skandal in meiner Umgebung dulden!" rief Ferdinand. „Dieses Tagebuch hat mir Frau von Klinger gegeben, und da es nach Ihrer Rückkehr aus Genua geschrieben ist, so folgt daraus ein ganz bestimmter und für Sie recht unangenehmer Schluß! Was halten Sie davon?"

Der Minister nickte. „Peinlich ...", sagte er. „In der Tat peinlich. Ohne Zweifel hat meine Frau Euer Durchlaucht mitgeteilt, auf welche Weise diese Blätter in ihre Hände geraten sind? Nein? – – Nun, das habe ich fast erwartet." Er blickte ruhig auf, hatte sogar etwas wie ein Lächeln im Gesicht.

„Frau von Klinger hat es mir allerdings nicht ausdrücklich gesagt, aber schließlich – hm, ja –"

„Diese Blätter sind mir entwendet worden."

„Wem?" fragte Ferdinand verblüfft. „Ihnen? Ihnen entwendet worden?"

„Ja. – Der Prinz, denke ich, wird mir verzeihen, wenn ich – wenn ich mich seinerzeit einer Unkorrektheit schuldig gemacht habe ... nachsichtig ausgedrückt. Er war damals eben aus Italien zurückgekommen und übernachtete zum erstenmal in Schönau; ich hatte ihn nur kurz begrüßt, sah zu meiner Verwunderung spätnachts Licht in seinem Zimmer, und verfiel auf den Gedanken ... hatte eine gewisse Vermutung, ich kann's nicht leugnen ... kurz und gut, ich beschloß, ihm zu dieser ungewöhnlichen Stunde meine Aufwartung zu machen. Ich fand die Tür unverschlossen, das Zimmer leer. Mit einem begreiflichen Argwohn besah ich einige Papiere, die auf dem Tische lagen – es waren diese Tagebuchblätter, Durchlaucht. Ich begann zu lesen und es schien mir ... da ja mehreres darin stand, was meine allerpersönlichsten Beziehungen anging ... es schien mir in diesem fatalen Augenblick besser, die Blätter an mich zu nehmen, weil ich nicht wünschen konnte, daß sie durch einen unglücklichen Zufall einem Dritten ... die Tür war, wie gesagt, offen, der Prinz abwesend ... Bis heute, bis zu dieser Stunde war ich in dem festen Glauben, sie seien wohlverwahrt in meinem Schreibtisch. Es wird sich zeigen, wie es möglich war –"

Er hob die Schultern und sah bekümmert aus.

Ferdinand trat ans Fenster, betrachtete die Uhr mit dem verrosteten Zifferblatt, wandte sich um.

„Dies ändert nichts daran", sagte er, wiewohl geschlagen, mit grämlicher Hartnäckigkeit, „daß derlei respektlose Bemerkungen über meine Person ein für allemal zu unterlassen sind. – Ich danke."

Claudio und der Minister verbeugten sich. Die Audienz war zu Ende.

Im Vorraum, und als die Tür sich hinter ihnen geschlossen hatte, sagte Claudio:

„Ich darf Sie in Ihr Arbeitszimmer begleiten, Herr von Klinger!"

Schweigend und langsam wanderten sie durch die hallende Prunköde zum entgegengesetzten Flügel, in dem die Amtsräume untergebracht waren.

Der Minister ließ Claudio eintreten und bat ihn mit einer Handbewegung, Platz zu nehmen, aber der Prinz blieb stehen; also blieb auch Klinger stehen.

„Sie sind", sagte Claudio, „für mich in einer Weise in die Bresche gesprungen, die ich – die ich fast nicht begreife. Wenn es jemanden gibt, Herr von Klinger, der mir nicht verpflichtet ist, so sind Sie es. Und gerade von Ihnen muß ich erleben ... heißt das nicht den Edelmut zu weit treiben?"

Klinger hatte ihm unverwandt in die Augen gesehen, jetzt kam in seinen Blick etwas wie Erstaunen. Er schüttelte den Kopf. „Ich fürchte, Sie trauen mir eine übermenschliche Größe zu, Prinz – und ich fürchte, ich muß dies ablehnen, denn auch die Eitelkeit darf bestimmte Grenzen nicht überschreiten. Ihre Einbildungskraft, fruchtbar wie stets, glaubt hier einen tragischen Konflikt und seine heroische Lösung zu entdecken; das ehrt mich, aber Sie verschwenden Ihre Bewunderung an einen Unwürdigen. Denken Sie nicht an Schiller, sondern eher an Goldoni, und Sie werden der Wahrheit näher kommen."

„Ich verstehe Sie nicht ganz ...", sagte Claudio unsicher und mit wachsender Verwunderung. „Sie haben von meinem Bruder gehört, daß ich auch nach meiner Rückkehr aus Genua Ihrer Frau begegnet bin – allerdings bei einer Gelegenheit und unter Bedingungen –"

„Die ich vorhin ziemlich genau geschildert habe! Ist Ihnen das nicht aufgefallen?"

Claudio machte große Augen. „Es ist mir vorhin, in meiner Erregung, nicht aufgefallen ..., aber Sie haben recht: die Nacht, die Blätter auf dem Tisch, das leere Zimmer – wie können Sie das alles so genau wissen! Jetzt, da Sie mir's sagen, steh' ich vor einem Rätsel!"

„Sie sehen, das Heldendrama wird zur Komödie", antwortete Klinger, „setzen wir uns doch, man genießt dergleichen besser in Bequemlichkeit. Sie haben also wirklich geglaubt, ich hätte vorhin in großartiger Selbstverleugnung und mit einer noch großartigeren Geistesgegenwart gelogen, Prinz, um Ihnen in einer peinlichen Lage zu helfen? Ach, Sie überschätzen mich! Ich habe nichts als die reine Wahrheit gesprochen – nur, daß ich vielleicht einiges weggelassen habe, was mir allzusehr wider den Strich ging, denn schließlich darf wohl sogar ein Minister gewisse Menschenrechte geltend machen."

„Die reine Wahrheit? Aber sind Sie denn nicht in jener Nacht nach Wertenberg gefahren?"

„Allerdings."

Claudio griff sich an die Stirn.

„Nun eben", sagte Klinger, „kommt die Wendung ins unfreiwillige Komische, die Sie nicht vermuten, und wenn hier jemand um Entschuldigung zu bitten hat, so bin ich es. Kaum war ich nämlich unterwegs, so befiel mich plötzlich eine Vermutung, ein Gedanke, ein Argwohn – nennen Sie es, wie Sie wollen. Ich ließ den Kutscher halten, stieg aus und hieß ihn warten. Zu Fuß ging ich die kurze Strecke nach Schönau zurück, Sie werden sich erinnern, es war eine herrliche Nacht. Mein Argwohn erwies sich als richtig: meine Frau war nirgends zu finden, wenigstens nicht da, wo sie hätte sein sollen; wie Pantalone in der Commedia dell'Arte schlich ich also durch die dämmrigen Flure, und zwar, daß ich's nur gestehe, mit ziemlich blutdürstigen Gefühlen, und fand sie in Ihrem Zimmer, Prinz, an Ihrem Tisch – – aber allein. Alles weitere können Sie sich denken."

„Ich bin sprachlos!" sagte Claudio.

„Tatsächlich war ich es, der Ihr Tagebuch an sich nahm – um etwa zu sehen, ob sich alles wirklich so verhielte, wie es sich damals zu verhalten schien. Ich brauchte es nicht zurückzugeben, denn ich durfte vermuten, daß Sie jemand anderen im Verdacht haben würden; und mit welchen Erklärungen, unter welchem Vorwand hätte ich es denn auch zurückgeben sollen! Daß es einmal in die Hände Serenissimi geraten würde, ahnte ich freilich nicht.

Eben dies aber ist der Punkt, auf den es jetzt ankommt, und weshalb ich so ausführlich über diese Dinge spreche, die mir im übrigen wahrhaftig nicht gerade angenehm sind. Was also schließen Sie daraus?"

„Was ich daraus schließe? Daß man eine kleine Intrige gegen mich anspinnen wollte."

„Mild ausgedrückt, ja", sagte Klinger. „Wenn die Liebe in ihr Gegenteil umschlägt, Prinz, wird die Sache gefährlicher, als wenn von Anfang an nichts weiter als Haß vorhanden war. Nehmen Sie sich folglich in acht, zum mindesten: lassen Sie kein Tagebuch mehr auf dem Tisch liegen. Wissen Sie übrigens, wer seinerzeit die Berliner Polizei auf Sie aufmerksam gemacht hat?"

„Nein!" rief Claudio ungläubig.

„Doch! Deshalb gab ich Ihnen damals den Akt nicht in die Hand, Sie dachten sich freilich nichts weiter dabei. Mein Besuch sollte eine Warnung sein, zu der ich mich aus höchstpersönlichen Gründen geradezu verpflichtet fühlte."

Claudio blieb eine Weile stumm und suchte sich zu fassen. Endlich sagte er: „Alles dreht sich. Alles dreht sich in einer Weise ... Wir sind also heute so weit, daß Sie – Sie!! – mich beschützen, und zwar gegen wen?"

„Ich fürchte", sagte Klinger mit seinem Lächeln, „daß Sie schon wieder zuviel Edelmut in mir entdecken. Das ehrt Sie, aber nicht mich. Ich warne Sie vielmehr aus reiner Selbstsucht, damit Sie nicht etwa mich für den Intriganten halten; denn dieser Verdacht könnte für mich eines Tages üble Folgen haben."

Der Prinz sah ihn an, aber Klinger wich diesmal seinem Blick aus. Mit einer bestimmten Gedankenverbindung fragte Claudio dann: „Nur noch ein Wort – wie soll ich mich nun meinem Bruder gegenüber verhalten?"

„Gar nicht ...", antwortete Klinger, „das wird am besten sein. Serenissimus weiß jetzt, daß er Ihnen im wichtigsten Punkte Unrecht getan hat; lassen Sie's getrost dabei bewenden."

Claudio verließ das Schloß in wesentlich besserer Stimmung als er gekommen war.

Werner hatte auf ihn gewartet, stand am Fenster und sah ihm einigermaßen beklommen entgegen. Aber Claudio schwenkte schon von weitem den Hut, und im Näherkommen rief er hinauf: „Nichts wird so heiß gegessen, wie es gekocht wird!" Als sie beieinander saßen, sagte er: „Jetzt – hinterher – muß ich an jenen denken, der auszog, das Fürchten zu lernen. Alles war dazu hergerichtet, aber schließlich wurde doch nichts daraus, nun, mir soll's recht sein." Er berichtete ausführlich und meinte zuletzt: „Was denkst du nun über meinen Bruder?"

„Als künftiger Staatsbeamter", antwortete Werner, „habe ich erstens überhaupt nichts und zweitens hinsichtlich der Obrigkeit noch weniger als nichts zu denken. Nimm es mir also nicht übel, wenn ich mich mit einem Kopfschütteln begnüge."

„Da ich in diesem Punkte weniger verpflichtet bin", sagte Claudio heiter, „erkläre ich die ganze Angelegenheit für erbärmlich. Leider kann einen auch das Erbärmliche verstimmen, und verstimmt bin ich, daß ich's nur gestehe. Am liebsten – wieder einmal! – ginge ich auf und davon."

„Um endlich das Gruseln zu lernen?"

„Die Drachenburg!" sagte Claudio mit einer plötzlichen Eingebung. „Glaubst du, daß man's dort lernen könnte?"

Werner sah ihn aus den Augenwinkeln an. „Irgend etwas wird man dort wohl lernen können", antwortete er.

Claudio überlegte. „Und nach vierzehn Tagen", sagte er dann unvermutet grämlich, „taucht Klinger auf und bringt einen hübschen kleinen Akt von ein paar hundert Folioseiten, in dem bereits alles verzeichnet ist, was man gedacht und getan hat, und wenn man nichts gedacht und getan hat, so ist das doppelt verdächtig. Diese Kanaille!"

„Klinger?"

„Seine schlechtere Hälfte."

„Tja ...", sagte Werner, „glaubtest du, dieser Adler sei dir geschenkt, mein Freischütz? Irgendwann muß man für alles bezahlen. Gruselt's dich jetzt? Noch immer nicht? Warte nur, es wird schon noch kommen. – Übrigens braucht ja niemand zu wissen, wohin du dich gewendet hast!"

„Ist das möglich?"

„Es muß möglich sein. Wenn sogar Goethe unvermerkt aus dem Karlsbad nach Italien verschwinden konnte, so müßte doch ein ganz gewöhnlicher Prinz –"

„Es ist aufgetragen!" sagte der alte Georg eintretend.

„Stell eine Flasche Wein auf den Tisch!"

„Zu Mittag?" fragte der Alte, beinahe entsetzt über die geplante Ausschweifung.

„Bis zum Abend würde das Essen wohl kalt sein!" erwiderte Claudio. „Aber guten, hörst du? Vom besten, einen Elfer! Denn wir haben Sorgen!"

Fünftes Kapitel

Ein silbergrauer Frühlingstag lag auf der Ebene, die sich ins Unabsehbare dehnte, kaum von einer Bodenwelle belebt und dennoch voll von einem lebendigen, stillen und süßen Dasein. Unter dem Himmel schwebte Lerchengesang, und die Erde lauschte mit verhaltenem Atem; die Kornfelder träumten, die Laubwälder in ihrem helleren Grün, das wunderbar sanft vor dem Grau der Luft stand, die Wiesen, auf deren Blüten die Lerchenlieder herabsanken, und auch der breite Bach träumte sich zwischen den Erlenreihen dahin. Am Horizont hielt eine Windmühle die Arme empor.

In soviel Milde lag das Städtchen: nur ein bescheidener Turm, nur eine niedrige Dächerlinie, hinter Bäumen gezogen, am einen Ende in Obstgärten verlaufend, am anderen mit einem alten Park verknüpft. Ein wenig außerhalb war eine weiße Mauer im Getreidegrün, kaum überragt von einem Kapellchen: der Friedhof. Von dort aus aber stieg nun das scharfe, eintönige Wimmern einer kleinen Glocke in diesen lauen Silbertag – Menschenleid, über dem die Lerchen sangen. Aber die Lerchen behielten recht.

Das erste Haus an der schmalen staubigen Landstraße, die, vom Mittelgebirge herabkommend, durch die Ebene zog, war – wie sich's gehört – ein Gasthaus. Eine Pferdekrippe stand davor, und zur Seite war ein Wirtsgarten mit großen blühenden Kastanien.

Hier saßen, die Ellbogen auf dem Tisch, das Kinn in

beide Hände gestützt, zwei junge Männer. Sie saßen schon lange so, ohne ein Wort zu reden, wandermüde, satt, erfüllt von der Stille des Tages, und blickten unter den Bäumen in die Landschaft hinaus; ihr Felleisen, die Knotenstöcke und Mützen lagen neben ihnen auf der gezimmerten Bank, und der eine hatte zudem noch einen Geigenkasten bei sich, den man mit einem Riemen über die Schulter hängen konnte.

Sie hörten das Glöckchen und sein Verstummen.

„Ist das auch eine Begrüßung?" sagte der eine.

„Nun, hätten die Aldringer lieber Viktoria schießen sollen?" fragte der andere.

Dann befleißigten sie sich wieder der süßen Faulheit.

Nicht lange, so kamen auf der Straße die Trauernden vorüber und gingen nach dem Städtchen zurück. Zuletzt erschien mit einigem Gerumpel der Leichenwagen; keiner von den Trauergästen hatte daran gedacht, hier am Wege zu rasten und seinen Kummer durch einen Trunk zu lindern – nur eben der schwarze Wagen machte Halt, von den beiden Freunden im Wirtsgarten mit nachdenklichen Blicken begrüßt. Der Kutscher kletterte vom Bock und erschien unter den blühenden Kastanien.

Er war ein Mann von mittlerer Größe, aber sein langer schwarzer Mantel, der einen Schulterkragen hatte, der Zweispitz auf seinem Kopfe und die würdevolle Art, mit der er ging, gaben ihm etwas Bedeutendes.

Er sah die beiden – steuerte geradewegs auf sie los, lüftete den Hut: „Mit Verlaub!" und setzte sich zu ihnen.

In der Nähe wirkte er weit weniger ominös. Sein volles, glattrasiertes Gesicht hatte eine gesunde Farbe und war vielleicht etwas zu gut gepolstert, im übrigen jedoch höchst wohlwollend, und die blauen Augen hatten einen zufriedenen und lustigen Ausdruck; als er nun den Hut neben sich auf die Bank legte, mußte auffallen, daß sein Schädel nicht den geringsten Haarschmuck zeigte, sondern rund und glänzend war wie eine polierte Kugel. Mit einem kleinen Seufzer der Erleichterung öffnete er den Mantelkragen und sagte: „Nehmen die Herren meine Gesellschaft nur nicht als schlimme Vorbedeutung für Ihre weitere Reise! Ich bin's nun einmal gewohnt, auf meinem fatalen Wege hier zu rasten und ein Gläschen zu trinken, und bringe gewiß niemandem Unglück. Da ich nun vollends Fremde unter den Bäumen sah, plagte mich die Neugier, nichts für ungut. Studiosen, wenn ich nicht irre? Und wie kommen die Herren in unsere Gegend? Wir liegen ein wenig abseits."

Er hatte eine so weltläufige Art zu sprechen, seine Augen blickten dabei so freundlich und gescheit von einem zum andern, und überhaupt war in seinem ganzen Wesen etwas so Anziehendes, daß man unwillkürlich auf den Gedanken kommen mußte, mehr und Angenehmeres hinter ihm zu suchen als nur einen Mann, der die Leute bis zu jener dunklen Schwelle brachte und es dann für seine Person vorzog, umzukehren.

„Wenn unsere Landkarte recht hat, ist dies Aldringen?"

„Es ist Aldringen, auch wenn Ihre Landkarte nicht recht hat."

„Nun, so wandern wir fürs erste überhaupt nicht weiter, sondern bleiben hier."

„Bei Verwandten, wahrscheinlich ...", sagte der Kutscher mit wachsender Neugier, und sein Blick streifte den Geigenkasten. „In einer so kleinen Stadt kennt jeder den andern, vielleicht kann ich den Herren behilflich sein, wenn Sie mir nur Ihre Namen verraten wollen?"

„Ich heiße Werner, und der da heißt Schön, aber wir sind keine Studenten, sondern Musiker und kennen niemand in Aldringen."

„Um so besser, daß wir uns begegnen, ich steh' Ihnen mit jeder Auskunft zu Diensten." Die Kellnerin brachte ihm ein Glas Bier, er schlug den Mantel vollends zurück, griff in die Tasche, brachte eine schöne silberne Tabaksdose zum Vorschein, und während er nach Gewohnheit der Schnupfer auf den Deckel klopfte, sprach er:

„Aristoteles und die ganze Philosophie in Ehren, aber

es geht nichts über den Schnupftabak! Er ist die Leidenschaft, die sich der Biedermann erlauben darf, und wer ohne ihn lebt, verdient das Leben eigentlich gar nicht. Er macht nicht nur den Kopf hell, sondern wirkt auch höchst erzieherisch und bringt uns ein feines Benehmen bei. Habt ihr schon einmal recht beobachtet, wie verbindlich der Schnupfer gegen jedermann und wie entzückt er ist, daß er seine Dose nach rechts und nach links anbieten kann –" dies tat er, während er sprach –, „ganz gleich, in welcher Umgebung er sich befindet? Ja, man wartet damit nicht einmal, bis einen jemand bittet, man ist die Zuvorkommenheit selber! Womit also bewiesen ist, daß der Schnupftabak zur Höflichkeit und Menschenliebe erzieht. Aber genug davon – noch ein Wort zu unserem vorigen Gespräch."

Nachdem er diese Periode fließend und mit schöner Aussprache beendet, schob er sich eine Prise zierlich ins Hirn hinauf, zwinkerte die beiden verblüfften Freunde an und traf alle Vorbereitungen zu niesen.

„Aristoteles und die ganze Philosophie in Ehren!" wiederholte Claudio mit großen Augen. „Aber ich will mich auf den Kopf stellen, wenn dies nicht aus einem Theaterstück stammt!"

„Sie haben recht!" antwortete der Mann. „Es ist der Anfang von Molieres ,Don Juan', einer Komödie, die man selten oder niemals aufführt, vermutlich weil sie keinen Mozart gefunden hat. Eben deshalb aber bin ich im Begriffe, sie der Vergangenheit zu entreißen; was Sie vorhin hörten, ist meine eigene Übersetzung. Hatschi! helf Gott, daß es wahr ist."

„Dacht' ich mir's doch!" rief Werner und schlug sich auf den Schenkel. „Sie spielen also nur die Rolle eines Leichenwagenkutschers! Meine Ahnung: ein Mann von so bedeutendem Aussehen und solcher Überlegenheit kann nicht nur auf dem Bocke sitzen und einem so traurigen Gewerbe nachgehen oder vielmehr nachfahren, und wenn man vollends –"

Der andere unterbrach ihn. „Sie irren, Herr Werner, wenn auch nicht völlig. Ich bin allerdings Leichenwagenkutscher und kann Ihnen sogar verraten, daß ich mich um diese Stellung geradezu beworben habe. Aus guten Gründen, mein Herr, aus wohlerwogenen Gründen! Ich will nicht davon reden, daß ich den Kutscherberuf erlernt habe – und zwar bei dem Prinzen von Preußen, wo ich auch mit der höheren Bildung bekannt wurde – sagen Sie jedoch selbst; wäre es Ihnen nicht ein angenehmeres Bewußtsein, von einem Manne mit guter Haltung und einem wahrhaft philosophischen Gemüt zu Grabe gefahren zu werden als von irgendeinem schnapstrinkenden Liederjan, der womöglich Ihr nach so vielen Lebensmühen endlich erreichtes Gleichgewicht noch im letzten Augenblick gefährdet? Welche melancholische Aussicht, noch am Rande des Grabes zum Gegenstand eines Zwischenfalls zu werden! Bei mir aber sind Sie gut bedient, ich liefere Sie mit aller Rücksicht und Zartheit wieder dort ab, wo Sie einst Ihre Wanderung begannen, und es soll Sie keinen Heller mehr kosten als bei jedem anderen!"

„Ich will mir's überlegen!" sagte Werner. „Vorläufig hab' ich damit keine Eile."

„Immerhin ein tröstlicher Gedanke, das ist wahr!" sagte Claudio und nickte grüblerisch. „Wie wär's aber, Freund, wenn Sie soviel verstehen – könnten Sie mich nicht, wenn's einmal so weit ist, umtauschen?"

„Gott tauscht uns nicht um, er nimmt uns bloß retour!" antwortete der Mann im Mantel mit Nachdruck. „Und wenn einer daran zweifeln sollte, dann erklären Sie ihm: Bollmus hat es gesagt, und der muß es wissen."

„Wer?" fragte Claudio.

„Mein jeehrter Name ist Jeremia Bollmus!" wiederholte jener mit einem an dieser Stelle nicht unbegreiflichen Rückfall ins Berlinerische, begann aber, über die Wirkung seiner Worte zu staunen –

Denn „Bollmus!" rief Werner entzückt und streckte

die Arme gen Himmel, und „Bollmus!" rief auch Claudio, „hab' ich denn nicht einen ganzen Winter lang bei Ihren Schwestern in Berlin gewohnt?"

Nun hätte man glauben sollen, daß Jeremias breites, freundliches Gesicht noch breiter und freundlicher werden würde. Dies jedoch geschah keineswegs, sondern er umdüsterte sich aufs überraschendste, schüttelte den Kopf und sprach: „Sie können nichts dafür, hoff' ich. Schweigen Sie mir aber künftighin von diesen Geschöpfen, wenn wir Freunde werden wollen! Zwischen jenen und mir ist das Tischtuch ganz und gar zerschnitten, ein Abgrund gähnt zwischen uns! Ha! Oder ist es nicht eine Sünde wider den Geist, ja eine vollkommene Gotteslästerung, wenn ein Frauenzimmer wie Nette – von Jette gar nicht zu reden, denn sie ist nichts als der Schatten einer Gans – wenn ein solches Frauenzimmer, sag' ich, ihrem Beruf mit ewigem Seufzen und Jammern nachgeht, statt die Menschlein, die sie ans Tageslicht befördert, mit Lachen und Singen zu begrüßen? Mißratene! Elende! Druckfehler im Buche der Natur! Christine, noch einen Schoppen!"

Werner freute sich im stillen über die Wendung; er war ziemlich erschrocken, als Claudio so unbedacht seine Bekanntschaft mit den Schwestern verriet, denn ein einziger Brief hätte ihn aus einem Musiker namens Schön zum mindesten in einen Grafen Schönau verwandeln müssen. Jetzt aber atmete Werner auf, die Gefahr eines geschwisterlichen Briefwechsels bestand offenbar nicht. „Abgemacht!" sagte er, „kein Wort mehr von ihnen! Ich muß diesem würdigen Manne zustimmen."

„Nun erzählen mir die Herren aber", fragte jener und beugte sich mit frisch erwachter Neugier vor, „was eigentlich Sie nach Aldringen führt oder wen Sie hier suchen? Sie sind Musiker und, wie mir scheint, honette Leute; aber Musikanten pflegen – außer einem gesunden Durst – nur wenig zu besitzen; sind Sie etwa um Verdienst hierhergekommen?"

Im Augenblick wußte weder Claudio noch Werner

eine bündige Antwort darauf, zweifellos jedoch hing von einer solchen Antwort viel ab. Die Wahrheit, nämlich daß sie hier waren aus Laune und wegen einer gewissen Bleistiftzeichnung (deren Urbild zu Herrn Bollmus vermutlich in engster Beziehung stand), durften sie nicht verraten, wollten sie ihn nicht argwöhnisch machen und vielleicht gar kränken. Zum Glück aber faßte Bollmus dieses Schweigen falsch auf und gab ihnen das Stichwort, ohne zu ahnen, wie sehr er ihnen damit auf die Sprünge half.

„Ach du lieber Himmel", sagte er mit dem gutmütigsten Lächeln und nach seiner Gewohnheit zwinkernd. „Sie brauchen sich Ihres schmalen Beutels wahrhaftig nicht zu schämen. Man war doch selber jung, und wenn sich die Jugend heute wohl auch in manchem geändert hat, so bleibt sie sich doch wenigstens in dem einen Punkte gleich, daß sie keine Tugend hat. Nun, dabei ist nichts Schlimmes. Wenn ihr mehr könnt, als nur zum Kirchweihtanz fiedeln, kommt ihr mir gerade recht."

„Das wäre!" sagte Werner und warf Claudio einen Blick zu.

„Vor kurzem nämlich sind zwei Drittel der Kapelle des fürstlich aldringenschen Hoftheaters wegen allzu häufiger Betrunkenheit an die Luft gesetzt worden, und seitdem hat sich noch kein Ersatz gefunden. Ich trinke selber gern ein Gläschen und darf es gewiß niemandem übelnehmen, wenn er dasselbe tut, indessen muß alles seine Grenzen haben."

„Aber wir können nicht zwei Drittel der Hofkapelle ersetzen!" sagte Claudio.

„Durchaus!" antwortete Bollmus. „Vollständig, da sie von jeher nur aus einem Geiger, einem Klavierspieler und einer Cellistin besteht – die Cellistin ist meine Tochter Rosine, die beiden anderen, wie gesagt, hab' ich hinausgeworfen."

„Sie?"

„Weshalb nicht?" fragte Jeremia. „Ach, ich sehe, der

schwarze Wagen bringt die Herren noch immer in Verwirrung; da muß ich Ihnen denn freilich einiges ganz kurz erklären, alles Nähere werden Sie schon selber bemerken." Er grub eine silberne Uhr von erstaunlicher Größe aus der Westentasche. „Hm, ja, es geht. Christine, noch einen Schoppen! – Sie wissen, daß das Aldringer Fürstenhaus im Mannesstamm ausgestorben ist?"

„Wir haben davon gehört", sagte Claudio in Erinnerung an die Drachenburg.

„Von den drei Töchtern, aus denen die engere Familie derzeit noch besteht, ist die älteste nach auswärts verheiratet; die mittlere, namens Linda, und die jüngste, die Karoline heißt, leben hier."

„Wer regiert aber?" fragte Claudio gedankenlos.

„In Aldringen gibt es seit Napoleon nichts mehr zu regieren. Wir sind aber deshalb nicht sonderlich betrübt. Wir führen ein ländliches, stilles Dasein, bescheiden genug, wenn wir auch auf gewisse Formen eines ehemals souveränen Hauses nicht ganz verzichten. Haben die Herren einen guten dunklen Anzug? Einen wenigstens sollten Sie besitzen, und anständige Wäsche."

„Es wird sich machen lassen", antwortete Werner, „man kann uns einiges nachschicken, was wir wegen der Wanderschaft im Koffer liegen haben."

„Vortrefflich! Damit ist alles gesagt."

„Wie denn?" fragte Claudio, „mir scheint, ich bin heute vollends begriffsstutzig. Sie haben die Vollmacht, uns für die Hofkapelle zu verpflichten?"

„Die hab' ich, denn ich bin nebenbei der Kapellmeister."

„Wahrhaftig, wer aber leitet das Theater?"

„Ein gewisser Jeremia Bollmus", antwortete jener, ohne eine Miene zu verziehen, „ein wahrer Teufelskerl, kann ich Ihnen sagen!"

„Ich muß es Ihnen glauben", versetzte Claudio, „von weitem gesehen aber erschien Aldringen nicht eben groß, und ein Theater hab' ich gewiß nicht bemerkt."

„Wirklich nicht?" fragte der Direktor. „Nun, es wurde vor kurzem abgebrochen und mit den vierzig oder fünfzig Sängern und Schauspielern und dem gesamten Ballettkorps sorgfältig in eine Kiste verpackt, denn wir konnten aus Mangel an Musikern nicht spielen, und ich hab' es früher einmal erleben müssen, daß während solcher Theaterferien die Prinzessin Turandot ihren Kopf durch Mäusefraß verlor."

Werner schlug die Hände zusammen und lachte. „Sollte man's für möglich halten, von welchen schrecklichen Ereignissen ein so stilles Städtchen heimgesucht werden kann?"

„Sie werden sich noch wundern!" sagte Bollmus. „Nur dürfen Sie nicht den Maßstab der großen Welt anlegen, sondern müssen uns gewissermaßen unter dem Mikroskop betrachten – dann freilich erscheint alles wunderbar und bedeutend genug. Aber ich muß jetzt meinen vierrädrigen Charonsnachen von dannen steuern und hoffe, mich Ihnen auf dem Thespiskarren wieder vorstellen zu können. Mitfahren wollen Sie nicht?"

„Vorerst lieber nicht!"

„Gehen Sie also zu Fuß in die Stadt, bis Sie auf die große und breite Straße kommen – es ist nicht zu verfehlen, denn wir haben keine zweite Straße in Aldringen —"

„Welches Gasthaus empfehlen Sie uns?"

„Gar keins, die Hofkapelle pflegt bei ihrem Direktor zu wohnen."

„Um so besser!" sagten Claudio und Werner zweistimmig.

„Fragen Sie also nach meinem Palais, jedes Kind wird Ihnen den Weg weisen, es steht unfern vom Eingang zum Schloßpark. Auf Wiedersehen!" Er stand auf, schüttelte ihnen würdevoll die Hand, stülpte den Zweispitz auf seinen Kopf und schritt unter den blühenden Kastanien davon; unterwegs gab er der Kellnerin ein Stück Geld, und alsbald hörte man den Wagen rollen.

„Original, fahr hin in deiner Pracht!" sagte Werner. „Claudio! Wer hätte das gedacht, da wir uns ahnungslos und ohne sonderliche Erwartung an diesen Tisch setzten? Ehrlicher Trauermantel, du bist unbezahlbar! Was aber liegt im gleichermaßen dunklen Schoß der Zukunft? Welche Konflikte, welche Überraschungen, welche geschichtlichen Wendungen? Monsieur Schön, wie wird Ihnen bei dem Gedanken, daß Sie in einem Viertelstündchen dem Urbild jener Bleistiftzeichnung gegenübertreten sollen, wenn mich nicht alles täuscht?"

„Da ich nun einmal ausgezogen bin, das Fürchten zu lernen", antwortete Claudio in der besten Laune, „so brauch' ich mich bei dem Geständnis nicht zu schämen, daß mir bereits ein wenig gruselt! Wie die Kastanien blühen, wie es weiß und rosig herabschneit! Sahst du das einzige, kleine Blütenblättchen auf seiner schwarzen Schulter? Ach, Werner, das Leben ist lebenswert!"

Noch mehr lachte Claudio, als sie aufbrachen und ihre Zeche begleichen wollten und sich dabei herausstellte, daß der gute Bollmus bereits für sie bezahlt hatte. „Es scheint also", sagte Claudio, „daß er mir den Monsieur Schön glaubt, und das freut mich doppelt."

Zwischen Feldern und Obstgärten gingen sie vollends nach Aldringen hinein. Das Städtchen war hell, sauber und freundlich. Es hatte wahrhaftig nur eine Straße, weitläufig und breit, mehr wie ein in die Länge gezogener Platz, von dem ein paar Gäßchen rechts und links abzweigten. Man erkannte, wie diese Anlage zustande gekommen sein mochte: die Straße zog sich vom Stadteingang gerade zum Tor des Parks hin, in dem das Schloß zu sehen war; gewiß lag hier der eigentliche Keim des Aldringer Gemeinwesens: der Herrensitz mit der Zufahrtallee, an der sich im Laufe der Zeit Bedienstete, Kaufleute, Beamte angesiedelt hatten.

Zwei oder drei Brunnen bezeichneten die Mittelachse der Straße, und vor dem Parktor erweiterte sie sich zu einem schönen Halbrund, das durch Kavalierhäuser aus dem achtzehnten Jahrhundert und eine Wache begrenzt wurde, in der es freilich keine Soldaten mehr gab. In einem dieser ockerfarbenen und mit manchem Schnörkel verzierten Häuser also residierte Jeremia Bollmus, Leichenkutscher, Hofkapellmeister und Theaterdirektor – vielleicht zeigte sich, daß er noch ein paar Ämter mehr verwaltete –, aber nicht er allein, sondern auch seine Tochter Rosine. Das Haus machte einen recht geräumigen Eindruck; die Fenster des Erdgeschosses waren groß und blitzblank, mit weißen Gardinen, und darüber lugten Mansarden mit bunten Geraniensäumen aus dem französischen Dache, die in jedem gemütvollen Menschen den Wunsch erwecken mußten, hier zu wohnen.

Claudio betrachtete einen schön stuckierten, sinnvoller Weise fanfareblasenden Engel, der sich mit himmlischer Grazie oberhalb der Haustür hinlümmelte, aber bevor er (Claudio, nicht der Engel!) den messingenen Klopfer in Bewegung setzte, fragte er geschwind noch über die Schulter: „Bist du auch sicher, daß die Zeichnung nicht allzu alt war?"

„Mut!" sagte Werner.

Der Klopfer fiel dreimal herab, und alsbald öffnete sich die Tür, und ein Mädchen von etwa zwanzig Jahren lächelte ihnen entgegen.

„Treten Sie nur ein", sagte sie, „mein Vater hat Ihren Besuch schon angemeldet."

Die Freunde kamen in einen Hausflur, der mit roten Fliesen ausgelegt war und sein Licht von einem rückwärtigen Fenster empfing, durch das man den angenehmsten Blick in einen Garten hatte. Das Licht war grün und kühl. Im Hintergrunde führte eine Treppe zum oberen Stockwerk hinauf.

Das Mädchen ließ die beiden in ein ziemlich großes, helles Zimmer ein, worin außer dem Klavier nur wenige, aber hübsche Möbel standen; in der Ecke hielten drei Notenpulte aus Nußbaumholz eine stille Versammlung ab, dabei lehnte ein Cello.

„Ihr Vater", begann Claudio, „hat uns bereits erzählt, daß Sie Cello spielen, und so dürfen wir – wenn er sonst mit uns zufrieden ist – in Ihnen nicht nur unsere freundliche Wirtin, sondern auch eine Musikerin von Qualität begrüßen."

„Mit der Freundlichkeit", antwortete sie, „mag es wohl stimmen, wenigstens lache ich gern, was aber die musikalische Qualität angeht, so werden Sie allerdings nachsichtig sein müssen. Wann kommt man denn vor lauter Haushalt zum Üben, und für die Finger gibt es auch was Besseres, als gelbe Rüben zu putzen!" Dabei zeigte sie ihnen recht niedliche Hände, die jetzt freilich farbige Spuren der Küchenarbeit trugen.

„Wir haben Sie in der Arbeit gestört!" sagte Werner. „Wird draußen auch nichts anbrennen? Wir wären untröstlich."

„Wenn mich die Herren für diesmal entschuldigen –", versetzte sie, „vielleicht ist es wirklich besser ... der Vater wird gleich kommen, er zieht sich nur eben um." Sie nickte ihnen zu und ging hinaus.

Werner sah Claudio an.

Claudio sah Werner an.

„Ich weiß nicht –", sagte Werner, „es riecht wahrhaftig schon ein bißchen brenzlig ... oder? Aber hier? In der Stube? Etwas, scheint mir, will Feuer fangen."

„Du mußt es ja wissen", erwiderte Claudio, „du hattest dich schon in die Zeichnung verliebt – ohne die Farben."

„Ja, die Finger waren apfelsinengelb, das läßt sich nicht leugnen."

„Tu nicht so!" sagte Claudio und zog die rechte Braue hoch. „Das Haar ist kastanienbraun – hast du gesehen, daß es im Lichte rötlich schimmert?"

„Grünlich!"

„Grünlich auch, das ist ja das Durchtriebene bei dieser Farbe. – Hübsch gewachsen, wie?"

„Soviel man in dem geblümten Kleidchen sehen konnte."

„Libertin!" sagte Claudio mit scheinheiliger Entrüstung. „Aber das Gesicht? Mittelmäßig!"

„Die grauen Augen vielleicht ein wenig zu hell – indessen: wer weiß schließlich, was dahintersteckt! Dazu eine zarte Haut, wie bei allen, die ein wenig zum Rötlichen neigen."

„Ins Grünliche, dacht' ich?"

„Die Nase fast klassisch. Ein ausdrucksvoller Mund. Ein reizender Halsansatz. Mit einem Wort, Claudio: ich finde sie bildhübsch!"

„Macht es dich glücklich, wenn ich widerspreche?"

„Aber es kommt dir nicht aus dem Herzen?"

„Nicht ganz – das heißt, es käme aus jener Abteilung, in der die Freundschaft für dich zu Hause ist."

„Du findest sie also auch sehr hübsch!"

„Nun ja. Gewissermaßen. Mit Vorbehalt. Nur so auf den ersten Blick."

„Himmel!" sagte Werner und ließ einen Seufzer zur Stubendecke steigen. „Ich sehe gräßliche Verwicklungen herannahen!"

Sie lachten und schlugen einander auf die Schulter; was aber herannahte, war einstweilen nur Jeremia Bollmus, der stattlich und rundlich eintrat, bekleidet mit einer gelben Nankinghose, einer großkarierten Weste und einem kurzen moosgrünen Spenzerchen, das bei seiner Wohlbeleibtheit einigermaßen witzig aussah.

„Gott zum Gruß, meine lieben Freunde!" sagte er nicht ohne theatralischen Einschlag, den er sich hier erlauben durfte, nachdem er sein schwarzes Beileidsgewand abgelegt hatte, und streckte ihnen die Hände entgegen. „Laßt uns also gleich an die Arbeit gehen, damit ich weiß, ob wir zueinander passen. Wenn nicht – nun, so wollen wir uns nach dem Mittagessen in Frieden trennen." Er wandte sich den Notenpulten zu, während Claudio und Werner einen Blick wechselten. „Was haben wir da? Ein schönes Trio des alten Buxtehude. Frisch zu!" Er verteilte die Blätter.

„Ich werde die Demoiselle rufen!" sagte Werner dienst-
fertig.

„Nicht nötig, laß sie kochen, das ist wichtiger."

„Sie selber übernehmen den Cellopart?"

„Sozusagen, wenn auch nicht auf dem Cello, mit dem
ich mich gar nicht vertrage. Ich blase vielmehr das Waldhorn, eine bei unseren Theateraufführungen unerläßliche
Fertigkeit, denn wo sollte man sonst ein lustiges Jagd-
getön oder die Sehnsucht in die weite Welt und einen
wehmütig verklingenden Abschiedsschmerz hernehmen!"

Das Trio wurde wunderlich genug. Jeremia blies die
Cellostimme auf dem Waldhorn, und wo der Umfang
des Instrumentes nicht ausreichte, sprang er in Gottes
Namen in die Oktave, es ging schon. Übrigens blies er
meisterlich und mit einer solchen Weichheit, daß der
Klang bei getragenen Stellen gar kein so übler Ersatz
war; im Allegro freilich wurde die Sache ein wenig zu
burschikos.

„Recht gut!" sagte er am Ende. „Denn so einfach diese
alte Musik auf dem Papier auch aussehen mag, es gehört
doch etwas dazu, sie vom Blatt weg mit Verständnis zu
spielen. Nun lassen Sie mich aber auch einmal untätig
zuhören. Ich hätte da ein kleines Konzert von Weber für
Geige und Klavier –"

„Nicht eben unbekannt!" sagte Claudio, der ihm über
die Schulter blickte.

„Um so besser!" Bollmus setzte sich voll Behagen,
nahm eine Prise und lauschte aufmerksam. Die Freunde
hatten das Konzert öfter gespielt und trugen es mit Vir-
tuosität vor. Zumal Werner – mußte Claudio mit innerlichem Lächeln denken – hatte seinen besonders guten
Tag.

„Abgemacht!" sagte Jeremia und trat erfreut auf sie
zu. „Das nenn' ich musiziert! Was nun den Alltag betrifft: die Herren bekommen in meinem Hause freie Wohnung, Kost und Licht, im Winter auch Holz, dazu drei
Taler den Monat, so haben wir's immer gehalten. Beglei-

ten Sie mich nur die Treppe hinauf, damit ich Ihnen Ihr Quartier zeige, es wird Ihnen gefallen."

In der Mansarde fanden sie zwei allerliebste Stuben, deren Fenster nach dem Garten und über die Apfelbäume hinweg auf die alten Dächer schauten; das kleinere war als Wohnzimmer eingerichtet, in dem ziemlich großen anderen standen zwei Betten. „Für Männergeschmack", sagte Herr Bollmus, „ist das zarte Rosa und Grün der Wände vielleicht ein wenig zu jungferlich, aber es stammt noch aus der Zeit, da meine Tochter hier wohnte – seit sie erwachsen ist, mußte sie freilich ihr Fenster nach vorn hinaus haben, um nur ja nichts zu versäumen, wenn etwa jemand auf der Straße vorbei oder gar ins Schloß geht; in dem Punkte sind sie doch alle gleich. Nun richten Sie sich ein, und um zwölf Uhr wird gegessen – was haben wir heute? Dienstag ... ja, richtig, daß Sie sich nicht wundern: dienstags und freitags pflegen wir einen Tischgast zu haben, der bisweilen ein wenig sonderbar ist; aber denken Sie sich nichts dabei, es ist ein guter Mensch."

Werner und Claudio holten ihre Felleisen und packten sie aus. Das war bald geschehen. Werner setzte sich an den Tisch und schrieb dem alten Diener Georg, daß er die beiden Koffer, die in Monrepos bereitstanden, sogleich an Herrn Claudio Schön abschicken solle. Während er noch schrieb, sagte er mit schwebenden Gedanken: „Sie schläft also nach vorn hinaus ..."

Claudio, der am Fenster stand und in den Garten sah, hörte es nicht.

Als es vom nahen Kirchturm durch das seidenglänzend gewordene Silbergrau zwölf Uhr schlug, gingen sie wieder hinunter.

Im Wohnzimmer, das ihnen bisher unbekannt geblieben, war der runde Tisch gedeckt, ein Sträußchen Frühlingsblumen stand in der Mitte.

Herr Bollmus, in der Fensternische, unterhielt sich mit einem alten Mann, auf dessen weißem Haar der Schimmer des Tages lag. Jetzt, da er sich in seinem abgeschabten

blauen Rock langsam und ein wenig unbeholfen um-
wandte, blieb Claudio überrascht stehen.

Es war Anonimo.

„Dies", sagte Jeremia, „ist nun wohl das letzte Mit-
glied des Aldringer Hoftheaters, das Sie kennenlernen
müssen. Er heißt Sedelmeier." Er schob ihn einen Schritt
vor, klopfte ihm ermunternd auf die Schulter. „Gib den
Herren die Hand, alter Schwarzkünstler!"

Anonimo tat es mit einer unbeholfenen Verbeugung;
Claudio atmete auf, da er bemerkte, daß der Alte weit
davon entfernt war, ihn wiederzuerkennen. In Boll-
musens Benehmen lag etwas, woraus man sogleich spürte,
daß er jenen nicht für voll nahm, eine wohlwollende Be-
vormundung, wie man sie vielleicht einem Kinde gegenüber für angebracht hält.

Indessen trat Rose ein und brachte die Suppenschüssel.
Man setzte sich, das Mädchen hatte seinen Platz zwischen
den beiden neuen Hausgenossen.

Jeremia sprach ein kurzes Tischgebet, dann sagte er,
während seine Tochter die Suppe austeilte: „Sie müssen
wissen, daß unser guter Sedelmeier für unsere Bühne
unentbehrlich ist, sonst aber am Leben wenig teilnimmt.
Es mögen jetzt zwei Jahre her sein, daß er in Aldringen
auftauchte, ein stiller Wanderer, der mit seiner Kunst,
Schattenbilder aus schwarzem Papier zu schneiden, wohl-
gefiel. Sie haben schon bemerkt, daß unser Hoftheater
klein und schnurrig genug ist: es handelt sich dabei nicht
um Puppen, sondern um jene Schattenfiguren, die man
ombres chinoises nennt, weil sie das Chinesische bevor-
zugen, und dies wiederum wohl deshalb, weil der chinesische Stil mit seinen Brückchen, geschweiften Pagoden,
zierlichen Treppen, spitzen Mützen und langen Schnurr-
bärten für das Schattenmäßige besonders günstig ist und
die klarsten Bilder möglich macht. Denn so fing es an:
es war eine spielerische Idee der Prinzessin Karoline, die
darauf kam, weil ihre kranke Schwester Linda so hübsch
Figuren schnitt; heute freilich sind wir mit Sedelmeiers

Hilfe schon viel weiter und haben Ausstattungen aus jedem Zeitalter in Vorrat. Alles nämlich, was seine Kunst angeht, begreift er sogleich und führt es mit dem größten Geschmack aus – für das andere Leben dagegen ist er in seltsamer Weise abgeschlossen und wird's immer mehr, wenn man es ihm auch nicht stets anmerkt, denn er kann sich recht vernünftig, ja witzig unterhalten; aber es liegt doch stets eine Art Starrheit darin, die befremden muß. Übrigens hat er die besten Empfehlungsschreiben."

„Ja!" sagte Anonimo, der bisher mit einem freundlichen Gesichtsausdruck, aber doch wie abwesend dagesessen hatte, bei diesen letzten, etwas lauter gesprochenen Worten, und brachte mit einer gleichsam automatenhaften Bewegung ein abgegriffenes Buch zum Vorschein. Es war Claudio nicht unbekannt; er nahm es, blätterte darin, fand die Seite, die seinen Namen trug, und reichte es so aufgeschlagen zu Werner hinüber, der beim Anblick des Datums sofort im Bilde war und ruhig nickte.

„Chinesische Schatten …", sagte Claudio, um die Aufmerksamkeit abzulenken, „ich habe davon gehört. Wie bewegen sich die Figuren aber – oder sind sie völlig steif?"

„Keineswegs!" erwiderte Herr Bollmus nicht ohne Stolz. „Wir haben sie mit der Zeit sogar zu einer ganz erstaunlichen Lebendigkeit entwickelt! Die Glieder sind mit dem Rumpf durch einfache Gelenke verbunden, und das Ganze wird durch feine Fäden auf Marionettenart geführt; ich darf wohl sagen, daß Sedelmeier und ich es darin zu einer gewissen Vollendung gebracht haben; übrigens ist noch eine Anzahl von theatralischen Effekten hinzugekommen, auf die wir uns nichts Geringes einbilden. Aber Sie werden ja sehen, und ich will für diesmal nichts weiter verraten."

Werner wandte sich an Rose. „Und bei allen diesen Dingen", fragte er, „arbeiten Sie fleißig mit und finden noch Zeit genug, den Haushalt zu besorgen, der jetzt vollends um zwei Köpfe vermehrt ist?"

„Allein könnt' ich's nicht", antwortete sie, „man schickt mir täglich für ein paar Stunden eine Frau vom Schloß herüber, die mir die gröbste Arbeit abnimmt."

„Wir werden Ihnen helfen!"

„Ach, das könnte was werden!" sagte sie lächelnd. „Wenn ein Mann sich im Haushalt nützlich machen will, braucht es meistens zwei Frauen, um die Früchte seiner Arbeit wieder wegzuputzen."

Im Gespräch erfuhren sie noch, daß Anonimo, der nicht eben viel zu tun hatte, sich aber ohne Arbeit nicht wohlfühlte, seit einiger Zeit die liebenswürdige Kunst der Miniaturmalerei betrieb, und zwar mit ziemlichem Erfolg; Bollmus stand auf, holte sein Bildnis, das der Alte in dieser Weise angefertigt hatte, und zeigte es zufrieden herum; mit den feinsten Pinseln war es auf Pergament gemalt, nicht größer als eine Spielkarte, und zeigte ihn in voller Lebendigkeit, wenn auch mit einem vielleicht etwas zu bedeutenden Gesichtsausdruck, aber gerade das schien es zu sein, was ihn freute. Er berichtete, daß man dem Alten eine sonst leere, sehr helle Kammer im Schloß eingeräumt habe, und daß er zur Zeit damit beschäftigt sei, eine Miniatur von Rose zu machen. Claudio nahm sich im stillen vor, wenn nicht dieses Werk selber, so doch eine Kopie davon zu kaufen, blickte Werner von der Seite an und vermutete, daß jener den gleichen Gedanken hatte.

Nach dem Essen brachen sie auf, um weiter mit Aldringen bekannt zu werden. Zunächst schlenderten sie die Straße hinab und auf der anderen Seite wieder herauf. Um diese schläfrige Stunde, in der aus allen Häusern das Klappern des abgespülten Geschirrs kam, während die geheiligte Mittagsruhe der Väter einen Bannkreis um das Zimmer mit dem Sofa zog, erschien die kleine Stadt besonders leer. Die Freunde redeten sich gegenseitig zu, diese Brunnenfigur und jene Stuckfassade bemerkenswert zu finden; sie beachteten die Sauberkeit des Holperpflasters, die Blumen, die überall vor den Fenstern blühten;

dann versuchten sie ohne Erfolg, mit einem daumenlutschenden, hemdzipfligen Dreikäsehoch diplomatische Beziehungen anzuknüpfen und lobten den Familiensinn der Störche, die ihr Nest auf dem Kirchendach hatten; im Fenster des Bäckers sahen sie einen herrlich gelben Quarkkuchen, der aus der Nähe allerdings einen etwas zusammengesunkenen Eindruck machte und dessen verschwenderisch ausgestreute Rosinen sich als daraufsitzende Fliegen erwiesen. Alle diese Reize jedoch trugen nicht dazu bei, eine gewisse Bedenklichkeit im Grunde ihrer Herzen zu unterdrücken, wiewohl keiner von beiden gemütsroh genug war, davon etwas zu äußern und vielleicht dem anderen die Laune zu verderben; es mußte ihnen nämlich einfallen, daß dies alles zwar ganz hübsch und sehr friedevoll war, auf die Dauer jedoch für einen jungen und lebensbegierigen Menschen unerträglich werden konnte, ja, werden mußte. Die Aussicht, abends oder auch nachmittags zu musizieren, bedeutete keine Erfüllung des Daseins. Was also?

Nachdem sie eine Weile stumm nebeneinander hergegangen waren, raffte sich Werner auf und sagte mit einem nur unvollkommen unterdrückten Seufzer: „Nun – wenn dies kein Idyll ist, so weiß ich nicht, wo ich eins finden soll! Immerhin –" mit dem Worte verriet er sein Inneres – „immerhin bleibt uns noch der Schloßpark und wohl auch gar das Schloß zu besichtigen. Gehen wir's an?"

„In Gottes Namen!" sagte Claudio und gähnte von Grund aus. „Irgendwo wird der Aldringer Hof ja wohl eine Bank hingestellt haben, auf der man sich ausruhen kann; mir ist, als könnt' ich eine Woche durchschlafen. Wenn die Gegend nur nicht gar so flach wäre! Da merkt man erst, wie schön es in Wertenberg ist."

Insgeheim fand Werner diese Stimmung recht gefährlich, denn nichts wäre ihm mehr wider den Strich gegangen, als wenn Claudio in solchem Gemütszustand den Wunsch ausgesprochen hätte, demnächst weiterzuwandern und damit die neugegründete Hofkapelle frischweg in die Luft fliegen zu lassen. Also zwang er sich zur Munterkeit, um an dieser Klippe vorbeizugleiten, und es gelang ihm; je mehr sie sich dem Parktor näherten, desto teilnehmender wurde Claudio.

„Eine prachtvolle Schmiedearbeit!" sagte er. „Und wie schön die Rasenfläche sich bis zum fernen Schloß hinzieht! Eine wahrhaft groß gedachte Anlage, das muß man zugeben. Diese breiten, gepflegten Wege, diese endlosen Blumensäume mit ihrem Rosa und Gelb! Ein bißchen viel Steinfiguren, meinem Geschmack nach, lauter Götter mit Beinschienen und homerischen Helmen und, soweit sie weiblichen Geschlechts sind, mit nichts als ihrer sandsteinernen Tugend bekleidet, die freilich schon in einen recht baufälligen Zustand geraten zu sein scheint, wie dies mit der Tugend auf die Dauer zu gehen pflegt. Schau dir aber diese wunderbaren alten Bäume an, die zu beiden Seiten eine großartige grüne Kulisse bilden. Nur müßte – ich kann mir nicht helfen – zwischen dem Parktor und dem Schloß, und ein wenig jenseits der Mitte, ein schöner, hoher Springbrunnen spielen –"

In dem Augenblick begann, gerade an der von ihm bezeichneten Stelle, eine Fontäne aufzusteigen, als hätte er ein Zauberwort gesprochen.

„Das nenn' ich aufmerksam!" rief er mit vergnügtem Erstaunen. „Vollends wenn man bedenkt, daß sie hier gar kein natürliches Gefälle haben, sondern wohl ein Pumpwerk arbeiten lassen müssen wie Ludwig der Vierzehnte in Versailles. Aber es ist doch zum Melancholischwerden: die weiträumige Pracht, diese Kosten, diese prunkvolle Ehemaligkeit – und was ist davon übriggeblieben? Ein Schattentheater, geleitet von einem Leichenwagenkutscher!"

„Nun, auch Park und Schloß, und das ist doch wohl etwas!" sagte Werner, um diesen Rest einer müden Stimmung gleich zu unterdrücken.

„Freilich, aber es müßte Leben darin sein! Eine bunte Gesellschaft von Kavalieren in Allongeperücken und Damen mit weit ausladenden brokatenen Röcken; vergoldete Kutschen mit Pfauenfedern; kleine, beturbante Mohren, die freundlich zähnefletschend die Limonade herumreichen, ein Reiter auf einem Schimmelhengst –"

„– der eben die Levade macht, und der Reiter deutet mit dem Marschallstab in eine ideale Ferne, wo ein paar Dörfer brennen, und macht ein Gesicht wie Alexander der Große, wenngleich er in Wirklichkeit nie mehr als dreißig Mann befehligt hat, und auch die nur bei der Kartoffelernte."

„Daß du doch immer dazwischenmephistophelisieren mußt!" sagte Claudio lachend. „Aber warte nur – wenn nicht alles trügt, wirst es diesmal du sein, der nach Gretchen schmachtet."

Sie betraten den Park und fanden ihn auch in der Breite erheblicher, als sie vermutet hatten. Je weiter sie gingen, um so schöner öffnete er sich, hin und wieder gaben die Baumkulissen über eine schmale Lichtung hinweg den Blick auf einen Pavillon frei oder auf einen kleinen Weiher, in dessen Mitte ein moosiger Block schlief, oder ein sanft gewölbtes Brückchen verband die lila beblühten Ufer eines Kanals.

„Woran denkst du?" fragte Werner.

„Nüchternerweise schon wieder an eine Bank!" antwortete Claudio. „Weshalb, zum Teufel, gibt es hier keine Bänke? Man könnte so herrlich träumen!"

Hinter einem dichten Fliedergebüsch endlich, um das der Weg sich bog, stießen sie auf einen Ruheplatz – leider jedoch hatten schon andere ihn entdeckt; auf der weißlackierten Holzbank saßen zwei Mädchen und schauten mit verhaltener Neugier und nur für Augenblicke zu den unvermutet aufgetauchten Fremden hinüber, dann beschäftigten sie sich wieder mit ihrer Handarbeit.

„Ich sehe nicht ein!" sagte Claudio. „Es ist wohl Platz genug, und sie scheinen nicht allzu häßlich zu sein!" Er steuerte entschlossen über den Kies und grüßte, als Wortführer vor Werner stehend.

„Sie wünschen?" fragte die jüngere von den beiden mit einer gewissen Verwunderung. Sie war schwarzhaarig, hatte ein elfenbeinfarbenes Gesicht, dessen geistvolle Unregelmäßigkeit sofort auffallen mußte, und glitzernde dunkle Augen, die freilich weder groß noch schön waren.

„Nichts weiter", antwortete Claudio mit aller Höflichkeit, „als die Erlaubnis, uns hier für ein paar Minuten ausruhen zu dürfen!"

Sie nahm ihr Kleid ein wenig zusammen, obwohl es kaum nötig gewesen wäre.

Die Freunde setzten sich. „Wir werden Sie nicht lange belästigen", fuhr Claudio fort, „aber es ist beinah verwunderlich, daß man in einem so großen Park nirgends eine Gelegenheit findet, sich niederzulassen."

„Das ist wahr", sagte sie, „es kommt wohl daher, daß hier fast niemand spazierengeht."

„Oh – aber der Park ist öffentlich?"

„Allerdings; indessen machen die Aldringer wenig Gebrauch davon, wie das so zu sein pflegt, wenn man das Schöne alle Tage vor der Nase hat. Und wann verirrt sich einmal ein Fremder hierher!"

„Sie aber sind von Aldringen?"

„Ja, das kann man wohl sagen!" antwortete sie lächelnd.

„Vielleicht gar aus dem Schloß?" fragte Claudio, der an ihrer Hand einen ungewöhnlich schönen Ring bemerkt hatte, und den nun diese Antwort und dieses Lächeln vollends auf die richtige Spur brachte. Er stand wieder auf und nahm die Mütze ab, Werner tat das gleiche. „Wir bitten sehr um Vergebung, Durchlaucht!" sagte er. „Aber wir sind erst zwei Stunden hier und wußten nicht –"

„Inkommodieren sich die Herren nur nicht!" erwiderte Karoline. „Es ist wahrhaftig genug Platz hier, und da Sie sich auf Reisen befinden, können Sie uns gewiß ein wenig erzählen, denn wir sind neugierig wie alle Frauenzimmer. Was meinst du, Linda?"

Die ältere Schwester nickte freundlich; ihr Gesicht war

im Gegensatz zu dem Karolinens so regelmäßig, daß es fast schön genannt werden durfte, und das dunkelblonde Haar ließ die reine, kluge Stirn besonders auffallen; nur lag in ihren Zügen etwas Leidendes, das den Betrachter eigentümlich ergreifen mußte. „Ich war nur einmal in meinem Leben weiter von Aldringen weg", sagte sie, „als man mit dem Wagen in einer Stunde fahren kann. Da hat man gar keine rechte Vorstellung, wie groß die Welt ist."

Karoline lud die beiden mit einer kleinen Handbewegung ein, sich wieder zu setzen.

Aber Claudio zögerte und sagte: „Wir zählen zu den Angestellten des Hofes . . ."

Die Schwestern blickten erstaunt auf.

„Wie denn", sagte Karoline, „Sie sind erst seit Stunden hier, und trotzdem –?"

„Wir sind Musiker, und Bollmus –"

„Jeremia!" rief sie. „Hat er endlich jemanden gefunden? Nun, dann freut es uns doppelt, daß wir Sie gleich kennenlernen! Wie hat sich das gegeben?"

Claudio stellte sich und Werner – nicht völlig ohne Herzklopfen – vor, erzählte in kurzen Worten die Ereignisse des Vormittags und fügte hinzu: „Da wir auf der Wanderschaft sind, so wollten wir warten, bis man uns eine etwas feierlichere Kleidung nachgeschickt hat, um uns durch Herrn Bollmus präsentieren zu lassen."

„Alles recht gut und schön", sagte Karoline, „wenn Sie sich nur endlich wieder setzen wollten!" Die beiden folgten mit geziemendem Respekt. „Der vortreffliche Jeremia! Gewiß hat er Ihnen schon das Hauptsächlichste mitgeteilt, was Sie wissen müssen, und vielleicht haben Sie auch schon den alten Sedelmeier gesehen?"

„Eine etwas merkwürdige Erscheinung."

„Das ist freilich wahr, und wir raten manchmal, was wohl hinter ihm steckt."

„Man findet es nicht selten, daß alte Leute ein wenig kindisch werden."

Karoline blickte auf. „Je länger ich ihn kenne und beobachte, desto weniger möchte ich ihn kindisch nennen. Nein, in seinem Leben muß etwas sein, was ich als Bruchstelle bezeichnen möchte. Aber wie listig man ihn auch fragen mag, er schweigt sich aus, und ich weiß noch nicht einmal, ob er's aus Grundsatz tut, oder ob für ihn wirklich alles, was vor dieser Bruchstelle liegt, in völlige Vergessenheit gesunken ist."

„Deine Neigung zu romantischen Wolken!" sagte Linda. „Das Einfache ist dir von jeher zuwider, und je unwahrscheinlicher etwas klingt, desto lieber glaubst du es, weil es deiner Phantasie zu tun gibt. Nun, bei dichterischen Gemütern muß das wohl so sein."

„Necke mich nur!" entgegnete die Jüngere vergnügt. „Mir gefällt's nun einmal, die Welt gelegentlich durch ein farbiges Glas zu betrachten. Übrigens wirst du mich in Mißkredit bringen, wenn du von meinem dichterischen Gemüt sprichst, und die Herren denken sich wunder was –" sie wandte sich an Claudio, „– in Wirklichkeit handelt es sich um nichts weiter, als daß ich manchmal ein Stück für unser Schattentheater schreibe. Es wird mir sauer genug, aber woher soll man die Komödien denn nehmen? Es gibt so wenige!"

„Der Gedanke an dieses Theater", sagte Werner, „macht uns vorläufig noch zu schaffen, obwohl uns Bollmus einigermaßen ins Bild gesetzt hat. Sind die Vorstellungen öffentlich?"

„Bisweilen schon", antwortete sie, „denn wir laden die Aldringer Kinder ein, für die es ein Hauptspaß ist, und natürlich werden viele von ihren Müttern begleitet; so haben wir ein recht ansehnliches Publikum. Kennen Sie übrigens schon unsere Milchschwester, nämlich Rose?"

„Ein sehr liebenswürdiges Mädchen!"

„Freilich. Nun, und Sie sind mit allem zufrieden, Bollmus hat Sie in seine Obhut genommen? Wann werden wir zum erstenmal musizieren?"

„Durchlaucht spielen selbst mit?"

„Hat er Ihnen das nicht gesagt? Ja, das heißt, was mich betrifft, so tu ich's allerdings mit mehr Begeisterung als Vollkommenheit, nämlich auf der Geige."

„Werner ist der beste Lehrer!" sagte Claudio.

„Ausgezeichnet! In meiner Schwester werden Sie eine Harfenspielerin hören, wie man ihr selten begegnet."

„Ein interessantes Orchester also!" sagte Werner. „Wir stehen jederzeit zur Verfügung!"

„Wenn auch vorläufig in Stiefeln!" fügte Claudio hinzu und sah ein wenig geniert an sich herunter.

Karoline bekam eine nachdenklich krause Stirn. „Ach, mir würde es nichts ausmachen", sagte sie mit einem komischen kleinen Seufzer, „und Linda gewiß auch nicht. Aber die Loring – was meinst du, Linda?"

„Ja!"

„Es wird wohl besser sein –"

„Ich denke auch."

„Bollmus soll sich das überlegen, er wird schon wissen, was er zu tun hat."

Claudio hörte mit ernstem Gesicht zu, innerlich aber lächerte es ihn. Er kannte diese Art von Beklemmungen zur Genüge. „Wir dürfen nicht länger stören!" sagte er, nur damit sich die Stille nicht allzusehr ausdehnte.

„Aber nein! Sie haben ja noch nicht einmal angefangen zu erzählen! Woher kommen Sie? Wirklich aus Berlin?" Karoline hielt sie fest; ihre Eigenart, aufs geschwindeste von einem Gesprächsgegenstand zum anderen zu springen und damit hunderterlei Dinge, wenn auch nur für Augenblicke, in den Brennpunkt der Aufmerksamkeit zu bringen, erinnerte an einen Guckkasten, dessen Bilder zu schnell weitergedreht werden; kaum hatte man erfaßt, worum sich's handelte, so war schon wieder etwas Neues da, um ebenso rasch abgetan oder vielmehr nur halb abgetan beiseitegeschoben zu werden. Ein gescheites, aber anstrengendes Mädchen! dachte Claudio, während Werner mit seinem spitzeren Geist immer mehr in das Gespräch hineingeriet und schließlich, da Claudio aufstand, um für Linda eine herabgefallene Sticknadel zu suchen, mit ihm den Platz neben Karoline wechselte; nun bildeten Karoline und Werner den lebhaften Mittelpunkt, während Linda und Claudio still beiseite blieben.

Etwa nach einer Stunde wurden die Freunde entlassen.

„Schade!" sagte Werner.

„Was ist schade?"

„Daß das nun hier so versauert. In einer größeren Umgebung würde sie auf ihre Art blendend sein; ich erinnere mich an die Liebes- und Dichterhöfe der alten Troubadours in der Provence und kann mir recht gut vorstellen, welche Rolle sie dort gespielt hätte und wie sie in den Sonetten ihrer Schützlinge in die Weltgeschichte eingegangen wäre als Idealgestalt, mit der sich die Phantasie stets wieder beschäftigen würde."

„Vielleicht versuchst du dich als Petrarca?" fragte Claudio. „Das wäre doch einmal etwas Neues!"

„Nein, im Ernst. Ist es nicht tragisch zu denken, daß aus diesem gescheiten jungen Mädchen in nicht allzu ferner Zeit eine spitzfindige alte Jungfer geworden sein wird – und weshalb? Eigentlich nur, weil es hier keine Männer gibt. Denn du hast ja aus allem, was sie sagte, gehört, daß das Aldringer Schloß hübsch langsam zu einer Art von weltlichem Kloster geworden ist, in dem unsere beiden Nönnchen durch einen alten Drachen in Gestalt dieser Haushofmeisterin Loring – oder was sie sonst sein mag – bewacht werden. Und Geld ist auch keins mehr da, denn die große Dachreparatur, von der sie sprach, scheint ihnen schlaflose Nächte zu machen. Ja, siehst du, so geht es, wenn die Poststraße verlegt wird und das Wirtshaus plötzlich auf freiem Felde steht."

„Dieses Aldringen", sagte Claudio verwundert, „hat auf dich eine merkwürdige Wirkung – so langweilig es mir selber scheint."

„Es zeigt mir die geheime Melancholie der Welt", antwortete Werner, „aber dafür muß man freilich ein Gefühl haben."

„Das ist ja das Neue!" sagte Claudio.

„Was?"

„Daß bei dir endlich einmal ein Gefühl zutage kommt!"

Werner blickte ihn verdutzt an und ging eine Weile schweigend neben ihm her. Dann sagte er: „Hm, allerdings. Das könnte einen bedenklich machen!"

Später erzählten sie Bollmus von den Ereignissen des Nachmittags. Er war sehr zufrieden, daß sich alles so gefügt hatte, und bestätigte, was sie wegen der Gräfin Loring vermuteten. „Man kann sich schon mit ihr vertragen", sagte er, „aber es ist nicht leicht und bedarf einer gewissen diplomatischen Fähigkeit. Am günstigsten liegen die Dinge abends, denn da schläft sie meist ein. Ja, unsere gute Karoline – auch mit der muß man fertig zu werden verstehen."

„Weshalb eigentlich heiratet sie nicht?" fragte Werner.

„Dazu gehören zwei!" antwortete Jeremia. „Ich möchte sagen, ihr ganzes Verhängnis liegt einfach darin, daß sie zu gescheit ist. Denn was folgt daraus? Unter ihrem Stande kann sie nicht heiraten, und was unsere Prinzen anbetrifft, Gott verzeih mir die unloyale Bemerkung, aber –"

„Ja, ja", sagte Werner etwas eilig, „zugegeben, es mag ein schwieriges Kapitel sein, besonders da die Eltern so früh weggestorben sind, aber was fehlt eigentlich der älteren Schwester?"

Claudio vergrub die Nase ins Taschentuch.

„Nichts und alles!" erwiderte Bollmus. „Was fehlt einer Knospe, die es nicht fertigbringt sich zu entfalten und eigentlich schon verblüht ist, noch ehe sie sich recht geöffnet hat! Vielleicht kommt es daher, daß eben der Baum zu alt ist, auf dem sie wächst. Was aber Karoline angeht, so braucht man die Hoffnung doch nicht zu verlieren, denn sie ist im gleichen Jahr geboren wie Rose."

„Wahrhaftig?" fragte Werner. „Ich hätte sie für älter gehalten!"

„Ja, Gescheitheit macht alt", nickte Jeremia.

„Und da ich nun soviel jünger aussehe", sagte Rose, „so folgt daraus –"

„Da haben wir's!" sagte Bollmus. „Es soll schon unangenehm genug sein, zwischen zwei Feuer zu geraten oder zwischen zwei Stühlen zu sitzen. Wehe aber, wenn man vollends zwischen zwei Frauenzimmer gerät! Was man der einen gibt, muß man der anderen notwendig nehmen, und so kommt man aus des Teufels Küche überhaupt nicht mehr heraus – es liegt ein tiefer Sinn darin, daß Szylla und Charybdis weiblichen Geschlechts waren: man hatte wohl schon damals seine Erfahrungen."

Claudio räusperte sich zustimmend, aber Werner konnte nicht umhin, ein wenig zu seufzen. „Lassen Sie uns lieber noch ein Stündchen musizieren!" sagte er ablenkend. „Denn wir wissen erst, was unsere junge Hausfrau in der Küche leistet, möchten doch aber auch ihr Cellospiel loben!"

Alle waren damit einverstanden.

Nach dem ersten Trio brachte Bollmus ein Stück zum Vorschein, das gleichsam ein Zwiegesang zwischen Geige und Cello war, ohne daß das Klavier mitredete. Claudio gab also seinen Platz an dem Instrument auf und setzte sich ohne besondere Absicht so, daß Rose zwischen ihm und dem Lichte saß. Auf diese Weise hatte er ihr dunkles Profil vor Augen, hinter das der Kerzenschimmer einen sanften Strahlenkranz malte. Sie spielte recht gut, aber nicht derart, daß man gefesselt sein mußte, und allmählich, von der Musik mehr begleitet als geführt, gingen seine Gedanken ihren eigenen Weg. Hier war nun wieder ein Schattenbild; er hätte wissen mögen, wieviel vom Wesen des Menschen aus diesem Umriß zu erschließen sei; der Kopf war aufmerksam und mit einer gewissen Andacht geneigt, die Augen mit den langen Wimpern ganz geöffnet und auf das Notenblatt gerichtet; Stirn und Nase bildeten eine Linie, von der sich Werner nicht mit Unrecht an Klassisches erinnert gefühlt hatte, und dieser Zug, zusammen mit den vollen, aber schönen Lippen, ergab den Eindruck einer klaren und reinen Sinnlichkeit, besonders jetzt, da die Musik alles andere aus dem Bewußtsein verdrängte und die Natur sich ohne Gedanken und Absicht zeigte. Je inniger Claudio sich mit dem Bilde beschäftigte, desto mehr sprach es zu ihm und desto erkennbarer schien es zu werden – freilich auch unruhiger, denn Rose griff erst einmal daneben, und schließlich kam sie bei einem gar nicht schwierigen Lauf ins Gedränge und blieb stecken. „Ich bitte um Entschuldigung", sagte sie unwillig und mit einer so geringen Wendung zu Claudio, daß nur er sie bemerken konnte, „versuchen wir's noch einmal ... gleich nach der Fermate ..."

Claudio sah beiseite und beschränkte sich von nun ab aufs Zuhören.

Sechstes Kapitel

„Ich habe Ihnen etwas mitgebracht!" sagte der Hauptmann, als ihm Herr von Kirchberg am nächsten Tage die Tür öffnete, und zog ein kleines Buch aus der Tasche. „Wenn jemals, so könnte man in unserm Falle mit Recht das alte Wort anführen: Habent sua fata libelli! Hätte ich nicht das Büchlein als Halbwüchsiger gekauft, so würde ich jetzt Claudios Geschichte nicht zu hören bekommen, und wie leer wäre mein Aufenthalt in Wertenberg! So aber spricht alles zu mir, und von Tag zu Tag verstehe ich besser und eindringlicher, was Sie meinten, als Sie mich im Anfang darauf hinwiesen, wie mächtig die Vergangenheit in der Gegenwart fortwirkt; nur muß man ein wenig unter die Oberfläche zu blicken lernen."

„Lassen Sie sehen!" rief der Archivar mit dem Jagdeifer des Sammlers und blieb in der offenen Haustür. „Wahrhaftig! Das einzige Stück, das sich bis auf unsere Tage erhalten hat, und wie erhalten! Fehlt auch keine Seite?"

„Es ist alles da", erwiderte Harter. „Als ich gestern abend heimkam, hatte es die Post gebracht, und Sie können sich denken, daß ich erst spät einschlief, denn ich habe es noch einmal von vorn bis hinten durchgelesen, jetzt freilich mit viel größerem Verständnis als früher."

„Und?"

„Nun, wenn man älter wird, lernt man die Dinge anders beurteilen. Früher gab es unter diesen Gedichten einige, die ich geradezu bewunderte. Heute kann ich das nicht mehr – Claudio wird mir's nicht übelnehmen, wenn ich sage, daß er nicht eben ein Originalgenie war; seine Verse sind geschmackvoll, aber nicht besser als viele andere. Was mir aber auch heute noch über die Maßen gefällt, ist die Unmittelbarkeit und vollkommene Ehrlichkeit, mit der er seine Empfindungen ausspricht. Dazu kommt jetzt, daß ich seine Geschichte kenne, und das bringt einem alles näher."

„Erinnern Sie sich auch", fragte der Archivar, „daß Sie mir das Bändchen schenken wollten? Ich fürchte, Sie bereuen Ihr Versprechen?"

„Bereuen wäre zuviel gesagt. Zugegeben, es fällt mir jetzt nicht so leicht, wie ich damals dachte. Erstens aber hab' ich's Ihnen nun doch einmal versprochen, und zweitens bin ich wirklich der Meinung, daß das Buch in Ihr Archiv gehört, gewissermaßen als Kronzeuge für die Wahrheit von Claudios Roman."

„Und ich halte Sie beim Wort!" sagte Herr von Kirchberg eifrig. „Rechnen Sie es der Leidenschaft des alten Aktenstöberers zugute, wenn er nicht wieder hergibt, was er endlich in Händen hat. Unsereiner muß sich doch immer an die biblische Verheißung klammern: Suchet, so werdet ihr finden! Denn wie oft könnte man sonst mutlos werden. Ich danke Ihnen also recht herzlich – übrigens hab' ich auch so eine Art von Gegengabe, kommen Sie nur mit hinauf!"

Oben im Wohnzimmer beobachtete er schmunzelnd, wie des Hauptmanns Blicke rasch über den Tisch glitten.

„Ich sehe aber nichts", sagte Harter, „im Gegenteil, es fehlt etwas!"

„Nämlich?"

„Die schöne alte Teekanne mit den Streublümchen, die ich so liebe."

„Sie wird sofort erscheinen!" lächelte Kirchberg. Währenddessen tat sich die Tür auf, und ein junges Mädchen trat ein, die Teekanne in der Hand. „Sie waren letzthin neugierig", fuhr er fort, „und wollten wissen, welcher gute

Geist den Tisch so hübsch zu decken pflegt – hier haben Sie ihn: die Enkelin meines verstorbenen Bruders, wie ich Ihnen wohl schon sagte, und die Letzte unseres Namens; man pflegt sonst bei dergleichen Erwähnungen gern ein bißchen melancholisch zu werden, aber wenn ich Rose ansehe, kann ich's einfach nicht. Das blüht – wie?"

Nach der ersten Begrüßung sagte der Hauptmann: „Auch Sie heißen Rose? Ein sonderbarer und liebenswürdiger Zufall, nur kann er zu Mißverständnissen führen!"

„Ich heiße sogar ganz altmodisch Rosine, wie das Mädchen, an das Sie denken und das Sie gestern kennengelernt haben", antwortete sie, „aber zwischen den beiden Rosinen liegt freilich ein ganzes Jahrhundert, und da sind wohl keine Verwechslungen mehr zu befürchten."

„Ich weiß nicht . . .", antwortete er.

Sie setzten sich, und nachdem Rose den Tee eingegossen und alles mit einem hausfraulichen Blick überprüft hatte, nahm sie eine kleine Sticktrommel zur Hand und begann mit Nadel und Fingerhut zierlich zu arbeiten. Die Männer sahen zu, ohne sich dessen recht bewußt zu werden, sie hörten das Geräusch des gezogenen Fadens und den winzigen Knall, den es jedesmal gab, wenn die Nadel den straff gespannten Leinenbatist durchdrang.

„Was es doch jetzt für hübsche Fingerhüte gibt", sagte Harter. „Meine Mutter hatte immer einen aus gewöhnlichem Blech, dessen Häßlichkeit mir sogar in meinen schlimmsten Flegeljahren auffiel."

„Sie sind im Irrtum", erwiderte Rose, „dieser silberne Fingerhut ist nicht neu, sondern ziemlich alt und gehört ins Haus. Betrachten Sie nur, wie fein die silbernen Röschen am Rande getrieben sind, das ist keine Fabrikware, sondern gute Handarbeit."

Sie reichte ihm das kleine Ding über den Tisch, er bewunderte es gehörig und gab es zurück. „Wer mag ihn wohl seinerzeit benutzt haben?" fragte er.

„Ja – wer!" sagte sie lächelnd. „Vielleicht kommen wir

drauf – aber dazu müßte freilich weitererzählt werden, und mir scheint beinahe, daß heute nichts daraus wird? Bin etwa gar ich daran schuld?"

„Keineswegs!" versetzte der Archivar und nahm geschwind noch eine Prise. „Ich bin soweit, und wenn's Ihnen recht ist, will ich also fortfahren, obwohl es ein schwieriges Kapitel wird, weil die Phantasie des Erzählers viel ergänzen muß. Denn –" fügte er hinzu und zwinkerte lustig, „bedauerlicherweise läßt sich nun einmal nicht alles im Leben aktenmäßig darstellen!"

Der Hauptmann vermochte heute nicht wie sonst seinen Worten gleich von Anfang an mit der gewohnten Aufmerksamkeit zu folgen. Er hatte seinen Platz so, daß Fräulein von Kirchberg zwischen ihm und einem Fenster saß. Dadurch, und weil draußen der trübe Herbstnachmittag langsam erlosch, sah er ihr immer dunkleres Profil vor dem grauen Hintergrund und hätte wissen mögen, wieviel vom Wesen des Menschen aus diesem Umriß zu erschließen sei; der Kopf war aufmerksam über die Stickerei geneigt, die gesenkten langen Wimpern eben noch erkennbar; Stirn und Nase bildeten eine Linie, die an Klassisches gemahnte, und dieser Zug, zusammen mit den vollen, aber schönen Lippen, ergab den Eindruck einer klaren und reinen Sinnlichkeit –

Merkwürdig! dachte er mit innerlichem Kopfschütteln. Bilder und Worte decken sich, ja, selbst die Namen: Vergangenheit und Gegenwart sind ohne Unterschied, die Form der Anschauung wird durchsichtig wie Glas. Wenn dies nicht doch im letzten Grunde gespenstisch ist, so weiß ich nicht, was man gespenstisch nennen sollte! Das Déjà-vu geht wieder um!

War ich vielleicht einmal Claudio?

Claudio söhnte sich mit der Aldringer Stille bald aus, denn wenn sie auch nach wie vor groß blieb, so war der Tag doch niemals leer, man mußte nur den Inhalt eines so ruhigen Daseins begreifen und schätzen lernen. Hatten Park und Schloß am ersten Tage in einem schattenlosen Silbergrau gleichsam schwebend geträumt, so boten sie im hellen Sonnenschein des zweiten das heiterste und duftigste Bild, um während des dritten – vor einem schweren Gewitterhimmel, aber scharf beleuchtet – wie eine alte Ballade zu wirken, freilich kam gerade dabei die Verlassenheit des Ganzen um so tragischer zum Bewußtsein, und Claudio würde viel darum gegeben haben, hätte er die Uhr um ein Jahrhundert oder zwei zurückstellen können.

Eben während eines am Nachmittag heraufziehenden Gewitters befanden sich die Freunde im Park und, ohne darüber zu sprechen, blickten sie überallhin in der Befürchtung, die kranke Linda möchte vielleicht im Freien von dem Regen überrascht werden. Niemand aber war zu sehen, und so flüchteten sie, als schon der erste Sturmstoß in die alten Bäume fuhr und schwere Tropfen fielen, in den Schutz eines nach drei Seiten geschlossenen Pavillons, den sie bisher nicht gekannt hatten, nun aber zum Glück entdeckten. So schnell hatten die Gewitterwolken den ganzen Himmel überzogen, daß es in dem Pavillon fast finster war und Claudio an einen Tisch gestoßen wäre, wenn nicht ein Blitz alles erhellt hätte. Bei dem silberblauen Aufzucken erkannte er eben noch eine Gestalt, die da saß.

„He, Anonimo!" rief er im hereinbrechenden Donner. „Sind Sie das?"

Die Augen gewöhnten sich an das Halbdunkel.

Anonimo hob den Kopf.

„Mit welchem Namen ruft man mich hier?" fragte er.

Claudio erschrak ein wenig über seine Unvorsichtigkeit, wenn er auch überzeugt war, daß der Alte ihn trotzdem auch jetzt nicht wiedererkennen werde.

„Sie sind es . . .", sagte Anonimo nach einem zweiten Blitz. „Woher wissen Sie aber, wie ich einmal genannt wurde?"

„Wenn ein Schwarzkünstler nach Italien kommt", antwortete Claudio leichthin, „weshalb sollte es ein Musiker nicht auch tun? Ich bin Euch begegnet – war's nicht am Gardasee?"

„Möglich, möglich", sagte der Alte ohne besondere Aufmerksamkeit und, wie es schien, mit bereits wieder verflatternden Gedanken. „Ich war manches Jahr auf der Wanderschaft und habe manchen Namen gehabt. Ein schönes Land ... dort unten. Nur Bilder, keine Begriffe. Ein See ist wie der andere, ein Berg ist ein Berg – und ein Mensch ist ein Mensch – was tut der Name? Glückliches Gehirn, dessen Maschen immer größer werden; um so weniger braucht man mit sich herumzuschleppen. Es kommt auch nichts drauf an. Oder? Was meinen Sie, wieviel ist Ihr Kopf wert?" Er kicherte vor sich hin.

Draußen begann der Regen in schweren Stürzen zu rauschen, gleichzeitig aber schien der Ansturm des Gewitters nachzulassen.

Claudio hatte diese Frage schon einmal gehört, und wieder fühlte er sich durch das Automatenhafte befremdet, das Anonimo bei gleichen Anlässen in gleichen Formen offenbarte. Er versuchte darüber hinwegzusehen. „Das Gewitter hat Sie ebenso überrascht wie uns?"

„Ich wollte ins Schloß", sagte der Alte. „Rose wird schon dort sein; nun muß sie warten."

„Sie malen an ihrer Miniatur?"

„Es ist eine schöne Arbeit, sich in das Gesicht eines Menschen zu vertiefen. Da weicht ein Schleier nach dem anderen beiseite – wenn nur der eiserne Reifen nicht wäre!"

„Welcher eiserne Reifen?"

„Um meinen Kopf!" sagte Anonimo mit gesenkter Stimme und vertraulich, als spräche er von einem Geheimnis. „Jetzt ist es dämmerig, da sehen Sie ihn nicht. Aber geben Sie einmal acht, wenn die Sonne wieder scheint! Er drückt freilich bisweilen, aber ich könnte ohne ihn nicht leben, denn sonst würde ja mein Kopf auseinanderfallen – und was meinen Sie, was da alles herauskäme? Schatten, Schatten, ein Tanz von schwarzen Gespenstern! Wir müßten alle verrückt werden."

„Dann verraten Sie es nur niemandem!" sagte Werner mitleidig.

„Sie haben recht!" antwortete der Alte. „Es war unvorsichtig von mir, und nichts ist daran schuld als das Wetter, da drückt er nämlich besonders."

„Tut es weh?"

„Nicht eigentlich, es ist nur so eine Dumpfheit, aber sie verschwindet schon, wie das Gewitter abzieht." Er wurde zusehends lebhafter und freier. „Spüren Sie nicht, daß es vorbei ist? In ein paar Minuten können wir gehen."

„Einstweilen gießt es noch!" erwiderte Claudio.

„Sehen Sie nur nach dem Westen!" sagte der Alte und erhob sich. „Wird es nicht heller?"

In der Tat schien das Unwetter ebenso schnell zu fliehen, wie es gekommen war; über dem westlichen Horizont stand bereits ein goldener Streifen, der immer höher wurde. Anonimo hatte dies von seinem Platz nicht sehen können, aber er hatte es gefühlt, und jetzt begann die Ferne schon in den Strahlen der noch über den Wolken verborgenen Sonne zu leuchten.

„Die große Liebe!" sagte Anonimo, trat auf die Schwelle und blickte in den fernen Glanz. „Es mag noch so dunkel sein – einmal kommt sie doch auch zu uns, und glücklich, wer von ihr gesegnet wird! – Der Himmel öffnet sein goldenes Tor, goldene Türme stehen zu beiden Seiten, und eine diamantene Brücke führt uns sanft hinauf." Ein überirdischer Widerschein lag auf seinem weißen Haar und in dem Gesicht, das in diesem Augenblick alles Schwächliche verloren hatte und in einer wunderbaren Hoffnung strahlte. „Gehen wir?"

Claudio war durch diese Vision, die sich in der Natur verwirklichte, und durch den Doppelsinn der letzten Worte Anonimos seltsam erschüttert. Es fiel ihm ein, was

Karoline über den alten Mann gesagt hatte, und er nahm sich vor, ihn künftig mit anderen Augen zu betrachten.

Anonimo warf seinen langen schwarzen Umhang über die Schultern und trat mit den Freunden ins Freie.

Noch rieselten Rinnsale neben dem Weg, auf denen Blütenblätter als winzige bunte Segel schwammen, und aus dem glänzenden, satten Laub fielen Funkeltropfen. Duft stieg aus dem Grase, und der Himmel fand sein mildes Blau zwischen blendenden Wolken wieder.

„Begleiten Sie mich nur", sagte der Alte, „wenn Sie nichts Besseres vorhaben. Es soll mir lieb sein, denn ich bin kein guter Unterhalter, zumal wenn ich arbeite – redet man aber nicht mit den Leuten, die zum Porträt sitzen, so bekommen sie leicht etwas Starres und Unnatürliches und geben dann uns die Schuld an dem fremden Zug, den sie in ihrem Gesicht finden."

Beim Näherkommen zeigte sich übrigens, daß das Schloß nicht so groß war, wie man nach der Parkperspektive und der dabei offenbarten Vorderansicht glauben mußte; wenn man aus der Ferne lediglich den Mittelbau zu erblicken vermutete und annahm, daß beide Flügel durch die Baumkulissen verdeckt seien, so wurde jetzt ein Irrtum klar: es gab gar keine Flügel. Zunächst wirkte dies gewissermaßen verblüffend, ja fast enttäuschend. Bei abwägender Betrachtung freilich stellte sich heraus, daß der Bau dennoch schön und harmonisch war, und daß nur die allzu großartige Anlage des Parks die Erwartung zu hoch gespannt hatte. Hierin allein lag der Widerspruch, wie er Claudio noch an keinem anderen Ort aufgefallen war. Aber man konnte es für symbolisch nehmen: wenn ein Fürst von Aldringen die Rolle eines Louis Quatorze spielen wollte, so mußte ein Mißverhältnis dabei herauskommen – es fehlten die Flügel.

Der alte Sedelmeier führte die Freunde durch eine Nebenpforte in einem engen, weißgetünchten Treppenhaus empor und ließ sie in seine Werkstatt eintreten.

„Endlich!" sagte Rose, die am Fenster gestanden hatte.

„Ich dachte schon, ihr wäret alle miteinander wegge-schwemmt worden!"

Der Raum war nicht klein, aber völlig kahl und wie das Treppenhaus weiß getüncht, das kühle Nordlicht ver-doppelte den Eindruck der Leere. Außer Anonimos Ar-beitstisch und seinem Schemel waren nur noch zwei Stühle vorhanden, sonst nichts.

Der Alte setzte sich sogleich, ohne ein Wort zu reden, und überprüfte seine Farbnäpfchen und Pinsel, indem er dies und jenes hin und her rückte oder aufnahm und be-trachtete.

„Ich weiß nicht", sagte Claudio und sah sich in dieser Kahlheit um, während Rose ihren Stuhl an eine Stelle schob, die auf dem Fußboden mit Kreide bezeichnet war, „ich weiß nicht, was in einem solchen Raum schwieriger ist: Malen oder Gemaltwerden! Gewiß würde ich als Modell schon nach einer Viertelstunde ein so trostloses Gesicht machen, daß man's der Nachwelt besser nicht überlieferte. Nein, hier müßte alles aufs liebenswürdigste eingerichtet sein, dazu bunte Zwitschervögel in einer Voliere oder in einem Alkoven ein Kammerquartett. Wenn ich nicht irre, so haben es die großen Malerherren der Renaissance derart gehalten, und sie wußten wohl, warum!"

Anonimo, mit seiner Palette beschäftigt, erwiderte nebenhin: „Eine alte Weisheit, aber weder bin ich ein Leonardo, noch wird Rose als Gioconda unsterblich wer-den – fürchte ich wenigstens."

„Das kann nur an Ihnen liegen!" sagte Rose lachend. „Denn ich finde – wenigstens nach dem Stich zu urteilen, den wir daheim haben – die Gioconda gar nicht so über die Maßen schön, wie man immer tut."

„In deinem Alter", sagte Anonimo, „bringt es wohl noch keine Frau übers Herz, eine andere schön zu finden!" Jetzt, da er in seinem eigentlichen Element war, erschien er viel schlagfertiger und geistesgegenwärtiger als ge-wöhnlich.

„Stellen Sie uns nur als rechte Gänse hin!" antwortete sie mit komischer Entrüstung. „Hab' ich aber nicht gehört, daß auch die Maler einander gern die Federn ausrupfen?"

„Nur so weiter!" sagte er zufrieden. „Denn das ersetzt uns die Zwitschervögel oder das Kammerquartett. Übrigens wär' es kein schlechter Gedanke, wenn die Herren gelegentlich hier musizieren wollten, wie?"

„Ich könnte jedesmal das Klavier in der Rocktasche mitbringen!" lachte Claudio.

„Bringe lieber einen Stuhl mit!" sagte Werner. „Denn so, wie es jetzt ist, muß einer von uns stehen!"

Claudio setzte sich schleunig. „Ohne Zweifel!" sagte er und blickte zu ihm auf. „Und das ist zu bedauern, aber was will man machen! Sicher gibt es im ganzen Schloß keinen Stuhl mehr, was meinst du?"

Werner sah ihn an und schwieg etwas zu lange. „Wahrscheinlich", meinte er dann, „verhält es sich so, daß hier nicht etwa ein Stuhl zuwenig, sondern ein Mensch zuviel ist. Es trifft sich aber ganz gut, denn ich habe ohnedies Briefe zu schreiben . . ."

„Und zwar dringende!"

„Wie stets!" nickte Werner und machte wieder einmal sein mephistophelisches Gesicht. „Nun, vielleicht bist du Manns genug, unsere Hausfrau zu behüten? Maler sollen gefährlich sein . . . !" Er nahm seine Mütze vom Fensterbrett und ging, freilich nicht ohne noch einmal recht spöttisch durch den Türspalt hereinzulächeln; Claudio tat, als ob er's nicht bemerkte.

Eine Weile blieb es still. Dann sagte Rose: „Sie dürfen mich aber nicht wieder so unentwegt und tiefsinnig anschauen wie neulich abends, es macht einen unruhig, zumal man nie wissen kann, was der andere sich dabei denkt."

Claudio sah weg. „Seien Sie mir nicht böse deshalb. Was ich dachte? Ach, etwas ganz Einfaches: In wessen Auftrag entsteht wohl dieses Bild?"

„Unser Freund Sedelmeier malt es aus reiner Freundlichkeit für mich selber; bleiben Sie sitzen, er liebt es
nicht, daß man ihm über die Schulter guckt, und es ist ja
auch erst halb fertig. Letzthin hat er die Prinzessin Karoline gemalt, sicher werden Sie das Bild bei Gelegenheit
zu sehen bekommen, es ist ganz ausgezeichnet, besonders
wenn man überlegt, daß die Prinzessin doch wohl sehr
schwer zu treffen ist, finden Sie nicht? Der Ausdruck
wechselt bei ihr viel geschwinder und häufiger als bei den
meisten Menschen; aber Sedelmeier hat es fertiggebracht,
daß man diesen Wechsel ordentlich sieht, wenn man das
Bild nur lange genug betrachtet – allerdings muß man
dazu das Modell vielleicht so kennen und bewundern
wie ich."

„Bewundern?"

„Tun Sie's nicht?"

„Ich will's gerne tun, sobald ich einen Anlaß dazu
habe; einstweilen kenne ich sie ja kaum."

„Finden Sie sie denn nicht sehr hübsch und geistreich?"

Claudio wiegte den Kopf. „Ich habe gelernt, ein wenig
vorsichtig im Urteil zu sein. Gewiß hat sie einen sehr
lebhaften Geist."

„Und ich dachte, alle Männer müßten sich in sie verlieben! Wenn ich einer wäre, würde ich's bestimmt tun."

„Es scheint doch nicht so ...", antwortete er, „aber
ich will mich bei Werner erkundigen ..."

„Oh!" sagte Rose mit einer Stimme wie ein erstauntes
Vögelchen.

„Sieh nicht so nachdenklich aus!" sagte Anonimo
tadelnd. „Unterhalten sollt ihr euch!"

„Wir tun's ja!"

„Wahrhaftig? Ich habe kein Wort gehört. Mehr nach
rechts den Kopf!"

Als die sinkende Sonne die Bäume draußen allzu kräftig beleuchtete und der farbige Widerschein, der durch
das Fenster kam, störend wurde, legte der Alte den Pinsel aus der Hand, stand auf und betrachtete sein Werk

prüfend aus gehöriger Entfernung. „Du kannst gehen“, sagte er, „ich will noch den Hintergrund abstimmen, die weiße Wand hat jetzt ein wunderschönes Grau, wie man es selten trifft. Auf morgen also!“

Claudio begleitete Rose durch den Park.

Sie war fast so groß wie er, und in dem schönen Kleid mit dem weitgebauschten Rock, in dem sie sich malen ließ, erinnerte sie ihn an eine umgekehrte Tulpe, die sich – märchenhaft genug – von ihren Schwestern aus der Blumenkante entfernt hatte und lustwandelte.

„Warum lachen Sie?“

Er sagte es.

„Das ist freilich ein schnurriger Einfall, aber man könnte etwas daraus machen: ein Zauberballett in unserm Schattentheater!“

„Dann will ich den Prinzen spielen!“

„Welchen?“

„Der die Tulpenkönigin aus ihrer Verzauberung erlöst!“

„Ach“, sagte sie und zog die Stirne kraus, „tun Sie's lieber nicht, denn es versteht sich doch, daß alle die tanzenden Damen, wenn es ein Uhr schlägt, wieder zu Blumen werden müssen, und dann bleibt dem Prinzen einfach nichts weiter übrig, als aus Liebesgram zu sterben.“

„Nein!“ antwortete Claudio. „Das ist mir zu empfindsam und sterbeblau. Ich werde schon eine List erfinden, die die Tulpenkönigin vor der Rückverwandlung schützt!“

„Darauf bin ich nun neugierig!“

„Ich auch!“ sagte er. „Übrigens ist es gar keine Tulpe, glaub' ich, sondern eine Rose.“

Sie schwieg.

Werner war wirklich beim Briefschreiben, als Claudio nach Hause kam. Er blickte auf und sagte: „Das hat mir wohlgetan, endlich einmal ein stiller, in sich gekehrter Nachmittag voll innerer Sammlung!“ Und – wahrscheinlich als Folge der inneren Sammlung – ergriff er statt der Streusandbüchse das Tintenfaß und goß es mit schönem

Schwung über das beschriebene Papier. Die Wirkung war erheblich. Sie suchten die schwarze Flut, die schon vom Tische zu tropfen begann, mit den ungeistesgegenwärtigsten Mitteln einzudämmen – es gelang nicht, die Türe wurde aufgerissen, Rose zu Hilfe gerufen. Rose jedoch, wiewohl sie nur durch den Flur von der Stätte des Unglücks getrennt hauste, war eben dabei, sich ihres Staatskleides zu entledigen, und deshalb nicht in der Verfassung, sogleich auf der Bildfläche zu erscheinen; die Hilfeschreie wurden jedoch so dringend, daß sie ein ernstliches Unglück vermutete, sich schleunig in ein großes Bettlaken hüllte und in diesem mehr überraschenden als genügenden Anzug herbeistürzte, indem sie einen unglaublich langen Leinwandstreifen hinter sich her zog, um den Verwundeten damit zu verbinden. Der Leinwandstreifen war boshaft genug, sich irgendwo festzuhaken, Rose blieb hängen, das Bettlaken wurde zu einem bedenklich großen Teil beiseitegerissen, Rose kreischte, und Jeremia, das Waldhorn in der Hand, stürzte die Treppe herauf, da er seine Tochter zum mindesten von Mördern überfallen wähnte. Er sah gerade noch, wie sie in einem höchst merkwürdigen Auf- oder vielmehr Auszug in ihrem Zimmer verschwand, erblickte die Herren Schön und Werner schwarzbefleckt an Händen und Gesicht und rief: „Um's Himmels willen, was soll das bedeuten?"

„Dies", antwortete Claudio berstend vor Lachen, indem er die gespreizten Finger waagerecht in die Luft streckte, „ist endlich einmal ein stiller, in sich gekehrter Nachmittag voll innerer Sammlung!"

„Eine schöne Bescherung!" sagte Bollmus und klemmte das Waldhorn unter den Arm. „Ihr seht ja aus wie die Teufel – und Rose, ritt sie nicht auf einem Besen davon? Das Kostüm wenigstens war danach. Generalprobe zur Walpurgisnacht, wie mir scheint! Ach du lieber Gott, und heute abend hätten wir alle ins Schloß kommen sollen!"

Nein, das war nun durchaus unmöglich geworden. Jeremia, der einzige Hausbewohner, der sich für den Augenblick unter Menschen zeigen durfte, mußte hinüber, die Geschichte erzählen und den Besuch mit hundert Entschuldigungen absagen.

„Schwarz, wie sie sind, hätte man sie gleich für unser Theater verwenden können!" meinte Karoline. Indessen stellte sie eine Beileidsvisite für den Abend in Aussicht. Es war ein wenig Bosheit dabei.

Als Jeremia wieder heimkam, hatte sich zwar Rose völlig in Ordnung gebracht, aber die beiden anderen bemühten sich noch, ihre Röcke und Hosen einigermaßen instand zu setzen, was übrigens zum Glück und wider Erwarten gelang, da die Tinte bereits mehrmals mit Wasser verdünnt gewesen war. „Es wird aber doch Zeit", sagte Claudio, „daß die Koffer kommen." Werner knurrte eine unverständliche Antwort, seine Laune war nicht besonders gut.

Aber sie besserte sich, als man nach dem Essen ein Lichtlein durch den finsteren Park daherwandeln sah. Ein mondloser Sternhimmel stand wunderbar über allem. Herr Bollmus trat in die Haustür und hielt eine Laterne hoch. Karoline kam, von einem gravitätischen Lakaien begleitet, der den Geigenkasten und das Licht trug.

„Sie haben Kummer gehabt", sagte sie und ließ sich von Werner den Umhang abnehmen. „Es tut mir leid – nämlich daß ich's nicht mitansehen konnte." Werner erklärte, daß er sich allnachmittäglich mit Tinte begießen wolle, wenn nur daraufhin stets ein solcher Besuch ins Haus käme. Sie begannen zu musizieren, und er war entzückt von ihrem Spiel, in dem er etwas Zigeunerisches fand, freilich ohne es zu sagen. Claudio aber machte bei der etwas unnatürlichen Beleuchtung, welche die Noten erforderten, und die manchen Zug schärfer hervortreten ließ, eine Entdeckung; er bemerkte nämlich, daß ihm die dunklen, weder großen noch schönen, aber lebhaften Augen Karolines nicht ganz unbekannt waren: auch Frau von Klinger hatte solche Augen gehabt und einen ähnlichen Blick. Jetzt wurde ihm klar, weshalb er Karoline gegenüber, so liebenswürdig sie auch sein konnte, jenes fatale Gefühl hatte, für das er bisher keinen Ausdruck finden konnte; die Augen erinnerten ihn an zu vieles. Es war ihm fast lieb, daß er nun die Erklärung wußte, aber er blieb den ganzen Abend über doch recht gedankenvoll und zerstreut.

Rose war die einzige, die es bemerkte, und als Karoline samt ihrem Lakaien, dem Geigenkasten und der Laterne wieder von dannen gewandelt war, fragte sie ihn: „Sie sind heute nicht ganz so wie sonst. Fehlt Ihnen etwas?"

„Keinesfalls Tinte!" antwortete er mit dem Versuch zu scherzen. „Aber Sie haben recht, wenn mir auch nichts fehlt. Oder vielleicht doch? Ich weiß es nicht. Manchmal erschrickt man ordentlich, wie fremd das Leben ist – und plötzlich sieht es einen aus Augen an, die man kennt . . . Wo wohnt eigentlich der alte Sedelmeier?"

„Neben der Kirche. Weshalb fragen Sie?"

„Vielleicht möchte ich ein Bild bei ihm kaufen?"

„Sie antworten auf jede Frage mit einer anderen. Das bedeutet eine unleidliche Laune. Am besten wär's, Sie legten sich schlafen!"

„Ein vortrefflicher Einfall!" sagte Claudio. „Das werd' ich tun! Gute Nacht!" und ging die Treppe hinauf.

Der Mond war inzwischen gekommen, die Stube voll sanftem Silberlicht. Draußen lag es in geheimnisvoll schimmernden Tafeln auf den Dächern und flirrte im Laub, das ein süßer fliederduftschwerer Hauch bewegte. Claudio, atmend am Fenster, dachte: Ich bin heute nicht ganz so wie sonst, das ist wahr. Fang' ich vielleicht an, mich zu verlieben? Schon wieder eine Frage! – Ach, wie wunderbar ist die Nacht!

Als im Laufe der nächsten Woche die Koffer glücklich ankamen, war es gewiß nicht zu früh; Claudio hatte inzwischen immer überzeugter die Bemerkung gemacht, daß das Dasein eines wandernden Musikers auf die

Dauer nur für solche Naturen reizvoll sein könne, die keinen Wert darauf legten, bisweilen die Kleidung zu wechseln – ein Umstand (sagte er), welchen die Dichter mit einer geradezu erstaunlichen Regelmäßigkeit zu erwähnen vergäßen, wie sie denn überhaupt (soweit er sehe) lieber von den angenehmen Seiten des Lebens sprächen und (was doch entschieden zu mißbilligen sei) die unangenehmen gewissermaßen als nicht vorhanden hinstellen; wie anders aber verhalte sich's in der Wirklichkeit!

„Du solltest wieder einmal den Don Quijote lesen!" erwiderte Werner anzüglich. „Was hast du denn, alles in allem? Weißt du auch, daß du mit jedem Satz nörgelst?"

Claudio sah ihn nachdenklich an. Dann versprach er, sich zu bessern. Der Inhalt der Koffer, so bescheiden er war, stimmte ihn heiterer, und als er zum ersten Male wieder leichte Schuhe statt der Wanderstiefel tragen durfte, war er geradezu vergnügt.

Nun konnte Jeremia den Antrittsbesuch im Schloß anmelden. Claudio stieg in eine dunkelgraue Hose und einen dunkelblauen Schoßrock und knüpfte die Halsbinde mit Hochgefühl. Werner, ebenfalls feierlich gekleidet, ging um ihn herum: „Nur in einem so abseitigen Nest wie Aldringen", sagte er, „kann es jemanden geben, der dir jetzt noch den fahrenden Musikanten glaubt! Tu mir die Liebe und sieh nicht so selbstbewußt aus. Ach, was wäre der Mensch, wenn es keine Schneider gäbe. Stell dir das nur vor, Claudio, stell dir einen Hofball in Berlin vor – o Gott, die heiligsten Güter der Nation hängen doch am Kleiderbügel!"

Rose betrachtete die beiden, ehe sie, von Jeremia begleitet, weggingen. Sie bürstete noch ein bißchen an ihnen herum, nahm Claudios dunkelblauen Ärmel zwischen die Finger und sagte prüfend: „Das ist ein englischer Stoff. Da haben Sie was Dauerhaftes!"

„Man findet eben bisweilen Gönner!" beeilte sich Werner zu antworten.

„Und wie er sitzt!"

„Ja, unsereins hat gelernt, sich nach der Decke zu strecken, und so passen wir in jeden Rock." Er merkte aber deutlich genug, daß sie sich doch wunderte.

Es war um die Mittagszeit, und als sie das Schloß betraten, ließ sich gar nicht verkennen, daß es heute Sauerkraut geben würde, und zwar aufgewärmtes.

Nichtsdestoweniger nahm ein feierlicher Lakai die drei Besucher in Empfang – Claudio beschloß achtzugeben, ob es etwa immer der gleiche sei – und geleitete sie auf mehreren eindrucksvollen Umwegen in einen großen Salon, wo die Prinzessinnen und die Gräfin Loring so zwanglos aufgebaut waren, wie es eben möglich ist, wenn man einen Staatsbesuch erwartet.

Jeremia trat vor, machte drei elegante Kratzfüße und sprach einführende Worte. Die Herren Schön und Werner wurden präsentiert und von Linda, der älteren, sodann von Karoline mit freundlich zurückhaltendem Wohlwollen aufgenommen, während die alte Gräfin mehrmals ihr Lorgnon hob, das, weil es an einer Silberkette hing, die durch eine Öse glitt, stets ein Rasseln verursachte wie ein mittelgroßer Flaschenzug.

Nachdem die Unterhaltung, die nicht sehr unterhaltend war, schon weil die Besucher stehen mußten, lange genug gedauert hatte, verlor Karoline als erste die Geduld. „Ich denke, wir zeigen den Herren jetzt unser Theater!" sagte sie und erhob sich. „Kommst du mit, Linda, oder strengt es dich zu sehr an?"

„Ihre Durchlaucht Prinzessin Linda ist leidend", sagte die Loring zum Volke, „man muß darauf Rücksicht nehmen."

„Ich fühle mich aber heute recht wohl", wagte Linda zu erklären, sah indessen die Gräfin nicht an, um einem erstaunten Blick zu entgehen. Die Loring kniff die Mundwinkel ein und klapperte mit etwas, was sich später als ein Fächer erwies; es war geradezu merkwürdig, mit wie vielen unerwarteten Geräuschen sie sich zu umgeben verstand; Claudio mußte an das Gespräch vom Gruseln denken, das er in Wertenberg mit Werner gehabt hatte, und machte sich darauf gefaßt, daß sie demnächst auch noch mit den Gebeinen klappern würde. Im übrigen jedoch erinnerte ihn hier – trotz der Einsamkeit – glücklicherweise nichts an die Leere des Wertenberger Schlosses und dessen Frauenlosigkeit.

Man begab sich also – wiederum auf ziemlich verschlungenen Wegen – zum Theater, und Claudio hatte den Eindruck, daß in dem Salon, welchen sie verließen, nun schleunig die geblümten Kattunbezüge wieder auf die Polstermöbel gebracht wurden. Das Theater war ein kleiner Saal mit drei sehr großen Fenstern, durch die man die schönste Aussicht auf den Park hatte. In einer Schmalwand befand sich die winzige Bühnenöffnung, nicht größer als ein Tischblatt, die jetzt mit einem ordentlich gemalten Vorhang verschlossen war; unter der Bühne standen das Klavier und einige Notenpulte.

„Dies also ist unser Musentempel!" sagte Jeremia voll Stolz. „Wir veranstalten hier nicht nur Theateraufführungen, sondern auch Konzerte, da sich herausgestellt hat, daß der Raum, auch wenn keine Zuhörer da sind, eine sehr gute Akustik hat. Mit durchlauchtigster Erlaubnis würde ich Ihnen gern die Einrichtungen der Bühne vorführen, die zwar viel Mühe und Arbeit gekostet haben, dafür aber auch Effekte gestatten, wie man sie sonst nur im großen gewohnt ist."

„Tun Sie das nachher", sagte die Loring und rasselte schon wieder irgendwo, „es wäre zu anstrengend. Hat es nicht schon zwölf Uhr geschlagen?"

„Nur den neuen Regen!" bat Linda und ließ sich in der ersten Stuhlreihe nieder.

Jeremia verschwand also durch eine Tapetentür neben der Bühne; man hörte ihn geheimnisvoll herumwirtschaften, dann ging der Vorhang auf.

Man erblickte eine straff gespannte Leinwand, die jetzt von rückwärts, und zwar mit einem grünlichblauen und trotz der Tageshelle ziemlich starken Licht beleuchtet war. Die Kulissen und Versatzstücke, die sich nahe hinter der Leinwand befanden, zeichneten sich infolgedessen als scharfe Schatten ab. Es war eine chinesische Landschaft: zarte Baumgruppen, ein blumiges Flußufer, eine in schönem Bogen gespannte Brücke, auf der eine Frau stand, die einen offenen Schirm über der Schulter trug.

Claudio fand dies außergewöhnlich hübsch, und er staunte noch mehr, als es in dieser chinesischen Gegend, wenn auch nur schattenweise, zu regnen begann und die weibliche Gestalt mit den zierlichsten Trippelschritten die Brücke verließ.

„Nun?" fragte Karoline, während es unentwegt weiterregnete, „wie gefällt Ihnen das!"

„Es ist bezaubernd", antwortete Werner, „und wird bei Dunkelheit von noch größerer Wirkung sein!"

„Nach einiger Vorbereitung", sagte Jeremia hinter der Bühne, „kann ich es natürlich auch blitzen und donnern lassen, ja, in Zaubermärchen, wie wir sie gern bringen, regnet es zuweilen sogar von unten nach oben, wogegen dann freilich kein Schirm hilft."

„Bollmus!" sagte die Loring mit einer Stimme, die an ein schartiges Messer erinnerte. „Mit solchen Laszivitäten warten Sie gefälligst, bis die Prinzessinnen den Saal verlassen haben. Wie oft hab' ich Sie schon ermahnt!"

„Bitte tausendmal um Entschuldigung!" antwortete Jeremia, übrigens ziemlich keck und ohne jede Bestürzung. „Aber diese Naturwidrigkeiten sind ja zum Glück nur auf der Bühne denkbar, die Damen haben nichts zu befürchten."

Die Loring klapperte schrecklich. „Ich sehe schon", sagte sie, „dieser Regen wird sich noch zu einer Sündflut auswachsen, glauben Sie aber ja nicht, daß wir dann einen Platz in der Arche Noah für Sie frei halten."

Claudio stutzte. Der alte Drache schien Humor zu haben. „Die Hauptsache an der Sündflut bleibt schließlich die Friedenstaube!" sagte er, und die Loring setzte den optischen Flaschenzug in Bewegung und betrachtete ihn mit der Miene eines lächelnden Krokodils.

Irgendwie war sie wirklich gar nicht so übel, obgleich Claudio jetzt, da er sie in unmittelbarer Nähe und bei scharfer Seitenbeleuchtung sah, denken mußte, daß sie wohl zeitlebens nicht von Schönheit geplagt worden sei; auf ihrem hageren und faltigen Gesicht lag die Blässe des Alters, und die lange, aber ein wenig nach oben gebogene Nase hatte in der Tat etwas Krokodilisches, nur daß die schnabelartige Spitze gerötet war, was vielleicht zwar eine Pointe, aber keine Verbesserung des Ganzen bedeutete.

Von der Schloßuhr klangen zwölf Schläge und einer – sie erhob sich.

„Wir müssen gehen, es ist Zeit!"

„Ich komme sofort nach!" sagte Karoline.

„Nicht nach, sondern mit, wenn ich bitten darf. Bollmus ist heute besonders unmöglich, und ich will nur hoffen, daß die Herren sich kein Beispiel an ihm nehmen, man sieht über derlei nur bei Leuten hinweg – allenfalls –, deren sonstige Vorzüge nicht unbekannt sind. Hoffen wir also, daß nun endlich das Theater wieder in Betrieb kommt. Lassen Sie sich bei mir melden, Bollmus, wenn Sie mir deshalb etwas mitzuteilen haben."

Karoline zwinkerte Claudio schnell ein bißchen zu, dann bewegte sich der Aldringer Hof aus dem Gesichtsfeld, von den beiden Musikern mit Verbeugungen begleitet.

„Sind sie weg?" fragte Jeremia und steckte den Kopf aus der Tapetentür. „Was halten Sie davon? Ein Wunder!"

„Wieso?"

„Ist es Ihnen nicht aufgefallen, daß die Loring ,Herren' gesagt hat? Damit waren Sie gemeint, und es ist in ihrem Leben wahrscheinlich das erstemal, daß sie einen Bürgerlichen so betitelt. Sie müssen ihr über die Maßen gefallen haben! Um so besser!"

Claudio und Werner wechselten wieder einmal einen Blick.

„Sie haben aber gehört", fuhr Jeremia fort, „daß wir nun endlich Taten sehen lassen sollen."

„Es wird auch Zeit, denk' ich. Was werden wir aufführen?"

„Ich sagte Ihnen schon, als wir uns zum erstenmal begegneten, daß ich Molières ‚Don Juan' ins Deutsche übertrage; es macht mir viel Mühe, aber ich war in den letzten Tagen fleißig an der Arbeit und bin nun fertig. Das Ganze muß jetzt der Zensur vorgelegt werden, nämlich der Loring."

„Eins ist mir unklar", sagte Werner. „Wenn nämlich wir im Orchester sitzen – wer bewegt dann die Figuren und wer spricht den Text?"

„Sie unterschätzen meine Fähigkeiten!" erwiderte Bollmus lachend. „Das Wichtigste mache ich selbst, und für weibliche Rollen haben wir zum Beispiel Karolinens Zofe, die überaus anstellig ist, dazu kommen ein paar Bekannte aus der Stadt, der Lehrer und seine Frau und der Organist, ja sogar der Pfarrer hat schon mitgewirkt, besonders wenn es galt, eine arme Seele recht kräftig zu verdonnern, und diesmal wird er sich gewiß freuen, als Statue des Komturs den unverbesserlichen Sündenlümmel Juan zu packen: Donnez-moi la main! Das grollt im Französischen freilich wirkungsvoller als im Deutschen!"

„Bollmus, Sie sind ein Genie!" sagte Claudio.

„Nun, in meiner Weise bin ich's auch!" antwortete Jeremia stolz bescheiden. „Oder denken Sie, es wäre eine Kleinigkeit für einen gelernten Kutscher, Molière zu übersetzen?"

„Woher können Sie es?"

„Man war doch auch einmal jung und hübsch", sagte Bollmus mit einem zwinkernden, aber elegischen Blick in die Vergangenheit. „Das Beste, was sie sind, verdanken die Männer häufig den Frauen, die am wenigsten taugen. Der liebe Gott wird schon wissen, warum er das so eingerichtet hat."

Claudio rieb sich nachdenklich seine Nase.

Am Nachmittag waren er und Werner damit beschäftigt, aus dem ziemlich großen Notenvorrat dasjenige herauszusuchen, was sich allenfalls für die geplante Aufführung eignete. Vieles ließ sich einfach von Mozart übernehmen, da die Handlung durchaus ähnlich war. Bollmus legte noch die letzte Hand an seine Übertragung und hatte sich deshalb ins Wohnzimmer zurückgezogen.

„Ich hätte nie geglaubt", sagte Claudio, „daß du solche Dinge mit solchem Eifer betreiben könntest."

„Ja, es macht mir Spaß", antwortete Werner, „wie alles, wenn man nur in dem notwendigen Grade verliebt ist."

„Sieh einmal an! Bist du's denn?"

„Sehr, und der einzige, der mich in meinem Glücke stört, bist du."

„Ohne jede Absicht!" sagte Claudio, ehrlich erstaunt.

„Es genügt schon, daß auch du sie hübsch findest."

„Dafür kann ich nichts!"

„Ha – du findest sie also wirklich hübsch? Wie wär's, wenn ich dich ein wenig umbrächte, alter Heuchler?"

„Heuchler?" fragte Claudio. „Ich weiß nicht –"

„Er weiß nicht! Hast du nicht noch gestern oder wann zu Rose gesagt, daß du sie nicht hübsch fändest?"

„Rose?"

„Ach, wer spricht von Rose!"

„Ich! Und ich finde sie nicht nur hübsch, sondern beinahe schön, und je länger ich sie ansehe, desto schöner kommt sie mir vor."

„Rose?"

„Aber ja, zum Teufel!"

„Nun", sagte Werner und klopfte ihm auf die Schulter, „dann ist alles in Ordnung. Denn was mich betrifft, so meine ich gar nicht Rose. Ein Gescheiterer als du hätte das längst gemerkt."

„Nicht? Wen also?"

„Die Loring – wen sonst?"

Claudio schwieg eine Weile. „Höre", sagte er dann, „du wirst mir doch keine Dummheiten machen? Dummheiten zu machen ist mein Reservat. Deine Pflicht ist es, der Vernünftigere von uns beiden zu sein, und ich dächte, es könnte doch wahrhaftig nicht viel dazu gehören, vergleichsweise."

Werner seufzte. „Ich möchte ja weiter gar nichts, als einmal abends ganz allein am Fenster sitzen, ins Mondlicht hinausschauen und mit meinen Gedanken spazierengehen."

„Aber bei dem schrecklichen Trubel in Aldringen kommst du nicht dazu, wie? Wer hindert dich denn daran?"

„Du! Deine Gegenwart. Du liegst dann immer schon längst im Bett und schnarchst, und dabei kann man doch nicht –"

„Erstens schnarche ich nie!" unterbrach ihn Claudio. „Und zweitens kann man sehr wohl, wenn man nur hinreichend verliebt ist. Du hast nun einmal kein Talent zum Romeo, das ist der wahre Grund. Aber wenn du's für unbedingt nötig hältst, einsam ins Mondlicht hinauszuschauen, so will ich dich heute gern allein lassen."

„Wie mir heut abend ums Herz ist, kann ich doch jetzt noch nicht wissen!" antwortete Werner einigermaßen kläglich.

Gleich nach dem Abendessen erhob sich der Theaterdirektor Bollmus mit der Erklärung, daß er noch ein wichtiges Geschäft habe. „Ihr könntet euch unterdessen die Ouvertüre ein wenig ansehen!" sagte er und ging mit deutlicher Eile von dannen.

„Wann bist du zurück?" rief ihm Rose nach. „Nimm die Laterne!"

„Es kann lange dauern!" antwortete er. „Du brauchst nicht auf mich zu warten."

Kaum war er weg, so machte sich Werner stillschweigend aus der Stube; man hörte ihn die Holztreppe hinaufsteigen, aber nicht wieder herunterkommen.

„Da sitzen wir nun", sagte Claudio, „nennt man das auch eine Gesellschaft?"

„Wir wollen uns was erzählen!" sagte Rose.

„Gut, fangen Sie an!"

„Ich? Nein, aus Aldringen gibt es nichts zu erzählen. Aber Sie! Gewiß sind Sie weit in der Welt herumgekommen?"

„So ziemlich, ja."

„Und ich weiß noch nicht einmal, wo Sie geboren sind."

„Ist das so wichtig?" fragte er lächelnd, trat ans Fenster und schlug die Läden zurück. „Es ist heiß hier, oder scheint es mir nur so? Ach, und der Park, sehen Sie doch!"

„Ja", sagte sie vom Tische her, „der Anblick ist immer wieder schön, so oft man ihn auch hat, und heute zumal, da eben der Mond aufgeht."

„Das Schloß in der Ferne ist ganz aus bläulichem Silber. Man sieht es durchs Gitter, die Schmiedearbeit war noch nie so schön."

Rose trat neben ihn.

„Man sollte nicht in der Stube bleiben", sagte Claudio.

„Aber Werner?"

„Dem tun wir einen Gefallen, wenn wir ihn allein lassen. Nur schade, daß der Park geschlossen ist."

„Da ließe sich ja wohl helfen", antwortete Rose. „Aber Sie dürfen sich nichts dabei denken – ich wollte ohnedies hinübergehen."

„Bei dieser Nachtzeit?"

„Eben weil der Mond so hell scheint. Denn in völliger Finsternis wär's mir doch ein wenig kurios. Auf eine so schöne Mondnacht hab' ich schon lange gewartet. Nun trifft sich's endlich einmal und doppelt gut, da Sie mich begleiten."

„Das klingt recht geheimnisvoll", sagte Claudio neugierig.

„Ach, erwarten Sie nur nicht zuviel", erwiderte sie lächelnd. „Vielleicht täusche ich mich auch."

Nach dem, was Claudio gehört hatte, wunderte er sich nicht, daß Rose, am Parktor angekommen, den Schlüssel aus der Tasche zog. Das schwere Tor öffnete, drehte und schloß sich ohne Geräusch. Nun, da sie zwischen den weiten Rasenflächen und Blumenbeeten standen, war das volle Mondlicht fast blendend und schmerzhaft. Die Steingestalten warfen groteske Schatten von ihren Sockeln ins Gras wie schwarze Gewänder und standen in weißer Nacktheit da, umspielt von dem warmen, duftenden Hauch der Nacht.

„Ungefähr so", sagte Claudio und blieb vor einer Jünglingsfigur stehen, „muß es gewesen sein, als Luna sich über Endymion neigte. Allerdings hatte sie ihn vorher eingeschläfert, so daß der gute Junge die Ehre wohl nicht ganz würdigen konnte. Die Geschichte macht mich doch nachdenklich im Hinblick auf die Farbechtheit der weiblichen Tugend."

„Sie vergessen, daß es sich dabei um einen besonders schwierigen Fall handelte", meinte Rose, „denn schließlich war es ja Lunas anerkannter Beruf, tugendhaft zu sein, und sie durfte ihn nicht wechseln, oder die ganze Welt wäre in Unordnung gekommen."

„Das ist freilich wahr", sagte Claudio, „und ein fataler Zwiespalt. Ich werde ein Gedicht darüber machen."

„Sie machen Gedichte?"

„Weshalb nicht?"

„Warum haben Sie mir noch nie eins vorgelesen?"

„Vielleicht tu ich's morgen, es kommt ganz darauf an."

Sie hatten die weite Eingangsfläche hinter sich, kamen in den Baumschatten und in die Nähe des Pavillons, in dem Claudio die Begegnung mit Anonimo gehabt hatte. Er erzählte davon.

Rose hörte zu, dann sagte sie: „Ja, die Liebe ... !"

„Sonderbar: als ich den Alten in Italien traf, deutete man mir das gleiche an. Wissen Sie etwas darüber?"

„Niemand weiß etwas – auch er selber nicht, scheint's. Einmal traf sich's gerade, und er fing an gesprächig zu werden. Gewiß hätte er mir's gesagt, denn wir waren allein, und er mag mich gern. Aber da schloß sich der Vorhang vor seinem Gedächtnis, eben als ich hoffte, daß nun Figuren auf die Bühne treten würden, und das Stück war aus, noch ehe es begonnen hatte. Was tut's, es muß eine große Liebe gewesen sein, und weiter braucht man nichts zu wissen."

„Eine unglückliche!"

„Das versteht sich. Oder vielleicht: eine unerfüllte."

„Ist das nicht dasselbe?"

„Ich weiß nicht", sagte Rose, „das kann man immer erst beurteilen, wenn's einen selber trifft. Gehen Sie nur nicht zu schnell, wir kommen sonst gleich ans Schloß, und es ist noch zu früh."

„Sie wollen zum Schloß?" fragte er, wieder verwundert. „Gibt es dort keinen Hund?"

„Mich bellt er nicht an, ich hab' ihn aufziehen helfen. Übrigens läuft er nachts frei herum, erschrecken Sie nur nicht, wenn sich plötzlich etwas Schwarzes heranschnüffelt. Uns kennt er, wir gehören ja gewissermaßen zur Familie."

„Alles ist hier so seltsam."

„Ja, das kann man wohl sagen. Seltsam und melancholisch."

„Aber schön!"

„Das meinen alle", erwiderte Rose und blieb stehen. „Aber was nützt mir das?" Beinahe heftig sprach sie weiter: „Man möchte doch auch einmal wissen, wie das Leben ausschaut! Sie freilich sind vielleicht froh, daß Sie hier auf einer stillen Insel gelandet sind – aber wie lange? Eines Tages ziehen Sie Ihr Segel wieder auf und lassen sich davonwehen. Aber ich? Ich stehe da und winke. Ist das auch eine Aufgabe?"

Claudio schwieg.

Auf dem hellen Mondweg sahen sie einen großen

schwarzen Hund herbeitrotten, die Nase in der Luft. Rose ließ ihn nahekommen, rief leise aus dem Schattendunkel, er stutzte, lief schweifwedelnd vollends herzu, machte Claudios Bekanntschaft, ließ sich streicheln und ging dann wieder, nachdem man ihn freundlich dazu aufgefordert hatte.

„Ein sehr anständiger Hund", sagte Claudio. „Er drängt sich nicht auf, sondern läßt uns allein. Er will nicht stören."

„Hier gibt es nichts zu stören."

„Das kann man nicht wissen", sagte er, legte den Arm um sie und küßte sie, „jetzt zum Beispiel gäbe es etwas zu stören."

„Vorausgesetzt, daß nicht immer geredet wird!" antwortete Rose, biegsam und warm dicht bei ihm.

Niemals hatte er lieber gehorcht, und es blieb sehr lange still.

Der Mond stieg höher, der Schattenstreif wurde schmäler, und plötzlich fiel ein silberner Lichtstrahl in Roses Gesicht. Da sah Claudio eine Träne blinken und erschrak.

„Ich möchte aber", sagte sie und wandte den Kopf weg, „daß du mich liebst!"

„Weißt du nicht", fragte er, „daß ich deinetwegen hier bin?"

„Ach, Märchen!"

„Du kannst es freilich nicht wissen, aber es ist so!"

„Überhaupt? In Aldringen? Du hast mich ja gar nicht gekannt!"

„Schon lange! Hing nicht eine Bleistiftzeichnung von dir bei den Gespensterschwestern in Berlin? In die Zeichnung hab' ich mich verliebt, nicht in dich."

„Und deshalb bist du gekommen?"

„Ja."

„Schwör einmal!"

„Ich glaube", sagte er, „es ist das erstemal, daß ich bei einer solchen Gelegenheit ehrlich schwören kann."

„Oh!" rief sie und schüttelte ihn ein bißchen. „Da sieht man's!"

„Freu dich doch!" sagte er und küßte sie wieder. „Noch nie war ich einer Frau so treu wie dir!"

„Mit Unterbrechungen, scheint's!"

„Zugegeben – aber es ist doch ein gewaltiger Unterschied, ob man die Treue bricht oder ob man sie bloß unterbricht."

Sie seufzte. „In dem Punkt seid ihr Männer alle so scharfsinnig, daß ein armes Weibergehirn nicht mitkann. Nun, ich will noch einmal ein Auge zudrücken. Es ist aber das letztemal!"

„Drücke beide zu!" sagte er und nahm sie in die Arme. „Du bist so schön, wenn der Mond auf deine geschlossenen Augen scheint."

Wieder nach einer sehr gemessenen Zeit stutzte sie, da die Schloßuhr schlug. „Zehn? Nun sei vernünftig!"

„Fürs erste!"

„Komm!" Sie nahm ihn bei der Hand und führte ihn im Schatten vollends in die Nähe des Schlosses. Auf dem Rasenrand gingen sie, damit der Kies nicht knirsche. Die Vorderseite des Gebäudes schlief mit dunklen Fenstern im Mondlicht, im linken Trakt aber brannte noch eine Lampe im Erdgeschoß. Rose schlug einen Haken weit zwischen die Bäume hinein und hielt dann wieder gerade auf die hellen Fenster zu. Wo der Schatten aufhörte, blieb sie stehen.

Die Vorhänge waren nicht zugezogen. Sie erblickten ein friedvolles, jedoch immerhin unerwartetes Bild.

Zunächst nämlich die Gräfin Loring und Herrn Jeremia Bollmus, die – unbegreiflich genug – ohne jede Beachtung der Standesunterschiede nebeneinander auf dem Sofa saßen und in ein überaus angeregtes Gespräch vertieft waren – wenigstens sprach Bollmus aufs lebhafteste, und die Loring wollte sich ausschütten vor Lachen, ihre Korkenzieherlocken federten.

War dies schon merkwürdig genug, so gab es doch

noch anderes und Merkwürdigeres. Vor dem Sofa stand ein Tisch; man sah ihn freilich nicht, denn er war zu niedrig; aber man erkannte recht genau, was sich darauf befand, nämlich zwei Leuchter mit mehreren brennenden Kerzen, und zwischen ihnen zwei Gläser neben drei oder vier Burgunderflaschen; wie es schien, lagen außerdem noch Papiere da, denn Bollmus nahm gelegentlich ein Blatt auf und las mit theatralischen Handbewegungen daraus vor. Wesentlich öfter jedoch ergriff er sein Glas und trank der Loring auf so galante Weise zu, daß sie ihm Bescheid tun mußte, wozu sie sich offenbar ohne große Überwindung entschloß.

„Daher also das Abendrot auf ihrer Nase!" flüsterte Claudio und bekam einen warnenden Stoß.

Nach einer Weile stand Jeremia auf, stellte sich in die Mitte der Stube und spielte nach seinem Manuskript, das er in der Linken hielt, während er mit der Rechten gewaltig in der Luft herumfuchtelte, eine sehr dramatische Szene; obwohl man die Worte nur ganz undeutlich hörte, erkannte Claudio doch, daß es sich um nichts anderes als um die Begegnung Don Juans mit der Statue des Komturs handeln konnte, zumal Bollmus jetzt die Hand gebieterisch fordernd gegen das Kanapee ausstreckte: Donnez-moi la main! Danach freilich fühlte er sich von dieser Schauspielerleistung so angestrengt, daß er mit der gleichen Hand kurzweg die Flasche ergriff und eine gründliche Stärkung zu sich nahm.

„Jetzt wundert mich nichts mehr!" sagte Rose und zog Claudio fort.

„Du mußt es aber geahnt haben!"

„Das alte Krokodil, hättest du's für möglich gehalten?"

„Ihre Nase schien mir gleich verdächtig. Daß sie aber den armen Jeremia in den Strudel ihres Lasters hineinzieht –"

„Den Armen! Er machte keinen sehr verzweifelten Eindruck!"

„Schließlich – warum sollte er auch? Der fürstliche

Keller hat wohl noch ganz gute Jahrgänge. Ich gönn's ihm."

„Ach Gott, ja. Aber es ist doch wirklich toll. Ein- oder zweimal in der Woche ging er abends ins Wirtshaus, machte sein Spielchen und trank ein paar Glas. Seit einem Jahr oder so fiel mir auf, daß er bisweilen viel später als gewöhnlich und mit einem Mordsgerumpel nach Hause kam, wie das immer ist, wenn Männer besonders leise sein wollen, und am nächsten Morgen legte er sich ein nasses Tuch auf den Kopf. Allmählich kam ich hinter seine Schliche, und da haben wir's nun! Es ist klar: sie hat ihn verführt!"

„Der einzige Reiz, den sie noch hat, ist Burgunder."

„Du hast es aber gesehen: er säuft geradezu!"

„Sie auch", sagte Claudio tröstend. „Laß ihnen doch den Spaß!"

„Ein schöner Spaß!" erwiderte Rose mehr besorgt als zornig. „Soll das nun so weitergehen?"

„Einmal muß der Keller ja leer werden."

„Fragt sich nur, wer es länger aushält!"

„Am längsten die Loring, darauf will ich wetten."

Wider Willen mußte Rose lachen. Seine Art, die Dinge zu sehen, vertrieb ihre schlechte Laune. „Nein, wenn ich mir so vorstelle: das scheinheilige Biest! – Ist es denn nicht zum Tollwerden? Da siehst du aber, wohin man gerät, wenn man dazu verurteilt ist, lebenslänglich in Aldringen zu sitzen. Vielleicht werd' ich auch einmal so?"

„Bestimmt!" sagte er. „Und ich besuche dich dann und sitze neben dir auf dem Sofa!"

„Ach, Claudio!" sagte sie und fiel ihm um den Hals. „Es ist schauderhaft! Tröste mich, bevor wir zum Rotwein greifen müssen, denn dann ist es zu spät."

Irgendwann schlug es elf Uhr. Der Mond war inzwischen auf seiner sommerlich flachen Bahn weitergerückt und nahe zu den schwarzen Baumwipfeln herabgesunken, die Schatten deckten sich breit über alles, die silberne Helle wurde rostig und verlor den Schimmer.

„Horch!" sagte Rose und wandte den Kopf nach dem Schloß zurück. „Ging da nicht die Tür?"

Wo vor einer Stunde das Mondlicht den Weg erhellt hatte, lag jetzt Finsternis. Aber man hörte Schritte. Sie waren weder schnell noch besonders regelmäßig, im Gegenteil, es ließ sich behaupten, daß sie bemerkenswert unregelmäßig waren. Rose und Claudio hielten sich still, dort, wohin der Schatten eben noch reichte und wo die Parade der steinernen Götter begann, die jetzt, fast waagerecht beleuchtet, gespenstischer aussahen als vordem.

Jeremia nahte – und ging vorüber.

Wo das Dunkel aufhörte und die schöne Weite der Gartenanlagen sich bis zum Gittertor dehnte, blieb er stehen und betrachtete das Bild, das sich vor seinen Augen ausbreitete.

„Le théâtre représente une campagne!" sagte er in einem allerdings etwas berlinerisch gefärbten Französisch. „So wahr ich lebe, der fünfte Akt, wie er sich nicht besser denken läßt! Das wollen wir uns merken, Margarete, es sieht aus wie ein geistreicher Witz. Ist es auch. Wenn Bollmus witzig wird – hatten Sie etwas anderes erwartet?"

Plötzlich aber drehte es ihn ein wenig, er stammelte: „Holla, holla!" fing sich und erblickte ganz unvermutet den steinernen Jüngling, der bereits Claudio zu einigem Tiefsinn veranlaßt hatte.

„Wawas?" sagte er. „Du hier? C'est un spectre, je le reconnais au marcher! – Gespenst, Phantom oder Teufel, wer bist du?"

Das Gespenst war wenigstens insofern echt, als es die üble Gewohnheit aller Gespenster hatte, nicht zu antworten, sondern nur stumm und vorwurfsvoll dreinzublicken.

„Ich sehe schon", sagte Jeremia mißbilligend, „da kann einer wieder einmal seine Rolle nicht! Du hast auf meine Frage zu antworten: Don Juan – oder vielmehr:

Bollmus, deine Verhärtung in Sünden führt zu einem schrecklichen Ende! Na? Los! Nicht? Dann ..." Und während er der Statue den Rücken kehrte, murmelte er im Weitergehen ein Zitat, das er unmöglich bei Molière gefunden haben konnte.

Übrigens verhielt sich das Gespenst auch dieser Aufforderung gegenüber untätig. Jeremia wäre wohl andernfalls nicht wenig erschrocken.

Siebentes Kapitel

Obwohl die Gesellschaft in den nächsten Tagen viel beieinander war, erfuhr Herr Bollmus nicht, daß man ihn auf seinen Abwegen beobachtet hatte. Es wäre auch seinem Ansehen als Theaterdirektor abträglich gewesen, und gerade dieses brauchte er jetzt, da die Aufführung des auf so denkwürdige Weise zensurierten Stückes mit allem Fleiß vorbereitet wurde.

Anonimo hatte die Figuren fertiggemacht: den Helden in einer ganz löwenmäßigen Allongeperücke, Donna Elvira in einem riesigen Reifrock, die höchst beweglichen Diener, ferner Bauern und Bäuerinnen, nicht zu vergessen die Statue des Komturs, welche zwei Zoll über alle andern hinausragte und schon dadurch ihre furchterregende Unirdischkeit bewies.

Auch die Szenerie war fertig, nur mußte Anonimo geschwind noch für den fünften Akt ein neues Bild schaffen, für das Bollmus den Park mit dem Gittertor als Modell vorschrieb – eine Idee, die von Rose sehr gelobt wurde und von der Jeremia erklärte, sie sei ihm eines Nachts gekommen, während er, von künstlerischen Zweifeln geplagt, schlaflos im Bette lag.

„Gewiß war es eine Mondnacht!" sagte Claudio.

„Allerdings!" antwortete Bollmus und sah ihn nicht völlig ohne Mißtrauen an. „Warum fragen Sie?"

„Weil der Mondschein bei empfindlichen Menschen immer die Einbildungskraft anregt", erwiderte Claudio.

Jeremia nickte. „Das mag freilich wahr sein. Und deshalb will ich auch bei dieser Gelegenheit etwas ganz Neues machen, nämlich den untergehenden Vollmond selber ins Bild bringen, und alles soll magisch grün beleuchtet sein."

„Blau!" sagte seine Tochter.

„Blau? Wieso blau?" fragte er, abermals stutzig. „Der untergehende Mond ist niemals blau, das solltest du wissen."

Rose schien sich etwas zu denken, aber sie schwieg.

Die Rollen wurden verteilt und studiert, das meiste brauchte nicht auswendig gelernt zu werden, da man die Worte gewöhnlich ablesen konnte. Eines Abends versammelten sich alle zu einer großen Text- und Sprechprobe, aber der Pfarrer, der wirklich den Komtur bekam, beklagte sich bitter, daß man ihm so wenig und auch dies nur ganz am Schluß zu tun gegeben hatte.

„Das ist nun mal so", sagte Bollmus, harthörig gegen Beschwerden wie alle Theaterdirektoren.

„Was ist so?"

„Daß das letzte Stündlein sich am Ende des Lebens zu befinden pflegt – denn vorher wäre es ja nicht das letzte. Ihretwegen kann ich die Weltordnung nicht umstoßen, und dann bedenken Sie doch: wenn alle Menschen schon am Anfang ihres Daseins vom Teufel geholt würden, hätten die Pfarrer ja nichts zu tun!"

„Aber ich könnte den Sünder vielleicht schon früher, etwa im dritten Akt, durch einige wohlgesetzte Worte ermahnen, seinen Wandel zu ändern!" meinte der Pfarrer tatendurstig. „Es würde einen guten Effekt machen, ich verspreche mir viel davon."

„Ich nicht", sagte Bollmus. „Er ist zu hartgesotten, verlassen Sie sich drauf!"

Unterdessen erklang aus dem nebenan liegenden Zimmer die Musik, die Werner zusammengestellt hatte. Jeremia war der Meinung gewesen, daß außer Klavier und Cello eine Violine völlig genüge, aber Werner bestand auf einer zweiten Geige, und so hatte die jüngere Prinzessin herüberkommen müssen. Er begleitete sie später durch den Park zurück, freilich aber ging der Lakai mit der Laterne hinterdrein, obwohl man vielleicht beide nicht gebraucht hätte.

„Da haben wir's doch praktischer!" sagte Claudio, der mit Rose die beiden bis zum Gittertor begleitet hatte, und entwischte nun mit ihr an der Mauer entlang ins Freie, wo die Obstgärten sich in die Felder verliefen.

„Karoline sah glücklich genug aus", meinte Rose.

„Ja, es kommt auf die Ansprüche an. Der Bescheidene ist viel eher glücklich – aber was hat er schließlich davon!"

„Mit der Bescheidenheit hast du's freilich nicht!" sagte sie. „Ich denke manchmal darüber nach, woher es kommt, daß du mit allen Menschen so frei umgehen kannst. Du und Werner. Eure Vorgänger – ach du lieber Gott! Die erstarben alltäglich in Ehrfurcht."

„Wir kennen eben die Welt", sagte er, „die kleine und die große." Und dann, mit einem plötzlichen Einfall, von dem er nicht ahnte, wozu er führen konnte: „Du mußt wissen, daß ich in einer solchen Umgebung aufgewachsen bin, wenn auch nicht gerade mitten drin. Mein Vater war fürstlicher Jagdgehilfe in Wertenberg."

„Das ist aber weit weg."

„Ziemlich, ja."

„Und deine Mutter lebt noch?"

„Ja", antwortete er und bereute schon, daß er sich auf dieses Gespräch eingelassen hatte.

„Ach, ich möchte wohl auch einmal in die Welt hinaus!" sagte Rose. „Aber wie sollte das zugehen! Bisweilen denk' ich, das Herz müßte mir zerspringen!"

„Du darfst eben nicht zuviel denken."

„Ich muß aber doch", seufzte sie. „Wie wird das alles einmal werden!"

Claudio ging neben ihr auf dem Weg, und es schien ihm, als ob sie ihn mit ihrem Denken angesteckt habe.

Er hatte sie so mitgenommen wie eine schöne Blume – wunderlicherweise aber kam's ihm jetzt vor, als ob die

Blume Wurzeln schlüge. Daß sie in einem Hause miteinander wohnten, daß er sie still und heiter ihre tägliche Arbeit tun sah, daß alles so ordentlich war, daß sie auch bei den geringsten Verrichtungen stets ihre Anmut bewahrte und wie ein guter Geist durch den Dreimännerhaushalt ging – dies rührte ihn auf eine sonderbare Weise.

Sie kam ihm anders vor als alle Frauen, die er bisher gekannt hatte, und wenn er sich vorstellte, daß er einmal nicht mehr hier sein und ihr liebes Morgenlächeln nicht mehr sehen würde ...

„Es wird schon gut werden!" sagte er auf ihren vorigen Seufzer. „Der Sommer ist lang, laß mich nur überlegen – aber nicht eben jetzt, in einer solchen Nacht! Wenn sich die Menschen das Leben nur nicht schwerer machen wollten, als es ist!"

„Der Sommer?" fragte sie erschrocken. „Siehst du schon den Herbst? Ach, freilich, du darfst es ja, du. Vielleicht weißt du schon, wohin du dann gehen wirst?"

„Nein."

„Daß ich's doch fast vergessen hätte: vor ein paar Tagen hat jemand nach dir gefragt."

„Gefragt?"

„Ein Mann. Er wollte wissen, ob ein Herr Schön bei uns wohnt. Du warst aber nicht zu Hause, und er sagte, er wolle wiederkommen."

„Und?"

„Er ist aber nicht wiedergekommen. Nun, er sah aus wie ein Handwerksbursche. Vielleicht habt ihr euch einmal unterwegs getroffen? Es schien mir fast, als ob er eine Unterstützung brauchte."

„Möglich ...", sagte Claudio. Er hatte im ersten Augenblick an Klinger gedacht als den einzigen, der seinen Aufenthaltsort kannte – aber der sah freilich nicht aus wie ein Handwerksbursche. Gewiß hatte es nichts zu bedeuten. Immerhin ging eine Wolke über sein Gemüt, und wieder spürte er, wie schmerzlich lieb ihm Rose geworden war.

Sie durften sich nicht verspäten, und als sie sich dem Hause näherten, hörte Claudio gerade noch, wie der Pfarrer mit allzu lang verhaltener Leidenschaft den unseligen Don Juan in die Hölle hinabriß. Werner stand in der Tür und wartete.

Wenige Minuten später brach die Gesellschaft auf.

Die Freunde gingen in ihre Zimmer.

„Nun?" frage Claudio.

„Nun?" fragte Werner.

Und dann lachten sie, aber nicht so leichtmütig wie sonst.

„Mir scheint", sagte Werner mit dem Versuche, seinen früheren, überlegenen Ton wiederzufinden, „daß du nicht ganz vergeblich ausgezogen bist, das Gruseln zu lernen. Ja, auch das Abenteuern will gelernt sein, und man muß zusehen, daß man den Kopf aus der Schlinge bringt."

„Welchen Kopf aus welcher Schlinge?" fragte Claudio abweisend.

„Nun, dann nicht den Kopf, sondern das Herz, wenn's dir lieber ist."

„Bleibt noch die Schlinge. Es gibt aber keine, mußt du wissen, und wenn es eine gäbe, wär' ich auch damit zufrieden."

„So gefährlich ist es schon?"

„Höchst gefährlich! Das arme, liebe Ding. Das blüht nun so dahin und freut sich über jeden Sonnentag und jede Mondnacht. Sie rechnet ganz geduldig damit, daß wir – du und ich – im Herbst weggehen, seufzt ein wenig bei dem Gedanken, aber es kommt ihr nicht in den Sinn, daß es ja vielleicht auch mir schwerfallen könnte."

„So wird's wohl auch werden."

„Ich weiß nicht . . .", sagte Claudio.

Werner sah ihn erstaunt an, fast beunruhigt. „Das ist nun freilich eine Weise, die ich von dir noch nie gehört habe. Sitzt es so tief?"

„Sehr tief!" antwortete Claudio. „Ich bin nicht verliebt – ich liebe. Alles kam so selbstverständlich, es war,

als hätten wir schon lange aufeinander gewartet, und
daß wir uns nun endlich begegneten, ist nur das Ziel
einer langen Wanderschaft, wir sprechen auch nicht darüber, wir verstehen uns ganz. Wenigstens bilde ich mir's
ein. Und wenn du jetzt vielleicht irgend etwas dazu bemerken möchtest, so kannst du dir's durchaus sparen. Du
verstehst mich doch? Ich weiß schon selber, was ich zu
tun habe."

„Was nämlich?"

„Hm – ja – es wird mir wohl noch einfallen", antwortete Claudio. „Zum guten Ende aber will ich dir ein
Musterbeispiel an Diskretion zeigen: mich! Hab' ich dich
jemals gefragt?"

„Ich wüßte auch nicht, wonach!" sagte Werner mit
einem erbärmlichen Seufzer. „Das ist es ja!"

Bei allem Fleiß dauerte es doch noch zwei Wochen, bis
die Aufführung ordentlich vorbereitet war, zwei wunderschöne Wochen, die der Sommer dazu benützte, in
voller Pracht einzuziehen und den Aldringer Park in ein
Blumenparadies zu verwandeln. Claudio war nie glücklicher gewesen als während dieser Zeit, denn zum erstenmal fiel die Unruhe des Herzens von ihm ab. Was ihn
früher durch die Welt getrieben hatte, die Neugier nach
dem Leben, schwieg. Er glaubte, das Leben selber in Händen zu halten: Rose. Er dachte nicht mehr an Vergangenheit und Zukunft, die Gegenwart erfüllte ihn: Rose. Alle
seine Wünsche hatten sich in ihr versammelt, er war
glücklich, wenn sie bei ihm war, und glücklich, wenn sie's
nicht war, da er sich nun doppelt auf sie freuen durfte.
Er ging völlig in Sonne auf wie ein Schmetterling, der
mit gebreiteten Flügeln auf einer Blüte ruht.

Das Wunderlichste jedoch – auch wenn niemand es
sah – war Herr Bollmus, der die Geschichte still, aber
nicht eben sorgenvoll betrachtete. Hier hatte er Gelegenheit, weise zu sein, und er sagte das Weiseste, was er
überhaupt sagen konnte, nämlich nichts. Daß die beiden
sich liebten, hatte er schon frühzeitig bemerkt, glaub-

licherweise sogar eher als sie selber. Es erschütterte ihn nicht sonderlich, aber er nahm doch eine Prise, legte die Hände auf den Rücken, stellte sich ans Fenster und schaute ein Viertelstündchen lang nachdenklich in den Park hinaus und zum Schloß hinüber. Mancherlei ging ihm durch den Kopf, und schließlich trat er vor den Spiegel und fuhr mit der flachen Hand über eben diesen Kopf, um festzustellen, daß wahrhaftig nicht mehr die geringste Spur von einer Lockenpracht darauf zu finden war. Inwiefern dies etwas mit Rose und Claudio und mit seinem Nachdenken zu tun hatte, mag dahingestellt bleiben. Jedenfalls aber zeigte es, daß er die Entwicklung mit philosophischer Gelassenheit aufnahm und zu jenen Naturen gehörte, die eingesehen haben, wie wenig Sinn es hat, sich gegen den Lauf der Welt zu stemmen. Weshalb – dachte er – sollte ich's auch tun? Es ist eigentlich alles in Ordnung.

Daß er es in Ordnung fand, muß ihn in den Augen der Nachwelt ehren. Denn immerhin war einiges Wehmütige für ihn damit verbunden, so zum Beispiel, daß Rose mit einer allzu deutlich verdoppelten Sorglichkeit um sein Wohl bemüht war – sie tat's, weil sie glaubte, etwas verbergen zu müssen, und im Bewußtsein ihrer Kindespflicht, während sie es bisher – und dies war ihm angenehmer gewesen – einfach aus Liebe getan hatte. Manchmal hatte sie auch ein schlechtes Gewissen, und das gefiel ihm gar nicht, denn es war nicht notwendig, aber solange sie selber schwieg, konnte auch er nichts sagen, im Gegenteil, er mußte sich als zartfühlender Mensch und Vater dumm stellen, und dies ging ihm einigermaßen wider die Eitelkeit. Andererseits freilich machte es ihm ein zufriedenes Vergnügen, daß er doch gescheiter war, als andere Leute dachten, und daß er die Entwicklung der Dinge mit gespannter Seelenruhe beobachten konnte.

Derart also war die Gemütsverfassung des Leichenwagenkutschers und Theaterdirektors Jeremia Bollmus, als er eines herrlichen Morgens das Schloß betrat, um in aller Ruhe noch die letzte Hand ans Werk zu legen, weil abends die Aufführung stattfinden sollte.

Er stutzte, als er die Tür zum Theatersaal offen fand, da er keinen von seinen Mitarbeitern hergebeten hatte; er wünschte allein zu bleiben, denn er wollte heimlich noch eine besondere Überraschung einrichten: aus dem gähnenden Höllenrachen, in dem Don Juan zu schlimmer Letzt verschwand, sollten täuschend echte Flammen emporschlagen, eine Erfindung, die ihm erst kürzlich gelungen war und die jeder echten Hölle Ehre gemacht haben würde. Die Saaltür also stand offen; noch mehr jedoch wunderte sich Jeremia, als er Stimmen hörte und beim Eintreten die Gräfin Loring und den Lakaien gewahrte, der von jener offenbar irgendwelche Anweisungen entgegennahm.

„Ich hoffe, es ist alles in Ordnung?" fragte Jeremia nach gehöriger Begrüßung.

„In bester Ordnung!" antwortete die Loring.

„Daß Sie aber zu so früher Stunde –"

„Das hat nichts zu sagen. Es ist nur wegen der Stuhlbezüge, ich fürchte, sie werden allmählich schadhaft."

„In der Tat?" fragte Bollmus, noch immer erstaunt, denn als guter Hausvater hatte er die Stühle erst gestern daraufhin betrachtet.

„Man hat bisweilen so plötzliche Einfälle, die einen so lange plagen, bis sie sich als gegenstandslos erwiesen haben. Werden Sie uns auch eine schöne Aufführung zeigen, klappt alles? Aber das versteht sich wohl von selber!" Sie nickte ihm huldvoll zu und entfernte sich samt ihrem Trabanten.

Jeremia sah ihr mit einigem Kopfschütteln nach; dann machte er sich an die Arbeit und vergaß die kleine Begegnung bald genug. Die Höllenflammen züngelten in einer Weise, daß sie – seiner Meinung nach – auch dem abgebrühtesten Sünder Furcht und Schrecken einjagen mußten.

So gering der Anlaß auch sein mochte, der Tag verging doch mit einem gewissen Lampenfieber, das nicht nur Herr Bollmus, sondern auch die anderen verspürten, ausgenommen etwa der Pfarrer. Gegen Abend stiegen Wolken auf, und als Claudio mit Rose durch den Park nach dem Schloß wandelte, sagte er: „Ich glaube, wir bekommen ein Gewitter. Daran wird's liegen, daß mir den ganzen Tag über so sonderbar ums Herz war."

„Dir auch?"

„Ja. Es ist die Elektrizität der Luft, die sich schon lange vorher bemerkbar macht, ohne daß man weiß, weshalb man so unruhig ist. Da glaubt man wunder was geschehen wird und was sich Fürchterliches vorbereitet, derweilen ist es nur ein bißchen Blitz und Donner, und hinterher schimmert der Sternenhimmel doppelt schön. Sieh aber, wie festlich das Schloß in der Dämmerung leuchtet, sie haben sich große Mühe gegeben, das muß man sagen."

„Es kommen auch wenigstens fünfzig Zuschauer!" antwortete Rose. „Soviel haben wir noch nie gehabt, und ich will nur hoffen, daß alles in der besten Ordnung vor sich geht."

„Was soll da wohl fehlen? Ihr nehmt es aber auch gar zu wichtig!"

„Das Gewitter kann uns recht dazwischenfahren, und denke nur, was werden würde, wenn es in der Stadt plötzlich Feuer bliese – sie liefen uns alle davon! Ich kann mir nicht helfen, aber ich hab' ein dummes Gefühl."

Claudio meinte, vielleicht sei auch der ungewohnte Anblick des Schlosses schuld, das sonst um diese Zeit beinahe dunkel dalag, jetzt aber durch einige hell erleuchtete Fensterreihen viel größer, ja fast fremd wirkte.

„Es mag sein", antwortete Rose.

Außer Jeremia, Werner und Anonimo war noch niemand im Saal. Jeremia lief hin und her, sah zum zehnten Male nach, ob auch nichts fehle, war überall gegenwärtig und bei alledem geistesabwesend, wie sich's für eine richtige Premiere gehörte; in jeder Minute zog er die Uhr, vergaß sogleich wieder, was er festgestellt hatte und mußte also wieder nachsehen. „Wir wären beieinander", sagte er, „bis auf Karoline, die sonst immer die erste ist, hoffentlich hat sie keine Migräne, das fehlte mir gerade noch, aber – zum Donnerwetter, Sedelmeier, laufen Sie mir nicht immer zwischen die Füße, was haben Sie überhaupt hier zu suchen? Nichts! Setzen Sie sich gefälligst in die letzte Stuhlreihe und machen Sie mich nicht rasend! Allmählich, denk' ich, könnten die Zuschauer kommen, aber die lassen sich Zeit, um dann desto gewisser in die Ouvertüre hineinzurumpeln, ach, welcher böse Geist hat mich zum Theaterdirektor werden lassen!"

Nun jedoch begann sich das Theater langsam zu füllen. Herr Bollmus verschwand mit seinem Gefolge durch die geheimnisvolle Tapetentür, die Musiker nahmen ihre Plätze ein – bis auf Karoline, die noch immer nicht erschienen war. Bollmus sah jeden Augenblick durch das Löchlein in der Tür, aber der Stuhl der zweiten Violine blieb unbesetzt. Er überlegte bereits, ob er nicht jemand nach ihr schicken sollte, zog wieder die Uhr zu Rate, mißhandelte einige Schattenfiguren, die ohne eine Spur von Lampenfieber bereits auf der Bühne herumstanden. Die kunstsinnige Gemeinde von Aldringen schien jetzt vollzählig versammelt – nur der Hof fehlte noch.

Jeremia fing an zu schwitzen und seine Sünden zu überdenken; es war ihm nicht viel anders zumute als seinem Helden im fünften Akt.

Die Uhr zeigte bereits eine Viertelstunde über die angesetzte Zeit – Bollmus geriet schon in eine ziemlich selbstmörderische Stimmung –, da endlich öffneten sich die Flügel der mittleren Saaltür, welche dem Hof von jeher vorbehalten war. Zwei Diener mit Kerzenleuchtern erschienen – eine vollkommen neue Erfindung –, stellten sich rechts und links auf, und, während sich das Publikum und das Orchester ehrfurchtsvoll erhoben, traten ein: erstens die Prinzessin Linda, zu deren rechter Seite eine ältere, unbekannte Dame schritt, und zweitens Karoline mit der Gräfin Loring. Die Aldringer Damen waren mit ungewöhnlicher Feierlichkeit gekleidet, während die Fremde ein schlichtes schwarzes Seidenkleid trug.

Dies alles war überraschend genug und hätte seine Wirkung gewiß nicht verfehlt, wäre es nicht in eben diesen für die Geschichte Aldringens großen Augenblicken dem Klavier eingefallen, einen mehrstimmigen Seufzer von sich zu geben, welcher klang, als wenn jemand sich auf die Tasten setzte. Er war zwar leise, aber man vernahm ihn doch, und seiner ganzen Art nach konnte er die Stelle der hier vielleicht angebrachten Fanfarenstöße unmöglich ausfüllen.

Der fremde Besuch wurde zum mittelsten Stuhl der ersten Reihe geleitet und alle nahmen Platz, mit Ausnahme Karolinens, die noch anderthalb Schritt machen mußte, bis sie zu ihrem Sitz im Orchester kam.

Die Loring – ihre Nase war stark gepudert – nickte. Werner klopfte mit dem Violinbogen an die Geige und hob ihn, die Ouvertüre begann.

Wahrscheinlich lag es an dieser doch recht geheimnisvollen Überraschung, von der niemand etwas geahnt hatte, und an der dadurch verursachten seelischen Gespanntheit – jedenfalls verlief der Abend so, daß das Orchester nie temperamentvoller gespielt, die Leute hinter der Bühne nie besser gesprochen und die zierlichen Figürchen auf der Bühne sich nie anmutiger und natürlicher bewegt hatten als heute. Es wurde eine wahre Fest- und Galavorstellung, und als nach dem dritten Akt die große Pause kam und die beiden Diener – was auch noch nie der Fall gewesen war – Erfrischungen herumreichten, zeigte sich die fremde Dame von dem Gesehenen dermaßen entzückt, daß sie mit Linda ein paar Worte wechselte, worauf Linda wiederum mit der Loring ein paar Worte wechselte, worauf die Loring das Orchester und den voll unbezähmbarer Neugier aufgetauchten Bollmus herbeiwinkte und zu der Fremden sprach:

„Dies, Durchlaucht, ist unser vortrefflicher Theaterdirektor Bollmus, welcher nun die besondere Ehre haben wird, Ihrer Durchlaucht der Fürstin von Wertenberg die Mitglieder des Orchesters vorzustellen."

Während Karoline unauffällig auf die Seite des Hofes trat, machte Jeremia die tiefste Verbeugung seines Lebens und sagte:

„Meine Tochter Rose!"

Ihre Durchlaucht nickte huldvoll.

„Monsieur Werner!"

Ihre Durchlaucht nickte wiederum.

„Monsieur Schön!"

Ihre Durchlaucht nickte zum drittenmal nicht minder huldvoll und sagte: „Wir kennen uns, wenn ich nicht irre?"

Monsieur Schön verbeugte sich.

„Ich kann Ihnen bei dieser Gelegenheit Grüße von Ihrer Mutter bestellen!" sagte die Fürstin mit einer ganz beispiellosen und geradezu lesebuchwürdigen Leutseligkeit.

„Hoffentlich geht es ihr gut ...", stammelte Herr Schön, offenbar zu Boden gedrückt von soviel Auszeichnung.

„Sehr gut, soviel ich weiß."

Damit war der Cercle beendet, das Orchester nahm wieder Platz, jedermann unterhielt sich vorschriftsmäßig ungezwungen, und Herr Schön gebrauchte des öfteren sein Taschentuch.

„Du siehst grün aus!" tuschelte er zu Werner.

„Das Gewitter!" antwortete Werner. „Geblitzt hat es schon, wenn uns der Regen nur nicht bis ans Ende der Welt schwemmt!"

Monsieur Schön lächelte, aber es war in Anbetracht der herrschenden Schwüle merkwürdig, wie gefroren dieses Lächeln wirkte.

Nach geziemender Weile ging die Aufführung weiter, jetzt womöglich noch mehr beschwingt, da man den hohen Besuch kannte. Alles gelang aufs beste, ja sogar der Himmel schien mithelfen zu wollen, denn das Gewitter, das so lange gedroht hatte, erwies sich als ein stimmungsvolles, aber harmloses Grollen, das zudem erst im fünften Akt wie auf Verabredung einsetzte und damit die Höllenfahrt Don Juans höchst effektvoll unterstrich.

Am Schluß entfernte sich der Hof auf dieselbe Weise, wie er gekommen war, durchwanderte erleuchtete Korridore und erreichte das große Speisezimmer, in dem eine Abendtafel gedeckt war.

„Meine liebe Linda!" sagte die Fürstinwitwe. „Hatte ich nicht recht sehr gebeten, meinetwegen keine Umstände zu machen? Ein Butterbrot und eine Tasse Tee – – und nun dieser Lichterglanz. Karoline! Können Sie das verantworten?"

„Wir benützen die Gelegenheit!" erwiderte Karoline. „Es ist die reine Selbstsucht! Denn wann kommen wir wohl sonst dazu, unser schönes Porzellan einmal herauszuholen? Wenn Sie nur recht lange hierbleiben könnten, Durchlaucht!"

Viktoria lächelte. „Es geht aber durchaus nicht. Sie wissen, daß ich nur einen ganz kurzen Abstecher gemacht und sogar mein Gepäck in F. zurückgelassen habe. Aber ich konnte doch nicht vorbeifahren, ohne den Ort noch einmal zu sehen, an dem ich als junges Mädchen so vergnügt war – mein Gott, wie lange ist das nun schon her, Ihre Eltern hatten damals eben erst geheiratet."

„Wenigstens morgen bleiben Sie noch! Sie müssen den Park sehen!"

„Ja, das müßte ich freilich . . .", antwortete Viktoria. „Vorhin, als ich ankam, war es schon halb dunkel. Aber unsere liebe Loring hat sich wahrhaftig als ein Muster an Verschwiegenheit erwiesen – habt ihr wirklich nichts gewußt, Kinder?"

„Nicht das geringste. Wir hätten die Aufführung ja auch unmöglich improvisieren können. Und woher sollte in der Geschwindigkeit wohl das Publikum kommen?"

„Ein allerliebster Einfall, dieses ganze Theater!"

„Es ist unser einziges Vergnügen und macht übrigens mehr Arbeit, als man denken sollte."

„Vollends das Orchester kann sich hören lassen", sagte Viktoria.

„Ja, damit haben wir diesmal Glück gehabt", antwortete Karoline mit der vollkommensten Harmlosigkeit. „Es sind anständige, gescheite Burschen, besonders Werner." Nichts konnte die Fürstin von dem gänzlichen Inkognito ihres Sohnes besser überzeugen als diese Bemerkung. „Der andere ist Ihnen bekannt?"

„Er stammt aus Wertenberg. Die beiden scheinen also noch nicht lange hier zu sein?"

„Seit ein paar Wochen erst."

„Bollmus", mischte sich die Loring ein, „hält auf Schön große Stücke."

„Dieser Bollmus", sagte Viktoria, „ist ein Kleinod, wenn auch ein komisches; wie sind Sie zu ihm gekommen?"

Das Gespräch ging weiter, die Fürstin erklärte sich bereit, erst morgen abend oder übermorgen zu reisen, und die Loring überlegte bereits im stillen, welches Programm man schicklicherweise für den nächsten Tag aufzustellen habe. Während sie damit beschäftigt war und Linda nach ihrer Gewohnheit still und freundlich dasaß, unterhielten sich Viktoria und Karoline immer lebhafter. Zweifellos bestand zwischen ihnen eine geistige Ähnlichkeit, hauptsächlich, was das schnelle und gewandte Hinüberwechseln von einem Gesprächsgegenstand auf den anderen betraf. Karoline hatte sich niemals glänzender entfaltet als an diesem Abend, und die Fürstin betrachtete sie mit wachsender Anteilnahme.

Am nächsten Morgen – Claudio und Werner waren noch nicht mit ihrem Anzug fertig und in einer recht bänglichen Gemütsverfassung – wurde vom Schloß herüber ein Brief für Monsieur Schön gebracht.

„Da haben wir's!" sagte Werner und ließ ihn sich

durch den Türspalt hereingeben. „Die Handschrift Ihrer Durchlaucht!"

„Wir?" fragte Claudio, der eingeseift vor dem Spiegel stand. „Ich! Denn dich wird es ja wohl nicht treffen. Ach du lieber Gott, hoffentlich schneid' ich mich nicht, ich könnte es gerade heute am wenigsten brauchen."

„Weshalb soll es nicht auch mich treffen? Mitgefangen, mitgehangen!"

„Lies vor!"

Werner öffnete den Umschlag. „Kurz und bündig!" sagte er. „Weißt du, was hier steht? ‚Monsieur Schön wird gebeten, sich um zehn Uhr bei mir einzufinden. V.' Was hältst du davon?"

„Einstweilen nichts. Was ich davon halte, kann ich erst hinterher wissen. Wieviel Uhr ist es? Schon neun?" —

Viktoria hatte den Tisch ans Fenster in die Morgensonne rücken lassen und war eben dabei zu frühstücken. Sie liebte dies in aller Behaglichkeit und Ruhe zu tun, und Claudio nahm es als ein gutes Vorzeichen, daß sie sich durch seinen Eintritt nicht stören ließ.

„Ich habe dafür gesorgt, daß wir allein bleiben", sagte sie und reichte ihm die Hand, die er küßte. „Es ist reizend hier, du hast dir einen hübschen Sommeraufenthalt ausgesucht. Da ist eine zweite Tasse. Wie, du hast schon – – ja, gewiß, aber der Kaffee ist wirklich gut, und nicht nur für Aldringer Verhältnisse. Setz dich mir gegenüber. Ich kann mich gar nicht mehr erinnern, wann wir zum letztenmal so gemütlich beisammen waren – und in so guter Laune. Wir sind wohl überhaupt ein bißchen aneinander vorbeigegangen, findest du nicht?"

„Meine Schuld!" antwortete Claudio, dem ein Stein nach dem anderen vom Herzen fiel. „Und ich habe dadurch mehr versäumt, als ich je nachholen kann."

„Du hast dir eine so nette Art angewöhnt, Liebenswürdigkeiten zu sagen. Früher warst du nicht so. Und nun bist du also hier. Zufällig?"

Claudio stutzte. „Nicht nur durch einen, sondern durch

mehrere Zufälle, wie das eben so geht, wenn man unterwegs ist. Aldringen scheint überhaupt die Eigenschaft zu haben, daß man zufällig herkommt."

„Darin liegt eine Frage versteckt!" sagte Viktoria. „Und da du der Sohn deiner Mutter bist, würdest du mir's ja doch nicht glauben, wenn ich behaupten wollte, daß ich ebenso zufällig hier sei wie du. Nein. Die Neugier plagte mich einfach. Du erinnerst dich, daß wir in Schönau von Aldringen gesprochen haben?"

„Sie waren damals so freundlich, es eine Drachenburg zu nennen, wenn ich nicht irre."

„Ja – und das hat deine Abenteuerlust gekitzelt? Denke dir nun das Entsetzen meines Mutterherzens bei dem Gedanken, daß du hier womöglich verschlungen werden könntest und daß ich die Schuld daran trüge! Da hast du den Grund für meine Reise. Ich habe sie ganz heimlich gemacht, weil ich dich nicht stören wollte."

„Woher wußten Sie aber –"

„Wie man das eben erfährt, nicht wahr", sagte sie mit dem deutlichen Bestreben, über diesen Punkt hinwegzuleiten, und Claudio dachte an Frau von Klinger, denn außer dem Minister war niemand unterrichtet gewesen.

„Ich hoffe, Sie haben sich inzwischen von der Ungefährlichkeit der Gegend überzeugt?"

„Denke dir: nein!"

„Nicht?"

„Es gibt ja schließlich nicht bloß alte Drachen …", sagte Viktoria. „Und dann fragt sich auch, wie lange du dieses wunderliche Abenteuer fortsetzen willst."

„Ja, das fragt sich allerdings", antwortete er mit einem Blick in den Park hinaus. „Ich weiß es nicht."

„Von meiner Seite hast du nichts zu befürchten – weshalb sollte ich dir den Spaß wohl verderben? Eigentlich, Konstantin, beneide ich dich. Du bist in dem Alter, in dem man sich dergleichen Einfälle erlauben darf, und weil du ein Mann bist, kannst du sie auch ausführen. Übrigens hast du hier eine recht angenehme Gesellschaft gefunden, wie mir scheint. Ich habe mich gestern noch ausnehmend gut mit Karoline unterhalten."

„Ja, sie ist ein gescheites Mädchen."

„Nicht wahr?"

„Für meine Begriffe fast zu gescheit. Auf die Dauer strengt das an."

„Auch Linda ist liebenswürdig, aber nicht ganz gesund."

Claudio sah seine Mutter an. „Ach so . . . !" sagte er. „Ja. Gewiß. Die Loring ist auch liebenswürdig, aber schon ein bißchen passée, finden Sie nicht?"

„Daß du auch alles immer gleich so ernst nimmst!" sagte Viktoria. „Man wird sich wohl einmal erkundigen dürfen. Ich kenne dich doch! Du nimmst mir's nicht übel, daß ich –"

„Wie käme ich dazu!" erwiderte er; es tat ihm leid, daß er sich so unumwunden ausgedrückt hatte. „Ihre Sorge läßt sich begreifen."

„Nun, Sorge ist nicht das richtige Wort."

„Wirklich?"

„Lieber Himmel, du bist doch in dem Alter – und daß Ferdinand noch heiratet, ist wohl ausgeschlossen, und dann –"

„Ich bitte sehr um Verzeihung, daß ich mich noch nicht nach seinem Befinden erkundigt habe."

„Du schiebst das Gespräch auf eine andere Bahn", sagte sie betrübt. „Aber wie du willst. Ich dachte nur –" Sie verstummte; Claudio schwieg ebenfalls.

„Ich hatte mir diesen Morgen so hübsch vorgestellt", begann sie schließlich wieder, „und nun ist da ein Mißton hineingeraten. Das wollte ich nicht, es tut mir weh."

„Man hat Sie offenbar falsch unterrichtet . . ."

„Ach, Claudio!" sagte sie und nannte ihn seltsamerweise bei seinem angenommenen Namen. „Manchmal ist mir wahrhaftig ein bißchen bange um dich. Das Leben vergeht so schnell – du glaubst es vielleicht nicht, denn du bist noch jung, aber es ist doch so." Jetzt blickte auch sie in den Park hinaus. „Das Schicksal geht Wege, die wir zwar nicht verstehen, auf denen wir ihm aber trotzdem folgen müssen. Du weißt doch, daß ich nicht zum erstenmal hier bin? Es ist schon lange her, ich war damals so alt, wie Karoline heute ist. Sie erinnert mich sehr an mich selber. Und wenn ich dich nun hier sehe, unter denselben Bäumen, unter denen ich damals gegangen bin, und vielleicht sogar mit denselben Träumen ... aber es sind eben doch Träume. Solange man sie hat, merkt man's nicht, und wenn man erst einmal aufwacht, sind sie schon vorbei. Das Dumme ist nur, daß gewöhnliche Träume sich wiederholen können – aber diese ... ach, Claudio, nein, die kommen nicht wieder, und das einzige, was uns bleibt, ist die Erinnerung."

Sie hatte das gleichsam für sich selbst gesprochen und schien seine Gegenwart vergessen zu haben. Er betrachtete sie mit heimlicher Verwunderung. Seit einiger Zeit hatte er den Eindruck, daß sie sich ihm jedesmal, wenn sie einander begegneten, mehr offenbarte – vielleicht, weil sie gar so einsam geworden war. Jetzt, da sie ihm in der Vormittagssonne gegenübersaß, lag das, was er an ihr das Zarinnenhafte zu nennen pflegte, nur noch wie ein Schleier auf ihr, eine Lebenshaltung, die sie bewahrte, weil sie es für ihre Pflicht erachtete – aber darunter kam eine Frau zum Vorschein, die einmal ein junges Mädchen gewesen war, und mit der er sich in diesem seltsamen Augenblick so tief verwandt fühlte wie nie zuvor, vollends jetzt, da sie nicht mehr sprach, sondern nur noch zurückdachte.

Von der Regenrinne herunter klang das Getrippel von Taubenfüßen und ein leises Gurren.

„Ich weiß es nicht ... !" sagte sie, ohne daß er sie verstand. „Man weiß ja immer erst hinterher, was richtig ist. Das ist das Unpraktische am Leben. – Wie? Ja, wovon ... richtig: ich fahre heute abend oder morgen früh wieder weg. Sag einmal, Konstantin – denn so irren werd' ich mich ja wohl nicht! – in wen hast du dich nun eigentlich wieder verliebt? Denn daß es bei dir einmal ohne dergleichen Herzlichkeit abgeht, glaub' ich nicht. Du brauchst mir aber gar nicht zu antworten. Wenn es weder Linda noch Karoline ist, so bleibt ja wohl nur noch diese hübsche Cellistin übrig. Das Rotwerden hast du dir also immer noch nicht abgewöhnt, wie ich sehe. Ist sie wirklich die Tochter eures schnurrigen Theaterdirektors?"

„Ja."

„Die Auskunft ist kurz und deutlich. Ich möchte dich etwas fragen."

„Ja?"

„Hast du jemals bemerkt, daß ich mich in deine Angelegenheiten mische?"

„Nein!"

„Ich habe auch jetzt nicht die Absicht, es zu tun. Daß ich's nur gestehe: es wäre mir lieber gewesen, du hättest dich für Karoline interessiert. Mir scheint aber, eure Gleichgültigkeit ist gegenseitig; also paßt ihr offenbar nicht zueinander, und da braucht man denn freilich kein Wort weiter zu verlieren. Oder?"

„Ich glaube nicht", sagte Claudio. „Kombinationen, auch wenn sie aus einem recht intriganten Gehirn stammen, sind nicht immer zutreffend. Aber es wundert mich doch, wie die Klinger eigentlich dahintergekommen ist."

„Da fragst du sie wohl am besten selber ...", antwortete Viktoria sehr gelassen. „Was du vermutest, mag wahr sein oder nicht. Mir jedenfalls ist es eine Freude, daß ich noch einmal hierherkommen konnte; denn die Welt ist wirklich sonderbar, Konstantin, und oft genug vollendet sich in den Kindern, was in den Eltern begann."

„Ich verstehe Sie nicht ganz ...", sagte er.

„Nein, das kannst du auch nicht – und ich will nicht darüber sprechen, du würdest sonst vielleicht meinen, ich möchte mich eben doch in deine Sachen mischen. Wann sehen wir uns in Wertenberg wieder? Gleichviel – du weißt, daß sich mit deiner Mutter ein vernünftiges Wort reden läßt. Und, Konstantin, bleib nicht allzu lange aus ...! Manchmal hab' ich eben doch Angst um dich."

Sehr gedankenvoll ging Claudio nach Hause.

„Du warst bei der Fürstin!" sagte Rose. „Sie will dich nach Wertenberg holen?"

„Nach – – mich? Was fällt dir ein!"

„Wahrhaftig nicht?"

„Soviel ich weiß, ist sie durchaus unmusikalisch", antwortete er lachend.

Er machte an diesem Vormittag noch einen Spaziergang mit Werner, sie hatten mancherlei zu besprechen und kamen nicht in der aufgeräumtesten Laune zurück. Beim Essen – es war der Tag, an dem der alte Sedelmeier zu Gast war – eröffnete ihnen Jeremia das Festprogramm, das die Loring bestimmt hatte: Gartenkonzert des Hoforchesters, romantisches Waldhornsolo des Herrn Direktors Bollmus, währenddessen Tee. „Was meinen Sie", fragte er Claudio, „ob unser hoher Besuch daran denkt, daß mein Knopfloch schon seit Jahrzehnten in einer geradezu grauenhaften Leere gähnt? Sie wissen, daß es höchst unschicklich ist zu gähnen, aber ich kann's einstweilen nicht verhindern ..."

„Sie könnte gewiß etwas dergleichen vermitteln", antwortete Claudio. „Vielleicht findet die Gräfin Loring eine Gelegenheit, in dieser Richtung –"

„Ja, so wird es gehen!" rief Jeremia entzückt. „Die Loring tut mir schon den Gefallen." Er blickte sinnend auf die bescheidene Tafelrunde, als ob er sich ausmale, wie sich wohl ein Orden in dieser Umgebung ausnehmen möchte. „Übrigens hab' ich noch eine Idee, und wenn Bollmus eine Idee hat, ist sie immer vortrefflich."

Niemand zweifelte daran, aber die Mitteilung schien auch keinen besonders zu erregen, und so behielt Jeremia seine Idee für sich. Es war eine etwas eigentümliche Stimmung, und jeder war mit sich selber beschäftigt.

Am Nachmittag zog Rose ihr schönes weißes Kleid mit der moosgrünen Schleife an.

„Es macht dich blaß", sagte Claudio, während sie zu dritt durch den Park und zum Pavillon gingen, „ich hätte dich lieber in etwas Bunterem gesehen."

„Ich habe nichts Besseres", erwiderte sie. „Das fehlte mir aber nun gerade noch, daß ich dir nicht gefalle!"

Ganz in der Nähe des Pavillons stand eine große Linde am Wegrand. Hier war der Teetisch gedeckt.

Die Musiker richteten sich ein, stimmten ihre Instrumente – sie stimmten sie nach einer halben Stunde des Wartens wieder, warteten weiter.

Endlich erklang verabredetermaßen Jeremias Waldhornsolo aus grüner Ferne überaus märchenhaft und sehnsüchtig durch die Parkeinsamkeit ..., wahrscheinlich dachte er an den Orden und hauchte deshalb seine ganze Seele in das gewundene Blech.

Es war das Zeichen dafür, daß die Damen sich auf dem Wege befanden.

Nachdem Bollmus seiner Sehnsucht gehörigen Ausdruck verliehen hatte und der große schwarze Hund als Vortrab unter der Linde eingetroffen war, begann das Trio. Claudio lächelte vor sich hin bei dem Gedanken, daß dies alles doch kurios genug sei und was wohl sein Bruder Ferdinand dazu sagen würde, wenn er's wüßte. Viktoria war eine ausgezeichnete Frau.

Der Hof also erschien. Karoline – die Diener hatte man zu Hause gelassen, weil man ungestört sein wollte – kümmerte sich um den Tee, goß ihn ein, bot Kuchen an, die erste Geige machte einen geringen Kicks, denn Werner hatte unerlaubt lange hinübergeblickt, aber natürlich bemerkte es niemand, nur Claudio und Rose warfen sich einen Blick zu; und gleich darauf runzelte Claudio die Stirn, denn es schien ihm, als ob das Klavier an den Aufenthalt in der frischen Luft (oder an der etwas feuchten Pavillonwand) nicht gewöhnt sei – ein Umstand, den man nicht in Betracht gezogen hatte und der, wenn es so weiterging, für die nächsten Stunden einen Kunstgenuß besonderer Art versprach. Aber der Himmel hatte

noch einmal ein Einsehen, nach einer Weile zeigte sich,
daß das Klavier die Stimmung leidlich hielt und seine
Umsiedlung nicht allzusehr verübelte. Soviel man vom
Pavillon aus feststellen konnte, blieb auch am Teetisch
die Stimmung erhalten, der Besuch war sogar in der
freundlichsten Laune. Selbstverständlich tauchte Bollmus
alsbald auf.

Etwa nach einer Stunde, und als die drei im Pavillon
mehr zu ihrem eigenen Vergnügen musiziert hatten, wobei sie die angeregte Unterhaltung am Teetisch kaum
störten, erhob sich die Fürstinwitwe und kam herüber.

„Sie machen mir eine rechte Freude", sagte Viktoria,
„aber Sie sollten sich auch ein wenig ausruhen. Ihrer
Tochter, Bollmus, wird eine Tasse Tee nicht schaden, was
meinen Sie? Für alle ist leider zu wenig Platz."

Rose folgte.

„Geben Sie mir den Arm, mein Kind", sagte die Fürstin, „ich bin ganz steif vom langen Sitzen; lassen Sie
uns ein paar Schritt in der Sonne hin und her gehen, das
wird mir wohltun, denn es ist doch kühl im Baumschatten."

Claudio sah ihnen nach, Jeremia warf sich in die Brust,
Werner zog den rechten Mundwinkel nach unten, wagte
aber nicht, die Bemerkung zu machen, die er auf der
Zunge hatte.

„Meintest du etwas?" fragte Claudio trotzdem.

„Nicht das mindeste", antwortete Werner, „höchstens,
daß Ihre Durchlaucht eine ungewöhnlich liebenswürdige
und kluge Dame ist."

„Es scheint so . . .", sagte Monsieur Schön.

Freilich reichte der Spaziergang nicht weiter, als man
einen Stein hätte werfen können, dann kehrten die beiden um und kamen an den Tisch zurück. Währenddessen
jedoch hatte sich vom anderen Ende des Weges her eine
Gestalt genähert, die sonderbar genug ausschaute und
deshalb ein gewisses Aufsehen erregen mußte: Anonimo.
Er war barhäuptig, aber seine weißen Locken wallten

herab auf die Schultern eines schwarzen Fracks, der ihm viel zu weit war und so lang, daß er fast bis auf die Absätze reichte. Unter dem Arm trug er das unvermeidliche Empfehlungsbuch und eine kleine Mappe.

„Großer Gott!" sagte Jeremia ziemlich erschrocken. „Wie hat sich der Mensch herausstaffiert, und wo hat er dieses Ungeheuer von einem Frack her? Und wandelt er nicht seines Weges wie eine Figur aus der griechischen Tragödie?"

„Wie kommt er überhaupt dazu?" fragte Werner.

Jeremia sah verzweifelt aus. „Meine Idee, mein guter Einfall von heute mittag! Aber ich wollte, daß er wie von ungefähr erschiene, in seinem romantischen Umhang und mit dem Schlapphut. Jetzt haben wir die Bescherung! Lassen Sie mich, ich muß dazwischenfahren und retten, was zu retten ist!"

Er ging dem Alten ein paar Schritt entgegen und fing ihn eben noch ab, bevor er allzu nahe an den Tisch gelangte. Die Loring saß stocksteif da, weiß bis auf die Nasenspitze, und runzelte die Stirn.

„Eine wahrhaft theatralische Überraschung!" sagte Bollmus mit außerordentlicher Munterkeit. „Durchlaucht sehen hier den bescheidenen Künstler, der unsere Stücke so vorzüglich ausstattet, indem er nicht nur die Kulissen, sondern auch die Figuren aus Pappe schneidet."

Anonimo lächelte nach seiner Gewohnheit halb ins Leere und verbeugte sich.

„Und nicht nur dies", fuhr Bollmus fort, „er malt auch die besten Miniaturen und fertigt Silhouetten mit einer Geschicklichkeit, wie man sie selten findet."

Der Alte, mit einer von seinen automatischen Bewegungen, hielt der Fürstin sein Empfehlungsbuch hin und sagte: „Es sind darin Anerkennungen von den höchsten Personen. Wieviel ist Ihnen Ihr Kopf wert?" Jeremia gab ihm einen gelinden Rippenstoß, aber er ließ sich dadurch nicht stören, sondern stand mit heiterer Hartnäckigkeit da und hätte noch mehrere von seinen For-

meln hergesagt, wenn sich nicht Karoline hineingemischt
hätte.

„Ein sehr lustiger Gedanke!" rief sie – auch sie übrigens um vieles zu munter, um nur über diese peinlichen
Augenblicke hinwegzukommen. „Wie wär's, wenn Sie
zur Erinnerung an Ihren Besuch in Aldringen einen Sche-
renschnitt machen ließen? Wir alle würden uns so darüber freuen!"

Die Fürstinwitwe hatte das Buch, das ihr der Alte hinhielt, langsam genommen und sich gesetzt. Sie blätterte
teilnahmslos darin, ja, sie blickte sogar über den Rand
hinweg ins Gras.

„Wenn Sie es wirklich wünschen ...", sagte sie. „Ist
es denn bei dieser Beleuchtung überhaupt möglich?"

Die anderen im Pavillon hatten inzwischen ihren Platz
verlassen und waren neugierig nähergekommen.

„Gewiß ist es möglich!" antwortete Karoline. „Er hat
schon unter viel schwierigeren Umständen gearbeitet!"
Sie schob dem Alten ihren eigenen Stuhl heran und
räumte das Teegeschirr ein wenig beiseite, so daß er seine
Mappe auf den Tisch legen konnte.

Während Anonimo sich setzte, die Mappe öffnete,
einen Bogen schwarzen Papiers und die Schere heraus-
griff, betrachtete er die Fürstin prüfend.

„Ein wenig nach rechts, wenn ich bitten darf!" sagte er.

„Wird es lange dauern?" fragte die Fürstin.

„Ich bin gleich zu Ende."

„Ist dies Ihr Beruf?"

„Zu dienen, ich bin eigentlich Maler, indessen nimmt
man die Gelegenheit, wie sie kommt, und morgen früh
wird die Dame gewiß wieder abreisen?"

Claudio betrachtete die Szene, die jetzt besonders wir-
kungsvoll wurde dadurch, daß ein Sonnenstrahl durch
das Laub und auf Anonimos Kopf fiel. Seine Augen
wanderten zu der Fürstin, und er fand, daß ihr Gesicht
noch nie so schön und eigentümlich groß gewesen war. Er
freute sich, daß es so festgehalten werden sollte.

Der Alte war in ein arbeitsames Schweigen versunken. Niemand sprach, um ihn nicht zu stören.

Mit einer zierlichen Schere schnitt er in das schwarze Papier, drehte es unablässig, blickte wieder auf und verglich die Ähnlichkeit.

Plötzlich, da er sich eben ein wenig vorgeneigt hatte, um die Form der Lippen genau zu erkennen, hielt er inne.

Ein paar Augenblicke lang blieb er so.

Dann sagte er leise und mit dem Ausdruck eines himmlischen Entzückens:

„Viktoria . . . !"

Die Schere klirrte.

Werner sprang hinzu und fing den Sinkenden auf.

Anonimo kam nicht wieder zum Bewußtsein; der Arzt, der nach einer halben Stunde eintraf, fand nichts mehr zu tun. Es war ein groteskes Bild, wie er auf dem Rasen lag, fast eingehüllt in den viel zu großen und langen Frack, das selige Lächeln noch immer auf den Lippen.

Und so wurde er ins Schloß getragen, in seine Malerwerkstatt, wo Roses Bild, bis auf wenige Striche fertig, neben den Farbnäpfen und Pinseln stand.

Werner blieb draußen an der Tür, damit niemand störe, Jeremia und Claudio bahrten ihn vorläufig auf, so gut es eben ging, mit einigen Brettern und Tüchern.

Nun, da man nichts weiter sah als den Kopf und das rätselvolle Lächeln, verlor sich alles Groteske. Es war um die Stunde, da die sinkende Sonne die Parkbäume und Blumenbeete mit feurigerem Glanz beleuchtete und der Widerschein die Kammer mit einer zarten Perlmutterfarbe erfüllte. Und dies: der hauchfeine bunte Schimmer über allem, das Lächeln, das Fenster mit der sommersatten Parklandschaft im späten Licht, war die Erinnerung, die Claudio mitnahm, als er den Raum verließ, um Anonimo niemals wiederzusehen.

Später saßen sie beim Lampenlicht an Jeremias Tisch, es wurde ein sehr betrübter und stummer Abend. So groß aber war die Achtung vor dem halb enthüllten Geheimnis, daß niemand wagte, auf jene sonderbare Begebenheit zurückzukommen.

Nur als Anonimo zwei Tage danach begraben wurde – sein Freund und Gönner Jeremia Bollmus fuhr ihn diesen letzten Weg – und schon alle Blumen, auch die von Linda und Karoline, auf der dunklen Erde lagen, brachte der Gärtner noch einen herrlichen Kranz aus weißen Rosen, in dem eine einzige farbig war, von einem verblichenen, gleichsam verklungenen Rosa.

Achtes Kapitel

Als der Hauptmann sich gerade zum Weggehen fertigmachte, begann es zu regnen. Der Tag hatte schon mit
Nebel begonnen, der das Wertenberger Tal ausfüllte und,
von einem kalten Herbstwind hin und her getrieben,
weder steigen noch sinken wollte; gegen Mittag aber
sammelte er sich zu Schwaden und kroch an den Bergen
empor, die jetzt ihre welkfarbenen Wälder enthüllten
und nur die Häupter noch wie in nassen Leintüchern
verborgen trugen; es wurde dunkler und sehr unfreund-
lich, schwere Wolken schlichen dahin, dann begann es
wirklich zu regnen.

Während noch der Hauptmann seinen Mantel zuknöpfte, läutete das kleine Telephon auf dem Nacht-
tisch. Er hob den Hörer ab.

„Stör' ich Sie etwa noch in Ihrem Mittagsschlaf?"
Das war Fräulein von Kirchberg.

„Ich war im Begriffe, nach Monrepos zu gehen."

„Es regnet aber!"

„Oh, mein Besuch kommt Ihnen diesmal ungelegen?"
fragte er enttäuscht.

„Durchaus nicht – heute ist das richtige Wetter, um zu
erzählen und dabei viel Kuchen zu essen. Aber Sie werden naß werden!"

„Ich glaube, es gibt Schlimmeres!"

„Aber es wäre nicht notwendig. Wenn Sie mich begleiten würden? Ich habe einen riesigen Schirm."

„Wo sind Sie denn?"

„Nun, hier unten bei der Schwester Pförtnerin; ich war in der Stadt und habe eingekauft."

„Sie sind im Hause? Weshalb sagen Sie das nicht gleich?"

Der Hauptmann ging hinunter, Fräulein von Kirchberg, in einer flaschengrünen Regenhaut, erwartete ihn unter dem Glasdach vor der Haustür. „Verzeihen Sie das Mißverständnis", sagte er, „aber ich bin noch immer kein Hellseher, wenn mir's in letzter Zeit auch manchmal fast so zumute ist. Unsere Geschichte begleitet mich auf Schritt und Tritt, ja sogar im Schlaf beschäftige ich mich mit den Gestalten, die hier so lebendig heraufbeschworen werden. Und merkwürdig: ich habe das Gefühl, daß ich ein ganz anderer Mensch geworden bin – oder doch zum mindesten, daß sich sehr viel in mir verändert hat. Man lernt die Welt mit besonderen Augen sehen."

„Sie erinnern sich doch an unseren Spruch ‚Was ist die Zeit'?"

„Seine Bedeutung wird mir erst jetzt klar. Man liest so gedankenlos über vieles hinweg."

„Nun, schließlich braucht ein Offizier kein Mystiker zu sein wie Angelus Silesius. Vielleicht wäre es gar nicht gut."

„Wahrscheinlich sogar! Trotzdem: wenn ich Sie ansehe –"

„So sehen Sie etwas sehr Nasses, ja. Aber wir können hier nicht bleiben, bis der Regen aufhört. Denken Sie nur, was mein Großonkel sagen würde, wenn er Ihre Gesellschaft entbehren müßte."

„Er wird sie bald genug entbehren müssen!"

„Ja, das tut uns sehr leid – aber bis dahin ist die Geschichte bestimmt zu Ende. Gehen wir!"

Sie händigte ihm einen in der Tat riesigen Regenschirm aus, der mit grauer Baumwolle bezogen war. Der Hauptmann spannte ihn auf und blickte sich ein wenig geniert um, dann aber, da weit und breit niemand zu sehen war, versteckte er sich entschlossen mit ihr unter dem ehrwürdigen Baumwolldach. „Ich muß dabei stets an das wunderschöne ‚Abenteuer im Walde' denken", sagte er, „Sie wissen doch: wie die Ameise, die Grille und das Johanniswürmchen unter dem großen Pilze Schutz suchen und von der Kröte hinausgeworfen werden!"

„Es waren noch eine Schnecke und ein Käfer in der Gesellschaft."

„Richtig! Das sind Bilder und Geschichten, die man nie vergißt. Claudios Verse hatt' ich vergessen. Wann er sie wohl geschrieben hat?"

„Die meisten zu der Zeit, die Sie gestern kennengelernt haben, und gleich darauf."

„Und dann?"

„Was?" fragte sie. „Soll ich Ihnen gar verraten, wie es weitergeht? Ich möchte wissen, wer je behauptet hat, die Männer seien nicht neugierig! Aber nichts da, Sie müssen warten, und zwar noch ziemlich lange, der Großherr aller Akten schläft um diese Zeit noch, und der Teetisch ist auch noch nicht gedeckt."

„Schade, daß es regnet", sagte er, „wir hätten eine Stunde im Park spazierengehen können!"

„Und der Tisch deckt sich unterdessen von selber?"

„Geben Sie mir Ihr Paket!"

„Nein, es ist unter dem Regenmantel besser aufgehoben, und außerdem würden Sie's zerdrücken."

„Wissen Sie auch", sagte er, „daß Sie jener Rose – der ersten – sehr ähnlich sehen?"

„Haben Sie sie gekannt?" fragte sie lachend.

„Ich kenne sie neuerdings, denn ich träume von ihr. Sie hatte freilich eine Biedermeierfrisur und Korkzieherlocken, aber jetzt, da diese grüne Regenkappe ihr Haar verdeckt und nur das Gesicht frei läßt, ist es mir immer, als wäre die erste der zweiten völlig gleich, oder umgekehrt."

„Das richtige Hexeneinmaleins! Übrigens hätt' ich Ihnen dermaßen faustdicke Komplimente gar nicht zugetraut. Sie wissen doch, daß die ältere Rose eine Schönheit war."

„Ja, und?"

„Alles, was recht ist!" sagte sie, wenn auch nicht sonderlich empört. „Ach du lieber Gott, ist das ein Wetter, nun fängt es auch noch an zu wehen – Zeit, daß wir zu unserem Pilz kommen!"

Monrepos lag verschlafen im grauen Nachmittag. „Herr von Kirchberg", sagte der Hauptmann, „hat eigentlich ein beneidenswertes Dasein: das schönste Haus im Umkreis, die hübscheste, stillste Wohnung, eine Arbeit, die ihm Freude macht, und wohl nur wenig Sorgen."

„Aber an die Einsamkeit denken Sie nicht."

„Ich würde es schließlich auf mich nehmen", antwortete er, „mit Ihnen einsam zu sein."

„Ich bin immer nur für ein paar Wochen hier, um nach ihm zu sehen." Sie waren an die Haustür gekommen, Rose kramte den Schlüssel aus ihrer Handtasche. „Was mach' ich nun mit Ihnen? Setzen Sie sich ans Fenster, es wird Sie gewiß interessieren, die Gedichte, die Sie einmal so sehr bewundert haben, in der Handschrift kennenzulernen; ich werde sie Ihnen aus dem Aktenstoß heraussuchen."

Sie begann den Tisch zu decken.

Der Hauptmann nahm das erste Blatt zur Hand. „Ist dies Claudios Schrift?"

Sie kam noch einmal und blickte ihm über die Schulter. „Ja."

„Sehen Sie doch!" sagte er und zog seine Brieftasche heraus. „Diesen Zettel mit Notizen – wer hat das geschrieben?"

„Zugegeben", antwortete Rose, „es besteht eine Ähnlichkeit. Ist es Ihre Schrift?"

„Gewiß!"

„Das erscheint mir nun nicht sehr geheimnisvoll, da Sie schon von jeher soviel Verständnis für Claudios Art hatten. Gleiche Naturen – einigermaßen gleiche Schriften."

„Trotzdem!" sagte er kopfschüttelnd. „Daß Sie aber die Parallele gar so bereitwillig ziehen! Claudio hat Rose sehr geliebt!"

„Allerdings ... daran hab' ich nicht gedacht!" antwortete sie und klirrte mit dem Porzellan, das sie geschäftig aus der Vitrine nahm.

Gleich darauf erschien Herr von Kirchberg.

Der Schatten (fuhr der Archivar in seiner Erzählung fort), den Anonimos Tod in diese Sommertage geworfen hatte, wurde wohl weniger dunkel, aber er verging nicht; alle trauerten herzlich um den Alten, und wenn er auch stets im Hintergrunde geblieben war, so fehlte er ihnen doch. Keiner brachte es fertig, von einer Fortsetzung des Theaters zu sprechen. Rose nahm ihr fast vollendetes Bildnis an sich, und Claudio bat sie nicht, es ihm zu schenken.

„Man braucht seine ganze Philosophie", sagte Jeremia zu Karoline, „um mit dem Laufe der Welt einverstanden zu bleiben."

„Dazu ist die Philosophie ja wohl erfunden!"

„Es wird auch notwendig gewesen sein! Wie war mir's zumute, als ich den guten Freund hinauskutschierte und mich am Ziele nicht umwenden und rufen konnte: ‚Steig aus, wir sind da!' Und diese Rede des Pfarrers, der immer wieder auf das Schattentheater zurückkam und nur knapp an der Statue des Komturs vorbeistreifte – er muß sich doch sehr in die Rolle eingelebt haben! Es ist mir alles recht nahe gegangen, das Gute wie das Schlimme, und weil das Wetter umzuschlagen drohte, spürte ich auch noch ein Reißen in den Gliedern – ach, langsam wird es Zeit, denk' ich, den ehrenvollen Posten in Charons Gefährt einem Jüngeren zu überlassen; es greift mich zu sehr an."

Er zerdrückte eine Träne und schob sich ein wenig Schnupftabak in die Nase.

„Ich kann's Ihnen nicht verübeln", sagte Karoline, „und es soll in Aldringen Leute geben, die der Ansicht sind, daß Ihre beiden Berufe nicht recht zueinander passen."

„Gesindel!" antwortete Jeremia verächtlich. „Ich weiß. Man hat es mir schon längst hinterbracht. Nun, meinetwegen mag sich jedermann selber hinausfahren, wenn ich ihm nicht trübselig genug bin, oder noch besser, er geht zu Fuß, da spart er die Kosten."

„Die Stadt wird Ihnen für langjährige treue Dienste eine kleine Pension bewilligen."

Bollmus, der mit ihr im Park spazierte, blieb stehen. „Oho!" sagte er verdutzt. „Ist es schon so weit? Ich nahm an, es sei ein rein grundsätzliches Gespräch."

„Sie haben es also nicht ernst gemeint?"

„Ernst oder nicht", erwiderte er mit einem Anfall von Theatralik, „dergleichen will überlegt sein, und man ändert sein Leben nicht von heut auf morgen. Schließlich hängt jeder an seinem Beruf, und was werden die Pferde dazu sagen? Es intrigiert jemand gegen mich, scheint's!"

„Unsinn!"

Aber Jeremia blieb mißtrauisch und gekränkt und bereute eine Zeitlang, daß er die Äußerungen getan hatte. Sogar bei der Philosophie fand er keinen Trost.

Eine Woche später ging ihm ein Licht auf, weshalb Karoline seiner Resignation so bereitwillig zugestimmt hatte. In aller Frühe nämlich kam der feierliche Lakai ins Palais Bollmus und bat Jeremia, demnächst im Schlosse zu erscheinen. Bollmus legte die Frühstückssemmel aus der Hand und schaute mit bewölkten Blicken in die Runde. „Sagt' ich's nicht: es intrigiert jemand gegen mich! Gewiß find' ich den Bürgermeister drüben, den widerlichen Kerl, und soll erster Klasse eingegraben werden. Daß mir nur nicht die Gäule durchgehen! Es wäre mir lieb, wenn ich einen Zeugen hätte. Begleiten Sie mich, Claudio? Wir markieren einen kleinen Gichtanfall und ich hänge mich bei Ihnen ein, so erscheint alles ganz natürlich."

Jeremia also kleidete sich dunkel und mit großer Sorgfalt, zugleich probierte er vor dem Spiegel eine leidende Miene, aber sie gelang ihm nicht recht, er sah aus wie das blühende Leben, und die paar Falten, die er in seinem Gesicht zuwegebrachte, wirkten mehr komisch als tragisch. Immerhin verstand er's, wenigstens in seinen Blick etwas Monumentales zu legen – und so betrat er das Schloß, zusammen mit Claudio.

Indessen schien Herr Bollmus die Bedeutung seiner Persönlichkeit doch ein wenig zu überschätzen – oder die anderen taten das Gegenteil, was in der Wirkung auf dasselbe hinauskam –, jedenfalls fand die Audienz weder im Rittersaal noch mit besonderen Zeremonien statt. Vielmehr saßen die Prinzessinnen und die Gräfin Loring ungezwungen beim Frühstück und waren in einer geradezu übermütigen Laune, was Jeremia innerlich aufs tiefste verletzte.

„Bollmüschen!" sagte Karoline. „So eilig wäre es ja nun nicht gewesen. Und wen haben Sie da mitgebracht? Soll er Ihnen Ihre Würden tragen helfen?"

„Ich bin leidend!" erwiderte Jeremia, und in seinem Ton lag ein schwermütiger Verweis. „Sosehr mich das durchlauchtigte Vergnügen erfreuen muß, sowenig vermag ich mich beklagenswerterweise daran zu beteiligen. Die Ereignisse, die Jahre, kurzum das Schicksal drängen uns langsam auf einen dunklen und trüben Pfad –"

„Heute ist er aber mit dem linken Fuß aufgestanden!" sagte Linda. „Indessen wäre es Ihre Pflicht, Bollmus, gewissermaßen als Hofbeamter sich dem heiteren Bild einzufügen, das Sie hier sehen!"

„Leider ist man auch nur ein Mensch!" antwortete er und betrachtete schmerzerfüllt den Frühling, der in Gestalt einer wenig bekleideten Nymphe an die Decke gemalt war.

„Was machen wir denn da?" fragte Karoline, die es in allen Fingern zu jucken schien. „Wissen Sie etwas, Loring?"

„Ich habe Ihnen", sagte die Loring zu Bollmus, „eine Eröffnung zu machen, welche –"

Jeremia nickte mit so viel Nachdruck, daß sie erstaunt innehielt.

„Wollen Sie sich nicht setzen?"

„Danke!" erwiderte er stark und männlich. „Das Schicksal soll mich stehend treffen!"

„Nun, wenn es weiter nichts ist!" sagte die Loring kopfschüttelnd. „Eine Eröffnung also. In Anbetracht Ihrer Verdienste hat Seine Durchlaucht Fürst Ferdinand von Wertenberg geruht, durch eine Kabinettsorder, die ich Ihnen hiermit auszuhändigen das Vergnügen habe, Ihnen den Titel eines Hofrats zu verleihen. Ich darf Ihnen zu dieser Ernennung meine herzlichsten Glückwünsche aussprechen – Herr Hofrat!"

„Ho –!" sagte Jeremia schwankend. „Halten Sie mich, Schön!"

Karoline hüpfte auf ihn zu, auch Linda gratulierte.

„Hofrat!" stammelte Jeremia. „Es hätte mich das Leben kosten können. Haben Sie gehört, Schön? Hofrat!"

„Nehmen Sie doch endlich das Dekret!" sagte die Loring, und noch niemals hatte ein Krokodil freundlicher ausgesehen. „Lesen Sie es selber!"

„Nehmen S i e es, Schön! Mir schwimmt alles vor den Augen, ich versinke!"

„Sie steigen!" sagte Claudio.

Bollmus faßte sich einigermaßen. „Ja, das tu ich, und zwar vom Bock herunter! Deshalb also, Durchlaucht, rieten Sie mir neulich dazu." Im Gegensatz zu seiner vorigen Betäubung fiel er in eine fieberhafte Gesprächigkeit. „Bollmus!" sagte er und breitete die Arme aus. „Du bist jemand. Du bist Hofrat. (So lange möcht' ich leben, bis der wertenbergische Hof mich einmal um Rat fragt!) Himmel, was ist schließlich ein Orden? Man kann ihn nur bei feierlichen Gelegenheiten tragen, im Alltag sieht's einem niemand an, daß man ihn hat. Aber ein Titel, aber Hofrat! ‚Guten Morgen, Herr Hofrat!' wird die

Bäckerin sagen, wenn ich ihren niederen Laden betrete, zu betreten geruhe …" Er stellte dies alles mit größter Lebendigkeit dar. „‚Wie haben Herr Hofrat geschlafen?' und ‚Guten Morgen zu wünschen, Herr Hofrat!' sagt der Barbier, ‚belieben Sie nur Platz zu nehmen, Herr Hofrat, ein Prachtwetter heute, und die Türkei scheint auch wieder friedlicher zu sein.' Und ich nehme Platz, und eine Fliege erdreistet sich, über meine hofrätliche Glatze zu laufen – lächeln Sie nicht, Schön, Sie gewöhnliches Volk, haben Sie eine Ahnung, können Sie sich in Ihrem bürgerlichen Gehirn auch nur annähernd eine Vorstellung davon machen, wie einem ist, wenn man jemand ist?"

„Hören Sie auf!" rief Karoline. „Ich ersticke vor Lachen!"

„Ha – und meine Tochter, was wird sie dazu sagen! Was wird sie sagen, wenn man sie fragt, wer ihr Vater ist? ‚Hofrat!' wird sie sagen, mit einem gespitzten Schnütchen, und sich dabei ein wenig drehen. Leider wird in Aldringen sie niemand fragen – wir müssen eine Reise machen, damit ich mich täglich ins Fremdenbuch eintragen kann, und der Wirt nimmt sein Käppchen ab –"

„– und der Kellner hält seine Hand auf!" ergänzte Claudio.

„Ich lege darauf weniger Wert", sagte Bollmus. „Apropos Reise – wäre es nicht angebracht, wenn ich mich persönlich nach Wertenberg begäbe, um meiner hohen Gönnerin, der ich dies zu danken habe, und Seiner Durchlaucht dem Fürsten meine submisseste Aufwartung zu machen?"

„Es wäre zu überlegen!" meinte die Loring.

„Hm –!" sagte Claudio in einem gewissen Zwiespalt.

„Eile hat es keinesfalls", bemerkte Linda, und Jeremia verstand den Wink.

Er brach somit seine Vorstellung ab, hielt noch eine wohlgesetzte kleine Rede, in der er sich bei den Damen für die Vermittlung einer so großen Ehre bedankte und empfahl sich samt seinem Begleiter in einer so elastischen und beflügelten Weise, wie man sie einem leidenden Manne nie zugetraut haben würde.

An der Tür, die ins Freie führte, stand der feierliche Lakai, und Bollmus, dem dies zum erstenmal widerfuhr, warf sich in die Brust.

„Ich gestatte mir, dem Herrn Hofrat meine ergebensten Glückwünsche darzubringen!" sagte der feierliche Lakai und hielt ihm die geöffnete Hand hin.

„Danke, mein Lieber!" antwortete Jeremia leutselig, schüttelte die Hand aufs herzlichste und ging hinaus. „Ein prachtvoller Tag!" fuhr er draußen fort, zu Claudio gewendet. „Kein Wunder schließlich, daß die Sonne einen Hofrat heller bescheint als andere Menschen! Übrigens, Schön, hätten Sie das erwartet? Ich nicht. Vielleicht, dacht' ich, wird bei Gelegenheit ein Hausorden vierter Klasse auf mich herabregnen, vielleicht auch gar nichts. Nun aber! Man muß sich dran gewöhnen, sag' ich Ihnen! Wie war mir, als ich vor einer halben Stunde diesen Weg kam, und wie ist mir jetzt? Nicht zweimal steigst du in denselben Fluß! behauptet jener griechische Philosoph, und er hat recht, erst heut kann ich ihn ganz verstehen."

„Ich freue mich mit Ihnen", antwortete Claudio.

„Sie waren mir stets ein lieber Hausgenosse", sagte Bollmus und umfaßte den Park mit einem ziemlich großartigen Blick. Obwohl er nicht weitersprach, merkte man, daß ihm mancherlei Gedanken durch den Kopf gingen – und daß dieser Kopf im Wirbel des Glücks offenbar etwas von seiner gewohnten Überlegenheit eingebüßt hatte, wenn er ihn auch höher trug als sonst. Sie wandelten langsam weiter, und am Gittertor fragte Jeremia: „Was halten Sie nun aber von meiner geplanten Reise nach Wertenberg?"

„Wenig", sagte Claudio, der darauf vorbereitet war. „Soviel ich weiß, wird dergleichen kaum erwartet."

„Soviel Sie wissen!" erwiderte Bollmus. „Was wissen Sie denn aber? In diesen Kreisen herrscht eine ganz andere Lebensart, eine Lebensart, von der Sie – nehmen Sie mir's nicht übel – sich nichts träumen lassen. Wie kämen Sie auch dazu! Jeder mag in seinem Bezirke leisten, was er nur kann, aber es bleibt doch sein Bezirk. Sie sind gewiß ein tüchtiger Musiker, indessen, was mich betrifft, so bin ich immerhin Hofrat geworden."

„Ich weiß es zu würdigen", sagte Claudio.

„Das hoff' ich!" entgegnete Jeremia und legte die Stirn in Querfalten. Die Hybris hatte ihn beim Genick, jener Hoch- und Übermut, von dem schon die antiken Tragödiendichter der Meinung waren, daß er zu nichts Gutem führe.

Sie waren inzwischen vor das Bollmusische Haus gekommen, aber Jeremia holte nicht, wie sonst, den Schlüssel aus der Tasche, sondern setzte den Türklopfer in Tätigkeit, und als Rose öffnete und ihn verwundert anblickte, sagte er: „Verzeihen Sie, Mademoiselle, wohnt hier vielleicht die Tochter des Herrn fürstlich wertenbergischen Hofrats Bollmus?"

Die Szene war groß. Jeremia begab sich danach ins Wohnzimmer und ging unablässig hin und her, um sein seelisches Gleichgewicht einigermaßen wiederzufinden; dann setzte er sich an den Sekretär und teilte dem Bürgermeister mit, was ihm widerfahren sei und daß er aus leichtersichtlichen Gründen sein Amt als Leichenwagenkutscher fernerhin nicht mehr versehen könne.

Übrigens hatte auch Claudio mehreres zu denken. Er war in den ersten Stock hinaufgestiegen, fand aber Werner nicht zu Hause. So blieb er am Fenster stehen, sah die Wölkchen über den Sommerhimmel segeln, und dies alles stimmte ihn freundlicher – Jeremia war nahe daran gewesen, ihm die Laune zu verderben. Ein jämmerliches Geschlecht, die Menschen! Ein langes Leben brachten sie vernünftig, ja beinah weise zu, und ein Titelchen warf sie um und ließ ihre schwächsten Seiten zutage treten. Nun, er wird sich wieder fangen (dachte Claudio) und, wie es scheint, nimmt er selber sich nicht völlig ernst.

Seltsam aber, daß Viktoria sich dermaßen für ihn verwendet hat, denn Ferdinand pflegt sonst sehr sparsam mit Titeln zu sein; sie muß ihm ordentlich zugesetzt haben; gilt nun diese Freundlichkeit den Aldringer Damen – oder etwa gar mir? Was soll man davon halten?

Aus der Küche hörte er Werners Stimme und sein helles Lachen und ging hinunter. Werner saß auf dem Schemel und schaute zu, wie Rose Salat putzte. „Claudio!" rief er. „Was ist uns widerfahren! Hältst du's für möglich, daß ein leibhaftiger Hofrat nun noch wandernde Musikanten in seinem Hause beherbergt?"

„Berufen Sie es nur nicht!" sagte Rose. Man merkte ihr die Verstimmung an. „Sie waren nicht dabei, als er mich vorhin in die Stube rief und mir gute Lehren gab. Er ist ganz närrisch, ich hab' ihn noch nie so gesehen."

„Das vergeht während des Mittagsschlafes", tröstete Werner.

„Wir wollen es hoffen", antwortete Rose, „aber ich kann's noch nicht recht glauben. Jede Minute tritt er vor den Spiegel, um sich zu vergewissern, wie ein Hofrat aussieht."

„Ja, da kommen wir freilich nicht mehr mit", sagte Claudio, und Rose begriff nicht, weshalb die beiden so lachten.

Vielleicht hatte Jeremia durch die offenen Fenster etwas von dieser Unterhaltung gehört, vielleicht aber hatte er die erste Überraschung bereits verwunden und sich selber ein wenig bei den Ohren genommen – jedenfalls war er während des Mittagessens viel vernünftiger, und seine laute Eitelkeit wich einer stillen Würde, die ihm zweifellos besser anstand; er hatte eine Flasche Rotwein aus dem Keller geholt, denn – man mochte sagen, was man wollte – es war doch ein hoher Festtag. Werner benützte die Gelegenheit und hielt eine kleine Rede, die Jeremia sichtlich wohltat.

„Ich habe mir die Sache überlegt", sagte er zu Claudio, „Sie mögen recht haben, es wird nicht notwendig sein, daß ich nach Wertenberg reise, ein entsprechend abgefaßter Brief tut dieselbe Wirkung."

Claudio atmete auf.

„Statt dessen aber", fuhr Bollmus fort, „ist mir ein Gedanke gekommen, den ich für besser halte. Ich möchte Berlin einmal wiedersehen!"

Werner war der erste, der die neue Gefahr begriff; er wechselte mit Claudio einen Blick und: „Berlin?" fragte er kopfschüttelnd. „Sonderbar. Die Berliner selber verlassen um diese Sommerzeit die Stadt und ziehen in ihre Landhäuser vor das Hallische Tor – und die Fremden wollen durchaus in die Hitze der Straßen! Ich würde bis zum Herbst warten."

„Sie kennen meine Gründe nicht", entgegnete Jeremia überlegen. „Da wir so gemütlich beieinander sind, darf ich Ihnen erzählen, was ich schon früher einmal kurz angedeutet habe. Meine Schwestern, diese ewigen Trauerweiden, haben mich seinerzeit nicht aufs liebevollste behandelt; sie waren auch dagegen, daß ich mich in Aldringen, wo mich nun einmal das Schicksal angetrieben hatte, verheiratete. Seitdem hab' ich keinen Gebrauch mehr von dieser Verwandtschaft gemacht; meine Frau, Gott hab' sie selig, war in dem Punkte anders und schickte den Jammertüten sogar einmal Roses Bild, denn sie wollte den Riß gerne wieder zuziehen. Vielleicht hätte sich's auch machen lassen, aber da kennen Sie Bollmus schlecht; auch ich habe meinen Stolz, und nicht erst heute, sondern von jeher. Meine Schwestern hätten es gar zu gern gesehen, wenn ihre Prophezeiungen eingetroffen wären und ich eines Tages als verlorener Sohn an ihre Tür geklopft hätte – wobei ich übrigens völlig dahingestellt sein lassen will, ob dann auch wirklich ein gemästetes Kalb vorhanden gewesen wäre. Indessen, man wird älter, das ist nicht zu leugnen, und der frühere Groll verraucht. Ich habe schon manchmal daran gedacht, den beiden die Hand zu reichen, nur fand ich nie recht die passende Gelegenheit. Jetzt ist sie da. Bollmus kommt nicht als verlorener Sohn zurück, sondern als Hofrat. Jetzt vergeb' ich mir nichts, wenn ich mich persönlich zeige. Ich will's gestehen, es mischt sich ein Tropfen süße Rache hinein, aber das ist gewiß keine Todsünde. So viel davon. Übrigens finde ich wohl noch eine ganze Reihe alter Bekannter in Berlin, die sich aufrichtiger freuen werden, mich wiederzusehen. Und also, sag' ich, ist der Plan zu dieser Fahrt nicht übel, zumal Rose mich begleiten wird!"

„Ich?" fragte Rose erschrocken.

„Hast du nicht oft genug lamentiert, daß du die Welt nicht kennst?"

„Ja, aber –"

„Da haben wir's!" sagte Jeremia deutlich geärgert, und er hätte sich noch tadelvoller geäußert, wäre nicht in diesem Augenblick der feierliche Lakai erschienen, um dem Herrn Hofrat mitzuteilen, daß heute abend wegen des glorreichen Ereignisses eine kleine Kammermusik im Schloß angesetzt sei. Bollmus antwortete, man werde pünktlich zur Stelle sein, und der Lakai bekam ein Glas Wein, um auf die Gesundheit des Herrn Hofrats zu trinken.

Kaum aber war er wieder weg, als die Reihe der Ereignisse sich fortsetzte – die Sterne tanzten an diesem Tag offenbar einen besonders mutwilligen Reigen. Denn eben wollte Claudio, dem am meisten daran liegen mußte, Jeremias Reise nach Berlin zu verhindern, eine listige Beweisführung anfangen, daß eine solche Fahrt keineswegs rätlich sei, als draußen Pferdegetrappel hörbar wurde und das Knirschen von Wagenrädern auf dem Kies, das vor dem Hause verstummte.

„Es hat sich wohl bereits herumgesprochen –", sagte Bollmus.

Rose stand auf und blickte zum Fenster hinaus.

„Vom Buchenhof . . .", sagte sie.

„Drechsler?"

„Ja."

Der Herr Hofrat erhob sich, winkte den anderen, daß sie sitzen bleiben sollten und ging hinaus, um den Besucher zu empfangen. Man vernahm eine laute Begrüßung und daß Jeremia den Gast ins Musikzimmer führte.

„Wer ist das?" fragte Claudio am Fenster. „Ein Kutscher, zwei sehr anständige Braune – die hab' ich in Aldringen noch nicht gesehen."

„Ein Bekannter", antwortete Rose, „von einem Gut in der Nähe." Sie machte sich eifrig ans Abräumen.

„Mir scheint", sagte Claudio, während Werner die Stube verließ, „daß dieser Besuch euch nicht gelegen kommt? Soll ich hinübergehen und deinen Vater wegrufen?"

„Ja nicht!" antwortete sie und klirrte mit dem Geschirr. „Mein Vater würde dir's sehr übelnehmen. Es ist ein gewisser Drechsler, das Gut Buchenhof gehört ihm. Jeremia schätzt ihn."

„Du sagst das in einem merkwürdigen Ton, Rose. Also schätzest du ihn weniger?"

„Ach, er ist mir gleichgültig – zum mindesten. Ein recht aufgeblasener Affe, wenn's drauf ankommt."

„Und er?"

„Was meinst du?"

„Hier stimmt etwas nicht", sagte Claudio mit hochgezogenen Brauen. „Du weichst mir aus!"

„Nun", antwortete sie mit einem plötzlichen Entschluß, „daß ich dir's nur gestehe – freilich stimmt etwas nicht. Er hat im vergangenen Winter beim Aldringer Bürgerball recht um mich herumscharwenzelt und dachte wohl wunder was er mir damit für eine Ehre antäte. Es mußte auffallen."

„Sieh einmal an!"

„Sei nur nicht gleich eifersüchtig, du hast wahrhaftig keinen Grund dazu. Ich kann ihn nicht leiden, das hörst du ja."

„Also wird mich niemand hindern, ihm den Schädel ein wenig einzuschlagen."

„Dazu hast du noch weniger Grund!"

„Das ist sein Glück, einstweilen!"

„Mach mich nicht noch aufgeregter, als ich so schon bin, ich bitte dich!" sagte sie, und – klatsch! – fiel ihr ein Steingutteller aus der Hand auf den Fußboden und zerbrach, und da sie sich beide bückten, um die Scherben aufzulesen, stießen sie mit den Köpfen gegeneinander.

„Au!" sagte Claudio und setzte sich zornig in den Lehnstuhl. „Also doch aufgeregt! In diesem Falle, scheint mir, ist Aufregung das Zeichen für ein schlechtes Gewissen. Und weshalb hast du ein schlechtes Gewissen?"

„Ich habe keins", erwiderte sie, ebenfalls nicht in der friedfertigsten Laune. „Der schöne Teller! Und wenn ich eins hätte, ginge es dich wohl wenig an."

„Oho!"

„Hab' ich dir vielleicht jemals deine Liebschaften vorgeworfen? Nicht einmal gefragt hab' ich danach!"

„Hast du ‚Liebschaften' gesagt?"

„Es war keine, tot umfallen will ich, wenn es eine war, aber auch wenn es eine gewesen wäre –"

„Ich sehe schon, ich muß den Kerl doch noch umbringen!" sagte Claudio. „Was will er von Jeremia?"

„Woher soll ich das wissen?"

„Mir ahnt Schreckliches!"

„Mische dich um's Himmels willen nicht hinein, Claudio; du kannst es nur noch schlechter machen, wenn wirklich etwas dabei ist – und wenn nichts dabei ist, braucht es dich nicht zu kümmern."

„Das wird sich zeigen!" sagte er, stand auf und ging vor das Haus, als wolle er die Pferde betrachten, obwohl ihm Pferde bis dahin recht gleichgültig gewesen waren.

Es dauerte nicht allzu lange, so trat Jeremia mit Herrn Drechsler ins Freie. Claudio sah einen recht gut gekleideten Mann seines Alters, der sich von Bollmus verabschiedete, in seinen Wagen stieg und davonfuhr, ohne Monsieur Schön überhaupt bemerkt zu haben. Eine Minute lang war Claudio im Zweifel, ob er wieder ins

Haus zurückkehren solle, denn wahrscheinlich gab es jetzt zwischen Bollmus und seiner Tochter ein Zwiegespräch, das auch für den Zuhörer die Lage klärte – selbst wenn dieser Zuhörer unbemerkt vor der Stubentüre stand. Dann aber schämte er sich des Einfalls und lief in den Park, um etwas wiederzufinden, was er dort bestimmt nicht verloren hatte, nämlich seine Gemütsruhe.

Mir scheint, ich bin eifersüchtig! dachte er. Das ist lächerlich, aber meine Ahnung sagt mir, daß ich recht habe. Übrigens sagt das die Ahnung wohl stets, wenn man eifersüchtig ist, ohne daß es deshalb wahr sein muß. Darin liegt das Wesen der Eifersucht. Sei aber vernünftig, Claudio. Du hast die arme Rose gequält wegen einer Sache, für die sie nichts kann. Und selbst wenn sie etwas dafür könnte – hätte sie alle die Jahre her auf dich warten sollen, ohne überhaupt von deiner Existenz zu wissen? Oder hast du vielleicht auf sie gewartet?! Recht brav gedacht, Claudio, aber doch allzu vernünftig! Was wird, wenn meine Ahnung richtig ist? Ich hätte ihm doch eins vor den Kopf geben sollen, dem Laffen.

Mit solchen und ähnlichen Überlegungen ging Claudio durch den Park, und sosehr er sich auch bemühte, ruhiger zu werden, es gelang ihm nicht. Die Vorstellung, Rose etwa gar zu verlieren, zeigte ihm erst, wie lieb er sie hatte, und auf diese Weise geriet er in einen rechten Wirbel, der ihn ruhelos hierhin und dorthin trieb, ohne daß er's beachtete. Alles war ihm zuwider: die Sonne schien zu heiß, aber der Schatten war zu kühl; er suchte nach einer Bank, aber als er sie glücklich entdeckte, hatte er keine Lust mehr, sich zu setzen; einmal dufteten die Blumen zu wenig, das andere Mal zu stark, und die Wege liefen entweder zu krumm oder zu gerade, gewiß aber niemals so, wie er es wünschte. Er geriet in Gegenden, die er noch nie gesehen zu haben glaubte – und an einer besonders unübersichtlichen Biegung hätte er, um ein Gebüsch herum, beinahe den Herrn Hofrat Bollmus über den Haufen gerannt, welcher ziemlich geröteten Gesichts und mit aufgeregten Bewegungen daherschoß und ein nichtvorhandenes Wesen mit Vorwürfen zu überhäufen schien.

„Ha!" sagte Bollmus und legte die Hände unter dem Schößchen seines grünen Spenzers zusammen, so daß er Ähnlichkeit mit einem wildgewordenen Zeisig bekam, der mit dem Schwanz wippt. „Sieh da, Monsieur Schön! Gut, daß ich Sie treffe. Natürlich, das läuft in des lieben Gottes Tiergarten herum, pfeift und freut sich seines Lebens. Aber nichts da, wir haben miteinander zu reden, Musjö, und Er wird mich ein Stück begleiten!"

Der hofrätliche Zorn verfehlte nicht, auf Claudio eine ausreichend komische Wirkung zu tun, und so fand Herr Schön augenblicklich einen Teil seiner Haltung wieder. „Es wird mir nur angenehm sein!" sagte er.

„Angenehm? Nun, das wird sich zeigen! Mir jedenfalls ist es nicht angenehm, das heißt, gewissermaßen doch, wenn auch –"

„Sie sind nicht in der besten Laune, Herr Hofrat?"

„Richtig!" sagte Bollmus, der drei Schritte gemacht hatte, nun aber schon wieder stehenblieb. „Er merkt doch auch alles! Ich habe Besuch gehabt!"

„Es ist mir nicht entgangen!" antwortete Claudio, der friedlicher wurde, je mehr Bollmus sich aufregte.

„Dann weiß Er wohl auch schon, was es mit Rose gegeben hat?" fragte Jeremia, dem dieser Ton keineswegs gefallen konnte.

„Nein", sagte Claudio, dem das bedeutsame „Er" des neugebackenen Hofrats, das er zunächst nicht gehört haben wollte, nun doch stark in die Nase stieg. „Aber ich hoffe es zu erfahren." Und dabei hatte er einen Gesichtsausdruck, der den zornigen Bollmus bei aller Aufregung verblüffte.

„Erfahren?" fragte Jeremia und ging weiter. „Allerdings, das sollen Sie, denn mir scheint, es wird Zeit dazu. Schön! Was Sie und meine Tochter anbetrifft, so hab' ich in den vergangenen Wochen ein Auge zugedrückt, manch-

mal auch beide, denn ich bin von Natur aus kein Wüterich und war auch einmal jung. Aber alles muß seine
Grenzen haben, besonders wenn es notwendig ist. Und
jetzt ist es notwendig. Wissen Sie, was geschehen ist, was
auf mein in Ehren ergrautes – oder vielmehr – nun ja –
Haupt gekommen ist? Rose hat rebelliert! Gegen mich!
In dieser Stunde! Was sagen Sie jetzt?"

„Bravo!" sagte Claudio.

„Daß ich mich nicht vergesse!" entgegnete Jeremia, und
es grollte aus ihm wie aus einer Meereshöhle, in der die
Flut tobt, aber er hielt noch an sich. „Drechsler war da,
ein sehr lieber Freund und höchst wohlhabender Guts-
besitzer aus der Nachbarschaft. Er wollte sich's nicht
nehmen lassen, mir womöglich als erster zu meiner Ernennung Glück zu wünschen, und bei dieser Gelegenheit
kam die Sprache auf Rose. Er gestand mir, daß er sie
liebe, und nun, da ich Hofrat geworden bin –"

„Sind Sie ihm als Schwiegervater nicht mehr zu gering, wie?"

„Komplott!" brach nun aber Jeremia los und rollte
die Augen. „Genau das hat mir Rose gesagt, es ist keine
Viertelstunde her!"

„Jeder vernünftige Mensch wird es Ihnen sagen!"

„Ich verzichte auf Ihre Meinung! Wie kommen Sie
überhaupt dazu, eine Meinung zu haben? Wer sind Sie?"

„Ich sagte es Ihnen bereits", antwortete Claudio, „ein
vernünftiger Mensch – was man freilich nicht von jedem
behaupten kann."

Bollmus schnob ein paarmal, dann schwieg er, gleichsam verwundert über die Tatsache, daß kein Feuer aus
seinen Nüstern brach – langte die Dose aus der Tasche
und nahm eine erhebliche Prise, als könne er damit die
gewünschte Naturerscheinung beschleunigen. Als auch
das nichts half, begnügte er sich damit zu niesen, und
dies schien ihm einige Erleichterung und Ruhe zu verschaffen.

„Sie müssen sich", sagte er, „in meine Lage versetzen.

Rose ist in einem Alter, in dem es nicht zu früh ist, ans Heiraten zu denken. Zugegeben, ihr hättet vielleicht gar nicht übel zueinander gepaßt, und es mag Ihnen, mein lieber Schön, auch sonst wider den Strich gehen, auf das Mädel zu verzichten. Sie werden aber einsehen, daß ich als Vater andere Rücksichten zu nehmen habe, das ist meine Pflicht. Rose wird einen sehr begüterten Mann bekommen –"

„Würde –!" sprach Claudio.

„Was?"

„Ich meine: sie würde ihn bekommen."

„Sie wird! hab' ich gesagt!"

„Sagten Sie nicht auch, daß sie rebelliert hat?"

„Dies allerdings, aber es ist ohne Bedeutung", erwiderte Jeremia, und das Blut stieg ihm aufs neue in den Kopf. „Widersprechen Sie mir nicht, ich muß mich ohnedies beherrschen, um euch nicht alle beide hinauszuwerfen!"

„Tun Sie es getrost!" sagte Claudio. „Es ist das schnellste Mittel, das arme Kind von diesem Laffen zu befreien – und von einem Vater, der offenbar einen großen Teil seines sonst so klaren Verstandes eingebüßt hat!"

„Daß ich mich nicht an Ihnen vergreife!" brüllte nun aber Bollmus los. „Daß ich Ihnen nicht das Genick umdrehe! Man halte mich!"

„Sie vergessen, daß heute abend Konzert ist", erinnerte Claudio. „Wer sollte das Klavier spielen?"

„Gut, ich will mich beherrschen – es wird in Zukunft kaum mehr nötig sein!"

„Wieso? Wollen Sie sich aufhängen? Das verlangt niemand."

„Morgen in aller Frühe", rief Bollmus mit fürchterlicher Entschlossenheit, „morgen bei Tagesgrauen fahre ich mit Rose nach Berlin. Sie wird unterwegs Vernunft annehmen. Wenn ich zurückkomme, will ich Sie nicht mehr in Aldringen sehen, oder es gibt ein Unglück! Dies ist mein letztes Wort!"

Er schleuderte Claudio noch einen niederschmetternden Blick zu, drehte sich dann kurz um und schritt eiligst davon.

Das gemeinsame Abendessen wurde eine überaus trübselige Angelegenheit. Denn da Rose während des Nachmittags weder Jeremia noch Claudio gesehen hatte – beide waren zornentbrannt in die Einsamkeit geflohen –, wußte sie nichts von der Auseinandersetzung, die es zwischen ihnen gegeben hatte, und sie hatte den Tisch wie sonst für alle gedeckt. Bollmus erschien mit gesenktem Haupt wie ein zum Angriff bereiter Stier, wohingegen Claudio in dem achtsamen Schweigen eines Toreros verharrte. Werner hielt es für geraten, ebenfalls zu schweigen, und was Rose betraf, so wagte sie einfach nicht, ein Wörtchen zu reden, sondern saß mit verweinten Augen da und zog nur gelegentlich ihren Kummer ein wenig in der Nase hoch, ein Geräusch, das, so klein es auch war, doch jedesmal die allgemeine Aufmerksamkeit auf die Unglückliche lenkte.

Kaum hatte sie den Tisch aufgeräumt – leider blieb er das einzige, was aufgeräumt war –, so packte Jeremia sie auch schon bei der Hand und ging mit ihr zum Schloß hinüber, ohne daß sie Gelegenheit fand, Claudio auch nur eine Silbe zuzuflüstern.

Claudio und Werner folgten.

„Was soll das heißen?" fragte Werner. „Nachmittags kommt Bollmus nach Hause, tobt nicht schlecht, heißt Rose die Koffer packen, rennt davon und hat, wie ich weiß, einen Wagen bestellt, der ihn und Rose morgen bei Tagesgrauen nach F. bringen soll, wo er die Post nach Berlin erreichen will."

„Hast du den Augenblick nicht benutzt, um Rose zu sprechen?"

„Ich habe es versucht, aber er hatte sie in ihrem Zimmer eingeschlossen."

„Der Wüterich!" sagte Claudio, merkwürdigerweise in ganz guter Laune, wenn auch sein Lachen ein wenig nervös klang. „Ich hätte dir aber mehr Gewandtheit zugetraut, mein Figaro!"

„Ich wollte mit ihr durch die Türe sprechen – sie schluchzte nur, und ich hörte sie herumkramen. Was ist los, und weshalb hast wenigstens du dich nicht blicken lassen?"

„Weil ich mich abkühlen mußte, wir hatten uns heiß bei den Köpfen."

„Du und Bollmus?"

„Ja."

„Und?"

„Es ist noch nicht soweit, daß ich dir antworten kann", sagte Claudio. „Über gewisse Dinge muß man sich klarwerden, ohne daß ein anderer dazwischenredet."

„Sie soll heiraten – so viel hab' ich herausbekommen, diesen Drechsler?"

„Hol ihn der Teufel!"

„Gib nur acht", sagte Werner, „daß er dich nicht holt! Mir ist nicht sehr wohl zumute!"

„Mir eigentlich auch nicht", antwortete Claudio, „und vollends bei dem Gedanken, daß ich jetzt meinen Gefühlen freien Lauf über die Klaviertasten lassen soll. Ich möchte dabei nicht zuhören!"

Aber es war doch merkwürdig, wie sich alle zusammennahmen, sobald sie das Schloß betreten hatten. Auf Jeremias Platz stand ein Blumenstrauß, und der Hofrat war über so viel Freundlichkeit dermaßen gerührt, daß er – ungeachtet seiner seelischen Beklemmungen und Nöte – an diesem Abend das Waldhorn ganz vortrefflich blies, vielleicht war es auch ein Ventil, aus dem sein Überdruck melodisch entwich.

Bei guter Gelegenheit brachte er die Bitte um einen kurzen Urlaub vor, da er, von seiner Tochter begleitet, notwendig verreisen müsse.

„Fahren Sie getrost und beeilen Sie sich unterwegs nicht", sagte Linda, und Karoline fügte hinzu, daß sie diese Ferienzeit benützen wolle, um die Idee zu einem neuen Schattenspiel, die ihr schon seit langem im Kopf herumgehe, zu Papier zu bringen – vielleicht auch werde Werner ihr ein paar Geigenstunden geben?

Diese Frage veranlaßte Werner, die ganze Lage, die ihm bisher griesgrämig genug erschienen war, in einem völlig veränderten und sehr rosigen Licht zu sehen, und er dachte zufrieden darüber nach, wie verschieden doch die Wirkungen sein konnten, welche von gleichen Ursachen hervorgebracht wurden. Übrigens ließ sich Linda an diesem Abend zum erstenmal auf der Harfe hören; das Instrument paßte so eigentümlich zu ihr, und sie spielte es so meisterhaft, daß das Konzert, welches mit derart trüben Aussichten begonnen hatte, in einer verhältnismäßig ausgezeichneten Stimmung endete.

Dies hinderte Jeremia freilich nicht, Rose nach Schluß sogleich wieder bei der Hand zu nehmen und durch den finsteren Park nach Hause zu schleppen. Es war Claudio nicht gelungen, auch nur das geringste Wörtchen mit ihr zu wechseln, ohne daß Bollmus sich dazugesellte.

„Glaubst du wirklich, daß sie wegfahren?" fragte Claudio auf dem Heimweg.

Werner sagte, er habe leider keinen Anlaß, daran zu zweifeln, und pfiff seelenvergnügt vor sich hin, so daß der andere auf weitere Erörterungen verzichtete.

Während Werner sich sogleich ins Bett legte und mit einem beglückten Kinderlächeln auf den Lippen einschlief, schrieb Claudio noch ein Billett. Dann trat er leise auf den Flur, sah, daß der untere Türspalt von Roses Zimmer noch erleuchtet war, schob das Papier vorsichtig dahinein und ging ebenfalls schlafen – vielmehr, er wollte schlafen; aber es gelang ihm nicht. Mancherlei Gedanken lösten sich in seinem Kopfe ab; die Stille der Nacht, der Sternhimmel im Fenster, das ruhige Atmen Werners ließen seine Einbildungskraft wach bleiben; schließlich, da schon das Fensterviereck bleich zu werden begann und er vielleicht Schlummer gefunden hätte, wurde es im Hause bereits wieder unruhig.

Man hörte, wie Herr Bollmus sich räusperte und in seiner Stube rumpelte, wie er heraufkam und bei Rose klopfte, wie Rose hinunterging und in der Küche herumwirtschaftete, um das Frühstück zu bereiten; endlich fuhr der Wagen vor, das Gepäck wurde hinausgetragen – die Pferde zogen an ...

„Unmensch!" sagte Claudio, der aufgestanden war und am Fenster gelauscht hatte. „Er wagt es! Hast du das gehört, Werner?"

Aber jener gab nur einige mißlautende Töne von sich, drehte sich auf die andere Seite und schlief weiter.

„Da hat man's!" sagte Claudio, stemmte die Arme in die Seiten und betrachtete ihn. Zugleich bemerkte er auf dem Fußboden, dicht bei der Tür, ein kleines blasses Viereck, hob es auf und erkannte, daß Rose ihm in aller Heimlichkeit und Eile noch eine Botschaft hinterlassen hatte. Jetzt war er sehr damit einverstanden, daß Werner noch schlief, trat wieder ans Fenster und las im fahlen Morgenlicht den Zettel; die Vögel begannen zu singen.

Zwei Stunden später kam Claudio von einem Spaziergang zurück. Im Wohnzimmer fand er Werner, der mit dem Frühstück auf ihn wartete und rief: „Bist du endlich da?! Ich sterbe vor Hunger!"

„Wer hat den Kaffee gemacht?" fragte Claudio.

„Ja, wer? – Die Putzfrau!"

„Er ist auch danach."

„Überhaupt!" sagte Werner trübselig. „Als ich herunterkam und es so still unbelebt war, mußt' ich mich erst besinnen. Ich kann's immer noch nicht recht glauben. Jeremia weg. Rose fort – und dieser Kaffee! Wem hab' das zu verdanken? Dir! Was mußtest du dich auch Hals über Kopf in das Mädel verlieben! Nun sitz' ich da und kann mich mit Zichorienbrühe vergiften, ach, ich hätte mir ein heldischeres Ende gewünscht. Die verfluchte Liebe!"

„Freundschaft verlangt Opfer!" antwortete Claudio. Werner warf einen scheelen Blick auf die Kaffeekanne. „Daß du noch lachen kannst! Was tun wir nun, wozu sind wir jetzt noch auf dieser schäbigen Welt? Und essen müssen wir im Wirtshaus – wie mich das freut!"

„Es wäre an dir, zu lachen, das geb' ich zu!" erwiderte Claudio. „Denn du hast den Vorteil von der ganzen Tragödie: die Violinstunde im Schloß –"

„Laß das!" sagte Werner unwirsch. „Ist es dir nicht genug, daß ich hoffnungslos und schüchtern verliebt bin, mußt du dich auch noch darüber lustig machen?"

„Nein. Aber hoffnungslos? Das ist Sache der Begabung."

„Nicht jeder kann so talentiert sein wie du!" sagte Werner bitterböse und schluckte den Kaffee. „Ich komme, Romeo, dies trink ich dir. Gleich werd' ich umsinken, und dann hat wenigstens der Kummer ein Ende. Die Butter ist auch nicht so frisch, wie sie sein könnte. Ich begreife dich nicht, Claudio. Da hat man dir den schönsten Mittsommerliebestraum über Nacht zerstört – und du sitzest seelenvergnügt da, freust dich deines Lebens und lachst. Ist das die wahre Liebe?"

„Wahre Liebe ist eben niemals hoffnungslos!" entgegnete Claudio. „Man muß aus allem das Beste machen, darin liegt das ganze Geheimnis der Lebenskunst."

„Das Beste? Da bin ich neugierig!"

„Ich auch!" sagte Claudio.

Nachmittags ging Werner zu seiner ersten Violinstunde ins Schloß, kam gegen Abend zurück und fand Claudio, wie er am Klavier saß und mit einer stupenden Fingerfertigkeit die „Wut über den verlorenen Groschen" spielte, offenbar in der strahlendsten Laune.

„Wie war's?"

„Bezaubernd! Ich bin so glücklich!"

„Und so anspruchslos!"

„Für das geistige Band hast du niemals Sinn gehabt."

„Darauf wollen wir eine gute Flasche trinken!" sagte Claudio. „Ist das nicht wundervoll, daß man wieder einmal sein eigener Herr sein und tun darf, was man mag?"

Da es nicht bei der einen Flasche blieb, wurde der Abend überaus vergnügt, so vergnügt, daß Werner zuletzt – im Gedanken an seine Liebe – in Tränen ausbrach und, als Claudio ihn glücklich daheim hatte, ums Haar die Treppe hinuntergefallen wäre.

Infolgedessen erwachte er am nächsten Tage ziemlich spät und mit einigem Haarweh. Als er bemerkte, daß es gerade zehn Uhr schlug und daß Claudio längst weggegangen war, schämte er sich ein bißchen. Er vertrödelte den Vormittag, erholte sich dabei, wartete im Wirtshaus auf den Freund – allerdings vergeblich, denn jener erschien nicht.

Da nun begann Werner, sich leise zu wundern, denn Claudio war sonst die Pünktlichkeit selber. Er ging wieder nach Hause, suchte ihn dort und wurde alsbald noch stutziger. Denn jetzt fiel ihm auf, daß in der Stube gewisse Dinge, die Claudios Eigentum waren, fehlten. Er öffnete den Schrank – die Kleider hingen nicht da. Er zog die Kommode auf – die Wäsche war verschwunden. Er sah in der Schublade nach, und als er entdecken mußte, daß auch das Rasiermesser weg war, wurde seine schlimme Ahnung zur festen Überzeugung.

Da stand er, mitten in der Stube, betrachtete den halbleeren Schrank und die gähnenden Schubladen und sprach:

„Daß ich Dummkopf nicht gleich daran gedacht habe! So mußte es ja kommen. Jetzt haben wir's!"

Die weitere Untersuchung ergab, daß natürlich auch Claudios Koffer und überhaupt alles, was ihm gehörte, auf Reisen gegangen war, und ohne großen Scharfsinn ließ sich vermuten, daß das Ziel dieser Fahrt Berlin hieß – denn in jedem anderen Falle hätte Claudio das Abenteuer nicht verheimlicht. Werner dachte noch eine Viertelstunde nach und kam zu dem Schluß: „Wenn er d a s tut, holt ihn doch endlich der Teufel. Ach, ehrlicher

Bollmus! Es hatte seinen tiefen Sinn, daß du den ‚Don Juan' übersetztest. Böse Beispiele wirken ansteckend, und deine paar Bretter fangen an, die Welt zu bedeuten, das wirst du nun am eigenen Fleisch und Blut erfahren. Was ist zu tun? Nichts, weil alles, was ich tun könnte, die Sache nur verschlimmern müßte."

Damit war allerdings wenig gewonnen. Bei seinem einsamen Mittagessen erst wurde es ihm recht klar, daß er – nach dieser entscheidenden und geschichtlichen Wendung der Dinge – auf einem ganz verlorenen Posten stand. Denn es mochte nun kommen, was wollte – so wie bisher würde es niemals werden. Wozu also saß man noch hier?

Er seufzte abgründig.

Am Spätnachmittag ging er ins Schloß.

„Ich war sehr fleißig", sagte Karoline, „freilich nicht auf der Geige, sondern ich habe den Entwurf des neuen Schattenspieles aufgeschrieben, von dem ich letzthin sprach. Wollen Sie ihn sehen?"

Er nahm die Blätter und betrachtete das Personenverzeichnis. „Bilimandur, Prinz von China – das scheint ein vielversprechender junger Mann zu sein. Weshalb eigentlich ist es immer ein Prinz?"

„Das gehört sich nun einmal so!" antwortete sie. „Prinzen sind dazu da, daß sie sich verlieben und Abenteuer bestehen – wenigstens auf dem Theater. Sie werden aber sehen, daß dies ein ganz besonderer Prinz ist, denn, da ihm die Geliebte entführt worden ist, wandert er als Bettler verkleidet durch die Welt, um wenigstens in ihre Nähe zu kommen."

„Weshalb nicht als Klavierspieler?"

Karoline sah ihn erstaunt an. „Soviel ich weiß", sagte sie unsicher, „gibt es in China keine Klaviere . . ."

„Wahrhaftig, ja, Verzeihung, ich hatte vergessen, daß die Geschichte in China vor sich geht. Weshalb aber in China?"

„Weil wir die hübschesten chinesischen Figuren haben.

Sonderbar sind Sie heute, Werner! Hat es denn etwas gegeben?"

„Bollmus ist mit seiner Tochter abgereist."

„Nun, das weiß ich, aber es ist wohl kein Grund zu einer Gemütsverwirrung. Oder –?"

„Vielleicht nicht unmittelbar, obwohl – ach, Durchlaucht, ich hätte nicht herkommen sollen, der Tag ist übel."

„Es scheint so, Sie sehen auch schlecht aus."

„Man hat Sorgen."

„Kann ich Ihnen helfen?"

„Kaum."

„Sie bringen mich in Verlegenheit", sagte Karoline. „Da ich Ihnen nicht helfen kann, hat es wenig Sinn, Sie hierzubehalten, aber ich möchte Sie auch nicht fortschikken, ohne wenigstens versucht zu haben, Sie zu trösten. Dazu aber müßte ich freilich wissen, was Sie bedrückt."

„Sie sind sehr gütig", antwortete er. „Wenn ich nur selber wüßte, was ich tun soll."

„Wollen Sie mir denn nicht andeuten –"

Werner blickte auf. „Ich fürchte", sagte er langsam und überlegend, „daß die schönen Tage von Aranjuez vorüber sind; der Knabe Don Carl – aber was rede ich da!"

„Vorüber? Sie erschrecken mich. Und warum? Hat etwa diese Reise unseres guten Jeremia tiefere Gründe?"

„Ja und nein – jedenfalls nicht der Art, wie Sie zu denken scheinen."

„Erzählen Sie also!" sagte Karoline neugierig und beunruhigt. „Nach diesen Orakelsprüchen muß ich alles wissen!"

„Gut!" antwortete er nach einigem Überlegen. „Es wird am besten sein. Nur wundern Sie sich nicht, wenn ich mich unterbreche, falls uns jemand stört."

„Ein Geheimnis also? Wie aufregend! Niemand wird uns stören. Linda ist mit der Loring ausgefahren, sie kommen nicht vor Sonnenuntergang zurück."

Werner lächelte trübe. „Ich beneide Sie um Ihren Wissensdrang – mir wäre es lieber, ich wüßte weniger. Nicht nur Bollmus und Rose, sondern auch Claudio hat Aldringen verlassen."

„Claudio? Ihr Freund Schön?" fragte sie mehr verwundert als erschrocken. „Aber weshalb?"

„Er heißt nicht Schön . . .", sagte Werner, noch im letzten Augenblick zögernd.

„Merkwürdig. Aber der Name tut wohl nichts zur Sache."

„In diesem Falle vielleicht doch . . . Sprachen wir nicht vorhin darüber, daß es in China keine Klaviere gibt?"

„Mein Gott!" sagte Karoline, und man sah ihr an, daß sie sich ernstliche Sorgen um ihn machte. „Was haben die in China nicht vorhandenen Klaviere mit Ihrem Freund Schön zu tun?! Vielleicht gibt es dort auch welche, ich weiß es nicht. Wenn es Sie beruhigt –"

„Sie halten mich für verrückt, das ist kein Wunder. Aber ich bin's nicht. Ich bin nur sehr, sehr traurig – denn auch meine Zeit in Aldringen ist um."

„Demnächst wird die Welt einfallen!"

„Unsere kleine Welt, ja. Die große kümmert sich nicht darum. Wohin Claudio gegangen ist, weiß ich nicht, ich kann es nur vermuten."

Karoline dachte eine Weile nach. „Er hätte wohl warten können – Rose kommt doch zurück."

„Sie glauben . . .?"

„Ich bin nicht blind. Er wird ihr gefolgt sein. Ein unüberlegter Streich. Gut also, dann werden sie eben beide wiederkommen."

„Gewiß nicht. Das Schattenspiel vom Prinzen Bilimandur endet nicht so."

„Er ist aber kein Prinz!"

„Woher wissen Sie das?"

„Sie wollen mich zum besten haben!"

„Heute weniger denn je. Es ist wahr, man hat hier eine kleine Komödie gespielt, sie ließ sich unschuldig genug an. Jetzt geht sie zu Ende, und die einzige Figur, die noch verlassen auf der Bühne steht, bin ich. Der Prinz von Wertenberg –"

„Sie sind verwirrt. Sie meinen die Fürstinwitwe, aber was –"

„Ich meine ihren Sohn, den Prinzen von Wertenberg – Claudio!"

Eine Minute später betrat der feierliche Lakai das Zimmer, denn er hatte ein Klingelzeichen gehört, und machte eine ungehörig erschrockene Bewegung. Denn Karoline lag auf dem Sofa, mit geschlossenen Augen, und war kreideweiß.

„Kaltes Wasser und Riechsalz!" sagte der Musikus Werner. „Ihre Durchlaucht hat geruht in Ohnmacht zu fallen!"

Als der Lakai diese Geschichte abends in der Bedienstetenstube erzählte, behauptete er: noch niemals in seinem ganzen Leben habe er ein so seltsames, ja unkenntliches Gesicht erblickt wie das des Herrn Werner, während er diese Worte sprach.

Neuntes Kapitel

Die Reise des Hofrats Jeremia Bollmus nach Berlin ging aufs glücklichste vonstatten. Das Wetter war schön, die Straße leidlich, die übrigen Insassen des Postwagens zeigten sich als angenehme und gebildete Leute, nur fiel es ihnen auf, daß des Herrn Hofrats Tochter, so hübsch sie auch sein mochte, ein recht schweigsames, ja trübseliges Wesen zur Schau trug, das zu ihrem Äußeren keineswegs passen wollte, und daß der Hofrat, wenn er mit ihr sprach, sich einer beinahe gezwungenen Munterkeit befleißigte, ohne übrigens damit besonderen Erfolg zu haben, denn es gelang ihm nicht, die Nebelwand ihres Trübsinns beiseitezuschieben. Man hätte so gern einmal ihre schönen Augen belebt oder ihren Mund lächelnd gesehen, aber die Erwartung erfüllte sich nicht, und schließlich gab auch der Hofrat seine Bemühungen auf und zog es vor, sein redseliges Wohlwollen den Mitreisenden zuzuwenden, die ihm dafür entschieden dankbarer waren als seine Tochter.

Unterwegs fragte sich Bollmus, ob es nicht das natürlichste sein würde, wenn er bei seinen Schwestern wohnte; er verwarf den Einfall jedoch, denn, abgesehen von allem andern, hatte er seinen Besuch mit keiner Zeile angemeldet und mußte deshalb fürchten, ungelegen zu kommen. Also mietete er zwei Zimmer in einem Gasthaus und verbrachte den geringen Rest des Tages damit, Unter den Linden und in den benachbarten Straßen spazierenzugehen und seiner Tochter die hauptsächlichsten Sehenswürdigkeiten Berlins zu zeigen. Er bemerkte dabei, daß sie unter dem Eindruck des Gesehenen wenigstens einen Teil ihres bisherigen Trübsinns verlor und lebhafter wurde.

Von den Anstrengungen der Reise ermüdet, gingen sie zeitig schlafen. Jeremia hegte zwar keinen Argwohn, wohl aber mochte ihn, wenn auch nur dunkel, das schlechte Gewissen plagen, und so sah er mit Befriedigung, daß Roses Zimmer keinen unmittelbaren Ausgang auf den Flur hatte, sondern daß sie, wenn sie das Haus überhaupt verlassen wollte, erst durch seine eigene Stube gehen mußte.

Solchermaßen versichert schlief er bald ein, verbrachte trotz allem eine gute Nacht und wachte mit dem frühesten auf, weil ihn der einsetzende Morgenlärm der großen Stadt munter machte. Er warf einen Blick in Roses Zimmer, überzeugte sich, daß sie noch schlief, kleidete sich an und ging weg, denn er konnte seine Sehnsucht und Neugier, den Königlichen Marstall zu erblicken, wo er seine Lehrjahre verbracht hatte, und dort womöglich Bekannte zu treffen, schlechterdings nicht länger bezähmen. Um diese Zeit, da die Ställe gefegt, die Pferde geputzt, die Wagen gewaschen wurden, waren die Aussichten dazu am günstigsten.

Es gelang ihm denn auch, eines Stallburschen habhaft zu werden, der ihm jede gewünschte Auskunft gab und ihn sogar zu einem alten Freunde führte, der – gleich Jeremia in Ehren grau beziehungsweise kahl geworden – sein Tagewerk eben jetzt damit begann, daß er auf einem Bänklein in der Morgensonne saß, eine sehr frische Weiße neben sich, und mit seinem Messer respektable Stücke einer Stulle abschnitt, die zweifellos mit Limburger Käse belegt war – wenigstens hoffte Jeremia, daß es nur der Käse sei, was seine hofrätliche Nase beleidigte.

Nach einer Erkennungsszene, die Bollmus mit allen Effekten anzulegen verstand, nahm er neben dem Freunde Platz, ließ für sich ebenfalls eine Weiße und später noch eine kommen, schwatzte ein Stündchen, wobei er wiederum viel Wohlwollen ausstrahlte, wurde schließlich durch die Ställe geführt und glänzte mit höchst sachverständigen Bemerkungen, traf einen zweiten Freund, der andere Bekanntschaften vermittelte, mußte endlich in Gesellschaft aller dieser hemdärmeligen, gestiefelten und buntbewesteten Herren in einer nahegelegenen Bierstube mehrere Runden ausgeben – und erschrak demzufolge nicht wenig, als er bemerkte, daß es inzwischen Mittag geworden war.

Eilends ging er in sein Gasthaus, klomm die Treppe empor, hastete in sein Zimmer und fand Rose arglos am Fenster, mit einer kleinen Näharbeit beschäftigt; seit dem Morgen – erklärte sie – saß sie da und hatte nicht gewagt, das Haus zu verlassen, teils, weil sie fürchtete, sich in dieser großen Stadt zu verlaufen, teils weil sie nicht ohne die väterliche Erlaubnis ausgehen wollte. Bollmus, von den Ereignissen, den verschiedenen Weißen und der sommerlichen Hitze weich gestimmt, zeigte sich sehr gerührt von so viel frommer Kindlichkeit, empfand jedoch ein derartiges Ruhebedürfnis, daß er das Mittagessen ins Zimmer bestellte und, als er es eingenommen hatte, ein mehrstündiges Schläfchen machte. Zuvor hatte er Rose nahegelegt, ein wenig spazierenzugehen und ihn gegen vier Uhr zu wecken.

Dies geschah. Bollmus, der wußte, was er seiner Tochter schuldig war, nahm eine Droschke und fuhr mit ihr durch den Tiergarten. Das einfachste wäre·gewesen, bei dieser Gelegenheit die Schwestern aufzusuchen. Aber der Hofrat zögerte damit. Der Nachmittag war so schön und zufriedenstellend – sollte man sich diese beglückte Stimmung durch die trostlosen Gesichter der beiden alten Schachteln überschatten lassen? So sehr Jeremia sich auch bemühte, eine gewisse Wiedersehensfreude in seinem Busen zu erwecken, es gelang ihm nicht. Am liebsten hätte er sich in Berlin ein paar lustige Tage gemacht und wäre dann wieder nach Hause gereist, ohne die Trauerweiden am Schafgraben zu besichtigen. Aber das ging nun freilich nicht, schon weil er seinen Triumph genießen wollte. Er beschloß also, den folgenden Vormittag zu dem sauersüßen Gange zu benützen.

Aber auch am folgenden Tage schien die Sonne so lieblich, das Leben zeigte sich von einer so angenehmen Seite, daß Bollmus es nicht fertigbrachte, seinen Plan auszuführen. Da gegen Abend einige Wolken aufstiegen, vermutete er, daß es morgen graues Wetter sein möchte, und dies war für den Schafgraben zweifellos geeigneter. Also verschob er seinen Besuch aufs neue.

Der dritte Tag endlich kam seinen Plänen entgegen – mehr als das, er ließ sie beinahe zu Wasser werden, denn es regnete erst schwach, dann stark, und als Rose dessen innewurde, erklärte sie, daß sie in nassen Zeugstiefelchen und einem aufgeweichten Kleide wohl keinen guten Eindruck auf die gefährlichen Tanten machen werde; Jeremia solle also einstweilen allein hinausgehen oder fahren. Dem Hofrat kam dieser Vorschlag nur erwünscht; er hatte Grund zu der Vermutung, daß seine Schwestern beim ersten Wiedersehen ihn an einiges erinnern könnten, was ihm nicht ganz angenehm war und was seine Tochter nicht unbedingt zu hören brauchte – auch durfte er in Roses Abwesenheit kräftiger auftrumpfen, und darin lag für ihn der eigentliche Reiz des Erlebnisses.

Er verließ also das Gasthaus und sagte: „Falls Nette und Jette – denn es geschehen auch heutzutage noch Wunder – mich zum Mittagessen dabehalten sollten, so brauchst du nicht unruhig zu werden; alles geht auf die natürlichste Weise zu, und sogar in Berlin laufen die Räuber nur selten am hellichten Tage auf der Straße herum.“

Rose lächelte – sie hatte es wieder gelernt –, und Bollmus machte sich auf den Weg.

Nicht übel! dachte er, als er das Häuschen der Schwestern sah; sauber und adrett waren sie stets gewesen, das mußte man ihnen lassen.

Er zog an der Klingel, Jette erschien in der Tür, bekleidet mit einem roten Flanellunterrock, einer Nachtjacke und einer weißen Haube.

„Jeremia!" sagte sie, und das Kinn sank ihr herab.

Dieses schnelle Wiedererkennen, auf das er nicht gefaßt gewesen war, verdarb ihm einen groß gedachten Auftritt. Er hatte sich die Szene anders ausgemalt. Aber so waren diese Frauenzimmer ja von jeher gewesen: ohne Pointe und ganz blütenlos. Indessen verfügte Bollmus nicht umsonst über eine große Bühnengewandtheit und verstand es, selbst aus der unerwartetsten Lage noch etwas zu machen. Also drehte er schleunigst – und nicht ohne eine gewisse Bosheit – den Stiel um, nahm höflich den Hut ab und sagte:

„Ich bin der fürstlich wertenbergische Hofrat Bollmus aus Aldringen und möchte meine Schwestern besuchen – sie wohnen doch hier?"

Es läßt sich nicht behaupten, daß er mit dieser zwar geistesgegenwärtigen, aber doch wenig liebevollen Wendung das Wetter besser machte.

Jette sah ihn von oben bis unten an. Dann sagte sie: „Na scheen, denn komm rin, oller Esel!"

Nur im Hinblick auf den Regen und seine gute Absicht leistete Bollmus dieser Aufforderung Folge und betrat den Hausflur. Man konnte nicht sagen, daß es hier nach irgend etwas roch, außer vielleicht nach Kernseife und Sauberkeit. Trotzdem fühlte er sich durch die Atmosphäre sofort an jene trüben, bedrückten, unerfreulichen Zeiten erinnert, in denen er, der jüngere Bruder, hier gewissermaßen seelisch im Winkel gestanden hatte, von seinen Schwestern als Taugenichts betrachtet. Der Dunstkreis unermüdlicher Tüchtigkeit umklammerte ihn wieder, eine Tüchtigkeit, die sogar an der Sonne nur die Flecken und nicht den Glanz erblickte und sich deshalb stets von Unvollkommenheit umgeben fühlte und dies bejammern mußte.

Bollmus legte ab und wurde in die Küche geführt. Er

hätte schwören mögen, daß es die gleiche blecherne Kaffeekanne war, die schon vor dreißig Jahren auf dem Herd gestanden hatte und die er nun wieder dort sah.

„Sie is aber nich da!" sagte Jette.

„Wer? Nette?"

„Wennse doch nich da is!?"

„Na, dann wird sie wohl noch kommen?" fragte er.

„Hm . . ."

„Ihr bringt also immer noch Kinder zur Welt?"

Jette nickte und gab einen erschütternden Seufzer von sich. „Aber doch man bloß janz kleene!" sagte sie, gleichsam zur Entschuldigung, und sah unbeschreiblich trostlos aus.

Jeremia fühlte sich Bemerkungen solcher Art gegenüber machtlos. Er konnte disputieren, den anderen bekehren oder listig in logischen Schlingen fangen, diese Trockenheit jedoch, in der keinerlei Resonanz lag, kein Anknüpfungspunkt, ließ ihn einsilbig werden.

Infolgedessen schleppte sich die Unterhaltung elend hin, und so begrüßte er die Ankunft Nettes geradezu mit Freude.

„Jeremia!" rief auch sie und stellte ihre große Ledertasche auf einen Stuhl. „Jotte doch, wat is denn heute los? Erst erstickt mir beinahe das Kind, und nun bist du da! Wo kommst du her, wie geht's dir, was verschafft uns nach so langer Zeit das Vergnügen – bleibst du lange hier? Aber schlecht siehst du nicht aus, am Ende bist du doch noch ein anständiger Mensch geworden?"

„Hofrat!" bemerkte Jette und verriet damit zum ersten Male, daß sie seine Begrüßungsworte recht wohl gehört hatte.

„Wa – ?"

„Mein Gott", sagte Jeremia achselzuckend, „es ließ sich nicht vermeiden, daß die Leute meine Talente anerkannten."

„Na –", meinte Jette mit ihrer unausstehlichen Dürre, „in Preußen wärste det nich jeworden."

Nette sah, daß er einen roten Kopf bekam und mischte sich ein. „Nu laß man! Andere Länder, andere Sitten. Hauptsache, daß du was bist. Die Welt ist übel genug, ach Gott, ja, und der Kaffee wird ooch schon wieder teurer, mir rätselhaft, wie die Leute es überhaupt noch machen. Wenn ich denke, Jeremia, wie du damals von uns weg bist, 'n richtiger Lausejunge, siehste, und du hast dich trotzdem über Wasser gehalten, obwohl du nie was getaugt hast. Und deine Tochter – was ist aus ihr geworden?"

„Sie hat mich begleitet", antwortete er mit dem dringenden Bedürfnis, auf eine friedliche Plattform zu gelangen. „Wir sind nur für ein paar Tage in Berlin, sie will sich hier, glaub' ich, neue Kleider für den Winter machen lassen, dann reisen wir sofort wieder ab, denn man kann mich bei Hofe wohl kaum länger entbehren. – Aber wenn ihr Wert darauf legt, kann ich sie ja einmal herausbringen."

„Jette!" sagte Nette, ohne sich weiter auf diese Ankündigung einzulassen, „lang doch mal in die Tasche, da sind Gurken drin. Was meinst du? Und zwei Aale."

„Frische?" erkundigte sich Jeremia lüstern. Aal mit Gurkensalat war seine Leibspeise, er hatte sie seit vielen Jahren nicht mehr gegessen und war bereit, jetzt dafür auch die größten Opfer an Selbstverleugnung zu bringen.

„Es reicht aber nich für drei!" sagte Jette trübe.

„Es wird schon!" tröstete Nette. „Schließlich jehört er doch zur Familie, jewissermaßen."

Jeremia schluckte auch dies, nur um später den Aal schlucken zu können. Gegen die beiden Frauenzimmer kam er einfach nicht auf. „Ich könnte ja noch mal weggehen und eine Flasche Wein besorgen", sagte er, „ein leichter Mosel wäre wohl nicht übel zu den Aalen?"

Jette betrachtete ihn. „Haste det jeheert?" fragte sie ihre Schwester. „Er! Wein! Wahrscheinlich weil die Welt so lustig is! Nee, mein Junge, dafor haben wir keen Jeld. Du bist hier nich bei Milljonärs!"

Trotz seinem Ärger mußte Jeremia lachen. „Du bist doch noch dieselbe Ziege wie damals, Jette!" sagte er und klopfte ihr auf die Schulter. „Bevor wir uns nicht gegenseitig ordentlich beschimpfen, wird's hier nicht gemütlich. Fangt also man endlich an mit der Kocherei, ich komme mit ein paar Flaschen zurück."

„Na!" sagte Nette hinter ihm her. „Geld scheint er ja zu haben."

„Wenn er bloß nich auf unsern Namen Schulden macht!" sagte Jette mißtrauisch. „Es is allens schon dajewesen. Du ahnst ja nich, Nette, wie schlecht die Menschen sind."

Bei alledem verlief später das Mittagessen recht friedlich. Bollmus hatte den Spaziergang dazu benützt, sich seelisch auf die beiden Gespenster einzustellen und die besten Vorsätze zu fassen. Nichts mehr würde ihn aus der Ruhe bringen können.

„Ihr habt doch", sagte er und sah mit beglückten Augen das Aalstück auf seinem Teller, „ihr habt doch – hm, kochen könnt ihr, das muß euch der Neid lassen – gelegentlich vermietet?"

„Manchmal, ja", antwortete Nette seufzend, „aber die Zeiten werden immer schlechter, jetzt steht die Wohnung leer."

„Wenn ich das geahnt hätte, wär' ich zu euch gezogen."

„Hm!" sagte Jette.

„Dann kennt ihr also auch den jungen Schön?"

„Nee!" sagte Nette. „Kennen wir nich. Wieso?"

„Einen Musikus namens Schön, er hat mir selber erzählt, daß er bei euch gewohnt hat."

„An Musikanten vermieten wir nich", sagte Jette, „das fehlte noch!"

„Es ist aber doch so!" erwiderte Jeremia. „Claudio Schön, ein junger Mensch. Sein Freund heißt Werner."

„Komisch!" sagte Nette und begann aufmerksam zu werden. „Höre mal, Jeremia, der Name Claudio ist doch recht selten, denke ich?"

„Allerdings. Warum?"

„Wir hatten mal an jemand vermietet, der Claudio hieß, und sein Freund hieß Werner, und Klavier spielen tat er auch . . ."

„Na also!"

„Det war aber 'n Jraf!" sagte Nette mit runden Augen.

„Vielmehr –!" ergänzte Jette.

„Laß man! Und der hieß nich Schön, sondern Schönau. Claudio Graf Schönau."

Jetzt war es an Bollmus, runde Augen zu machen. „Das sieht ihm ähnlich!" meinte er kopfschüttelnd. „Er hat euch zum Narren gehalten!"

„Hat er ooch!" sagte Jette. „Aber nich so, wie du wohl denkst – nee! Denn wie er nu weg war, da kam doch mal ne feine Dame und erkundigte sich nach ihm."

Nette nickte bekräftigend. „Und da zeigte sich, daß er jar keen Jraf war und ooch nich Schönau hieß, sondern Konstantin – und was war er? Ein Prinz, Jeremia, 'n leibhaftiger Prinz!"

„Da habt ihr euch ja herrlich anschwindeln lassen!" sagte Jeremia, brachte aber doch sein Stück Aal nicht hinunter. „Was für ein Prinz?"

„Nee, nee!" antwortete Nette. „So sehen die Schwindler nich aus, dadrauf kannst du dich verlassen. Konstantin Prinz von Wertenberg, jawoll, so hieß er."

Mit dem Hofrat Bollmus ging eine sehenswerte Veränderung vor. Erst wurde er rot, dann blau, dann weiß. „Nette!" sagte er mühsam und verdrehte die Augen. „Jette! Ich bin euer Bruder. Schwört mal!!"

„Aber sicher!"

„Dann – dann ist es eine Verwechslung. Wie sah er aus?"

Sie beschrieben ihn. Sie beschrieben auch Werner.

„O Gott!!" sagte Bollmus vernichtet, die Hand auf dem Herzen.

Schließlich stand er auf.

„Wo willste denn hin? Die kleene Türe links, Jeremia!"

Aber Bollmus ließ sich nicht an der kleinen Türe links genügen, er warf den Mantel um, hieb den Zylinder knallend auf sein Haupt und rannte davon, wiewohl es wieder stark zu regnen begonnen hatte.

„Die Aale!" sagte Jette.

Wer den Hofrat unterwegs sah, mußte ihn für gestört halten. Manchmal rannte er wie toll, was ihm auf dem sandigen Wege schwer genug fiel, manchmal blieb er stehen, manchmal schien er umkehren zu wollen, um dann mit doppelt beflügeltem Schritt weiterzueilen. Dabei fuchtelte er wild mit den Armen oder schlug mit dem Schirm auf einen unsichtbaren Gegner ein.

So kam er in sein Gasthaus.

Rose war nicht da.

„Natürlich!" murmelte Jeremia.

Wieso übrigens natürlich? Bei diesem Wetter ging man nicht aus!

Er klingelte.

Das Stubenmädchen erschien.

„Meine Tochter?"

Das Mädchen sah ihn verwundert an. „Demoiselle Bollmus?"

„Ja!"

„Sie ist abgereist, Herr Hofrat!"

„Unsinn! – Abgereist?!"

„Ich hab' ihr geholfen, den Koffer packen. Der junge Herr hat unten auf sie gewartet, im Wagen."

„Der –? So, so, ja. Koffer. Wagen. Gewartet. Jawohl."

„Auf dem Tisch", sagte das Mädchen, verschüchtert durch sein sonderbares Benehmen, „liegt ein Brief."

Bollmus nickte nur und setzte sich schwerfällig. Das Mädchen ließ ihn allein. Eine Weile starrte er auf den Fußboden, die Hände zwischen den Knien gefaltet, und konnte nicht einmal seufzen. Dann, als müßte er sich zum Erwachen zwingen, hob er den Kopf, erinnerte sich des Briefes und öffnete ihn.

Teurer Vater – schrieb Rose –, wenn ich Sie heute und

gewiß nur für kurze Zeit verlasse, so geschieht es aus freiem Willen und nach reiflicher Überlegung, die, wiewohl sie mich manche Träne kindlicher Liebe gekostet, den Entschluß brachte, demjenigen Manne zu folgen, welchen mir die Stimme meines Herzens als für mich bestimmt angibt. Sie werden diese Wahl vielleicht fürs erste mißbilligen, niemals aber ändern können, und selbst wenn mein Herz geirrt haben sollte, so will ich doch lieber an einem so süßen Irrtum zugrunde gehen, als mit Drechslern ein Leben voll Bitterkeit dahinbringen. Claudio liebt mich, wie ich glaube, und ich liebe ihn, wie ich weiß. Mittel werden sich finden lassen, ein bescheidenes, aber glückliches Dasein zu führen; die Zeit wird Ihren heutigen Groll verfliegen lassen, und Sie werden erkennen, daß, wenn jemand gefehlt hat, nicht ich es war, davon bin ich überzeugt. In der gewissen Hoffnung, bald Ihre Verzeihung zu erlangen für einen Schritt, der zwar schnell, aber nicht unüberlegt geschieht – Ihre getreue Tochter Rose. P. S. Ich bitte Sie im Augenblicke meines letzten Grußes nur um eines, nämlich, uns nicht suchen zu lassen, denn dieses würde mit einem Unglück enden.

„Sie weiß es nicht!" murmelte Bollmus zerschmettert. „Denn was hieße sonst ‚ein bescheidenes, aber glückliches Dasein'? Himmel!"

Er bewegte lautlos die Lippen, stand auf, ging mit auf dem Rücken verschränkten Händen hin und her, blieb vor dem Spiegel stehen und streckte den Finger gegen sein Bild aus.

„O Tochter, Tochter! Gefallene, vielleicht schon verlorene Tochter! Beherzige das ernsthafte Vaterwort. Ich kann nicht über dich wachen, ich kann dir die Messer nehmen, du kannst dich mit einer Stricknadel töten. Vor Gift kann ich dich bewahren, du kannst dich mit einer Schnur Perlen erwürgen. Zieh hin! Lade alle Sünden auf, lade auch diese, die letzte, die entsetzlichste auf, und wenn die Last noch zu leicht ist, so mache mein Fluch das Gewicht vollkommen."

Bollmus griff sich an die Stirn. „Unsinn!" sagte er. „Da steh' ich und spiele ‚Kabale und Liebe' so gut wie einer. Iffland kann's nicht eindringlicher. Aber der Fluch, mein Kind, war nichts als ein Zitat, hörst du? Ich nehm' ihn feierlich zurück! Dreimal unberufen, das fehlte dir gerade noch, unglückliches Mädchen. Mir scheint, ich komme schon wieder ins Zitieren – das verdammte Theater!"

Er begann seine Wanderung durch das Zimmer aufs neue. „Gehen Sie, gehen Sie, Baron – der Segen war fort aus meiner Hütte, sobald Sie den Fuß dareinsetzten. Sie haben das Elend unter mein Dach gerufen, wo sonst nur die Freude zu Hause war – schon wieder Schiller! O unglückseliges Flötenspiel! Aber das kann man nun wirklich nicht sagen, daß der Segen aus meiner Hütte war, sobald er den Fuß dareinsetzte. Sei gerecht, Bollmus!"

Wieder vor dem Spiegel: „Das Mädel ist schön – schlank – führt seinen netten Fuß. Unterm Dach mag's aussehen, wie's will. Darüber guckt man bei euch Weibsleuten weg, wenn's nur der liebe Gott parterre nicht hat fehlen lassen – zum drittenmal gerate ich auf ‚Kabale und Liebe' – weshalb fällt mir nicht die ‚Jungfrau von Orleans' ein?"

Abermals unterwegs: „Sie weiß es nicht. Sie weiß nicht, wer er ist. Hält ihn für einen armen Musiker. Kleinste Hütte. Kartoffeln und Dünnbier. Also, beim Cerberus, ist es die reine Liebe! – Zum mindesten bei ihr. Und bei ihm? Ha!!"

Damit nun endlich war Bollmus an den Punkt gelangt, auf den es, wie ihm schien, ankam. Lange genug hatte er dazu gebraucht. Jetzt erst begann er, Blitze zu sammeln, die fürchterlichsten Pläne zu wälzen, und ein Schuhlöffel, den er erwischte, wurde zum Mordinstrument, wenigstens in Gedanken. Jetzt erst glaubte er zu begreifen, weshalb er fürstlich wertenbergischer Hofrat geworden war. Jetzt erst verstand er manches andere. Noch weit mehr aber blieb ihm auch jetzt noch dunkel, und er fürchtete, allzu lange in Berlin sitzen zu müssen, wenn er warten wollte, bis es ihm klar würde. Also beschloß er zum ersten, Rose weder zu suchen noch suchen zu lassen, denn dies hätte gewiß das Unglück nur vergrößert, und zum zweiten, am kommenden Morgen nach Aldringen zurückzufahren, um dort mit der Loring, der er vertrauen durfte, alles etwa Nötige zu besprechen. Das einzige, was er im Augenblick tun konnte, war, Torheiten zu unterlassen.

Am nächsten Morgen schien die Sonne nach ihrer himmlischen Gewohnheit auf Gerechte und Ungerechte, also nicht nur auf den Hofrat Bollmus, der in Berlin tiefsinnig die Postkutsche bestieg.

Sondern sie schien auch auf die königlich sächsische Stadt Meißen und den Balkon eines dortigen Gasthauses, wo ein Frühstückstisch, sehr zierlich gedeckt, schon recht lange wartete, zum Vergnügen der Wespen, die als kluge Tiere den sächsischen Kuchen zu schätzen wußten, während sie sich aus dem schönen Blick auf die Elbe und das Elbtal hinauf offenbar weniger machten.

Eine Untersuchung aller Gründe, weshalb die beiden Bewohner des zu dem Balkon gehörenden Zimmers so spät aufstanden, kann unterbleiben. Es genügt zu wissen, daß Claudio nach einer anstrengenden Nachtfahrt in Berlin angekommen, dort zunächst seinen früheren Bankier aufgesucht, sich von ihm bares Geld und einen Kreditbrief hatte geben lassen und sodann an die Verwirklichung seines nicht nur schändlichen, sondern auch wohldurchdachten Planes gegangen war, ein Unternehmen, das wider Erwarten ohne jede Schwierigkeit gelang, so daß die beiden Flüchtlinge Berlin schon im Rükken hatten, als der ahnungslose Bollmus noch die ersten Liebenswürdigkeiten mit seinen Schwestern austauschte. Claudio, dem die Berliner Polizei in unangenehmer Erinnerung war, tat alles, um möglichst bald die sächsische Grenze zu erreichen, und wiewohl ihn das Gewissen nicht sonderlich peinigte, war er doch froh, als er den schwarzweißen Schlagbaum im Rücken hatte. Sie waren den ganzen Tag über gefahren und kamen erst in der Dunkelheit nach Meißen, wo sie sich völlig sicher fühlen durften. Und das taten sie denn auch.

Jetzt also betraten sie, und zwar grenzenlos verliebt, den Balkon, auf dem es nur deshalb nicht zu heiß und zu hell war, weil sich ein Dächlein aus grünundweißgestreiftem Leinen darüberspannte.

„Wunderschön!" sagte Rose. „Ach, Claudio! Daß es auf der Welt überhaupt so herrlich sein kann! Was machen wir aber mit den Wespen?"

„Es ist der schönste Morgen, den es je gegeben hat", antwortete er, „und deshalb wollen wir die Wespen ausnahmsweise nicht umbringen, sondern sie mit Nachsicht behandeln. Ich denke, wenn wir erst einmal allen Kuchen aufgegessen haben, verschwinden sie wohl von selber."

„Ach ja!" sagte Rose. „So muß es im Paradies gewesen sein."

„Ich weiß nicht, ob das Paradies nun gerade in Sachsen lag."

„Es kommt nicht so genau darauf an. Bist du glücklich, Claudio?"

„Ja."

„Ich auch. Das heißt –"

„Was? Heißt es schon wieder etwas?"

„Du darfst mir's nicht übelnehmen, aber ich muß doch an meinen Vater denken."

„Er ist ein Philosoph!" tröstete Claudio.

„In der letzten Zeit schien mir's manchmal nicht gar so weit her zu sein mit seiner philosophischen Gelassenheit."

„Nun, jedenfalls kann er sich jetzt darauf besinnen."

„Sei nicht roh!"

„Du weißt", lachte er und streichelte sie, „daß ich ein ausgemachter Rohling bin."

„Ach ja!" sagte sie wieder, lehnte den Kopf an seine Schulter und schloß die Augen.

So saßen sie eine lange Weile da, und der Kaffee wurde kalt, wenn er nicht schon vorher kalt gewesen war.

„Verzeihen Sie, wenn ich meine Erzählung hier unterbreche", sagte Herr von Kirchberg und nahm eine Prise. „Aber Sie müssen mir schon eine kleine Erholung von soviel Liebe gönnen. Ich hätte auch nichts dagegen, wenn du mir noch eine Tasse Tee einschenken würdest."

Fräulein von Kirchberg legte ihre Handarbeit beiseite und kümmerte sich um ihre Hausfrauenpflichten.

Der Archivar räusperte sich. „Danke! – Nein, sagen Sie selbst, ist es nicht besser, wir lassen die beiden auf ihrem Meißner Balkönchen unter dem grünundweißgestreiften Leinendach sitzen, solange sie Lust haben, und tun, als ob wir sie nicht sähen? Ich war auch einmal jung und nicht gerade ein Engel und habe Verständnis für dergleichen – aber für den unbeteiligten Zuschauer ist Liebe doch nur bis zu einem gewissen Grad erträglich; darüber hinaus fängt sie leicht an komisch zu werden. Hätten Sie es beispielsweise für möglich gehalten, daß Rose, die uns doch bisher stets als ein recht vernünftiges Frauenzimmer erscheinen mußte, plötzlich dermaßen den Verstand verliert, noch dazu in Meißen? Ihren trostlosen Vater, ihr ruhiges Dasein hat sie mit einem schnellen Entschluß in der Vergangenheit gelassen, und die Zukunft verbirgt ein undurchsichtiger Vorhang; nur das bißchen Gegenwart, das doch eigentlich gar nichts ist, bleibt ihr für den Augenblick – aber der Augenblick genügt ihr!" Herr von Kirchberg sah zwinkernd von einem zum andern, als dürfe er auf diese Betrachtungen wohl eine Antwort erwarten.

„Recht hat sie!" sagte Rose und stach die Nadel ganz energisch in ihre Stickerei. „Denn wer weiß, ob sie in ihrem Leben je wieder so glücklich wird!"

„Sie haben", sagte der Hauptmann, „die Rolle übernommen, die der Chor in der antiken Tragödie hatte.

Dieser Chor setzte sich, soweit ich mich erinnere, stets aus alten Männern zusammen, und da ist es denn keine so große Leistung, weise zu sein und sich zu entrüsten."

„Ihr seid die Liebenswürdigkeit selber!" entgegnete der Archivar. „Bin ich nicht der Vater aller Figuren, die ich euch mit soviel Sorgfalt und Mitgefühl nahegebracht habe? Und jetzt ergreift ihr deren Partei und wollt gegen mich rebellieren, junges Volk! Ach du lieber Himmel, daß die Menschen doch niemals gescheiter werden! Soll ich euch nun etwa ausführlich schildern, wie unser entflogenes Taubenpärchen bis zum Abendessen hinter dem Balkongitter sitzt und schnäbelt? Als ob es nicht immer wieder dasselbe wäre!"

„Die Sache bleibt freilich stets dieselbe", sagte Rose. „Aber die Leute wechseln, und beides ist schön."

„Sieh die Jungfer Naseweis an! Du hättest also nichts dagegen, in Meißen zu sitzen?"

„Abgesehen von den Wespen . . ."

„Nun, dann warte nur, bis es dunkel wird, da verschwinden sie schon von selber; mir scheint aber, es wäre fast besser, wenn du die Geschichte weitererzähltest."

„Ich sitze auf dem Balkon!" erwiderte Rose mit entschiedenem Kopfschütteln.

„Und ich", sagte der Hauptmann lachend, „möchte wissen, wie Claudio sich aus der Affäre zieht. Denn noch ist da vieles zu erwägen!"

„Sehr richtig!" antwortete Herr von Kirchberg, dem man das innigste Vergnügen ansah. „Da haben wir den Unterschied zwischen Mann und Frau: sie läßt sich am Augenblicke genügen und vertraut gefühlsmäßig darauf, daß eben dieser Augenblick schon eine ordentliche Zukunft in sich habe, er dagegen vergißt nicht, daß es auch Sorgen gibt."

„Fragt sich nur, welche Veranlagung die glücklichere ist!" sagte Rose.

„Mußt du denn immer das letzte Wort haben? Aber meinetwegen, der Klügere gibt nach!"

„Und der andere behält recht."

Herr von Kirchberg warf einen Blick zur Stubendecke, lehnte sich aber behaglich zurück, um in seiner Erzählung fortzufahren.

„Darf ich geschwind noch etwas bemerken?" fragte der Hauptmann.

„Bitte?"

„Ich möchte auch auf dem Balkon sitzen."

Meißen oder nicht – fuhr also der Archivar fort –, Claudio und Rose verbrachten die verliebtesten Tage, die es (ihrer Ansicht nach) jemals auf der Welt gegeben hatte. Für Claudio war es das erstemal, daß Liebe mit Verantwortung verknüpft erschien, und in diese neue Rolle fand er sich mit einer gewissen Würde und Männlichkeit. Wie es enden sollte, wußte er nicht, wenn er auch in ruhigen Minuten darüber nachdachte. Einstweilen jedoch war er so unbeschreiblich glücklich, daß ihm alles andere unwichtig vorkam. Von der Porzellanstadt fuhren sie die kurze Strecke nach Dresden, blieben dort einige Zeit, und hier war es, wo sich bei Rose wieder die ersten Anzeichen ihrer früheren Besonnenheit wenigstens schüchtern bemerkbar machten. Es ist klar, daß sie sich auf eine längere Reise nicht hatte vorbereiten können, und Claudio, der sie am liebsten jeden Morgen in einem neuen und noch schöneren Kleid gesehen hätte, begann, in der sächsischen Hauptstadt Einkäufe für sie und mit ihr zu machen. Dagegen hatte sie nun gewiß nichts einzuwenden, aber es mußte ihr auffallen, wie großzügig ihr wandernder Musikus mit dem Geld umging, in wie noblen Gasthäusern er mit schöner Selbstverständlichkeit zu wohnen pflegte, wie freigebig er Trinkgelder verteilte, und daß sie niemals mit dem Ordinaripostwagen fuhren, sondern stets in der Extrapost. Die Goldstücke glitten ihm auf eine Weise aus der Hand, daß Rose dies mit wachsenden Bedenken sah, und es dauerte nicht lange, so fragte sie ihn deswegen. Aber Claudio lachte nur und erfand in aller Geschwindigkeit eine Antwort, nämlich, daß es sich um seine Ersparnisse handle (wozu noch eine kleine Erbschaft komme, die er früher gemacht habe) und daß er nicht einsehe, weshalb er für sein Geld nicht auch einmal etwas haben solle – eine Antwort, die ihr freilich nicht recht genügte, zumal sie sich leicht ausrechnete, daß man für den Preis eines einzigen Kleides ganze Regimenter der schönsten irdenen Häfen und Schüsseln hätte kaufen können, und diese hielt sie letzten Endes für wichtiger. So sehr ihr aber auch diese Gedanken im Herzen herumgingen, so brachte sie sie einstweilen doch nicht über die Lippen, weil sie Claudio die Freude nicht verderben wollte. Im stillen jedoch nahm sie sich einiges vor, was ungefähr mit den Worten ‚Warte du nur . . .!' beginnen mochte.

Teils mit dem Schiff, teils mit dem Wagen reisten sie das romantische Elbtal hinauf, kamen über die böhmische Grenze und schließlich nach Prag. Claudio hatte hier ein vorläufiges Ziel gesehen; nach der stillen Zeit in Aldringen aber und weil die Welt so unvergleichlich schön war, befiel ihn eine unbändige Reiselust, und so fuhren sie weiter nach Wien.

Rose, die nun endlich die blaue Ferne kennenlernte und ihren sehnsüchtigen Wunsch erfüllt sah, blühte zum Entzücken auf.

Je weiter ihr Gesichtskreis wurde, desto besser verstand sie sich ihm anzupassen. Aus dem hübschen, aber engen Aldringer Geschöpf wurde mit jener Schnelligkeit, wie sie nur bei Frauen (und auch da nur bei den besonders begabten), zu finden ist, eine so scharmante Person, daß selbst Claudio ins Staunen geriet.

Er hatte niemals daran gedacht, nur mit ihr zu spielen – jetzt aber mußte er sie völlig ernst nehmen. Das heißt, er war auf dem sehr ernsten Punkt angelangt, wo sich die Verliebtheit mit Achtung mischt und in Liebe wandelt – jetzt erst fühlte er ganz, was er früher nur behauptet hatte: daß er sie wirklich liebte, und daß sein Schicksal mit dem ihren verbunden worden war, ohne daß er diesen wunderbaren Vorgang deutlich bemerkt hatte. Er grübelte nicht darüber. Er nahm es hin und war sehr glücklich. Das Leben war so schön, daß er gern alles fernhielt, was einen Schatten auf seine Blumenbeete hätte werfen können, und er hatte nicht die Absicht, die Wolken eigenhändig über den Horizont heraufzuziehen – sie würden schon von selber kommen. Claudio träumte, aber er war sich darüber klar, daß er eines Morgens würde aufwachen müssen – und jene gewissen Mächte, die weder zu träumen noch zu schlafen pflegen, sorgten dafür und waren bereits am Werke.

Jene gewissen Mächte bedienten sich zu ihrem Zwecke – und dies erscheint nicht weiter verwunderlich – des Herrn Jeremia Bollmus. Der Hofrat, nach Aldringen zurückgekehrt, fand bestätigt, was er geahnt hatte: auch Werner war – nach seiner Unterredung mit Karoline – alsbald verschwunden.

An und für sich hätte das dem Hofrat wenig Kummer gemacht, bedenklich war es jedoch, daß Karoline sich weigerte, ihn zu empfangen, und er fürchtete, daß sie keinem anderen als ihm die Schuld an den Ereignissen gab. Dies traf ihn aufs empfindlichste, zumal wenn er weiterdachte und sich die Zukunft auszumalen versuchte: das Theater, ja schlechthin seine ganze Existenz, schien ihm bedroht zu sein, und jetzt erst sah er ein, wie schwarz der Tag gewesen war, an dem er die beiden Fremden mit soviel Vergnügen in seinem Haus aufgenommen hatte.

Da er sich also in Ungnade fühlen mußte, blieb ihm die Loring als einzige Freundin und Zuflucht, und sie enttäuschte ihn um so weniger, als sie selber sich wegen ihrer Blindheit Vorwürfe machte.

„Ach, ach", sagte Jeremia zu ihr, „wie ganz anders war es, als ich zum letztenmal auf diesem Kanapee saß – erinnern Sie sich noch? Ha, wenn ich denke, daß schon damals das Unheil über mir schwebte, während ich Ihnen munter den Don Juan vortrug, ohne zu ahnen, daß ein reißender Wolf solcher Art bereits in meinen friedlichen Schafstall eingebrochen war!"

„Das Schaf waren Sie!" stellte die Loring fest und tröstete sich mit einem gehörigen Schluck Rotwein. „Aber Sie machen das Übel nicht besser, indem Sie die Hände ringen und jammern. Seit Tagen sitzen Sie nun tatenlos hier, können sich zu nichts entschließen –"

„Was soll ich denn tun?"

„Handeln!" sagte sie und streckte den knochigen Zeigefinger gegen ihn aus, wobei es unheimlich in ihren Gelenken knackte.

„Die beiden verfolgen?"

„Wir sind hier nicht auf dem Theater. Zudem ist die Welt außerhalb Aldringens ziemlich weit, und Sie könnten lange suchen, bis Sie das Pärchen fänden – mittlerweile wären Sie Großvater!"

„Großvater!" stöhnte Jeremia, der die Angelegenheit unter diesem Gesichtspunkt offenbar noch gar nicht betrachtet hatte. „Seien Sie barmherzig, Gräfin!"

„Ich könnte daran wohl wenig ändern!" entgegnete sie, „hoffen wir einstweilen das beste! Sie müssen nach Wertenberg, Bollmus!

„Und was soll ich dort?"

„Der Prinz scheint mit seiner Mutter in besonders gutem Einvernehmen zu stehen. Wenn jemand der Sache eine günstige Wendung geben kann, so ist es die Fürstinwitwe."

„Und was nennen Sie eine günstige Wendung?"

Die Loring dachte nach. „Hm", sagte sie schließlich, „das kommt ganz darauf an. Jedenfalls aber müssen Sie zeigen, daß Sie nicht gesonnen sind, diese unerhörten Begebenheiten stillschweigend und womöglich gar mit einer submissen Verbeugung zu schlucken. Nehmen Sie eine demokratische Haltung an!"

„Um Gottes willen! Das sagen Sie?"

„Ich rede ja nur von annehmen."

„Aber wie soll es weitergehen!" grübelte Jeremia bekümmert.

„Das wird Ihnen noch einfallen. Es muß! Waren Sie denn nicht sonst der Hansdampf in allen Gassen, nie um eine gute Idee verlegen und stets mit der Butterseite nach oben? Also! Enttäuschen Sie mich nicht, Jeremia! – Unter uns: auch mir liegt daran, alles zu einem guten Ende zu bringen. Karoline ist außer sich, sie hat mich im Verdacht, daß ich mehr gewußt habe, als ich zugebe, ja, daß ich sie absichtlich im unklaren gelassen habe –"

„Schändlicher Gedanke!"

„Nichts macht den Menschen ungerechter als die Erkenntnis einer versäumten Gelegenheit."

„Wie?" fragte Jeremia, der von einem Staunen ins andere fiel. „Sie glauben, daß –"

„Offenbar wissen Sie nicht, daß die Frau, die der Prinz heiratet, aller Voraussicht nach einmal Fürstin von Wertenberg wird!"

„Auch das noch!!" sagte er und stand auf. „Ich fliege!"

Die Loring begleitete ihn bis zur Tür. Noch nie hatte sie dermaßen gerasselt und geklappert.

Eines regnerischen Vormittags saß der Staatsminister von Klinger an seinem Schreibtisch und war soweit mit der Welt leidlich zufrieden, als ihm ein gewisser Hofrat Bollmus gemeldet wurde. „Bollmus?" fragte er den Sekretär. „Mir unbekannt. Fertigen Sie ihn ab."

„Der Herr Hofrat kommt aus Aldringen."

„Aus – ach, jawohl! Ich lasse bitten, sagen Sie aber, daß ich mit Geschäften überhäuft bin. Ja ... Aldringen ... da fällt mir ein: ist es wahr, daß Werner wieder hier ist?"

„Zu dienen."

„Merkwürdig!" sagte Klinger. „Merkwürdig, daß er sich bei mir noch nicht hat blicken lassen, und doppelt merkwürdig, daß er allein zurückgekommen sein sollte. Wenn Sie ihm begegnen – demnächst – zufällig – –"

„Sehr wohl!"

„Und nun also den Herrn Hofrat!"

Bollmus trat ein, schwarz gekleidet.

„Es ist sehr freundlich von Ihnen", sagte Klinger, „daß Sie uns besuchen. Ihre Verdienste sind mir nicht unbekannt, die Auszeichnung ist einem würdigen Manne zuteil geworden. Sie haben eine angenehme Reise gehabt?"

„Meine Verdienste?" erwiderte Bollmus mit viel Tragik im Tonfall. „Nun ja, vielleicht kann man's auch Verdienste nennen. Es kommt auf den Standpunkt an." Dem Rat der Loring zufolge befleißigte er sich von vornherein – wiewohl sie ihm gar nicht geheuer war – einer demokratischen Haltung, die auf den ahnungslosen Klinger allerdings so überraschend wirken mußte, daß jener sich augenblicklich seelisch zuknöpfte und den Besucher mit kühl verwunderten Blicken musterte.

„Bescheidenheit", sagte Klinger, „ist von jeher das Kennzeichen bedeutender Charaktere. Ihre Beziehung zum fürstlich wertenbergischen Hause sind mir durchaus bekannt."

„Herr Staatsminister!" unterbrach ihn Jeremia und stand da wie ein alter Römer. „Es ist wahr, ich habe einige Verdienste um das Theater, aber auch das Theater hat Grenzen!"

„Ohne Zweifel!" sagte Klinger unsicher. „Indessen sind diese Grenzen –"

„Halten Sie es für richtig, die Handlung der ‚Emilia Galotti' von der Bühne weg und ins wirkliche Leben zu verpflanzen?"

„Ich?" fragte Klinger, in aller Geschwindigkeit bemüht, sich an Lessings Trauerspiel zu erinnern. „Sie verlangen zuviel von mir, ich bin kein Theaterdirektor, sondern nur Minister."

„Auch jener Marinelli war Minister!"

„Marinelli?" fragte Klinger. „Entschuldigen Sie . . . es

geht einem soviel durch den Kopf ... der Name ist mir zwar bekannt ..."

„Der alte Galotti", sagte Bollmus mit der großartigsten Bewegung, „hatte ein Vorbild in dem römischen Plebejer Virginius, welcher seine Tochter Virginia erstach, weil ihre Ehre bedroht war, und zwar von einem gewissen Appius Claudius!"

„Nun gut – und weiter?" fragte Klinger mit ungeduldigem Kopfschütteln. „Ich weiß nicht, wohin Sie steuern, Herr Hofrat, aber mir scheint, daß Sie ziemlich weit hinten anfangen. Dringende Arbeiten –"

„Ich sagte Claudius!!" wiederholte Jeremia mit solcher Betonung, daß Klinger stutzig wurde. „Kennen Sie jemanden dieses Namens?"

„Oh ...!" sagte der Minister und zog die Brauen hoch. „Allerdings – wenn auch nicht gerade – ich will doch nicht hoffen –"

„Von Hoffnungen sei hier nicht die Rede!" rief Bollmus mit einem hinlänglich wilden Blick. „Mir genügt, was geschehen ist!"

„Setzen Sie sich, bitte!" sagte Klinger und verschanzte sich hinter seinem Schreibtisch. „Ich habe bisher Ihre – hm – etwas abrupten Äußerungen nicht recht verstanden, nun aber scheint mir, daß etwas Ernstliches dahintersteckt?"

„Etwas sehr Ernstliches!" antwortete Jeremia.

Er war so erregt, daß er, ohne dessen inne zu werden, aus der rückwärtigen Tasche seines Fracks die Schnupftabaksdose fischte und eine umfängliche Prise zwischen Daumen und Zeigefinger nahm. So, auf der Stuhlkante sitzend und das schwärzliche Pulver schußbereit, sagte er: „Sie erblicken in mir den Plebejer Virginius!"

„Gott im Himmel!" erwiderte Klinger, der sich nach diesen klassischen Andeutungen zwar ein vollkommen richtiges Bild machte und peinlich genug berührt war, andrerseits die Komik in des Hofrats Haltung nicht übersehen konnte. „Sie haben Ihre Tochter erstochen?"

„Noch nicht!" sagte Bollmus und schob sich den Tabak in die Nase. „Noch nicht! Aber es besteht nicht der geringste Zweifel, daß ich's tun werde, sobald ich sie erwische!"

„Ihre Tochter?"

„Und ihn!" Er nieste gewaltig.

„Zur Gesundheit!" sagte der Minister. „Die beiden sind also, hm, abgereist?"

„Er hat sie entführt!"

Herr von Klinger war deutlich nervös. Er blätterte in einem daliegenden Akt und klappte ihn wieder zu; nahm die Papierschere und legte sie wieder auf den Tisch; strich über sein schönfrisiertes graues Haar. „Als ob man nicht schon genug Sorgen hätte ...", murmelte er schließlich und stand auf, aber Jeremia blieb sitzen und folgte ihm mit seinen Blicken auf der Wanderung durch das Zimmer.

„Es ist ausgeschlossen, daß ich Serenissimo über diesen höchst beklagenswerten Vorfall berichte. Ausgeschlossen. Ich würde damit keinerlei Verständnis begegnen und die Sache gewiß nur verschlimmern. Deshalb möchte ich auch Ihnen, Herr Hofrat, dringend raten, nichts dergleichen zu unternehmen, vor allem aber sich nicht etwa mit einem Immediatbericht an Seine Durchlaucht zu wenden. Aber ich hoffe, daß Sie mir, als dem verantwortlichen Minister des Hauses, glauben, daß ich alles tun werde, was in meinen Kräften steht."

„Und was steht in Ihren Kräften?" fragte Jeremia.

„Zunächst wird es das beste sein, wir ziehen Ihre Durchlaucht die Fürstinwitwe ins Vertrauen. Sie sind Ihrer Durchlaucht nicht unbekannt. Begleiten Sie mich nach Schönau!"

„Und wann –"

„Sofort!" Klinger läutete und bestellte den Wagen. „Sie sehen, daß mir selber viel daran liegt, diese ... Unbesonnenheit ... Sie hatten keine Ahnung, um wen es sich bei diesem Herrn Schön handelte?"

„Nicht die Spur einer Ahnung!" schwor Jeremia. „Oh!

Ich hätte sie sonst mit diesen meinen Händen schon früher umgebracht!"

Klinger blieb stehen und sah zu ihm herab. „Warum eigentlich?" fragte er, und auf seinem Gesicht war zum erstenmal wieder der Anflug eines Lächelns. „Ich an Ihrer Stelle würde mit meinen Äußerungen etwas bedachtsamer sein. Ein so ausnehmend schönes Mädchen –"

„Sie kennen meine Tochter?" fragte Bollmus erstaunt.

„Nein, aber den Prinzen", sagte Klinger. „Wenn Sie mich nur für fünf Minuten entschuldigen wollen – ich muß, ehe der Wagen kommt, unbedingt noch einiges erledigen und treffe Sie dann im Vorzimmer."

Bollmus ging hinaus. Er fand, daß er die Rolle des alten Römers mit ziemlich gutem Gelingen und vor allem mit Erfolg durchgeführt habe und daß es damit genug sein dürfe; auf die Dauer stand ihm der klassische Faltenwurf und die demokratische Haltung nicht, das fühlte er, und allmählich hatte er das dringende Bedürfnis, in seinen gemütlichen und gutbürgerlichen Aldringer Hausrock zurückzuschlüpfen, zumal dieser Herr von Klinger keineswegs ein Marinelli, sondern ein recht ordentlicher Mann zu sein schien.

Der Minister schrieb unterdessen einige Zeilen, versiegelte das Blatt und gab es dem Sekretär mit der Weisung: der Brief solle sofort durch einen reitenden Boten nach Schönau gebracht werden und müsse unbedingt dort sein, bevor er selber mit dem Hofrat eintreffe.

„Wir wollen die Zeit nützen", sagte er dann zu Bollmus, als sie nebeneinander im Wagen saßen. „Erzählen Sie mir also ausführlich, wie alles gekommen ist. Je mehr ich weiß, desto eher werde ich einen Ausweg sehen."

Der Hofrat folgte der Aufforderung um so lieber, als es ihm trotz allem doch schmeichelte, daß er in Wertenberg mit soviel Verständnis und Zuvorkommenheit aufgenommen wurde. Klingers Persönlichkeit verfehlte ihre Wirkung auch diesmal nicht.

Ihre Durchlaucht empfing die beiden Besucher mit

freundlichem Ernst. „Ich hätte nicht gehofft, Sie so bald wiederzusehen!" sagte sie zu Jeremia. „Wie steht's in Aldringen? Aber ich brauche kaum zu fragen, wie es steht, denn was sollte sich in dieser heiteren Stille wohl ändern!"

Bollmus, von soviel Wohlgeneigtheit vollends erschüttert, warf dem Minister einen ziemlich hilfesuchenden Blick zu, und Klinger übernahm das Amt des Sprechers aufs bereitwilligste.

Viktoria hörte wortlos zu und verriet ihre Empfindungen nur durch ein gelegentliches mißbilligendes und bedauerndes Kopfschütteln.

Als er nach etwa einer Viertelstunde mit dem Bericht zu Ende war, sagte sie: „Ich bin recht empört über meinen Sohn, lieber Klinger. Aber das einzige, was mich an der Geschichte wundert, ist dies: daß unser Hofrat nicht längst alles vorausgesehen hat. – Ich kann es Konstantin nicht übelnehmen, daß er sich in Rose verliebt hat. Sie ist auch allzu liebenswürdig!"

Bollmus vergaß in diesem Augenblick sein zerstörtes Lebensglück und war nur noch Vaterstolz. Im nächsten allerdings besann er sich und brachte einen bekümmerten Ausdruck in sein Antlitz. „Das mag nun sein, wie es will", sagte er, „was aber soll daraus werden? Wenn Durchlaucht bedenken –"

„Sie haben recht, lieber Hofrat, man muß bei so delikaten Dingen alles bedenken, und zwar gründlich und immer wieder. Nichts darf übereilt werden, wenn man alles in die beste Ordnung gebracht sehen möchte. Und das wollen Sie doch? Nun also! Glauben Sie, daß es Ihnen hier in Schönau zu einsam sein wird? Ich hätte Sie sonst gebeten, für ein paar Tage mein Gast zu sein – ach, aus reiner Selbstsucht, denn wie lange ist es her, daß ich das Vergnügen gehabt habe, mit einem so gründlich gebildeten und verständigen Manne zusammenzusein. Wir werden uns währenddessen überlegen – und Herr von Klinger wird es auch tun –, wie alles anzufangen ist, denn ich wünsche nichts mehr, als diesen unverantwortlichen Streich zu einem guten Ende zu führen. Denn unverantwortlich und überaus leichtsinnig ist er, das wollen wir nicht vergessen."

„Unbedingt!" sagte Jeremia.

„Nicht genug zu tadeln!"

„Nicht genug, Durchlaucht!"

„Jugend hat nun einmal keine Tugend!"

„Leider!"

„Sie wollen mir also in der Tat Gesellschaft leisten?"

„Wenn Durchlaucht mit meinen geringen Fähigkeiten zufrieden sind –"

„Oh", sagte Viktoria, „Sie werden mich oft genug in Verlegenheit sehen: es kommen so wenig geistreiche Leute hierher."

Jeremia, ein Häuflein geschmolzener Wonne in einem schwarzen Frack, verbeugte sich auf seinem Stuhl unaufhörlich. Glanz ging von ihm aus, die römische Toga wanderte endgültig in die Requisitenkammer. Klinger nickte Ihrer Durchlaucht befriedigt zu, sie hatte seine eilige Botschaft aufs beste begriffen. Er versprach dem Hofrat, sein Gepäck sofort herauszuschicken, und empfahl sich bald. Ihre Durchlaucht ersuchte ihn aufs dringendste, alles zu tun, was in seinen Kräften stand, und das erste müsse wohl sein, den Aufenthaltsort der beiden verliebten Flüchtlinge in Erfahrung zu bringen.

Der Minister brauchte sich nicht allzu lange Sorgen über diesen Punkt zu machen. Bereits am nächsten Tage nämlich fand sich unter der eingelaufenen Post ein dicker Brief, der für Werner bestimmt war mit dem Zusatz „Durch freundliche Vermittlung des Herrn Staatsministers von Klinger, Wertenberg". Er kam aus Wien, die Handschrift war Klinger sehr wohl bekannt.

Er wendete den Brief nachdenklich hin und her. Die Sache lag klar: Claudio wußte nicht, ob Werner noch in Aldringen war oder wo er sich sonst befand, wünschte ihm jedoch Mitteilungen zu machen und verließ sich auf den Minister, von dem er annahm, daß er den Freund schon finden werde.

Klinger betrachtete das Siegel. Dann rief er den Sekretär und fragte: „Sie haben Werner noch nicht getroffen?"

„Er wird sich heute nachmittag um drei Uhr melden."

„Gut! Sie haben diesen Brief gesehen?"

„Ja."

„Ich wüßte gern, was darin steht."

„Sehr wohl!"

„Geben Sie aber acht auf das Siegel."

Zehn Minuten später hielt er den geöffneten Brief in der Hand und begann ihn mit großer Aufmerksamkeit zu lesen. Er machte sich ein paar Notizen in sein Taschenbuch, und nach weiteren zehn Minuten lag der Brief wieder jungfräulich im Aktenkorb.

„Eine verzweifelte Geschichte!" murmelte Klinger. „Eine verzweifelte und schwierige Geschichte. Hoffentlich bleibt der gute Bollmus so lange geduldig." Er setzte sich in einen Lehnstuhl und versank in tiefes Nachdenken. Als der Sekretär eine Stunde später das Zimmer betrat – niemand hatte auf sein Klopfen geantwortet –, fand er seinen Herrn noch immer in dem Lehnstuhl, und der Minister hatte deutlich Mühe, sich aus seinen Gedankengängen in die Gegenwart zurückzufinden – er schien sehr weit weg gewesen zu sein.

Nachmittags wurde Werner zur vorgesehenen Stunde gemeldet. Die Stimmung war eigentümlich genug: vor den Fenstern stand ein grauer, schwüler Sommertag, der nicht wußte, ob er sich für Lachen oder Weinen entscheiden sollte, im Zimmer herrschte eine ähnliche Spannung. Werner hatte ein schlechtes Gewissen wegen eines Ereignisses, an dem er gar nicht schuld war – aber er wußte freilich aus Erfahrung, daß die Schuldfrage an dieser Stelle nur eine sehr geringe Rolle spielte; Hauptsache pflegte hier zu sein, daß man jemanden fand, dem man die Schuld zuschieben konnte – dies genügte in den meisten Fällen. Deshalb neigte er dazu, das Leben im Augenblick recht trübe zu beurteilen. Andererseits kannte er den Minister als einen Mann von unberechenbarer Klugheit, die ihn – auch gegen seine Empfindungen – immer das tun ließ, was für ihn selber am vorteilhaftesten war; er war der eigentlich Regierende und ein irrtumloser Rechner. Wog Werner das gegeneinander ab, so ergab sich, was er auch ohnedies wußte: schwebende Unklarheit der Lage. Er bemühte sich also, möglichst gelassen zu erscheinen und war so ziemlich auf alles gefaßt.

„Wie ich höre, befinden Sie sich schon seit einiger Zeit wieder in Wertenberg", sagte Klinger. „Der romantische Ausflug nach Aldringen ist also wohl zu Ende, wenigstens was Sie betrifft!"

Werner versuchte, in Klingers Gesicht einige Nachrichten über den Barometerstand zu lesen, aber der Minister war ruhig und undurchdringlich wie meistens.

„Der Prinz", fuhr er fort, „ist nicht mit Ihnen zurückgekehrt, soviel ich weiß?"

„Leider nicht", antwortete Werner. „Ich hätte mich schon längst pflichtgemäß zurückgemeldet, wenn ich nur über Seine Durchlaucht etwas zu berichten wüßte. Aber ich kann's nicht und warte täglich auf Nachricht von ihm. Ich weiß nicht einmal, wo er ist."

„Nun", sagte Klinger, „vielleicht erfahren Sie es aus diesem Brief – die Handschrift ist unverkennbar. Ich wäre Ihnen verbunden, wenn Sie ihn jetzt gleich lesen wollten." Er gab Werner den Brief und begann Akten zu unterschreiben.

Nach ein paar Minuten räusperte sich Werner und faltete die Blätter zusammen. „Der Prinz", sagte er, „deutet nicht mit einem Wort an, daß er auf mein Stillschweigen rechnet. Ich habe demnach keine Veranlassung mehr, gewisse Dinge zu verheimlichen –"

„– die mir ohnehin bekannt sind!" sagte der Minister. „Denn ich hatte gestern früh das Vergnügen, Herrn Bollmus bei mir zu sehen."

„Jeremia?" fragte Werner erschrocken.

„Gegenwärtig ist er als Gast in Schönau gut aufgehoben." Klinger machte eine recht vielsagende Handbewegung. „Der Besuch war interessant, das können Sie sich wohl denken, aber nicht durchaus angenehm. Ich bin ein geplagter Mensch, mein lieber Werner, bin es von jeher gewesen, und nun, da ich älter werde, spüre ich die Last, die auf mir liegt, täglich mehr. Es wird Zeit, wenigstens einen Teil davon auf jüngere Schultern zu legen. Meinen Sie nicht auch?"

„Ich darf mir darüber kein Urteil erlauben."

Klinger fixierte ihn. „Hm. Ja. Sie sind allerdings nicht derart in den Gang der Geschäfte eingeweiht, wie ich wohl wünschte. Man sollte denken, daß Sie nach diesem fatalen Ende eines Sommerabenteuers – was denken Sie?"

„Der Prinz hat mir seine Absichten vollkommen verheimlicht; ich war grenzenlos überrascht, zu sehen, daß er Aldringen so plötzlich und ohne auch nur eine Zeile zu hinterlassen –"

„Ich glaube Ihnen, aber davon später. Fürs erste liegt mir etwas anderes am Herzen. Sie haben sich, ehe Sie im Frühjahr aus Wertenberg weggingen, um Ihre Aufnahme in den Dienst beworben. Halten Sie die Bewerbung aufrecht?"

„Ich muß wohl mit Recht fürchten", antwortete Werner zerknirscht, „daß dieser höchst unüberlegte Streich vor allem mich trifft. Es bleibt mir nichts übrig, als die Folgen zu tragen, wenn ich dies auch aufs tiefste bedaure."

„Nicht so eilig!" sagte Klinger. „Ihr jungen Leute mit eurem rabiaten Entweder-Oder! Mein lieber Freund, ich kenne Sie seit Ihren Kinderjahren und weiß, daß Sie Übung darin haben, den Kopf und manchmal auch andere Körperteile für Ihren Don Carlos hinzuhalten. So ist die Welt. Wenn Sie bereit sind, Folgen zu tragen, nun gut, tun Sie es. Ich brauche jemanden, der mich unterstützt." Er ließ Werner nicht aus den Augen und sprach langsam weiter, wobei er jedes Wort betonte. „Jemanden, der mich nicht nur für den Augenblick, sondern in

alle Zukunft unterstützt ... auch wenn bei uns einmal
Veränderungen eintreten sollen, wie man sie zwar nicht
hoffen, auf die man aber doch gefaßt sein soll. Sehen Sie,
ich bin gewissermaßen die Säule, die die Decke trägt;
man kann mich nicht wegnehmen, ohne daß der Plafond
herunterkommt; rechnet man aber mit der Zukunft und
mit meinen grauen Haaren, so muß man dafür sorgen,
daß zur rechten Zeit – zur rechten Zeit – neben dieser
Säule, die ja doch eines Tages von den Würmern gefres-
sen wird, eine andere steht, die im gegebenen Augenblick
die Last übernimmt. Ich halte es für meine Pflicht, so –
und so weit voraus – zu denken. Deshalb überlege ich
schon seit langem, ob es nicht vernünftig wäre, wenn ich
die Stelle eines Kabinettssekretärs einrichtete. Dazu
brauche ich freilich jemanden, der – nun, kurz und gut,
Sie verstehen mich?"

„Durchaus!" sagte Werner.

„Ich werde Seiner Durchlaucht dem Fürsten das Dekret
Ihrer Ernennung zum Kabinettssekretär zur Unterzeich-
nung vorlegen, ehe – verzeihen Sie den Ausdruck, den
ich lange genug zurückgehalten habe – ehe dieser verdammte Streich des Monsieur Schön ruchbar wird. Was
danach kommt, mein lieber Werner, werden wir gemeinsam auszubaden haben. Glauben Sie also ja nicht, daß die
Folgen, von denen Sie vorhin so heroisch sprachen, lediglich darin bestehen, daß Sie die Treppe hinauffallen!"

„Ich betrachte es als eine Prüfung!" antwortete Werner mit einem meisterlich bekümmerten Gesicht.

Klinger lächelte. „Unsere Köpfe", sagte er, „stecken
in derselben Schlinge, sind Sie sich darüber klar?"

„Soviel ich weiß, wäre es das erstemal, daß man zwei
in einer Schlinge henkt. Immerhin würde es mir eine
Ehre sein."

„Aber doch kein reines Vergnügen!" sagte Klinger.
„Ich jedenfalls kann mir etwas Angenehmeres denken.
Und nun äußern Sie Ihre Meinung zu dem, was uns so
sehr bewegt. Wie kann man das in Ordnung bringen?"

Zehntes Kapitel

„Werner ist hier!" sagte Claudio eines Morgens und ließ den Brief sinken, der vor wenigen Minuten für ihn abgegeben worden war.

Rose blickte ihn über den Tisch hinweg an. „Mir scheint, du bist nicht ganz glücklich darüber?"

„Oh, durchaus. Warum sollte ich's nicht sein? Das heißt —"

Sie lachte.

Sie war wunderschön – er sah sie an und lachte auch. „Nun ja, ich habe kein völlig gutes Gewissen. Er wird mir Vorwürfe machen, daß ich – daß wir ihn in Aldringen sitzenließen. Aber ich konnte wahrhaftig keinen dritten brauchen. Wäre es dir angenehm gewesen?"

„Was will er denn?"

„Nichts Besonderes", antwortete Claudio und steckte den Brief ein, „was soll er wollen? Mich wiedersehen. Uns! Ich hatte ihm geschrieben."

„Vielleicht braucht er Geld?"

„Wenn es weiter nichts wäre . . . !"

„Höre einmal, Claudio", sagte Rose, „weil wir gerade von Geld reden: du darfst nicht so gewagt spielen wie gestern und vorgestern!"

„Und vorvorgestern!"

„Ja, und alle die Tage her. Ich mag das nicht. Wenn du wüßtest, wie mir dabei ums Herz ist!"

„Aber ich habe gewonnen, gnädige Frau!"

„Eines Abends wirst du verlieren – und was dann?"

„Solange du bei mir bist, kann's nicht fehlen!" sagte
er leichtsinnig. „Sei doch froh: woher kämen sonst wohl
die hübschen Kleider und der noble Gasthof? Es ist ein
sehr einträglicher Zeitvertreib."

„Einmal aber legt doch der Teufel seinen Schwanz auf
die Karten. Versprich mir –"

„Sie vergessen, gnädige Frau, daß ich ein wandernder
Musikant war, als wir diese Reise antraten, und daß ich
ohne mein Kartenglück heute wahrscheinlich froh sein
müßte, wenn ich draußen in Grinzing aufspielen dürfte!"

„Es wäre mir fast lieber, Claudio!"

„Das Leben lockt dich nicht?"

„Oh, wer sagt das! Aber es muß ein ordentliches Leben sein – kein Seiltanzen über dem Abgrund! Wenn
ich dich so sehe, den unbegreiflich gleichgültigen Ausdruck, mit dem du Gold hinwirfst und Gold einstreichst,
dann wird mir angst."

„Man muß gleichgültig sein!" sagte er. „Nur mit
Gleichgültigkeit läßt sich das Gold beherrschen; wer es
liebt oder haßt, wird bald genug sein Sklave. Zeigt sich
denn nicht, daß ich recht habe?"

„Meinetwegen. Aber es hilft dir nicht das mindeste,
daß du recht hast. Denn ich will's nun einmal nicht, und
du bist so gut und folgst! Also?"

„Sieh einmal an! Meine sanfte Rose."

„Deine sanfte Rose wird gleich unsanft, wenn du mir's
nicht versprichst. Keine Karte mehr, ja?"

„Aber Wien –"

„Wir reisen ab."

„Ein erwägenswerter Gedanke!" sagte er und sah sie
mit heimlicher Verwunderung an. „Wußt' ich doch nie,
daß du so energisch sein kannst!"

„Ich bin es deinetwegen."

„Nun, auch gut!" rief Claudio und küßte sie. „Ich
sehe schon, du hast mich grausam unter dem Pantoffel.
Es soll mir nicht schwerfallen, dir zu gehorchen, denn
ich bin von Natur aus gewiß kein Spieler."

„Gott sei Dank!" antwortete sie aufatmend. „Du versprichst mir's also?"

„Freilich und gern!" antwortete er, während er sich fertigmachte. „Wartest du auf uns? Ich denke, daß ich Werner mitbringe, und wir wollen uns dann einen hübschen, schattigen Garten suchen, in dem wir gemeinsam essen können. Mach dich schön – er soll staunen!"

Seelenvergnügt ging er davon. Das Versprechen war ihm nicht schwer geworden, und er sagte die Wahrheit, wenn er behauptete, daß er keine Spielernatur sei. Es war zufällig und durch eine lustige Abendgesellschaft gekommen, daß er an die Karten geriet – und wie stets, wenn man nicht zu gewinnen braucht, gewann er. Das freute ihn, berührte ihn aber nur oberflächlich. Immerhin war es eine von den mannigfaltigen Erklärungen, deren er Rose gegenüber bedurfte, um seine Geldausgaben als möglich erscheinen zu lassen und sie nicht noch stutziger zu machen, als sie ohnehin bisweilen war. Spiel und Gewinst blieben ihm gleichgültig – trotzdem war er nie in seinem Leben leichtsinniger gewesen als in diesen Tagen. Die Gegenwart war so schön, daß er nur sie gelten lassen wollte, und er hatte gelernt, daß die Zukunft schon ganz von selber kam, man brauchte sie nicht herbeizudenken. Die Stadt Wien, gleich ihm liebenswürdig und leichten Sinnes, paßte dazu in der herrlichsten Weise.

Die Zukunft ... vielleicht hatte sie schon an die Tür geklopft und ein Billett abgegeben. Werner? Er kam, wie er schrieb, aus Wertenberg. Ach ja, Wertenberg ... das gab es also noch! Oh, und es gab viele andere Dinge und Gedanken, die damit verbunden waren. Claudio schüttelte sich und dachte schnell ein bißchen an Rose, und da lachte die Welt wieder. Er stellte sich vor, wie sie sich jetzt auf seinen Wunsch putzte, und wäre gern dabeigewesen, denn er brachte eine unbegreifliche Geduld auf, zuzusehen, wie ein solches natürliches Kunstwerk zustande kam. Sie hatte überaus anmutige Bewegungen bei allem, was sie tat, und wenn sie nur vor dem Spiegel saß und eine Haarnadel feststeckte, nahm er sich vor, sie in dieser Haltung malen zu lassen – aber dann wurde er schon im voraus auf den Maler eifersüchtig und verwarf den Plan. Du lieber Himmel, dachte er, wer mir das vor einem Jahr prophezeit hätte! –

Vielleicht hatte Rose wirklich vor dem Spiegel gesessen – jedenfalls mußte das Stubenmädchen, das an die Tür klopfte, einen Augenblick warten, bis es eintreten durfte.

Rose las die Karte, die das Mädchen ihr gab, und sagte: „Der Herr ist mir aber unbekannt!"

„Ich soll ausrichten, daß er Grüße vom Herrn Hofrat zu bringen hat."

„Ja, dann!" rief Rose.

Ihr Herz klopfte, wie es noch niemals geklopft hatte, und sie brauchte alle Selbstbeherrschung, um vor dem Fremden einigermaßen gefaßt zu erscheinen.

Ein sehr gut aussehender, sehr gut gekleideter Mann, von dem eine eigentümliche Würde und Vornehmheit ausging, trat ein.

Rose hatte sich auf ein dunkelgrünes Sofa gesetzt; sie trug ein bauschiges Kleid aus kaltgrünem Seidentaft, und über ihrem glänzenden Haar schimmerten die rötlichen Lichter.

„Ich bitte um Vergebung, wenn ich störe . . .", sagte der Fremde und blieb nahe der Tür stehen. „Habe ich in der Tat die Ehre, mit der Tochter des Herrn Hofrats Bollmus –"

„Sagen Sie mir nur geschwind, mein Herr, wie es ihm geht!"

„Ganz vortrefflich, Madame . . .", antwortete er.

„Er ist in Aldringen?"

„Er war dort, ist aber wieder abgereist."

„Und wohin?"

„Nach Wertenberg", sagte der Besucher, indem er sie unverwandt betrachtete.

„Ja, er sprach davon. Und – und Sie bringen mir Grüße?"

„Grüße? Nun, nicht geradezu, denn der Herr Hofrat konnte nicht wissen, daß ich das Vergnügen haben würde, Ihnen meine Aufwartung zu machen; seien Sie aber versichert, daß er sich vollkommen wohl befindet."

„Sie konnten mir nichts Besseres mitteilen, Herr –" – Rose warf einen Blick auf die Karte – „Herr von Klinger, aber wollen Sie sich nicht zu mir setzen? Sie begreifen meine Unruhe –"

„Ich muß nochmals um Vergebung bitten", sagte er, „indessen – wenn Sie einem alten Manne die Bemerkung nicht verübeln wollen – ich bin so entzückt von dem Bilde, das ich nicht erwartet hatte –"

„Ich werde Ihnen gewiß nicht davonlaufen, auch wenn Sie sich setzen!" antwortete Rose mit ihrem reizendsten Lächeln.

Klinger nahm also Platz, stellte seinen Hut unter den Stuhl, faltete die weißen Handschuhe umständlich zusammen, strich mit einer leichten Bewegung über sein graues Haar – kurz, er tat alles, was er tun konnte, um Zeit zu gewinnen – er mußte es tun, denn er war auf eine solche Überraschung keineswegs gefaßt gewesen. Dies, bei allen Göttern, war nicht das hübsche kleine Ding Aldringer Herkunft, das er zu finden erwartet hatte, und seine vorherige Frage nach der Tochter des Hofrats Bollmus war wirklich einem Zweifel entsprungen. Während er also seine endlich in die gewünschten Falten gebrachten Handschuhe langsam auf den Tisch legte, dachte er: Seine Durchlaucht, unser enfant terrible, hat schon einen verzweifelt guten Geschmack ... und wenn dieser rotblonde Engel ebenso klug wie schön ist, kannst du dich auf etwas gefaßt machen, Klinger!

„Sie sehen nachdenklich aus ...", sagte Rose, durch seine Langsamkeit wieder beunruhigt, „vielleicht bringen Sie mir doch eine Botschaft, die – – Sie kennen meinen Vater noch nicht sehr lange?"

„Woraus schließen Sie das?"

„Weil ich es sonst wüßte."

„Allerdings, nein. Unsere Bekanntschaft ist neu. Er kam nach Wertenberg, um seinen Dank für die Ernennung zum Hofrat abzustatten."

„Bei dieser Gelegenheit also –"

„Gewiß. Da ich nun eine Reise nach Wien zu machen hatte, glaubte ich, daß Ihnen eine Nachricht willkommen sein würde."

Er gefiel Rose und gefiel ihr auch wieder nicht. Schon als er eintrat, hatte sie gespürt, daß er mit bestimmten Absichten kam. Sein Wesen, seine zurückhaltende und mehr als vorsichtige Art ließ sie aufmerksam werden. „Ich weiß nicht", sagte sie, „ob mein Vater Ihnen mitgeteilt hat, daß wir ... daß wir uns einige Zeit nicht gesehen haben?"

„Ich bin davon unterrichtet", antwortete er und beschloß, diese erwünschte Wendung des Gesprächs auszunutzen. „Das war auch der Grund, weshalb ich beim Pförtner nach Herrn Schön fragte – man sagte mir, Monsieur Schön sei weggegangen, aber Madame Schön sei zu Hause."

„Nun ja ...!" Rose blickte zur Seite und lächelte. „Claudio hielt es für gut, und es ist wohl auch so."

„Aber – verzeihen Sie einem Freund Ihres Vaters diese Frage – Sie sind nicht verheiratet?"

„Nein."

Klinger hatte erwartet, daß sie antwortete ‚Noch nicht'. Daß sie es bei dem einfachen Nein bewenden ließ, freute ihn. „Mein Name war Ihnen in der Tat unbekannt?"

„Wenigstens erinnere ich mich im Augenblick nicht..."

„Dann muß ich um Entschuldigung bitten, daß ich vergaß, mich umständlich einzuführen. Ich bin Hofmarschall und Staatsminister in Wertenberg. Ich glaubte, daß Seine Durchlaucht wohl gelegentlich meiner geringen Person Erwähnung getan haben möchte, es scheint aber nicht der Fall zu sein?" Er ließ sie bei diesen Worten nicht aus den Augen. Die Bombe war an ihren Platz gebracht, die Zündschnur brannte.

Rose griff nach dem Taschentüchlein, das neben ihr auf dem Sofa lag, und putzte ein wenig an dem großen milchgrünen Stein eines Ringes, den sie am Finger trug. „Er hätte ihn doch nicht kaufen sollen", sagte sie kopfschüttelnd, „die Sorte von Steinen ist offenbar zu weich; sie werden so leicht blind und bekommen Kratzer. Aber schön ist er, das muß man freilich zugeben. Meinen Sie nicht auch?"

„Eine besonders geschmackvolle Fassung, soviel ich sehe. Welcher Ring übrigens würde an dieser Hand nicht gut wirken! Die Wiener Arbeiten sind berühmt, und der Prinz hatte von jeher das größte Verständnis für schöne Dinge." Jetzt mußte der Funke die Sprengladung erreicht haben, Klinger war auf alles vorbereitet.

„Zweifellos sind Ihnen die Goldschmiedearbeiten im hiesigen Museum bekannt? Das berühmte Salzfaß von Cellini – ist es nicht hinreißend?"

„Auch Sie begeistern sich also für Kunstwerke, Madame. Ich habe stets bedauert, daß mir die Geschäfte so wenig Zeit ließen, meinen kleinen Liebhabereien nachzugehen. Nun, die Annehmlichkeiten dieser Welt verteilen sich eben. Claudio – will sagen Seine Durchlaucht der Prinz – hat in seinem Wertenberger Heim eine ausgezeichnete Miniaturensammlung angelegt." Die Bombe mußte platzen, jetzt oder nie.

„Wir sind einander über diesen Gegenstand nahegekommen", sagte Rose. „Es wurde damals mein Bildnis auf Elfenbein gemalt, leider ist es unvollendet geblieben, denn der Maler starb plötzlich."

„In der Tat!" sagte Herr von Klinger mit einem leeren Lächeln. Er war grenzenlos enttäuscht.

Er hatte gehofft, Rose durch seine Eröffnungen zu überraschen und wehrlos zu machen – nun mußte er entdecken, daß Claudio ihr den wahren Sachverhalt bereits mitgeteilt und daß er selber offene Türen eingerannt hatte. Sein Plan war durchaus gescheitert, am peinlichsten aber empfand er, daß er nun dasaß und im Augenblick keinen Rat wußte, wie er die Sache neuerdings und von einer andern Seite her einfädeln sollte. Die vorbereiteten Waffen waren ihm von Claudio aus der Hand geschlagen, die ganze Rechnung stimmte nicht mehr.

„Ich hoffte", sagte er, nur um irgend etwas zu sagen, „Seiner Durchlaucht zu begegnen und die Grüße seiner Mutter, der Fürstinwitwe, ausrichten zu können. Sie sind, soviel ich weiß, in Aldringen der Fürstin vorgestellt worden?"

„Ja."

„Ihre Durchlaucht hat die günstigste Meinung von Ihnen, gnädige Frau, wenn ich mir diese Bemerkung erlauben darf."

„Das freut mich."

„Wie aber kann ich dem Prinzen –"

Er brauchte nicht weiter zu fragen, die Tür ging auf, Claudio trat ein – atemlos und recht blaß.

„Klinger!" sagte er und schlug die Tür heftig hinter sich zu. „Das hätte ich nicht von Ihnen gedacht! Sie lassen mich durch Ihren Kabinettssekretär, zu dem ich Ihnen übrigens gratuliere, weglocken – par nobile fratrum! Das ist kein honettes Spiel! Ich habe Ihnen keine Vorschriften zu machen – erlauben Sie mir nur die Bemerkung, daß ich an Ihrer Stelle mich schämen würde. Was hat er gesagt, Rose?"

Sie hob die Schultern und sah Klinger lächelnd an.

„Es blieb mir nichts mehr zu sagen, Durchlaucht", antwortete Klinger, „da Madame über den wahren Sachverhalt bereits durchaus unterrichtet war!"

„Was?" fragte Claudio. „Unterrichtet? Wieso? Und von wem?"

„Das weiß ich nicht, Durchlaucht."

„Rose –!"

Sie schüttelte den Kopf. „Ich wußte gar nichts", sagte

sie. „Aber Herr von Klinger war so liebenswürdig, mir die Wahrheit allmählich einzugestehen. Ich durfte nur zuhören, um alles zu erfahren."

„Um Gottes willen!" sagte Klinger und setzte sich. „Ist das wahr?"

„Um Gottes willen!" rief auch Claudio. „Das hast du fertiggebracht, Rose, ohne daß er's merkte? Klinger! Sie Teil von jener Kraft, die stets das Böse will und stets das Gute schafft! Wie wird Ihnen? Ich muß mich zu Ihnen setzen. Ist es wahr, Sie haben nichts gemerkt?"

„Nichts!" antwortete Klinger zerschmettert. Er betrachtete Rose. „Durchlaucht – ich habe im nächsten Monat meinen sechzigsten Geburtstag. Sechzig Jahre mußte ich alt werden, um meine erste diplomatische Niederlage einzustecken – dafür ist sie um so gründlicher. Es wird Zeit, mich abzuhalftern."

„Trösten Sie sich!" sagte Claudio und küßte Roses Hand. „Gegen dieses Geschlecht sind wir letzten Endes alle machtlos. Ich gönne es Ihnen aber von Herzen. Vorhang, Klinger, Vorhang! Werner wartet auf uns. Gehen Sie voraus. In zehn Minuten kommen wir nach – ich muß nur eben noch einen kleinen Fußfall tun, Sie werden begreifen –"

„Es wird auch sehr nötig sein!" sagte Rose.

Klinger empfahl sich. Er sah nicht ganz so gut aus wie bei seinem Eintritt.

„Ein leibhaftiger Minister also", begann Rose, „ein Hofmarschall muß erscheinen, um mir mitzuteilen, was du mir verschweigst! Schöne Geschichten, wahrhaftig!"

„Du wirst einsehen –"

„Nichts seh' ich ein! Daß mir aber der alte Fuchs in die Falle gegangen ist, das freut mich nun!"

„Mich auch!"

„Es kommt hier durchaus nicht auf deine Meinung an, Claudio, denn Sie haben sich übel genug benommen, Durchlaucht. Eigentlich bist du ein schlechter Mensch, findest du nicht?"

„Ja, aber –"

„Dein Glück, daß du's zugibst!"

„Den Klinger mag der Teufel holen!"

„Davon hab' ich nichts. Weshalb hast du mir nicht schon lange gesagt –"

Claudio schwieg.

„Da sieht man's wieder!" sagte Rose. „Ihr Männer seid doch Helden! Es war dir unbequem, wie? Du fandest den Anfang nicht? Und ein bißchen Angst hattest du auch? Himmel, ich möchte wirklich wissen, weshalb es so leicht ist zu lügen und so schwer, die Wahrheit zu gestehen. Die Wahrheit muß der menschlichen Natur doch recht zuwiderlaufen. Der männlichen, mein' ich!"

„Frauen lügen nie?"

„Ich will's nicht geradezu behaupten", erwiderte sie, „aber so viel steht fest: wenn wir es tun, dann sind wir vorsichtiger."

„Aber es ist ein großer Unterschied, ob ich lüge oder ob ich nur die Wahrheit verschweige!" sagte Claudio und legte den Finger an die Nase.

„Ja, ja, das alte Lied, ihr dreht alles, wie es euch paßt."

„Im Ernst, Rose, denn wir wollen die beiden nicht zu lange warten lassen: du hast wirklich nichts gewußt?"

„Gewußt? Nein."

„Mir scheint, jetzt bist du es, die ein bißchen die Wahrheit verschweigt?"

„Nun, man macht sich wohl seine Gedanken."

„Aber man behält sie für sich?"

„Irgend etwas muß man doch für sich behalten dürfen", sagte sie und wurde unversehens rot. „Wie lange soll das Verhör noch dauern? Ich hab' einen erbärmlichen Hunger!"

„Geschwind: liebst du mich?"

„Ich will mir's überlegen, Claudio. Ein zweites Mal wirst du mich ja nicht hinters Licht führen, wenigstens nicht in der Art?"

„In keiner!"

„Und das sagt er, ohne durch den Fußboden in den Keller zu sinken! Am Ende glaubst du es? Ach, was hat man doch für Kummer mit euch!"

Sie trat vor den Spiegel und setzte den Hut mit den Bindebändern auf, Claudio sah andächtig zu.

Er glaubte, sie zu kennen – und sah in diesen Augenblicken doch nur, wie schön sie war.

Daß sie aber die schlimmsten Minuten ihres Daseins erlebte, während sie mit langsamen, ruhigen Bewegungen die Samtbänder knüpfte, ahnte er nicht.

Der Traum ... ! dachte sie. Alles war in diesem Wort eingeschlossen: Liebe, Glück, Hoffnung, Jugend.

Der Traum ... zu Ende ...

„Gehen wir, Claudio?"

„Ein herrlicher Tag!" sagte er, als sie in den Sonnenschein hinaustraten.

„Ja."

Es wurde ein seltsames Mittagessen. Werner, mit seinem schlechten Gewissen gegenüber Claudio, schwieg in allen Sprachen. Klinger, der sich als Gastgeber fühlte, war bemüht, die Unterhaltung in Gang zu bringen, aber trotz seiner Gewandtheit wirkte er anfangs doch wie ein Schauspieler, der eine leichte Rolle mit schwerem Herzen spielen muß; die Niederlage, die er eingesteckt hatte, ging ihm nach, und sosehr er's auch darauf anlegte, alle ins Gespräch zu verknüpfen – er wurde doch stets wieder von diesem unbegreiflichen Geschöpf angezogen, das er nicht durchschaut hatte. Er fing an, sie wirklich zu bewundern, und bestand darauf, daß man den Nachmittag gemeinsam verbringe: wenn er schon die Partie verlieren sollte, so wollte er wenigstens überzeugt sein, daß es unvermeidlich war.

Sie machten eine Wagenfahrt, und als die Sonne sich neigte, wurde verabredet, einander abends in einem Garten in Grinzing wiederzusehen. Rose bat, sie zu entschuldigen; sie wußte, daß sie auf so lange Dauer der listvollen Belagerung kaum standhalten würde und deshalb ausweichen mußte – Klinger sah seine letzte Möglichkeit schwinden und gab sich geschlagen.

Als Claudio in den Garten kam, brannten schon die kleinen Windlichter auf den Tischen, und im Laub der Kastanienbäume schimmerten schüchterne Laternen. Klinger hatte sich abseits gesetzt, allein und sehr nachdenklich. Leise Fiedelmusik kam aus einer entfernten Ecke.

„Und Werner?" fragte Claudio.

„Er kommt nach", antwortete Klinger. „Er wartet nur noch die Post ab."

„Sogar unterwegs lassen Sie sich von den Geschäften verfolgen?"

„Sie vergessen, daß wir schon eine Woche auf Reisen sind", sagte Klinger. „Ich hatte in München einiges zu erledigen und zog es dann vor, über Tirol zu fahren – ein paar Tage kümmerlichen Urlaubs, wenn Sie es überhaupt so nennen wollen. Ach ja, du lieber Gott!"

Er nahm die Karaffe und goß den Wein in die Gläser.

Die Kastanien hielten ihr schwarzes Laubdach über sie, darunter war ein Streifen des Himmels, an dem der Abendstern leuchtete, und das dunkle Land mit seinen verstreuten Lichtlein – und in allem schien die dünne, ferne Musik zu klingen, die mit dem lauen Hauche der Nacht heranwehte.

Sie saßen eine Weile schweigend.

„Ja –", sagte der Minister endlich, „auch von dieser Seite kann man das Leben nehmen – vorausgesetzt eben, daß man es kann. Ich beneide Sie darum!"

„Ist denn das Leben nicht schön?"

Klinger hob die Schultern. „Wahrscheinlich gehört eine besondere Gabe dazu, es schön zu finden. Sie sind unter diesem glücklichen Stern geboren, Prinz."

„Es ist doch mein Leben!"

Jener wandte ihm das Gesicht zu. Der Schein des Windlichts beleuchtete es von unten; Claudio hatte die ihm vertrauten Züge noch nie so gesehen – es war, als ob strenge, alte Weisheit die Falten gelegt und alle Glätte und Heiterkeit beseitigt hätte.

„Ihr Leben?" fragte Klinger. „Ist es Ihr Eigentum? Gehört es wirklich Ihnen?"

„Ich hoffe: ja!"

„Ich glaube: nein!"

„Sie denken an Dinge –"

„Und Sie? Wie denken Sie sich die Zukunft?"

„Ich ziehe in jedem Fall die Gegenwart vor!" sagte Claudio.

„Das ist keine Antwort, sondern ein Ausweichen. Mir freilich können Sie ausweichen – aber der Zukunft?"

Noch ehe Claudio etwas erwidern konnte, trat Werner an den Tisch. „Willkommene Erscheinung!" rief Claudio. „Alter Freund, du hilfst mir wieder einmal im rechten Augenblick!"

Werner sah ihn an. „Wirklich?" fragte er und gab dem Minister ein zusammengefaltetes Papier. Jetzt erst, da er sich in den engen Bereich des Windlichts herabbeugte, bemerkte Claudio, wie ernst sein Gesicht war.

Klinger überflog den Brief und reichte ihn dem Prinzen. „Das Schicksal", sagte er, „enthebt Sie einer Antwort auf meine vorige Frage. Ihr Herr Bruder ist schwer krank."

Noch in dieser Nacht reiste Claudio mit dem Minister und Werner nach Hause. Der Brief stellte die plötzliche Krankheit Ferdinands als so gefährlich hin – es schien sich um eine Lungenentzündung zu handeln, und das Herz ließ nach –, daß die Fahrt aufs schnellste vor sich gehen mußte; schon aus diesem Grunde (zu dem noch andere kamen) wollte man Rose nicht zumuten, die drei zu begleiten, sondern es wurde verabredet, daß sie in Wien bleiben sollte, bis sich die Lage übersehen ließ.

Als Claudio in Wertenberg anlangte, war keine Hoffnung mehr, dem Fürsten das Leben zu erhalten. Ferdinand hatte viele Stunden in Fieberphantasien gelegen, jetzt aber das Bewußtsein verloren.

Viktoria saß an seinem Bett und blickte Claudio entgegen.

Die Ärzte hatten sich in das Vorzimmer zurückgezogen, die Mutter war mit ihren beiden Söhnen allein.

Kerzen, so im Raume verteilt, daß sie den Kranken nicht störten, erhellten das Dunkel der Nachmitternacht. Alles war so still, daß ihre goldenen Flammen nicht schwankten.

Claudio setzte sich Viktoria gegenüber an die andere Seite des Bettes.

Ferdinands Gesicht, von jeher allzu schmal, war gespenstisch abgemagert. Die fest geschlossenen Augen lagen tief in den Höhlen, die Schläfen waren eingefallen, der Mund erschien als ein bläulich-weißer Strich.

Claudio sah seine Mutter an, sie hob unmerklich die Schultern und blickte wieder auf den Kranken.

So saßen sie lange, hörten wie aus weiter Ferne das langsame Ticktack der großen Standuhr, den unaufhaltsamen Herzschlag der Vergänglichkeit.

Ja, ja – sagte die Uhr – ja, ja ... jedes Herz hört einmal auf zu schlagen, nur ich nicht, denn ich bin das Herz aller Herzen, ich bin die Zeit, und mein Schritt klingt aus der Ewigkeit herüber. Was ist der Mensch?

Seltsamerweise bewegte der Fürst nach einer Weile die Hände – lange, schon fast gestorbene Hände, und es war, als ob er die Linke ein wenig mehr nach der Seite legen wollte, auf der sein Bruder saß.

Claudio nahm diese Hand in die seine, er wagte kaum sich zu rühren.

So blieb er und blickte in das Antlitz, das ihm von jeher fremd gewesen war und ihm heute fremder vorkam denn je.

Er wußte: dies war – mochte nun geschehen, was wollte – die große Wende in seinem Leben, und hinter ihm lag das ganz Unwiederbringliche: die Jugend, ein sonniges Frühlingsland mit blühenden Wiesen, die sich bergan zogen, mit weißduftigen und rosenroten Büschen, Amselliedern, fröhlich rieselnden Wassern – und in den Wiesenblumen stand eine Gestalt, ferne schon – gehörte auch sie zum Reiche des für immer Verlorenen? Zog sich ein Schleier vor ihre Erscheinung? Verblaßte sie?

Alles, was Claudio an Kraft, Wunsch und Sehnsucht zu geben hatte, ließ er davonströmen, um sich das Bildnis der Geliebten zu erhalten, um es vor dem Vergehen zu retten. In diesen Stunden, da er ein erlöschendes Leben in seiner Hand fühlte, dachte er an ein anderes Leben, und ihm war, als könne er es wie mit Zauberketten an sich fesseln, über Berge und Täler hinweg – den Garten seiner Jugend, das ferne Bild.

Einmal nach langer Zeit hörte er den tiefen Klang der Uhr und sah nach den Fenstern, denn es mußte um die Morgendämmerung sein; jedoch sie waren mit Vorhängen so dicht verschlossen, daß man nicht erkennen konnte, ob es draußen schon hell wurde. Da erst ward Claudio inne, wie drückend schwer die Luft in dem Raume war; er dachte daran, aufzustehen und ein Fenster zu öffnen, aber wiewohl er nicht die geringste Bewegung gemacht hatte, schien es ihm, als ob Ferdinands Hand kaum merkbar versuche, die seine festzuhalten. Viktoria, die dies alles gespürt haben mochte, erhob sich, streifte einen Vorhang zurück und machte das Fenster auf.

Der Kerzenschimmer wurde bleich, mit der Dämmerung des Tages strömte die Morgenluft herein.

Der Kranke tat einen tieferen Atemzug, sein Kopf sank ein wenig zur Seite.

Viktoria, tief erschrocken, beugte sich über ihn.

Als sie sich aber wieder aufrichtete, hatte sie einen sonderbaren Ausdruck in den Augen. Sie machte eine für Claudio unverständliche Handbewegung und ging an die Tür.

Die beiden Ärzte traten leise ein.

„Er schläft ...!" flüsterte Viktoria, und die Frage, die hinter ihren Worten lag, war ebenso ungläubig wie die Blicke, mit denen die Ärzte sich dem Lager näherten.

Von da ab saß Claudio noch manche Stunde am Bett seines Bruders und hielt seine Hand. Er wagte nicht aufzustehen oder auch nur daran zu denken, denn der Kranke war so überempfindlich, daß er sogar den Gedanken fühlte und seine arme, kraftlose Hand zuzudrücken versuchte.

Während dieser Stunden sah Claudio, wie langsam, ganz langsam die Spur des Lebens in das fremde Gesicht zurückkam, wie es begann, weniger fremd zu werden – dabei aber war ihm, als habe er es überhaupt noch nie gesehen und sei im Begriff, es neu zu entdecken.

Draußen saßen die Ärzte bei einem Frühstück, sie hatten seit dem vergangenen Nachmittag nichts gegessen.

„Ein Wunder!" sagte der Obermedizinalrat.

„Unbegreiflich!" sagte der Sanitätsrat. „Eine Wendung, für die wir alle dem Schicksal dankbar sein müssen – aber vom wissenschaftlichen Standpunkt aus, Herr Kollege, fällt es mir doch überaus schwer, sie anzuerkennen. Denn so etwas gibt es einfach nicht!"

„Ich muß Ihnen beipflichten", antwortete der Obermedizinalrat, „so hocherfreulich das Ereignis an und für sich auch ist. Da haben wir wieder einmal einen der Fälle, die ich als Kunstfehler der Natur bezeichnen möchte – ohne übrigens deshalb die Natur geradezu tadeln zu wollen! Aber ich frage Sie, Herr Kollege: wozu diese ganze Veranstaltung, wenn der Plan im letzten Augenblick doch wieder geändert wird?"

Indessen hatte die Natur vielleicht doch nicht so ganz sinnlos gehandelt, wie es scheinen mochte. Es war, als hätte die Anhäufung von Krankheit bis zu einem bestimmten Gipfel gebracht werden müssen, damit dann alles auf einmal ausgetrieben und beseitigt werden konnte. Zugleich ging mit Ferdinand auch eine eigentümliche innere Wandlung vor.

„Du hast viel Geduld mit mir gehabt", sagte er zu Claudio, als er, zum erstenmal wieder im Freien, die Sonne des reifen Sommers genoß, die auf dem Park von Monrepos ruhte. „Ich weiß recht wohl, daß ich dir mein Leben verdanke!"

„So? Nun, ich weiß es nicht!" antwortete Claudio lächelnd und ließ das Buch sinken, aus dem er ihm vorgelesen hatte.

„Es war, als ob von deiner Hand ein warmer, segenvoller Strom ausginge, den ich, fast schon jenseits der dunklen Schwelle, gierig aufnahm!"

„Um so besser, Ferdinand, aber ich kann nichts dafür."

„Du hattest Lebenskraft zu verschenken – ich hatte nicht einmal mehr welche zu verlieren. Wie mag das kommen?"

„Ich denke", antwortete Claudio, „das Leben liebt nur den, der das Leben liebt."

„Man sollte das lernen . . .", sagte sein Bruder, „ich weiß ja gar nicht, wie das Leben eigentlich aussieht . . . ich wußte nicht einmal, wie wunderschön die Sonne ist!"

„Auch dafür kann ich nichts, Ferdinand. Aber es muß herrlich sein, es zu lernen. Du entdeckst die Welt, ein neuer Kolumbus zu unbekannten Gestaden!"

„Denke nur, daß ich seit Jahren nicht in diesem Park war! Und das ist dein Haus? Freundlich! Darf man's ansehen?"

„Du sollst noch nicht gehen . . ."

„Das ist freilich wahr, aber ich bin ganz gesund, nicht?"

„Gewiß!"

„Ach, alles ist so schön!" Nach einer Weile: „Ich bin zu einsam gewesen, daran lag es wohl. – Aber du? Ist dieses Haus nicht auch für dich zu groß?"

Claudio zögerte. Dann antwortete er: „Ich bin nicht allein. Ich habe einen Gast."

„Nämlich?"

Claudio zeichnete noch ein bißchen mit dem Stock im Sande. Dann entschloß er sich.

„Du hast vorhin von der dunklen Schwelle gesprochen", sagte er. „Mein Gast ist die Frau, um derentwillen du über diese Schwelle zurückmußtest, Ferdinand – oder ich hätte euch beide verloren."

„Wie war das?" fragte Ferdinand. „Warte ein wenig – es ist nicht leicht zu begreifen, ich muß mir's erst zurechtdenken. Später ... Aber weshalb bringst du sie mir nicht?"

„Wenn du es wünschest ...", sagte Claudio lächelnd.

Er ging in das Haus und kam mit Rose zurück.

Der Fürst war aufgestanden und hielt sich an der Lehne der Bank.

Rose sank in einem tiefen Hofknicks zusammen.

Als sie das Gesicht hob, sagte Ferdinand: „Allerdings! Es ist sogar ganz leicht zu begreifen."

Indessen hätte der fürstlich wertenbergische Hofrat Jeremia Bollmus nicht in einem Umkreis von zwei Meilen in der Nähe sein müssen, um nicht bei dieser ersten Gelegenheit auf der Bildfläche zu erscheinen. Mit dem Instinkt einer Fliege hatte er gewittert, daß irgendwo im Lande ein Kuchen für ihn bereit war, und so tauchte er nach einer Stunde auf, zauberisch hergezogen und mit der Sicherheit eines Nachtwandlers, wiewohl sein Äußeres nicht eben an dergleichen Unheimlichkeiten erinnerte. Denn er trug einen taubengrauen Frack, über dem sein rotes Gesicht doppelt lustig aussah, und eine herrlich geblümte Weste, die allein ein ganzes Paradies bedeutete.

Bollmus also fand seine Tochter Rosine neben dem Fürsten von Wertenberg auf einer Bank in der Sonne, beide im eifrigsten Gespräch begriffen, und vor ihnen den Musikus Schön.

„Kommen Sie nur heran, Bollmus!" sagte Claudio. „Sie erscheinen zur rechten Zeit. Wir sind gerade dabei, Seiner Durchlaucht vom Aldringer Theater zu erzählen – und von dem, was sich etwa sonst noch alles begeben hat."

Der Hofrat wurde vorgestellt.

„Glauben Sie", fragte Claudio. „daß man Sie in Aldringen sehr vermißt?"

„Ich wage es zu hoffen!" antwortete Bollmus. „Wenigstens schrieb mir die Gräfin Loring –"

„Das glaub' ich!"

Ferdinand mischte sich ein. „Vielleicht aber", sagte er, „sind Sie mittlerweile auch hier unentbehrlich geworden?"

„Dies nun hinwiederum wage ich nicht zu hoffen!" erwiderte der Hofrat strahlend.

„Was wäre da zu tun? Weder Aldringen noch Wertenberg würden mit einem halben Bollmus zufrieden sein."

„Vielleicht", sagte Rose, „könnte man die Prinzessinnen bitten, auf ein paar Wochen ihr Theater herzuleihen? Ein Genesender darf wohl erwarten, daß man ihm die Zeit auf eine so liebenswürdige Weise kürzen hilft."

Ferdinand betrachtete sie mit Verwunderung und Vergnügen. Der Gedanke und die Aussichten waren ihm so neu, daß er sich nicht gleich darin zurechtfand.

„Ein herrlicher Einfall!" rief aber Bollmus. „Freilich, es wird seine Schwierigkeiten haben."

Claudio meinte: „Werner bringt das in Ordnung. Wir werden ein feierliches Gesuch machen. Wollen Sie sich mit ihm in Verbindung setzen, Bollmus? Sie wissen besser als jeder andere, was nötig ist und wie man die Sache einzufädeln hat."

„Es wird am besten sein, ich fahre mit dem Herrn Kabinettssekretär nach Aldringen!"

„Gut!" sagte Ferdinand und lachte – es war ein richtiges, unbeschwertes, fröhliches Lachen, Claudio konnte sich nicht erinnern, jemals dergleichen von ihm gehört zu haben. „Und ich will Ihnen einen Brief mitgeben, in dem ich die Aldringer Damen um die Gefälligkeit bitte."

„Dies ist so gut, als ob das Theater schon hier wäre!" antwortete Jeremia mit auflodernder Begeisterung, seine Theaterleidenschaft ging mit ihm durch. „Oh, wir werden Wunderbares leisten! Ich sehe unseren Musentempel im Triumphzug durch die Wertenberger Lande reisen, das Publikum strömt herbei, Bollmus wird zeigen, was er kann, er wird zeigen, daß er nicht umsonst Hofrat ist! Es soll das Allerliebenswürdigste werden, was man je gesehen hat. Thalia – ich fühl's, wie mir die Gedanken zufließen! Man wird ein neues Stück spielen – Lösung alles Schwebenden, sanfte Harmonie und Grazie statt der Gewitterwolken, die ich noch immer drohen sah – Menuett im Park! Welch ein Tag!"

„Ein hübscher Titel für ein Stück!" meinte Claudio. „Und eine noch hübschere Erwartung! Eilen Sie, Bollmus, und mieten Sie nötigenfalls den Adler Jupiters, um geschwinder nach Aldringen zu kommen!"

Kopfschüttelnd sahen sie ihm nach, wie er zwischen den Bäumen verschwand, rund, taubengrau, beflügelt von einem unvergleichlichen Vergnügen am Leben.

Claudio sagte: „Nichts Glücklicheres konnte geschehen –: ich habe den Aldringern gegenüber so vieles gutzumachen, mich für so vieles zu entschuldigen ... wirst du so freundlich sein, Ferdinand, die Prinzessinnen samt ihrem Theater einzuladen?"

„Glaubst du wirklich –? Und was meinen Sie?"

Rose nickte. „Ich halte es für durchaus wahrscheinlich." –

Noch am gleichen Tage reisten die beiden ab.

In welche Aufregung sie den Aldringer Hof versetzten, läßt sich denken. Was man gehofft hatte, geschah: die Aldringer Damen antworteten auf Ferdinands Brief, daß sie kommen würden, und daraufhin begann auch in Wertenberg eine neue Geschäftigkeit: Gastzimmer wurden hergerichtet, ein kleiner Saal für das Theater wurde instand gesetzt, das verschlafene, griesgrämige alte Schloß schlug die Augen auf und blickte verwundert in die Welt.

An einem warmen, aber regnerischen Spätsommertag fuhr Claudio mit Klinger den Reisenden bis an die Grenze entgegen.

Die Aldringer Karawane tauchte aus dem Nebel –
vier gewaltige Kutschen mit aufgetürmtem Gepäck, es
schien mehr eine Expedition als eine Besuchsfahrt zu sein.

Die Begrüßung war kurz und naß. „Aber wir sprechen uns noch!" sagte Karoline zu Claudio, sie hatte ihre
glitzerndsten Augen.

Als Klinger wieder neben Claudio im Wagen saß,
sagte er: „Wahrhaftig eine neue Zeit! Gastzimmer im
Schlosse Wertenberg, Damenbesuch – wer hätte das vor
einem halben Jahr zu denken gewagt?"

„Ich hätte hundert gegen eins gewettet, daß wenigstens Linda zu Hause bleiben würde!" meinte Claudio.
„Sie ist leidend!"

„Hm!" antwortete Klinger, und beide lächelten. „Diese
Nebengedanken, Prinz, sind ohne jede Bosheit, nicht
wahr? Wissen Sie übrigens, daß auch für mich eine neue
Zeit beginnt?"

„Für Sie? Kein Wort!"

„Wahrhaftig nicht?"

„Auf Ehre!"

„Ja . . .", sagte Klinger. „Es ist nämlich so, daß meine
Frau aus Gesundheitsrücksichten zu ihrer Schwester nach
Berlin übersiedeln wird."

„Für längere Zeit?"

„Das Wertenberger Klima bekommt ihr nicht."

Claudio betrachtete seine Hände. „Oh, eine sehr be-
dauerliche Wendung. Andererseits freilich –"

„Ja . . .", sagte Klinger wieder und schaute zum Fenster hinaus. „Ich habe sie einmal sehr geliebt. Dafür hat
sie mich aber auch genug geärgert. Sie spielte gern. Mais
rien ne va plus."

Die blasse Sonne des Oktobernachmittags war noch im
Wohnzimmer des Hauses Monrepos.

Der Archivar legte seinen Notizzettel beiseite, nahm
die Brille ab und putzte sie umständlich.

„Sie wollen Ihre Erzählung für heute abbrechen?"
fragte der Hauptmann.

„Nicht nur für heute. Sie ist zu Ende!"

„Unmöglich!"

Herr von Kirchberg lächelte. „Es mag freilich noch
einiges zu ergänzen sein – aber man muß wissen, wann
man aufzuhören hat."

„Sie haben recht", sagte der Hauptmann, „trotzdem
kann ich mich durchaus nicht zufrieden geben!"

„Und weshalb nicht?"

„Ich will doch erfahren, was mit Rose und Claudio
geworden ist – und mit allen anderen!"

„Es gab eine Hochzeit!" antwortete Herr von Kirchberg.

„Also doch! Das freut mich nun!"

„Halt, halt – ich fürchte, Sie verstehen mich falsch.
Die Hochzeit fand statt zwischen dem Fürsten und Karoline."

Der Hauptmann sah ihn verblüfft an. Schließlich sagte
er: „Um so besser! Ein sehr glücklicher Gedanke. Aber
Claudio?"

„Ich weiß es nicht."

„Sie wissen es nicht?"

„Nein. Ich weiß nur, daß Rose für immer in Monrepos blieb. Ob sie aber geheiratet haben – darüber findet
sich nichts in den Akten." Herr von Kirchberg lächelte
in seiner stillen Weise. „Es ist möglich, aber nicht durchaus wahrscheinlich; Sie müssen sich in die damalige Zeit
versetzen – sicherlich stand ein ganzer Zaun von Bedenken, Paragraphen, Hausgesetzen und Rücksichten zwischen den beiden. Aber da sieht man's wieder einmal:
ihr wünscht doch alle, daß der Pfarrer seinen Segen dazu
gibt! Als ob es darauf ankäme! Als ob nicht die Hauptsache wäre, daß sie sich liebten und glücklich wurden!
Steht nicht geschrieben: Gott siehet das Herz an?"

„Das ist alles recht schön und gut", sagte Fräulein von
Kirchberg und beugte sich über ihre Stickerei, „aber es

bleibt eben doch etwas Unerfülltes, und damit können wir uns eben nicht abfinden."

„Man muß weiter denken", erwiderte der Archivar. „Aus Ferdinands Ehe nämlich gingen keine Kinder hervor, und so kam es eines Tages doch – da der Fürst nach etwa fünfzehn Jahren starb –, daß die Frage der Regierungsnachfolge an Claudio herantrat."

„Und?"

„Sie fand ihre natürlichste Lösung: Claudio wurde der Nachfolger seines Bruders und zugleich der letzte Fürst von Wertenberg – dies war die Zeit, in der das Gedichtbändchen, von dem unsere Erzählung ausging, aufgekauft wurde; Claudio hielt es wohl für angebracht. Seine Kinder –"

„Welche Kinder?"

„Können Sie sich Rose ohne Kinder denken? Ich nicht! Es waren die hübschesten Kinder, die man sich nur vorstellen kann, eine ganze Stube voll, die Jungen in Röhrenstiefelchen, und den Mädchen guckten die Hosen unten zum Rock heraus, und ein großer Bernhardiner ging mit ihnen spazieren; aber natürlich kamen sie später für eine Thronfolge nicht in Frage."

„Ich bin damit ganz einfach nicht zufrieden!" sagte der Hauptmann.

„Und Sie haben recht!" meinte Fräulein von Kirchberg. „Die beiden mögen noch so glücklich gewesen sein – es bleibt doch ein melancholisches Restchen an der Sache, ein Akkord gleichsam, der verstummen muß, ohne seine Auflösung gefunden zu haben, oder ein letzter Schritt in dem Menuett im Park, der eben nicht getan wurde. Es ist mir immer, als hinge hier in Monrepos noch ein leiser, fragender Klang in den Räumen; mit dem Verstande kann man das freilich nicht fassen, sondern nur mit dem Gefühl."

„Ja!" sagte der Hauptmann. „Und das ist es wohl, was das Ganze so lebendig bleiben ließ – dieser leise und fast gespenstische Klang, in dem etwas wie eine Er-